KNAUR
SCIENCE FICTION FANTASY

Herausgeber
Werner Fuchs

Serroi war eine Ausgestoßene ihres Volkes, sie paßte nicht zu den Windrennern: Sie war zu klein, hatte olivfarbene Haut und seltsam geschärfte Sinne. Also schloß sie sich dem Orden an und wurde zu einer *meie,* einer ausgebildeten Kriegerin. Aber sie mußte den Schwur brechen, den sie abgelegt hatte, denn sie wurde unfreiwillig Zeugin eines Mordplans. Der Donner sollte getötet werden, wenn die magischen Monde beieinanderstanden und der Zugang zur Welt der Dämonen leicht war.
Serroi ist jedoch nur eine kleine Figur in einer gigantischen Auseinandersetzung mystischer Mächte. Abwechselnd wird sie von den beiden Kontrahenten geführt: Ser Noris, dem Herrscher der Inseln der Zauberer und schurkischsten Magier aller Zeiten, und Reiki janja, auch Jungfrau oder Hexe genannt und Inbegriff des Wechsels von Leben und Tod und der komplexen Bahn der Monde, der Phönix aus der Asche und gute Geist der Natur. Wie dieser Machtkampf ausgehen wird, vermag noch niemand zu sagen, aber eines zeichnet sich von Anfang an ab: Er wird das Schicksal von Serrois Welt entscheiden.

Mit ihrer neuen Trilogie »Duell der Magier« stößt die 1939 geborene Amerikanerin Jo Clayton zum ersten Mal in die Bereiche der reinen Fantasy vor, nachdem sie mit ihrer bekannten »Diadem«-Serie schon farbige und spannend geschriebene Science Fantasy lieferte. Mit diesen Titeln dürfte sie sich endgültig einen Platz unter den wichtigsten neuen Autorinnen der Science Fiction Fantasy erobert haben.

Deutsche Erstausgabe

Titel der Originalausgabe: »Moongather«

Aus dem Amerikanischen von Sylvia Pukallus
Umschlagillustration Michael Pfeiffer
Satz Compusatz, München
Druck und Bindung Clausen & Bosse, Leck
Printed in Germany · 1 · 7 · 1184
ISBN 3-426-05787-5

1. Auflage

Jo Clayton

Unter den magischen Monden

Fantasy-Roman

Deutsche Erstausgabe

Knaur

ISBN 3-426-05787-5 880

BEGEGNUNG AM BERGKAMM

»Ich langweile mich.«

Raiki janja blickte von den Karten hoch, die sie mischte, vor ihren Knien auf der Lederhaut ausbreitete, einsammelte und neu mischte. Im grausamen Licht der frühen Morgensonne überzog ein Netz feiner Fältchen ihr Gesicht, tiefere Falten verliefen strahlenförmig von den Augen aus, die durch die schwarze Bemalung noch größer und dunkler wirkten. Sie seufzte, und unter ihrem Seufzen hob sich rasselnd das Doppeldutzend Goldketten mit den baumelnden Münzen. Sie saß auf einem Fell, das beinahe so alt war wie sie, und hatte die kleinen Füße ordentlich unter die schweren Schenkel geschoben. Ihre Gewänder bauschten sich über dem massigen Rumpf. Ihr Aussehen entsprach ihrer Funktion – der einer unbedeutenden Stammeszauberin –, nur ihre Augen zeichneten sie als etwas Besonderes aus. Sie waren umschattet, ständig in Bewegung, vom bräunlichen Grün des Wassers in einem schattigen Brunnen, ruhig, weise und zeitlos, das einzige äußerliche Anzeichen dessen, was ihr innewohnte. »Nein«, sprach sie. »Du bist nicht gelangweilt, sondern habgierig.«

Umrahmt vom Schein der aufgehenden Sonne stand Ser Noris am Rande der Klippe mit auf dem Rücken gefalteten Händen, weiße Hieroglyphen auf dem tiefen Schwarz seines Gewandes. Er drehte sich um und kam auf sie zu; lautlos schritt er in seinen Stiefeln über das kiesige Gestein. Ein Rubin wie eine Träne an einem Goldring in seinem spitz zulaufenden Ende hing von seinem linken Nasenflügel herab – ein Relikt aus so weit zurückliegender Jugend, daß er sich kaum erinnern konnte, wann er zum ersten Mal den Goldring durch sein Fleisch gezogen hatte. Er trug ihn immer noch, denn sein Gewicht auf seiner Lippe war nun ein Teil seiner selbst geworden, obgleich

der blutrote Schimmer schlecht zur kühlen Strenge seines Gesichts paßte. Als er sie anlächelte, hob der Rubin sich, kullerte zur Seite und strahlte im Licht der aufgehenden Sonne. »Nein, janja, ich brauche eine Aufgabe. Ich verknöchere.« Er stampfte mit dem Stiefelabsatz gegen das Gestein. »Es dauert nicht mehr lange, dann bin ich so beweglich wie dieser Stein.«
Raiki mischte die Karten und schob sie zu einem Stapel zusammen. »Der Preis deines Erfolges, Ser Noris.«
»Ein sehr bescheidener Erfolg, janja.«
»Du willst zuviel.« Sie hielt die Karten tief in ihrem Schoß und blickte an ihm vorbei in das Tal, das grün und prachtvoll jenseits des Klippenrandes schimmerte. »Das steht dir nicht zu.«
»Weil ich von den Nearga Nor stamme? Das stellt für mich keine Verpflichtung dar. Mein ist das Norim hier.« Er ballte eine wohlgeformte Hand zur Faust. »Keiner von ihnen darf Hand an mich legen, weder als einzelner noch in der Gruppe. Ich habe mehr Macht inne, als die meisten Menschen sich nur erträumen, aber...«
Er strich mit einer ausholenden Handbewegung über das Tal. »Wenn ich hier stehe und mir klarmache, was dahinterliegt, weiß ich, wie unbedeutend der Triumph ist, dessen ich mich brüsten darf. Ich brauche mehr Raum, janja.« Er schwenkte herum, beugte sich in flüssiger Bewegung herab, hob die oberste Karte von ihrem Stapel, richtete sich auf und tippte den ausgefransten Kartenrand gegen seinen Daumennagel. »Zieh mit, janja.«
Raiki runzelte die Stirn. »Ein Spiel? Absurd.«
»Mach mit, janja.« Wieder lächelte er ein breites, einnehmendes Lächeln, das sein kaltes Gesicht erwärmte. »Warum nicht?«
Sie zog die nächste Karte vom Stapel und hielt sie einen Augenblick mit dem Bild nach unten. »Ich sollte dich nicht warnen, mein prachtvoller, starrköpfiger Noris, aber ich habe dich ein wenig liebgewonnen. Tu es nicht. Das Spiel wird dich vernichten.«

Sein Lächeln verzerrte sich. »Ich glaube nicht. Bedenke, janja, selbst wenn du recht hast, welche Wahl bleibt mir denn? Ich kann entweder bei lebendigem Leib verfaulen oder mein Leben mit Leben erfüllen, so kurz es dadurch auch sein mag. Wenn du an meiner Stelle wärst, wofür würdest du dich entscheiden?«
»Es sei. Spiel deine Karte aus, Ser Tod.«
»Ser Ordnung, janja. Macht, nicht Tod.« Er legte die Karte auf das Fell vor ihren Knien.

BILD: *Kopf und Oberkörper eines kleinen Mädchens mit grünen Flecken in seinem hübschen, rosigen Gesicht. Ein dunkelgrünes Oval inmitten seiner Stirn direkt über der Nase wurde von baumelnden, rotbraunen Locken halb verborgen. Die Vierjährige blickte mit weit aufgerissenen orange-bernsteinfarbenen Augen und dem Ausdruck verzweifelten Trotzes von der Karte.*

Raiki lächelte auf das Bild hinab. Zuneigung und Besorgnis vermischten sich auf ihrem Gesicht. »Eine Mißgeburt der Windläufer.« Sie blickte empor. »Armes Kind. Muß es sein?«
Ser Noris antwortete nicht. Seine dunklen Augen waren starr auf die Karte in ihrer Hand gerichtet.
»Wenn es sein muß.« Seufzend legte Raiki ihre Karte neben die seine.

BILD: *Die Mißgeburt etwas älter. Die grünen Flecken hatten sich ausgebreitet und zusammengeschlossen. Die ganze Haut wies nun einen hellen Olivton auf. Der dunklere Fleck auf der Stirn zeichnete sich nun deutlicher als ovale Eiform zwischen den Brauen ab. Ihr Haar war kürzer, ein Schopf weicher, rotbrauner Locken. Sie trug eine abgeschabte Lederjacke, die die spärlichen Rundungen ihres schmalen Oberkörpers wie eine zweite Haut umschloß. Über eine Schulter ragte die Spitze eines Bogens.*

»Meinst du, daß das klug ist, Raiki janja?« Ser Noris tippte die Karte mit seiner Stiefelspitze an. »Ich werde das Kind unterrichten. Versuche nun, die Frau zu nehmen.«
Raiki warf ihm einen traurigen Blick zu. »Du verstehst nicht. Bei deinem Wesen kannst du nicht verstehen. Nimm deine nächste Karte.«

BILD: *Ein Mann in weitem, schwarzem Gewand mit auf der Brust aufgestickten Silberflammen. Er hielt die Arme seitlich mit angebeugten Ellbogen und nach oben gewandten Handflächen ausgestreckt. Auf seiner rechten Hand brannte ein Feuer, über seiner Linken hing eine Peitsche.*

Raiki schüttelte den Kopf. »Ach, mein Freund, das ist übel. Die Söhne der Flamme. Tja! Du appellierst an das Schlimmste im Menschen. Ich fürchte, ich habe in der Welt, die du schaffst, keinen Platz. Es würde mir Magenschmerzen bereiten. Ich wäre die ganze Zeit über zornig und würde sauer wie eine unreife Quitte.« Sie deckte ihre zweite Karte auf.

BILD: *Ein kleiner, untersetzter Mann, bei dem überflüssige Pfunde den starken, eleganten Knochenbau von Gesicht und Körper verdeckten. Er wirkte träge, sinnlich, intelligent und arrogant, ein Mann, der alles besaß, was er sich wünschte, ohne es erbitten zu müssen, den übersprudelnde Lebensfreude vor dem Zerfall rettete und der doch so nachlässig war, daß er den Dingen nicht weiter auf den Grund ging, die seine Verwunderung hervorriefen oder seine Neugier anstachelten. Ein Mann, der viel versprach, aber bislang wenig gehalten hatte.*

»Hern von Oras. Eine schartige Waffe, janja.«
»Vielleicht.« Sie strich die Karten zusammen. »Scharten können nützlich sein.« Sie rappelte sich auf und trat an ihm vorbei zum Rande des Felsens, wo sie stehenblieb und in das Biserica-Tal hinabblickte. »Ser Noris, mein Noris, zu viele Menschen werden durch dein Spiel sterben.«

Er trat hinter sie. »Sie sterben täglich in dem Chaos, das du Leben nennst, janja. Worin liegt der Unterschied?« Er drückte leicht ihre Schulter, eine liebevolle Geste, die für jemanden von seiner Ausbildung seltsam war – einer Ausbildung, die die Fähigkeit zu liebevollen Gefühlen in ihm hätte abtöten sollen. Daß dem nicht so war, und er es fertigbrachte, die einschränkenden Gebote der Neärgate zu mißachten und trotzdem Macht zu erringen, ließ schon erahnen, wie weit er seine Kollegen hinter sich gelassen hatte und wie weit seine Ambitionen reichten.
Raiki tätschelte seine Hand. »Paß auf, mein Noris. Wenn du die Antwort auf diese Frage weißt, werde ich das Spiel gewonnen haben.«

DIE FRAU: 1

Ein Blitz leuchtete die Straße aus. Serroi verlangsamte ihren taumelnden Lauf und schlug ihre kleinen, kräftigen Hände vor die Augen. Das war knapp. Der augenförmige Fleck über den Brauen pochte *Gefahr, Gefahr, Gefahr,* rief Kopfschmerzen hervor und sagte ihr etwas, das sie ohnehin schon wußte. Hinter ihr wurden die Rufe der Wachen immer lauter; über dem Geräusch ihrer eigenen Stiefel konnte sie das Poltern ihrer Schritte hören. Sie rannte gegen eine Mauer und nahm die Hände herab. Die Winkel ihres breiten Mundes zuckten angesichts des absurden Versuchs, mit vorgehaltenen Händen zu laufen, unwillkürlich zu einem Grinsen. Als sie auf der kurvenreichen Straße um eine Ecke bog, blitzte es wieder auf, und sie sah, wie Tayyan schwer über den Körper eines Betrunkenen stolperte, der schlaff ausgestreckt an einer Mauer lag.
Die schlanke Meie stand auf und zuckte zusammen, als sie ihren Fuß aufzusetzen versuchte. Serroi blieb neben ihr stehen. Mit einem letzten besorgten Blick hinter sich kniete sie neben das verletzte Bein. »Ist es schlimm?«
Tayyan schüttelte so heftig den Kopf, daß ihr kurzes, blondes Haar um ihr Gesicht flog. »Ich glaube nicht.« Sie strich die

fahle Mähne aus den Augen. »Wie nahe sind sie deiner Meinung nach?«
»Zwei Ecken zurück, aber sie holen auf.« Serroi tastete den verletzten Knöchel ab, ohne auf Tayyans schmerzerfülltes Stöhnen zu achten. »Ich glaube nicht, daß etwas gebrochen ist. Kannst du gehen?«
Tayyan hob den Kopf, blinzelte, als wieder ein Blitz die Finsternis durchzuckte, und zog eine Grimasse, als das Wiehern eines Pferdes im Donnergetöse unterging. »Das werde ich wohl müssen, wie?« Ihr knappes Lachen klang heiser, angespannt. Sie stieß sich von der Mauer ab, und hinkte ein paar Schritte. Schweiß trat auf ihre Stirn, und sie biß sich auf die Unterlippe.
»Stütz dich auf mich.« Serroi schlang den Arm um die Taille der Kampfgefährtin. »Alles klar?«
Tayyan kicherte. Diesmal klang es natürlicher. »Gut, Kleines.« Sie kraulte Serrois wirre Locken, dann drückte sie ihre Hand auf deren Schulter und verlagerte soviel Gewicht auf die zierliche Frau, daß sie relativ schnell davonhumpeln konnte.
Jeder Lichtstrahl, der die erstickende Finsternis der Gewitternacht spaltete, zeigte aneinandergebaute Lagerhäuser zu beiden Seiten der gewundenen Straße, kahle, hohe Steinfassaden, zwei Stockwerke, die sie zwangen, auf der Straße zu bleiben, die immer mehr nach einer Falle aussah. *Ein Vinat auf dem Weg zum Schlächter*, dachte Serroi. *Gebe die Jungfrau, daß wir bald eine Seitengasse finden. Sonst müssen wir kämpfen.*
Wieder nahm die Straße eine Biegung, eine unvermittelte, fast rechtwinklige Kurve. Die beiden Frauen stolperten um die Ecke und blieben bestürzt stehen, als sie im Blitzschein sahen, daß ihnen eine massive Steinwand das Weitergehen verwehrte – ein Lagerhaus, dessen gewaltige eisenbeschlagene Türen die einzige Unterbrechung in der zwei Stockwerke hohen, grob gehauenen Steinwand darstellten. Serroi schaute zu Tayyan hoch und faßte nach dem aufgerollten Seil an ihrem Waffengürtel. »Du bist die Kletterkünstlerin. Wo geht es am besten?«

Tayyan drängte sie weiter. Dann blieb sie stehen und drückte Serrois Schulter. »Das Lagerhaus. Du kletterst, ich werde dir Deckung geben.« Sie hinkte zur Hausmauer und starrte zur Ecke zurück, um die sie gerade gebogen waren.

»Aber... Tayyan!«

Die größere Frau sah sie an und schnitt eine Grimasse. »Nun mach schon, ja? Du wirst mich nachher hochziehen müssen.«

Serroi blickte auf ihre zitternden Hände, bis sie sich beruhigte, dann rannte sie über das Pflaster auf die Doppeltür zu. Sie löste das Seil vom Waffengürtel, klammerte den kleinen, zusammenklappbaren Enterhaken daran fest und begann, das beschwerte Seil in weiter werdenden Kreisen zu schwingen. Sie ließ los. Das Seil flog nach oben, streifte einen vorstehenden Balken und fiel polternd aufs Pflaster zurück. Serrois Atem pfiff in ihrer Kehle, als sie den Enterhaken einholte und erneut zu schwingen begann. Als sie diesmal losließ, hörte sie, wie der Enterhaken sauber griff und das Seil wie ein Lebewesen vor ihr hüpfte. Sie wischte mit den Händen über ihre schweißnasse Stirn, straffte ihre Schultern und drehte sich um.

Tayyan stand nun mitten auf der Straße, die Hand am Schwertknauf, der Körper ausbalanciert und trotz ihres verletzten Beins gespannt. Serroi hauchte ein Dankgebet und rief dann: »Tayyan! Zieh deine dünne Gestalt an diesem Seil hoch!«

Sie griff nach dem Bogen, der an einem breiten Lederriemen auf ihrem Rücken hing. »Damit kann ich sie in Schach halten!«

Tayyan schnaubte, als sie ein paar Schritte näherhinkte. »Du zuerst, meine Liebe; vom Dach aus hast du einen besseren Schußwinkel.«

»Tayyan!«

»Nun debattier nicht, sonst schlage ich dich grün und blau, wenn wir zu Hause sind, kleine Windläuferin.« Sie grinste. »Los!«

»Angeber!«

»Krümel!« Kichernd wandte sich Tayyan wieder der Hausekke zu. Blitze hoben die Umrisse von vier Männern aus der Dunkelheit. Ihre Stimme übertönte deren Triumphgeheul, als sie schrie: »Los!«

Serroi rannte zu dem Seil und begann emporzuklettern. Ein Bolzen aus der Armbrust einer Wache schlug gegen den Stein und prallte ab. Flüche und Schwertergerassel hinter ihr ließen sie so schnell das Seil emporklettern, daß ihre Arme von der Anstrengung brannten. Schließlich schwang sie sich über den Rand und fiel auf das Flachdach. Ein Bolzen summte vorbei. Hastig änderte sie ihre Position und wagte einen Blick über den Rand.

Tayyan lag am Boden. Ein Bolzen hatte ihr verletztes Bein durchschlagen. Unter Serrois Blicken rappelte sie sich auf die Knie, dann auf die Füße und benutzte ihr Schwert als Stütze, bis sie stand. Sie hob ihre Waffe und erwartete den Angriff der Wachen.

Diese näherten sich vorsichtig. Eine ausgebildete Biserica-Meie, auch wenn sie durch ein verletztes Bein behindert war, galt es zu respektieren. Mit dem Rücken zur Wand des Lagerhauses wartete sie ruhig, entschlossen und furchteinflößend.

Serroi löste ihren Bogen und spannte ihn. Der Mann mit der Armbrust legte einen Bolzen ein und spannte die Schußwaffe. Sie legte einen Pfeil auf und ließ ihn von der Sehne schnellen. Er traf den Mann mitten durch die Kehle. Dann fällte sie methodisch die anderen drei, bevor diese um die Ecke entkommen konnten. Mit dem Bogen in der Hand beugte sie sich über den Rand, um nach Tayyan zu rufen.

Tayyan tat einen Schritt, rutschte in ihrem eigenen Blut aus und schlug aufs Pflaster. Der Bolzen in ihrem Bein mußte eine Arterie angerissen haben, denn Blut sprudelte stoßweise aus der Wunde, wann immer sie sich zu bewegen versuchte. Sie schaffte es, sich ein paar Meter weit zu ziehen. Dann rutschten ihre Hände weg, und sie brach zusammen. Sie hob den Kopf und schrie heiser: »Serroi, hilf mir!«

Serroi ließ den Bogen sinken und wollte sich wieder über den Dachrand schwingen. In diesem Augenblick tauchten drei neue Wachen an der Straßenbiegung auf. Sie ergriff wieder ihren

Bogen, spannte und schoß mit der gelassenen Sicherheit, die man ihr im Laufe von Jahren am Biserica beigebracht hatte. Als der letzte Mann zusammenbrach, trat der Norid um die Ecke. Er hielt die Hände nach oben gereckt. Dazwischen brach gleißend helles Licht aus einem kleinen Feuerball hervor. Serroi erstarrte. Er schleuderte die Feuerkugel. Sie flog auf sie zu und wurde immer größer.
Den Bogen selbstvergessen in der Hand, wimmerte Serroi vor Entsetzen, vergaß alles außer ihrem Drang fortzukommen und floh über die Dächer, rutschte aus, sprang weiter und sah und hörte nichts. Rings um sie her tobten Blitz und Donner. Wind kam auf und zerrte an ihr. Dicke Regentropfen prasselten nieder. Sie flüchtete über die höchsten Dächer mit blicklosen Augen, taubem Körper und dumpfen Sinnen. Nur tierhaft bewußt, ließ ihre Kampfgefährtin in ihrem Blut liegen und vergaß den Eid, den sie auf Schwert und Bogen geschworen hatte, so sehr hatte das Entsetzen sie beim Anblick der dunklen Gestalt des Zauberers gepackt.
Sie floh, bis die Dächer an der Stadtmauer endeten, erreichte mit einem verzweifelten Sprung den breiten Zinnengang und ließ sich dann durch eine Schießscharte ins unsichere Gewässer weit darunter fallen, ohne sich darum zu kümmern, ob das nun Leben oder Tod bedeutete.
Meter tiefer tauchte sie mit den Füßen nach unten senkrecht ins Wasser, teilte die Fluten, versank tief und kämpfte sich dann ohne nachzudenken nach oben, weil der Körper ums Leben rang. Während das Unwetter über ihr tobte, Blitze fast ständig zuckten, der Wind das Wasser aufpeitschte und den Hafen in einen tosenden Kessel verwandelte, schwamm sie blindlings, bis sie an den Rumpf eines vertäuten Bootes prallte. Ohne zu zögern schwang sie sich über die Brüstung und lag keuchend an Deck. Sobald sie zu Atem kam, zerrte sie das Segel aus seiner Hülle, bekam es gesetzt, löste die Taue und steuerte das Boot ins Herz des Sturmes, daß ihre Tränen sich mit der fliegenden Gischt und dem Regen mischten.
Der Wind trieb das Boot weit auf die See hinaus, ehe der Sturm sich legte und das Boot wie einen Korken schaukelnd in den

hohen Wellen zurückließ, ohne daß irgendwo Land in Sicht gewesen wäre oder sie eine Ahnung gehabt hätte, in welche Richtung sie fuhr. Sie löste die verkrampften Finger von der Ruderpinne, ließ das Segel herabsinken, legte dann den Kopf auf die Knie und versuchte, ihre verbliebenen Kräfte zu mobilisieren. Nach einer Weile setzte sie sich auf und berührte mit dem Zeigefinger sanft den weichen, warmen Fleck, der wie ein drittes Auge inmitten ihrer Stirn saß. Als diese Stelle unter ihrer Fingerspitze erbebte, verlangte sie Land, schloß dann die Augen und drehte den Kopf im langsamen Halbkreis, um das Ziehen zu erfühlen, das ihr sagen würde, in welche Richtung sie sich wenden mußte.
Sobald es sich stabilisiert hatte, setzte sie wieder das Segel und folgte der Richtung jener Kraft.
Es herrschte immer noch Dunkelheit, als sie sich einer Reihe von Kreidefelsen näherte. Über ihr brach die Wolkendecke auf, und die Tänzer wurden sichtbar, die letzten von elf Monden, die sich zur Sammlung scharen sollten, drei kleine Grenzpunkte, die sich fast gleichzeitig bewegten und gleichzeitig zunehmend, abnehmend oder voll waren. Sie zeigten nun fast ihre volle Gestalt, und ihr Lichtschein genügte, um ihr die kleine Unterbrechung in der Brandungslinie zu zeigen, mit der die Wellen gegen die Klippen donnerten. Sie segelte in die kleine Bucht, ankerte inmitten des Kanals – die Gezeiten zur Zeit der Mondsammlung waren launisch. Als sie sicher verankert lag, brach sie auf dem feuchten Deck zusammen, zu erschöpft, um sich wegen ihrer triefenden Kleidung und der kalten Luft Gedanken zu machen.

Und dann kam der Alptraum: Immer wieder spielte sie ihre Flucht durch. Immer wieder sah sie Tayyans Gesicht vor sich, ihre flehenden, vorwurfsvollen Augen. Und immer wieder hörte sie: »Hilf mir, Serroi, hilf mir.« Und sie sah sich laufen wie ein Tier. Und immer wieder hatte sie Norids lächelndes Gesicht vor Augen, die glatte Linie der Brauen, die auf hübsche Weise über die dunkeln, warmen Augen führte, das dreieckige Gesicht mit den fein gezeichneten Lippen, der gebogenen Nase, den zarten Nasenflügeln mit dem herabhängenden Rubin – nicht den Norid von der Straße, nicht diese wertlose Messingimitation, sondern den andern, den ersten, Ser Noris, *ihren* Noris.

Serroi erwachte keuchend mit Herzbeklemmungen und vom Entsetzen gepackt – bis sie sah, wie das Segel träge gegen den Mast schlug. Das Boot unter ihr schaukelte im Wind und der zurückweichenden Ebbe. Sie setzte sich unter Stöhnen auf. Alles tat ihr weh, und ihr Alptraum war noch nicht ganz von ihr gewichen.
Die frühe Morgensonne glich einer gequetschten Orange, an deren unteren Ende ein Gebirge nagte, das man Zähne der Erde nannte. In der vergangenen Nacht hatten sich Gewitterwolken dort aufgetürmt und das rote, goldene und purpurne Licht aufgesaugt. Der Wind zerrte an ihrem Haar, zupfte einzelne Locken aus dem fuchsbraunen Schopf und kitzelte ihr Gesicht damit. Sie berührte das grüne Oval, schloß die Augen, streckte die unsichtbaren Fühler aus, die sie stets bei solcher Suche von sich ausgehen fühlte, und reckte sie, so weit es nur ging. Kein denkendes Wesen innerhalb ihrer Reichweite. Sie strich zart über den Hautfleck und erschauderte vor Vergnügen bei der Erinnerung an die Liebkosungen anderer Finger. Tayyan...

Hilf mir, rief Tayyan. Serroi schaute hinab zu ihrer Kampfgefährtin, die in ihrem eigenen Blut ausgestreckt lag, dann wanderte ihr Blick zu dem Norid, dem Schwarzen Mann, und Grauen durchströmte sie. Sie lief los. Huschte wie ein Tier über Dachziegel und Mauern. Rannte mit Tayyans vorwurfsvollem Blick ständig im Rücken.

Serroi schauderte, rieb sich die Augen, lehnte den Kopf zurück gegen das Sitzpolster neben dem Ruder und beobachtete, wie die Sonne höher stieg. Allmählich bemerkte sie, wie hungrig sie war. Sie legte sich die flache Hand auf den Bauch und wunderte sich über die Lebensgier ihres Körpers. Sie blinzelte, um die quälenden Erinnerungen zu verscheuchen, stand auf

und begann, die Spinde zu durchwühlen. Sie fand einen Weinschlauch und schüttelte ihn, quetschte ein paar Tropfen des säuerlichen Inhalts in ihren ausgedörrten Mund und schüttelte sich. Sie brach sich bei Öffnen einer Zwiebackdose einen Fingernagel ab, setzte sich hin und lutschte an dem Finger, während sie die hellbraunen Gebäckstücke durchstöberte. Sie fischte eines davon heraus, kaute auf dem harten Stück und nippte von dem sauren Wein. Dann setzte sie die Erkundung des Bootes fort.
Es war sauber und gepflegt, offensichtlich der Stolz eines armen Fischers. Da gab es Ersatzteile, Baumwollflicken fürs Segel, Kordel zum Flicken von Netzen, sauber aufgerollte Angelschnur, ein kleines Päckchen Nadeln, derbes Garn und vieles mehr. Auf halbem Weg stieß sie auf ihren Bogen, der immer noch gespannt dort lag, wo sie ihn hatte fallen lassen. »Yaelmri würde mir den Kopf abreißen.« Sie beugte sich nieder, löste die Schlinge, strich mit der Hand über das sorgsam geschwungene Holz und war froh, daß es trotz der ständigen Nässe noch stark wirkte. Sie hängte den Bogen zum weiteren Trocknen an den Mast, streckte sich und tätschelte sich beim Gähnen vor den Mund.
Höher oben an den Felsen brüteten Hanguli-Passare in den Kalkhöhlen. Andere dieser pelzigen Tiere flogen umher, wobei sie mit ihren langen, ledrigen Flügeln geschickt die Aufwinde vor den Felsklippen ausnutzten. Ihre Schreie mischten sich in das ständige Tosen der Brandung und das Knarren des Bootes in Wind und Wogen. Serroi ging langsam an der Reling entlang, ließ ihre Hand über das säuberlich gefugte und geölte Holz gleiten, schämte sich ihres sorglosen Umgangs mit ihrem Bogen und schämte sich des Diebstahls dieses Bootes. Selbst wenn sie Gold zur Bezahlung schickte, konnte das die liebevolle Pflege niemals aufwiegen. Plötzlich blieb sie stehen, schloß die Augen und lauschte den schrillen, wilden Schreien der kreisenden Passare, schöpfte daraus Trost, wie sie es schon zuvor aus vergleichbaren Geräuschen, Gerüchen und Berührungen getan hatte und immer wieder tun würde. Tier, Erde und grüne, wachsende Dinge – sie blieben stets die gleichen, ohne alle

Falschheit. Sie waren nie verletzend, wie die Menschen es sein konnten und immer wieder waren.
Sie stand am Mast, das Gesicht Oras zugewandt, und fragte sich, was dort wohl geschah, ob Tayyan noch am Leben war. *Ich sollte umkehren. Ich muß zurück. Er wird sie zum Platz bringen, damit sie überlebte und er sie befragen konnte. Zum Teufel mit dieser törichten Lybor, die einen Abklatsch von Norid für ihre Pläne einzusetzen versuchte. Er würde sie befragen!* Sie warf den Kopf in den Nacken und riß die Arme empor. »Ahhhhhaaaaaiiiiiy, Tayyyyaaaannnn!« Der Schrei wurde ihrer Kehle entrissen, ein schmerzvolles Zeichen des Entsetzens, das ihren Körper umklammert hielt. Der Norid. Wieder sah sie die schwarze Gestalt, sah das glatte, schwarze Haar und sein wettergegerbtes, rotbraunes Gesicht. Norid, Norid, ein billiger Straßennorid mit seinen faulen Tricks. Dann verwandelte sich das Bild in den, dessen Erinnerung sie verfolgt hatte, in das Gesicht, das sie nicht vergessen konnte, das sie niemals vergessen konnte – das elegante, hagere Gesicht, farblos im Mondenschein mit einem schwarzen Strich von Augenbraue, ein zu bläulich-pinkfarbener Linie zusammengepreßter Mund und einem Goldring durch den Nasenflügel, von dem ein Rubin herabbaumelte, der sich beim Sprechen bewegte. Der Rubin wuchs immer weiter an, überflutete sie mit blutrotem Licht, pulsierte, bis sie zu seinem Rhythmus tanzte, ein kleines, wildes Mädchen mit dem Mal der Mißgeburt, ausgestoßen als Mißgeburt, ein kleines, tanzendes Mädchen, das von einem unsichtbaren Feuer verzehrt und schließlich verschlungen wurde...

Als ihr wieder bewußt wurde, was sie tat, befand sich das Boot schon auf offener See, und die Klippen waren nur noch als dunkle Linie am Horizont zu erkennen. Sie schauderte und riß das Boot herum zum Ufer. Ihr Mund war trocken, sie trank den sauren Wein, stürzte ihn hinab, bis ihr Kopf umnebelt war. Sie ließ den Haltestrick über die Ruderpinne gleiten, rollte sich auf dem Deck zusammen, schwindelig vom Schlingern des Bootes und dem Wein in ihrem Bauch und drückte den schlaffen

Weinbeutel gegen ihre Brüste. Sie drehte sich, trank wieder. Und wieder. Dann drückte sie den Stöpsel in den Verschlußring und barg betrunken, erschöpft und schon halb im Schlaf den Kopf in den Armen, ihre Geldkatze schlug auf die Bohlen, daß die Münzen im Inneren dumpf klimperten.

Tayyan rümpfte die lange, dünne Nase. Sie schlang ihren Waffengürtel um die schmalen Hüften und musterte ihre Kampfgefährtin. »Verdammt, Serroi, wir sind noch nicht im Dienst. Wen kümmert es, wenn zwei Meien sich aus dem Harem stehlen? Wen schert es, daß Morescad ein Ausgehverbot über uns verhängt hat? Mich jedenfalls nicht. Was er nicht weiß, kann uns nicht schaden. Und er wird nichts erfahren, wenn wir über die Mauer klettern. Schau, Kleines, Lucyr hat dieses Rennen angesetzt. Der einzige Mann, den ich jemals kennengelernt habe, der mehr von Macain versteht als mein Vater. Fünf Macain, keines davon jemals besiegt und eines aus unserer familieneigenen Zucht.« Ihre dunkelblauen Augen lachten, als sie durch Serrois rotbraunen Schopf kraulte. »Ein in den Bergen gezogenes Macain von Frinnors Hold, meine Liebe, aus Curohs Gestüt. Ein Cousin zum Schwager meiner Mutter. Du glaubst gar nicht, wie lange es her ist, daß ich ein gutes Rennen gesehen habe, ein wirklich gutes Rennen!« Ihre Finger verfingen sich in dem wolligen Haar; sie zog zärtlich an den Locken. »Was ist, kommst du mit, Liebes?«
Serroi seufzte und gab trotz schmerzlicher, warnender Zukkungen über ihrem Augenfleck auf der Stirn nach. Sie entwand sich Tayyans Griff, packte ihre Hand, führte sie an die Lippen, küßte leicht einen Finger, biß dann kräftig auf den Knöchel und lachte und tanzte davon, als Tayyan sie packen wollte.

Die Rennbahn: Gut eine Stunde Marsch von der Stadt aus. Ein grobes, langgezogenes, in die stumpfe, braune Erde des harten Bodens südlich von Oras gekratztes Oval. Fackeln. Weinverkäufer, die aus purpurfleckigen Fässern Wein in irdene Schalen gossen. Lärm und Lachen und Wein und Erregung wirbelten um Serroi, bis sie das Gefühl hatte, sich in einer anschwellen-

den Blase zu bewegen, die nicht platzen wollte. Im Zentrum des Wirbels schnaubten und scharrten fünf Macain – Rennzucht, starker Knochenbau, lange, häßliche Gliedmaßen, Läufe, die sich in die rauhe Erde gruben, ganze Fontänen kleiner Steinchen emporschleuderten, die sich über die Menge ergossen und zwischen den stampfenden Stiefeln zu Boden fielen. Das Brüllen schwoll zu einem Kreischen an. Mächtige Hinterläufe ließen die Macain in einer Reihe langer Sprünge starten.
Tayyan umklammerte Serrois Schulter, als die Tiere in der Ferne um die Kurve jagten und auf die Zielgerade einbogen. Ein schlankes, grünlich-braunes Macai mit einem drahtigen Reiter, der hoch auf seinem Rücken stand, legte allmählich Abstand zwischen sich und das Viererfeld.
»Curosh, Curosh!« jubelte Tayyan, als das Macai auf sie zugerast kam. »Lauf, lauf, lauf, lauf!«
Serroi kreischte mit ihrer Waffengefährtin. Ihre Altstimme kontrapunktierte Tayyans Quietschen, und sie hatte nun ihre Vorahnung vergessen und ergab sich dem Getöse und der Erregung rings um sie. Schreie, Flüche. Stampfende Stiefel, Arme, die ihr in den Rücken und die Seiten gestoßen wurden. Weinschalen ergossen sich über sie. Kieselsteinchen, die ihr Gesicht streiften. Gerüche nach Menschen- und Tierschweiß, die über sie hinwegfluteten. Schaumfetzchen, die sie besudelten. Mengengeheul. Das Drängen von Leibern, das sie beide vorwärtsschob. Rempeln. Grölen. Lachen. Massenhysterie, die sie verschlang, als die Zuschauer sich um den keuchenden Gewinner drängten.
Die Blase zersprang. Serroi kam wieder zur Vernunft, benommen von Weindünsten, schwindelig und mit pochendem Kopf. Tayyan stopfte gerade Gold- und Silbermünzen in ihre Geldkatze und redete energisch auf einen kleingewachsenen Mann ein, der Haare wie Stroh und ein braunes, wettergegerbtes Gesicht hatte, das einer verwitterten alten Wurzel ähnelte. Serroi zerrte sie fort, und die beiden Meien drängten aus der sich zerstreuenden Menge und gingen über den knirschenden Kiesbelag auf die Hochstraße und das Stadttor zu.
Tayyan war immer noch ganz aufgeregt, schüttete den Inhalt

ihres Geldsacks in die Handfläche, zählte ihre Gewinneinnahmen, prahlte mit ihrem Triumph und bemerkte gar nicht, wie Serroi sich immer mehr in sich zurückzog. Der Augenfleck pochte, jedes kleine Zwicken war ein warnender Schrei. *Gefahr voraus. Paß auf.* Sie sagte nichts – es gab nichts zu sagen, die Warnung war in bezug auf Zeit und Raum unbestimmt, und um sie her war nichts als die mondbeschienene Ebene und die in die Stadt heimkehrenden Sportliebhaber. Selbst die wurden leiser, je näher sie den Toren kamen. Mehr als einer unter ihnen hatte den diensthabenden Wachen Wein und Geld zugesteckt, damit sie das Tor einen Spalt offenließen. Glücklicherweise gehörte keiner der Wachen zur Flamme. Vielleicht war das auch gar keine Frage des Glücks. Domnor Hern liebte ein gutes Rennen; nur der harte und unnachgiebige Druck von Ratgebern, Ehefrauen und den Söhnen der Flamme hatte ihn dazu gebracht, Rennen zu verbieten und die damit einhergehenden Wetten zu untersagen.
Die beiden Frauen kamen unbemerkt durchs Tor, doch kaum waren sie drinnen, da ging Serroi schneller und zog Tayyan mit sich. In der Stadt wuchs die feindselige Stimmung gegen die Meien, eine Feindschaft, welche die Söhne der Flamme schürten. Domnor Hern setzte sie immer noch als Haremswachen ein, doch die anderen Meien wurden nach und nach von ihren Arbeitgebern entlassen. Außerhalb von Oras in den kleinen Dörfern von Mijloc nannten die Flammenpriester sie Teufelshuren, verliehen ihnen weitaus weniger höfliche Bezeichnungen und führten Feldzüge gegen jene Anhänger der Jungfrau, die schwierige Töchter immer noch ins Biserica-Tal zur Ausbildung als Kriegerinnen, Heilerinnen oder Dienerinnen der Jungfrau schickten. Der Brauch – seine Ursprünge lagen im Nebel mystischer Zeiten –, daß man am Biserica geflohenen Töchtern und Ehefrauen Unterschlupf gewährte, hatte Groll bei den konservativen Mijlocim hervorgerufen, der leicht in Abneigung und Furcht umzuwandeln war.
Tayyan ließ die Hälfte der Münzen in ihren Beutel rutschen, trat plötzlich vor Serroi und grinste breit, als sie ihre Kampfgefährtin an sich drückte und den Augenfleck mit dem Rücken

der Faust streichelte, in der sie immer noch das Geld hielt. »Kleine Nervensäge«, sagte sie liebevoll, immer noch recht aufgekratzt von Wein und Erregung. »Hier. Das gehört dir.« Sie trat zurück, packte Serrois rechte Hand und häufte Münzen in ihre Handfläche. »Ich hatte zwei Zehnereinheiten für dich auf Curosh gesetzt.«
»Tayyan, du weißt, daß ich solche Spiele nicht mag.« Serroi versuchte, das Geld zurückzugeben.
»Du wirst doch heute abend den Sport nicht miesmachen wollen, meine Liebe!« Tayyan lachte und tanzte fort, hob ihre Hände zu den aufkommenden Wolken, gähnte und stöhnte vor Wohlbehagen, ihre Muskeln zu strecken. Sie blieb mit in die Hüften gestemmten Händen stehen und grinste Serroi an. »Mich verlangt es nach Bad und Bett. Kommst du mit?«
Serroi nickte; sie fühlte sich unglücklich, daß sie nicht Tayyans gute Laune teilen konnte. Mehrere Minuten ging sie schweigend weiter, dann seufzte sie und steckte die Münzen in ihre eigene Geldkatze.

Das Boot schaukelte, als der Wind sich drehte. Serroi regte sich, ihre Zunge war pelzig, ihr Kopf schmerzte. Sie zog sich an einem Tau hoch, bis sie schließlich mit gekreuzten Beinen und an die Schläfen gepreßten Händen dasaß. Sie schluckte mehrfach. *Menschen,* dachte sie. *Ich brauche Menschen. Und Wasser. Und Essen.* Sie konzentrierte ihr *Verlangen,* dann folgte sie der Zugkraft des Augenflecks südöstlich in Richtung der Klippen.
Sie bahnte sich ihre langsame Fahrt gegen den Wind hin zum fernen Ufer, doch sie war immer noch ein Stück draußen, als die Sonne ihren Zenit erreichte und der Wind nur noch in erratischen Stößen blies, die zu schwach waren, um auch nur eine Feder anzuheben. Das Segel schlug gegen den Mast, sank herab, blähte sich und hing schon wieder schlaff herunter. Sie schüttelte den Weinschlauch, zog den Stöpsel heraus, hob das Behältnis empor und ließ die dicke, saure Flüssigkeit in den Mund rinnen. Die Sonne verdampfte die Feuchtigkeit auf ihr, bis ihre Haut zu brennen begann. Sie saugte an dem Wein-

schlauch, die Augen aufs ferne Ufer gerichtet, jene quälende dunkle Linie, die so nah und doch nicht erreichbar schien. Sie döste ein wenig, doch der Schlaf brachte nur die Alpträume zurück. Schließlich blieb sie wach und versuchte, sich ohne nachzudenken dahintreiben zu lassen.

Spät am Nachmittag zerrte eine kühlere Brise an ihrem Haar und zupfte am Segel, daß es klatschend um den Mast flog. Durchnäßt von Wein und Schweiß schwankte sie auf die Füße und fiel auf die Knie zurück, als das Boot unter ihr schaukelte. Sie schüttelte den Kopf, stöhnte und schaute dann über die Schulter zur Sonne, die tief im Westen hing, fast die glatte Linie des Ozeans berührte und die Wellen karmesinrot anhauchte. Da sie nicht gehen konnte, kroch sie zum Mast und zog sich dort hoch. Ihr Kopf wurde allmählich klarer. Menschen, dachte sie, *verlangte* sie und steuerte dann das Boot in die Richtung, die der Augenfleck angab. Das Segel blähte sich, und das Boot tanzte leicht über die Wellen. Innerlich dankte sie dem Schiffsbauer. Ein tolles Boot, beständig und wendig, mit Liebe gebaut und mit Liebe gepflegt, so daß es nun mit singendem Zischen über die dunkel werdenden Wasser flog.

Als sie sich den weißen Felsen näherte, sah sie eine andere Wassermündung, mit einer Pier, kleinen Lagerhütten und einer massigen Steinfeste. Angetrieben von Wind und Flut schwebte das Boot wie ein Vogel unter ihren Händen auf die Pier zu. Hütten und Festung waren verlassen und machten einen verfallenen Eindruck. Sie runzelte enttäuscht die Stirn, doch der Augenfleck zog sie immer noch kräftig zum Land hin, also lehnte sie sich zurück und ließ sich vom Wind den Wasserlauf hinabtreiben, der sich zwischen den senkrecht aufsteigenden Kreidefelsen dahinwand.

DAS KIND: 1

Das kleine, verschmutzte Kind spielte mit den Chininwelpen, stolperte unachtsam über die Tundra, trat Gras und Blumen nieder und kümmerte sich nicht darum, wenn es sich an herumliegenden faustgroßen Steinen stieß. Die Chinin knurrten spielerisch und schnappten mit spitzen, kleinen Zähnen nach seinen zerrissenen, schlammverkrusteten Kleidern. Sie zerrten an seinen Stiefelschäften, polterten über es hinweg und kullerten auf ihm herum, wenn sie miteinander kämpften. Das Mädchen war verdreckt und feucht, voller blauer Flecke und an Hunderten von Stellen zerschrammt. Aber es genoß die Balgerei, badete im Vertrauen und der Wärme, welche die Chinin ihm schenkten, fühlte sich als eine der ihren, ein Chini unter Chinin. Und sie vergaß oder verdrängte völlig die Schelte, die sie später von ihrer erschöpften Mutter, die Schläge, die sie von ihrem Vater bekommen würde, und die Quälereien, die sie von ihren normalen Geschwistern zu erwarten hatte. In diesem Spiel lebte sie völlig aus dem Augenblick heraus und war durch und durch glücklich.

»Serroi!« Sie erkannte die rauhe Stimme ihres Großvaters und stand widerwillig auf. Ihr Blick glitt zu seinem Gesicht, dann hinab auf die Zehenspitzen ihrer Stiefel. Er wirkte zornig und verlegen. Sie wagte einen zweiten Blick auf den starken Mann an seiner Seite, da die Anwesenheit des Fremden sie verwirrte. Die grünen Flecken auf ihrer Haut und ihre kleine Gestalt beleidigten das Selbstwertgefühl ihres Großvaters; sie symbolisierte die mangelnde Beherrschung seines Sohnes, denn sie war wider den Brauch im strahlend heißen Frühling gezeugt, wenn die Windläufer normalerweise Ruhezeit hatten, und man hielt sie gewöhnlich versteckt, wenn Besucher ins Lager kamen. Doch nun hatte ihr Großvater sie gerufen, um sie einem großen Mann in engem, schwarzem Gewand vorzustellen. Mit finsterem Blick trat sie neben ihren Großvater, voller Wut, daß er ihren Spaß gestört hatte, aber gleichzeitig zu vertraut mit seiner groben Hand, um ihren Zorn zu zeigen.

Sie blieb in einigem Abstand stehen, wußte sie doch instinktiv und aus Erfahrung, daß er sie nicht anfassen wollte. Sie hielt den Kopf gesenkt, daß ihre Locken nach vorne fielen und ihr Gesicht verbargen und sie dem fremden Mann heimliche Blicke zuwerfen konnte. Er war in ihren Augen wunderschön und sie ausgehungert nach Schönheit. Er war sehr groß. Großvater, der unter seinen Leuten ein stattlicher Mann war, reichte ihm nur bis zur Brust. Der Fremde war schneeweiß, mit fein geschnittenen Lippen und einer Nase gerade wie eine Messerklinge. Durch seinen linken Nasenflügel führte ein kleiner Goldring. An ihm baumelte ein glänzender, roter Stein, der sich bewegte, wenn er sie anlächelte. Sein Haar umhüllte sein schmales, hochwangiges Gesicht wie schwarzer Rauch. Auch seine Augen waren schwarz, vom Schwarz der polierten Schmucksteine, die ihre Mutter bei den Tangi-vlan-Festlichkeiten zu Ende des Sommers trug. Er wirkte auf sie wie ein fremdartiges, wildes Tier, und da sie sich bei den Tieren am ehesten zu Hause fühlte, wagte sie es, sein Lächeln zu erwidern. Sie hob den Kopf und vergaß die grünen Flecke, die sie als Mißgeburt zeichneten.

»Das ist das Kind.« Die Lippen ihres Großvaters waren zu einem breiten, humorlosen Lächeln verzerrt; er kroch fast vor dem Fremden.

»Und ihre Eltern sind einverstanden? Sie muß ein freiwilliges Geschenk sein.« Die Stimme des Mannes war tief und melodisch. Sie schauderte vor Vergnügen bei ihrem Klang und achtete wenig darauf, was die Männer sprachen. Erwachsene redeten ständig über sie hinweg und über Dinge, die kompliziert und uninteressant waren. Statt dessen konzentrierte sie sich auf den vibrierenden Genuß, zu dem seine Stimme seine Worte machte.

Großvater zuckte mit den Schultern. »Gegen Sommerende muß sie ohnehin zu den Priestern. Mein Sohn ist einverstanden.«

»Und die Mutter des Kindes?« Der Rubin verschoß karmesinrote Funken, als er sprach.

Serroi warf auf die Frage hin ihrem Großvater einen heimlichen Blick zu. Vor Überraschung, daß sich jemand für die Meinung einer Frau interessierte, riß er die rotbraunen Augen groß auf. »Die Schwiegertochter wird tun, was mein Sohn sagt.«

»Dann unterzeichnen Sie das.« Der wunderschöne Fremde schob die Finger in seinen Ärmel und zog eine Art kurzer

Pergamentrolle hervor, die er ihrem Großvater aushändigte. »Es ist eine Schenkungsurkunde.« Er förderte eine winzige Dose schwarzen Fetts zutage und zeigte Großvater, wie er seinen Daumenabdruck auf das Dokument setzen mußte. Als dies geschehen war, nahm er das Pergament, rollte es wieder auf und steckte es in den Ärmel zurück. Wieder lächelte er auf Serroi herab und streckte seine Hand aus. »Komm, Kind.«

Sie war verwirrt und fassungslos, wollte gern tun wie ihr geheißen und hatte doch Angst vor dem, was geschah. Sie schaute von ihrem finster dreinblickenden Großvater auf den prachtvollen Mann und ging dann zögernd auf ihn zu. Nach einem letzten Blick auf die Chininwelpen, die aufgehört hatten zu spielen, auf ihren Hinterläufen saßen und sie beobachteten, ergriff sie die Hand des Fremden und trottete neben ihm her. Ihre kurzen Beine mußten mehrere Schritte tun, um mit einem einzigen der seinen mitzuhalten. Nach ein paar Minuten schaute sie zurück. Die Welpen saßen immer noch in einem unsauberen Halbkreis und sahen ihr mit traurigen Augen nach. Ein Chininjunges heulte plötzlich los, und die anderen stimmten mit ein. Der Klang wühlte sie auf, so daß sie sich auf die Lippe biß und schneller neben der dunklen Gestalt herging, die über die Tundra auf eine der vielen freiliegenden Gesteinsformationen zuhielt, die sich wie scharfkantige Zähne aus der dahingestreckten Landschaft erhoben.

Hinter dem Felsen war ein Vinat an einen großen Stein gebunden und weidete im weichen Frühlingsgras. Er war vor einen geschnitzten und bemalten Wagen gespannt, wie ihn die Tangi-Priester benutzten, wenn sie zwischen den Windläufer-Lagern umherreisten. Um die vier Seiten des Fahrzeugs führten Schnitzereien von Vinats, die mit ihren vergoldeten Hörnern über gelben Boden sprangen. Über und unter ihnen verliefen Ketten roter und gelber Blumen, grüner Blätter und rankenden Laubes. Über den Wagen spannten sich geschnitzte Bögen mit Schlingen, durch die man eine Plane knüpfen konnte, obwohl nun keine darübergezogen war. Serroi sah zu, wie der Fremde den Hinterverschlag des Wagens herabließ und die Schnüre eines großen Ledersacks zu lösen begann.

Mit einem eigentümlichen Gefühl im Magen trat sie zu dem grasenden Vinat und streichelte mit zögernden Fingern die dichten, wolligen Locken auf den Vorderbeinen des Tieres. Es hob den graziösen, schmalen Kopf. Der geschmeidige Hals bog sich zur Seite, und der Vinat stupste mit dem Kopf nach ihr. Seine Nüstern bebten, und seine Ohren zuckten vor Vergnügen, als sie ihn am Kiefer genau oberhalb des struppigen Bartes kraulte, der wie Feuer brennen konnte, wenn der Vinat damit ein angreifendes Raubtier streifte. Weitere steife, kurze Stacheln schimmerten wie Golddraht auf dem handförmigen Geweih. Mit seiner durch die Borsten geschützten Kehle, der zusätzlichen Waffe der bestachelten Hörner und den rasiermesserscharfen Hufen war der Vinat ein zäher Kämpfer und auch halb gezähmt schwer zu handhaben.
»Komm her, Kind.« Die melodische Stimme hatte einen herzlichen Beiklang, der sie überraschte. Ihr Herz schlug sprunghaft, und sie wußte nicht, was sie eigentlich erhoffte, als sie den Vinat stehenließ und um den Wagen herumging. Der Mann ergriff ihre Hand und lächelte von seiner großen Höhe zu ihr herab. Er wirkte nun sanfter, weniger wie ein langzähniger Sicamar, der eine Herde belauerte. »Setz dich hierhin.« Er deutete auf einen kleinen Stein zwischen Gras und Limulblumen. Sobald sie saß, brachte er ein mit Wasser gefülltes und mit weißem Schaum parfümiertes Becken. Er kniete neben sie und stellte die Wanne ins Gras vor ihren Stiefelspitzen. Nachdem er seine Ärmel zurückgeschoben hatte, tauchte er einen Lappen ins Wasser und säuberte vorsichtig ihr Gesicht. Das Tuch streichelte ihre Haut, allerdings bekam sie brennenden Schaum in die Augen. Das Wasser war köstlich warm. Sie blieb ganz still sitzen, bebte unter dem Genuß der Wärme und einer Vorsicht, die sie für Zärtlichkeit hielt, die erste, die sie bekam, seit ihre Mutter sie entbunden hatte. Als er mit dem Gesicht fertig war, wusch er gründlich ihre Hände und reinigte sogar die kleinen Schmutzstellen unter ihren kurzen, abgebissenen Fingernägeln.
Schließlich hockte er sich auf die Fersen zurück und ließ den Lappen ins Becken fallen. »Wasch den Rest deines Körpers,

Kind, und zieh dann das hier an.« Er deutete in den hinteren Teil des Wagens. Dort lagen ihre besten Hosen, Jacke, Gürtel und Mantel. »Deine Mutter hat sie mitgegeben.« Er stand auf. »Trödle nicht. Komm zu mir, sobald du fertig bist.« Er ging davon, hievte sich auf den Fahrersitz des Wagens und kehrte ihr so den Rücken zu.

Als sie neben ihn hinaufkletterte, ließ er eine Peitsche über die Hinterbacken des Vinats zucken, und sie begannen ihre Fahrt durch die Tundra.

DIE FRAU: 2

Die steilen Kreidewände verengten die schmale Bucht zu einem Wurm Salzwasser, der sich in die Flanke der Zähne der Erde bohrte, eine Bergkette dicht am Ufer, die von der Gegend südlich von Oras bis zum Araji-Golf reichte, wo die Landmasse von Sankoy sich in den Ozean hinausschob. Das Wasser stieg in dem Kanal und wurde mit der anschwellenden Flut immer schneller. Winde stürzten über die Klippen und vermischten sich mit den starken Luftströmungen, die dem Wasser vom Meer her folgten und sich zu wilden, unberechenbaren Turbulenzen entwickelten.

Serroi hatte zu kämpfen, um das Boot in der Mitte des Wasserlaufes zu halten, und segnete inbrünstig den Schiffsbauer, denn alles, was sie ein dutzendmal davor bewahrte, zerschmettert zu werden, war die Stabilität und Wendigkeit des kleinen Wasserfahrzeugs. Sie segelte durch die wachsende Dunkelheit unterhalb der Felsen und begann allmählich das Grün von den Bergen zu riechen, als die Seitenwinde den Duft der Pflanzen aufnahmen und ihn mit dem scharfen Geruch der salzigen Luft vermischten.

Ein entfernter metallischer Klang war trotz der Geräusche von Wind und Wellen zu vernehmen und wiederholte sich mehrere Male. Serroi blinzelte, beugte sich nach vorn und lauschte angestrengt, als das Boot um den ersten Teil einer Doppelkurve bog. *Eine Glocke. Und nahe.* Als das Boot sich um die zweite

Biegung schob, war die Glocke verstummt, aber unvollständige Rufe drangen an ihr Ohr. Plötzlich verbreiterte sich das Wasserbett, und die Felsen wichen zurück und stiegen weniger steil an. Sie raffte das Segel und ließ sich mit dem langsamen Strom der Gezeit dahintreiben. Ihr Augenfleck pulsierte und warnte vor drohender Gefahr.

Etwa ein Dutzend Bootslängen vor ihr ging die Steilwand zu ihrer Rechten abrupt in flachen Strand über. Dahinter war hügeliges Grasland, das in größerer Entfernung zu den Bergen anstieg.

Als das Boot weitertrieb, immer noch im tiefen Schatten, gab die Felswand langsam die Schlachtszene frei. Ein Stück Mauer erschien hinter dem Felsen und zog sich in die Länge – dann tauchte das Fischerdorf auf.

Hinter der Mauer und in den Fensterschlitzen der Wehrtürme waren Köpfe zu erkennen. Davor lagen ausgestreckt die Leichen von drei Fischern, eine steckte voller Armbrustbolzen, die beiden anderen waren nur noch eine blutige Masse. Ein wenig weiter draußen lagen zwei kleinere, dunklere Gestalten in Pfützen trocknenden Blutes; sie hatte man mit Fischspeeren aufgespießt.

Die untergehende Sonne vergoldete die brüllenden und wild durcheinanderreitenden Macaikrieger, die sich auf einem felsigen Vorsprung außerhalb der Reichweite von Pfeilen aus dem Dorf sammelten. Es waren kleine, dunkelhäutige, in abgerissenes Leder gekleidete Männer, die Schilder aus gehärtetem Leder auf den Rücken trugen und ihre Säbel hoch emporschwangen oder an der Seite baumeln ließen. *Kapperim.* Serroi holte tief Luft und stieß sie heftig aus. *Ein Überfall zur Zeit der Mondensammlung? Hier?* Irgend etwas stimmte nicht. Sie befanden sich hier zu weit nördlich, zu weit entfernt von ihren Höhlen in den Bergen hinter Sankoy. Irgend etwas mußte sie aufgestachelt haben. Sie leckte ihre Lippen und wurde sich voller Unbehagen klar, daß dies nur zu gut zu den Geschehnissen in Oras passen konnte. Das konnte bedeuten, daß Nearga-Nors Einfluß weiter reichte, als sie vermutet hatte, und daran mochte sie gar nicht denken. Sie suchte den Hügel nach dem

Schamanen ab, sah jedoch nur den Kriegsführer, einen bärtigen Mann, dessen Lederrüstung mit Tausenden kleiner Spiegel benäht war, in denen sich die Sonne fing und die ihn in eine Netz goldenen Lichts hüllten.
Fünf der Plünderer brachen aus und ritten in voller Geschwindigkeit den Hügel hinab. Als sie sich auf ebener Erde vor der Dorfmauer befanden, rissen sie ihre Macain an den Zügeln auf die Hinterläufe hoch, schwangen Schlingen über den Köpfen und schleuderten rauchende Kugeln in das Dorf. Dann rissen sie ihre Reittiere wieder herum und stoben fort, gefolgt von wüsten Beschimpfungen und Schreien.
Die Kugeln kamen wieder herausgeflogen, um zischend und rauchend auf der Erde aufzubrechen und dann zu erlöschen. Draußen auf dem Wasser rümpfte Serroi die Nase, als Fahnen des übelstinkenden Rauchs an ihr vorüberzogen.
Ein Pfeilhagel und ein paar Fischerspeere wurden den Kapperim hinterhergejagt. Obgleich die meisten von den Rückenschildern abprallten, stürzten zwei Reiter aus dem Sattel. Einer hatte einen Pfeil im Bein, den anderen hatte ein Fischspeer an der Hüfte getroffen. Der verletzte Kappra rappelte sich auf die Knie und wollte sich den Hügel hinaufschleppen, doch ein zweiter Speer traf ihn fast an der gleichen Stelle wie der erste in der unteren Rückenhälfte. Er fiel weit ausgestreckt ins Gras, zuckte ein paarmal und blieb dann reglos liegen.
Serrois Boot tauchte nun aus dem Schatten des Felsens auf und trieb noch langsamer dahin, weil die Flut nachließ. Mehrere Reiter stießen Schreie aus und deuteten in ihre Richtung. Der Heerführer schwenkte einen lichtfunkelnden Arm und schickte drei Männer zum Rand der Meeresbucht. Sie wartete, bis sie sich innerhalb der Reichweite befand, ohne die Fischerpfeile zu beachten, die rings um sie durch die Luft surrten. Als sie nahe genug gekommen war, hoben sie ihre Armbrüste und jagten Bolzen zu ihr herüber.
Serroi schob den Haltestrick über die Ruderpinne, ließ sich neben der Bootswand aufs Deck sinken und sah zu, wie die Bolzen vorbeizischten. Einer traf den Mast, prallte ab und fiel aufs Deck; einer teilte die Luft einen halben Meter hinter dem

Heck, kam schräg auf die Wasseroberfläche auf, hüpfte zweimal empor und versank dann langsam, als die schwere Spitze ihn nach unten zog. Der dritte traf in die Bootswand knapp über dem Wasserspiegel, glitt ab und versank. Serroi schnaubte verächtlich und setzte sich auf.

Die Kapperim sahen ihren Kopf und ließen eine neue Salve los. Wieder duckte sie sich und war voller Hohn über deren schlechte Schießkünste, andererseits aber auch nicht bereit, es darauf ankommen zu lassen. Sie kauerte am Boden, spannte ihren Bogen und zerrte den Waffengürtel herum, bis das lange Behältnis in ihrem Schoß lag. Sie klappte es auf und zählte die Pfeile. *Zwölf Pfeile waren noch da. Zu wenig – Muß meine Ziele aussuchen.* Sie hob den Kopf über den Bootsrand und blickte finster zu den Männern auf dem Hügel.

Diese wichen zurück und bildeten einen groben Halbkreis um das Feuer. Vier Kapperim ritten nach vorn und hielten einer nach dem anderen Fackeln in die Flammen. Sobald sie aufloderten, wirbelten sie sie über den Köpfen, stießen ihren Kriegsruf aus, rissen die Macain herum und rasten auf die Mauer zu. Ein Reiter stürzte, als ein Pfeil vom Dorf sein Reittier ins Auge traf. Als er aus dem Sattel flog, bohrte sich ein zweiter Pfeil in seine Brust. Zwei Kapperim schafften es bis zur Mauer und schleuderten ihre Fackeln gegen die Bohlen des großen Doppeltores. Der dritte blieb in einiger Entfernung zurück, ließ seine Fackel über dem Kopf kreisen und warf sie in hohem Bogen über die Mauer. Bei ihrem Schwung durch die Luft fraß die Flamme sich die ganze Länge bis zum Griff hinab. In diesem Augenblick sprang ein Fischer hinzu, fing sie aus der Luft und schrie auf, als das Feuer seine Hände verbrannte. Aber er ließ sie nicht fallen, sondern schleuderte sie unter fürchterlichen Beschimpfungen ins Wasser, wo sie heftig weiterbrennend auf- und abhüpfte. Der Fischer starrte auf seine Handflächen, wo weißer Knochen durch verkohltes Fleisch ragte, stöhnte und brach zusammen. Die anderen Fackeln flackerten unnatürlich schnell auf, das Holz des Tores begann schon nach wenigen Augenblicken zu rauchen und sich zu schwärzen.

Ein kleiner Mann – er war nackt bis auf einen ledernen Lendenschurz – stand über ein Modell des Dorfes gebeugt. Ein winziges Feuer leckte an dem Miniaturtor höher und höher. Mit gespanntem Körper sang der Schamane wohlklingend in den tiefsten Tonlagen. Serrois Augenfleck pochte, sie kniete auf Deck nieder, legte einen Pfeil auf und war dann gleich wieder auf den Beinen. Sie suchte ihr Ziel, prüfte den Wind, atmete langsam und tief ein und konzentrierte sich. Ohne die Schreie und Bolzen vom Ufer zu beachten, ließ sie den Schaft los. Der Pfeil sang durch die Luft, nahm einen hohen Bogen und bohrte sich dann in den glänzenden, nackten Rücken des Schamanen. Der fiel über sein Modell und erstickte das winzige Feuer.

Das Feuer am Tor erlosch, und die Fackel im Wasser schwärzte sich zischend und versank.

Die Kapperim am Ufer heulten auf und gaben ihren Macain die Sporen, bis sie sich auf gleicher Höhe mit dem Boot befanden. Diesmal flogen zwei ihrer Geschosse wenige Zentimeter an ihrem Kopf vorbei, und ein drittes streifte ihren Arm. Sie beachtete sie gar nicht und schoß einen zweiten Pfeil auf den Kriegsführer ab. Die lichtvergoldete Gestalt auf dem Hügel erstarrte. Ihr Kopf sackte herab, als starrte sie auf den Pfeil, der aus ihrer Brust ragte, dann fiel sie von ihrem Reittier. Der Sturz des Kriegsführers war für seine Gefolgsleute wie das Erlöschen der Sonne. Serroi vernahm Schreie und Flüche vom Ufer, dann zischten die Bolzen nur so durch die Luft, aber sie lag längst hinter der Bordwand.

Als der Beschuß abbrach, erhob sie sich auf die Knie. Auf dem Hügel wimmelten die Kapperim ziellos umher und stimmten Klagelieder für ihren toten Führer an. Auf der Dorfmauer jubelten die Fischer. Ein kleiner Junge hatte den Glockenturm erklommen und schaukelte an dem abgerissenen Seil, worauf die große Glocke den Triumph über die Wiese dröhnen ließ und beinahe das trauernde Klagegeschrei der Angreifer übertönte. Das verkohlte Tor brach in der Mitte auf, die Dorfbewohner stürzten heraus, schossen mit ihren Langbögen Pfeile ab und schleuderten den klagenden, verwirrten Kriegern Speere entgegen. Serroi ließ den Anker über Bord fallen und

beobachtete das Durcheinander; sie hatte ihren Teil bei der Vertreibung der Angreifer erfüllt.
Das Chaos auf der Wiese wuchs weiter an. Entmutigt durch den Tod ihrer Führer, der so plötzlich eingetreten war, daß er ihnen wie böse Zauberei erschien, und unter dem Angriff der neu erstarkten Dorfbewohner, luden die Kapperim ihren toten Schamanen und Kriegsführer auf und flohen in den Wald am Fuße des Gebirges. Zurück blieben tote und sterbende Krieger und Macain, die herumschnüffelten, Grasbüschel auszupften und genüßlich kauten und sich ihrer neugewonnenen Freiheit erfreuten.
Serroi fuhr mit einem Lederflecken über ihren Bogen, glättete aufgerauhte Stellen im Wachs und sah zu, wie die Fischer zwischen den gefallenen Kapperim umhergingen und jenen, die noch am Leben waren, die Kehlen durchschnitten. Nach ein paar Minuten legte sie den Bogen beiseite, holte den Anker ein und zog ihn ins Boot. Als es genügend Geschwindigkeit hatte, riß sie das Ruder herum, setzte das Segel und steuerte zurück zu der Reihe der Boote, die im Schatten der Dorfmauer am Ufer des Meeresarmes lagen. Nun herrschte fast Dunkelheit, lang fielen die Schatten über das Gras, und der Himmel im Westen füllte sich mit karmesinroten und bernsteinfarbenen Fetzen, als erneut Gewitterwolken aufkamen. Das Wasser war nun träger, da die Flut nachließ. Sie warf das Boot noch einmal herum und steuerte seinen Bug auf den schlammigen Grund.
Als sie sich bückte, um ihren Bogen aufzuheben, wurde ihr schwindelig, und dunkle Flecken tanzten vor ihren tränenden Augen. Sie hockte sich auf die Fersen; ihre Knie zitterten, der Kopf tat ihr weh vor Erschöpfung und den Nachwirkungen des Weins. Sie mußte sich an die Reling klammern, um Halt zu haben, bis das Schwindelgefühl verflog. Sie konnte die Stimmen der Fischer am Ufer hören, doch sie schenkte ihnen wenig Beachtung, während sie ihren Bogen festgurtete und herumschob, bis das Holz diagonal über ihrem Rücken hing. Dann drückte sie die Handballen gegen die müden Augen und blieb einen Augenblick auf den Knien, um ihre restlichen

Kräfte zu mobilisieren. Danach erhob sie sich und ließ sich über den Bootsrand in den Schlamm gleiten.

Eine wachsende Zahl von Fischern ging auf den Grasflecken oben am Ufer umher, um sie zu erwarten. Sie unterhielten sich leise, blickten ihr finster entgegen und machten angesichts der Hilfe, die sie ihnen hatte zuteil werden lassen, keinen besonders dankbaren Eindruck. Fremden gegenüber gaben sie sich als mürrischer Haufen, diese eingeborenen Dörfler. Serroi strich ihr Haar glatt und machte sich an den Aufstieg; mit finsterer Miene registrierte sie, wie sie immer wieder in dem gallertartigen Matsch ausrutschte, der ihre Sohlen überzog. Sobald sie sich auf festerem Boden befand, rieb sie ihre Stiefel energisch über einen Büschel drahtigen Grases, inspizierte die Sohlen und benutzte eine Handvoll Gras, um den restlichen Schlamm abzureiben. Sie wischte die Hände an einem anderen Grasbüschel ab, erhob sich dann und trat vor den Mann, der einen Schritt vor der Menge stand.

Der Intii – der Anführer der Fischer. Das konnte sie an dem Muster der Narben auf seiner Stirn ablesen. Die Gelehrten aus dem Tal hatten fragmentarische Berichte über die Fischer gesammelt und aus ihnen ein skizzenartiges Bild ihrer Lebensweise erstellt, das Serroi nun eine gewisse Sicherheit verlieh, trotz deren Abneigung gegenüber Fremden mit ihnen zurechtzukommen. Der Anführer wollte offensichtlich nicht als erster das Wort ergreifen, sondern wartete, daß sie sich erklärte. Er wurde allmählich ungeduldig, als sie sein Gesicht erforschte, ohne die Worte zu sprechen, die zu hören er schweigend forderte. Er war ein schlanker, großer Mann mit graugesträhntem, braunem Haar, zu kunstvollen Zöpfen geflochtenem Bart, schmalen, fast zur Unkenntlichkeit zusammengepreßten Lippen und buschigen Augenbrauen, über tiefliegenden, haselnußbraunen Augen. Hinter all dem Haar war sein wettergegerbtes Gesicht eine aus nußbraunem Canthaholz geschnitzte Maske, undurchschaubar bis auf eine allgemeine Ausstrahlung von Klugheit und Stärke.

Sie riß sich zusammen, blickte ihm in die Augen und sagte unumstößlich: »Als Meie von Biserica erbitte ich Obdach für eine Nacht und Unterstützung für meinen weiteren Weg. Alle Auslagen werden selbstverständlich zurückerstattet.«

Sein Blick wanderte über ihre einfache Lederjacke, den knielangen, geschlitzten Rock, ihre verschlissenen, schmutzigen, hohen Stiefel, den um ihre Hüften geschlungenen Waffengürtel, und seine Augen wurden ein wenig größer, als er das Fehlen des Schwertes bemerkte. »Meien reisen stets zu zweit«, sagte er schließlich, wobei sie große Schwierigkeiten hatte, seinen Fischerdialekt zu verstehen. Er schaute an ihr vorbei zum Boot. Nach seinem Gesichtsausdruck zu urteilen, erkannte er es wieder, was sich auch bestätigte, als er wieder das Wort ergriff. »Ferenlangs Boot. Wie kommt es, daß er nicht dabei ist?«

»Das Boot ist geborgt.«

»Geborgt, Frau?«

»Meie, heißt das, Intii!« fuhr sie ihn an und war pötzlich wütend über seinen starrsinnigen Widerstand. Mit vor Erschöpfung und Zorn zitternden Fingern löste sie die Kordel von ihrer Geldkatze, zog eine Handvoll Münzen heraus und warf sie ihm vor die Füße. »Bezahlung für die Benutzung des Bootes und den Fischer, der es zurückführt. Vergiß alles übrige, ich werde unter den Bäumen schlafen, wo die Wesen der Finsternis, die des Nachts umherstreifen, mehr Höflichkeit zeigen als die Menschen.«

Der Intii betrachtete die verstreuten Münzen vor seinen Füßen, dann blickte er in ihr Gesicht, ohne sich von Wut oder Beleidigung zu einer Entscheidung drängen zu lassen. Er rieb seinen knochigen Daumen über die Unterlippe, blickte von der über ihre Schulter ragenden Spitze ihres ungespannten Bogens zum Boot, und vom Boot zu dem Felsvorsprung, wo der Schamane und der Kriegsführer Opfer ihrer Schießkünste geworden waren. Das Schweigen dehnte sich in die Länge und wurde nur durch das Scharren von Füßen und weiteren dahingemurmelten Kommentaren der hinter dem Intii versammelten Männer gestört. »Eine Meie ohne Schwert?« sagte er schließlich – auch diesmal eine Spitzfindigkeit, allerdings eher nachdenklich denn vorwurfsvoll.

Serroi unterdrückte ein Seufzen. Die Aussicht auf ein warmes

Essen und ein Bad waren das einzige, das sie davon abhielt, ihre Drohung wahrzumachen und den Mann seinen quälenden Überlegungen zu überlassen. »Ihr werdet mein Können bemerkt haben.« Sie sprach mit übertriebener Geduld, wohl wissend, daß ihn das verärgern mochte, aber gleichzeitig unfähig, ihren Groll über die Art, wie sie ausgefragt wurde, hinunterzuschlucken. Die Art ihrer Kleidung, ihr Geschick im Umgang mit dem Bogen, was zum Teufel hätte sie anderes sein sollen als eine Meie? »Ich habe nicht die Körpergröße für einen sinnvollen Schwertkampf, aber ich bin im Schwertkampf geübt; muß ich das erst einem von euch beweisen?«
Zu ihrer Überraschung verzog der Intii den Mund zu einem kleinen Lächeln. »Wenn du mit dem Schwert halb so geschickt bist wie mit dem Bogen, würde ich dabei wohl einen Mann verlieren, Meie.« Er drehte sich um und gebot der unruhigen Menge mit wenigen barschen Worten, sich zu zerstreuen und sich um die Arbeiten zu kümmern, die durch den Überfall unbeendet geblieben waren. Er blieb schweigsam neben Serroi stehen, bis der letzte Nachzügler durch das Tor verschwunden war, dann kicherte er und entspannte sich, nun ein ganz anderer Mann als in Anwesenheit seiner Gefolgschaft. »Du bist eine knauserige Kämpferin, kleine Meie: Zwei Pfeile, und schon ist der Stoßtrupp vertrieben.« Er blickte über die Schulter zu den Booten, schüttelte den Kopf, und ein Zungenschnalzen unterstrich seinen Abscheu. »Die Fischer und wir haben niemals daran gedacht, Boote zu benutzen. Beim nächsten Überfall machen wir ihnen den Garaus; ihre Bögen haben keine große Reichweite.«
Serroi runzelte die Stirn. »Wir haben das Jahr der Mondensammlung und stehen nur eine Woche vor der vollständigen Sammlung. Ich habe noch niemals gehört, daß Kapperims so kurz davor Überfälle durchführen – oder so weit im Norden kurz vor Wintereinbruch.« Erschöpft bewegte sie ihre Schultern und rieb sich den Nacken. »Hast du eine Ahnung, warum sie gegen diesen Brauch verstoßen?«
»Wegen des Gestanks in Sankoy. Schlimmer als Fisch, der eine Woche an Land liegt. Wir fischen nicht mehr im Süden. Nach

allem, was wir gehört haben, herrscht dieser Gestank auch im Gebiet der Kapperim.« Er strich mit einer Zehenspitze über die körnige Erde; sein Gesicht war nachdenklich. »Vielleicht wollen sie den Sankoy-Gestank noch weiter ausbreiten.« Er zog den Intii-Umhang enger um die Schultern und sprach sehr höflich: »Was wünschst du, Meie vom Biserica?«
Serroi antwortete ebenso förmlich: »Folgendes erbitte ich, Intii der Fischer. Ein Macai aus der Schar der zurückgelassenen.« Sie nickte in Richtung der schwarzen Flecken, die über die hügelige Wiese zogen und deren genaue Umrisse in der hereinbrechenden Nacht nicht mehr zu erkennen waren. »Eine heiße Mahlzeit, ein Bad, ein Bett und morgen früh Vorräte für meine Reise.«

DAS KIND: 2

Serroi ließ ihre kurzen Beine baumeln und beobachtete, wie sich das pelzige Fell des Vinat bewegte, als das Tier sie stetig über die weglose Tundra zog. Sie zogen westwärts und schnitten dabei die Wanderroute der Vinatherden und der Windläufersippen. Sie kniff die Augen zusammen und warf der hohen Gestalt neben ihr, die die lockeren Zügel in entspannten Fingern hielt, einen heimlichen Blick zu. Der Fremde war ziemlich freundlich gewesen, doch nachdem ihre erste Begeisterung nachließ, hatte sie Angst, dieser Freundlichkeit zu trauen, ohne sie aufs Spiel zu setzen. Ihre fünf Lebensjahre hatten ausgereicht, um sie zu lehren, wie wenig sie sich auf irgend etwas außer sich selbst verlassen konnte. Obwohl sie allmählich verstand, daß die Welt nach Regeln ablief, die sie erfahren konnte, wenn sie nur intensiv genug beobachtete, war doch jeder Frühling für sie eine Offenbarung. Auch heute war sie immer noch nicht überzeugt, daß die Sonne jedes Jahr wiederkehren und der Frühling kommen würde. Und auf ähnliche Weise erwartete sie von der Menschheit nur Kummer und Boshaftigkeit und sah in einer spontanen Freundlichkeit einen Fallstrick für ihre unsicheren Füße.

Trotzdem hatte sie sich der Hoffnung hingegeben, hatten sie doch die Schönheit des Mannes und die Melodik seiner Stimme einfach hingerissen. Während sie ihm weiter heimliche Blicke zuwarf, schien ihr, daß niemand so Prachtvolles grausam oder gleichgültig sein konnte und die äußere Erscheinung des Mannes ein Spiegel seines inneren Wesens sein mußte. Sie strich mit den Händen über das weiche Leder der Polster. Mit einem schüchternen Lächeln fragte sie: »Wie darf ich dich nennen?«
Als er nicht antwortete, fiel sie, aus Angst, ihn beleidigt zu haben, in ihr Schweigen zurück. Ein paar Augenblicke später drehte er sich um, seine schwarzen Augen kehrten offenbar aus weiter Ferne zurück. »Was meinst du, Kind?« Die weiche, tiefe Stimme lockte sie aus ihren Ängsten und liebkoste sie mit ihrem Wohlklang. Sie hätte sich gerne an ihn geschmiegt, um von ihm getröstet zu werden, aber sie traute sich nicht so recht. Zwischen ihnen stand eine unsichtbare und unbestimmte Barriere. Sie fühlte, daß ihre Zuneigung nicht gut aufgenommen würde, zumindest nicht im Augenblick. Später, wenn sie mehr über ihn wüßte, könnte sie sich ihm vielleicht nähern. Sie brauchte Berührungen, brauchte die selbstverständliche körperliche Wärme, die sie von ihren Tieren bekommen hatte.
»Ich war mit meinen Gedanken anderswo, Kind.« Er nahm die Zügel in eine Hand und strich die wilde Mähne aus ihrer Stirn. Es hatte eine beiläufige Liebkosung sein sollen, doch es wirkte zu steif und erzwungen, als berechnete er sogar Geschwindigkeit und Druck solch einer Geste. Tief enttäuscht zwang sie sich zu einem zaghaften Lächeln, um ihre Verwirrung zu verbergen. »Was hast du wissen wollen?« fragte er und schaute auf seine Finger hinab, als wüßte er auch nicht genau, was er mit der mißglückten Geste anstellen sollte.
»Wie darf ich dich nennen?«
»Ich habe keinen Namen.« Er sprach langsam und nachdenklich, und sie sah, wie er seine Schultern ein wenig schüttelte, so wie sie manchmal an ihren Stiefeln zerrte, wenn sie nicht rutschen wollten, weil ihre Füße geschwollen waren. Und wie die Stiefel wurde auch er mit dem Tragen angenehmer. Als er wieder das Wort ergriff, hatte er sich soweit entspannt, daß sie

die Wärme zurückfluten spürte, die sie so glücklich gemacht hatte, daß sie mit ihm gekommen war. »Ich bin ein Wortmeister der Nearga-Nor. Du kannst mich Ser Noris nennen.«
Serroi schüttelte ihr Haar über die Augen zurück. »Ser Noris, warum hast du mich von meinem Großvater weggeführt?«
»Warst du denn so glücklich, bei ihm zu leben?«
»Es ist meine Familie.« Sie wollte nicht an sie denken, schließlich waren sie alles gewesen, was sie gehabt hatte. Sie bildeten den größten Teil der ihr bekannten Welt. Sie rieb die Hände auf dem Leder hin und her, wobei ihre schwitzenden Handflächen kleine feuchte Spuren hinterließen, aber sie stellte keine weiteren Fragen, spürte sie doch unter seinem ruhigen Äußeren eine abweisende Nervosität.
Ser Noris verfiel wieder in Schweigen. Körperlich saß er neben ihr, doch geistig befand er sich weit fort in einer Welt, die nur er kannte. Der Wagen holperte gleichmäßig weiter, der Vinat lief im starken Scherenrhythmus seiner Beine Stunde um Stunde, während die Sonne langsam um den Horizont lief, doch Serroi konnte die verstrichene Zeit besser durch das Knurren in ihrem hungrigen Magen ermessen. Sie saß da und schwieg kläglich, da sie zu schüchtern war, um noch einmal ein Gespräch zu beginnen.
Vielleicht fühlte er ihre Not, vielleicht war es auch nur Teil seines Zeitplans, denn bald darauf hielt Ser Noris den Wagen an. Er kramte im hinteren Teil und reichte Serroi eine Wasserflasche und ein paar Streifen getrocknetes Fleisch. Während sie aß, goß er für den Vinat Wasser in ein Becken und stand dann mit auf der Brust verschränkten Armen und nach Süden gewandtem Blick da, während das Tier graste. Nach einer halbstündigen Pause bestieg er wieder seinen Sitz und trieb den Vinat zu schneller Gangart an.
Er fuhr westwärts, bis Serroi vor Müdigkeit ganz benommen wurde, sich verzweifelt an die Armlehne klammerte, ständig eindöste und wieder aus dem Schlummer gerissen wurde und nur halb registrierte, daß der Wagen zu holpern aufhörte und der Sitz quietschte, als der Mann sich herunterschwang. Sie saß da und blinzelte benommen, während er das Tier auskop-

pelte, festpflockte und dann zu ihr zurückkehrte. Er hob sie herunter, trug sie um den Wagen, stellte sie auf die Beine und legte ihre Hände um die schaukelnde Hintertür, damit sie sich festhalten konnte, während er ein voluminöses Bündel herausholte, dessen Außenschicht eine fein gegerbte Vinathaut mit langen Haaren daran war. Das Bündel war fast ebenso groß wie sie und wog schwer in ihren schwachen Armen. »Breite das unter dem Wagen aus, Kind«, sagte er. »Es wird dir ein wenig Schutz geben.«

»Danke, Ser Noris.«

»Bist du hungrig, Kind?«

»Nein, danke, Ser Noris. Nur müde.«

»Dann leg dich schlafen.« Er ging rasch davon in Richtung eines der allgegenwärtigen Felsen. Serroi blinzelte, gähnte, breitete die Bettrolle aus und schlief schon fast, noch ehe sie das Fell über den Kopf gezogen hatte.

Am nächsten Morgen gelangten sie zu einem Fluß, dem ersten, den Serroi jemals gesehen hatte. Sie starrte in das sprudelnde Wasser, das breiter war als ein Dutzend Bäche, und war fasziniert von den Strudeln in hellem Blau und Grün, den kleinen Schaumkronen und dem Donnern, das sich mit etwas tief in ihrem Innern zu vermischen schien.

Mehrere Tagesreisen folgten sie dem Fluß in westliche Richtung und lebten vom Fisch, den das Wasser zu ihnen herausschleuderte, wenn Ser Noris es befahl. Sie beobachtete, wie der Wasserlauf breiter wurde, sah wie das Land andere Formation, ja sogar andere Beschaffenheit annahm, und betrachtete mit großen verwunderten Augen die Häuser, an denen sie nun vorüberkamen.

An einem strahlenden Tag erreichten sie das Meer. Das Sonnenlicht tanzte in scherbenartigen Flecken zwischen den Wellen, und das Blau des Wassers verhieß neue Freuden. Wo der Fluß in einer breiten, seichten Bucht mündete, standen dicht aneinandergebaute Häuser mit steilen Dächern, von denen vier, fünf Piers hinausführten ins tiefere Gewässer. Dort lagen ein paar Schiffe vertäut, die als spitz zulaufende Flecken vor dem hellen Blau des Himmels zu erkennen waren. Einige Männer, es waren nicht viele, saßen in kleinen Gruppen auf den Piers, alte Männer mit gelbgefleckten Bärten und faltenumgebenen, hellblauen Augen, lange, magere Männer von ganz anderem Schlage als die Windläufer. Die blaßblauen Augen folgten ihnen, als Ser Noris den Wagen auf die erste Pier steuerte, an der ein kleines Segelschiff vertäut lag. Ein buckliger, grauhaariger Mann kam aus einem der Gebäude gehumpelt und folgte ihnen auf die Pier. Er nahm Ser Noris die Zügel ab und blieb mit stumpfsinnigem Gleichmut stehen, während Ser Noris herabkletterte, um den Wagen bog und Serroi die Hände entgegenstreckte.

Seine Haut war kühl und glatt, und darunter strömte starkes Leben. Serroi erschauderte, als seine Hände sich um die ihren schlossen. Wieder hatte er sich verändert; irgend etwas an ihm, was, hätte sie nicht sagen können, flößte ihr Furcht ein. Plötzlich war er wieder das wilde Tier, dessen Macht so offensichtlich war wie das Gebiß eines Raubtiers. Es war, als hätte er einen Teil seiner selbst beiseite gelassen, als er ins Landesinnere gereist war, und riefe es nun erst wieder herbei. Sie sprang furchtlos von dem Wagen und wollte sich so schnell aus der verwirrenden Berührung lösen, daß sie stolperte und gegen seine Beine fiel. Mit einem verlegenen Keuchen kroch sie weg und stand mit dem Rücken zum Wagenrad auf.

Nach einem Augenblick lächelte er zu ihr herunter, tätschelte zärtlich ihren Kopf, ergriff wieder ihre Hand und führte sie zu einer schmalen Laufplanke. Der grauhaarige Mann führte Vinat und Wagen fort. Als Serroi an Deck des Schiffes stapfte, schaute sie über die Schulter hinweg dem Tier nach und beobachtete es mit einer unbestimmten Traurigkeit im Herzen davontrotten. Zum ersten Mal wurde ihr bewußt, daß sie ihre Leute vielleicht niemals mehr wiedersehen würde und sie von allem abgeschnitten würde, was ihr vertraut war. Sie blickte empor zu dem schweigsamen Noris, dann wieder vor sich hin und biß die Zähne fest auf die Unterlippe, um den Anflug von Einsamkeitsgefühl niederzukämpfen, der ihr brennende Tränen in die Augen trieb.

»Halt dich am Mast fest – so –, und hab keine Angst, Kind.« Ser Noris schmiegte ihre Hände um das glatte Holz und wartete, bis sie sich an den leicht vibrierenden Mast klammerte und die Wange dagegenpreßte, dann trat er weg und sagte ein Wort. Unsichtbare Hände setzten die Segel, machten die Leinen los und lenkten das Schiff hinaus aufs offene Meer. Auch wenn der Wind landeinwärts blies, füllten sich doch die weißen Segel, und das Schiff flog über die Wellen dahin, angetrieben von einer geheimnisvollen Brise, bei deren Anblick ihnen der Alte am Pier fassungslos staunend nachsah.

Die summende Vibration in Serrois Ohren schwoll an; der Wind strich an ihr vorüber, zupfte an ihren Locken und preßte ihre Jacke gegen ihren schmalen Körper. Die ersten paar Minuten war sie so aufgeregt und erfreut über das neue Erlebnis, daß sie ihren Kummer vergaß, doch als das Deck sich unter ihren Füßen weiter auf- und abbewegte und die Reling dahinter sich hob und senkte, begann ihr Magen zu revoltieren. Sie blickte zu Ser Noris empor; ihr Gesicht war schweißgebadet, und sie hielt die Hand über den Mund gepreßt.

Er stürzte mit ihr zur Reling und hielt sie fest, während sie ihren Magen entleerte. Trotz ihrer Übelkeit spürte sie seinen Abscheu; Verzweiflung und Leere einer anderen Art wuchsen in ihr. Tränen rannen aus ihren Augen, um sich mit dem Schweiß und der sauren Flüssigkeit des Erbrochenen zu mischen, als die Würgekrämpfe nachließen und schließlich aufhörten. Sie hing schlaff über dem Geländer und war viel zu ausgepumpt und zu erschöpft, um sich zu bewegen.

Ser Noris trug sie zum Mast zurück und setzte sie auf das schwankende Deck. Er kauerte sich mit einem Stirnrunzeln neben sie. »Ich laß dich lieber an der frischen Luft, bis du dich erholt hast.« Er berührte ihre Wange mit einem schwachen Abklatsch der früheren Zärtlichkeit. »Du denkst vielleicht, daß du stirbst, Kleines, aber das geht vorüber. Ich verspreche dir, daß es vorübergeht.« Er stand rasch auf, strich seine Ärmel glatt und sprach ein anderes Wort.

Ein Seilende schlängelte sich von einer am Mast hängenden Rolle herab. Serroi beobachtete, wie es durch die Luft auf sie zukam und schrak zurück, konnte sich jedoch nicht bewegen, als der Noris sich wieder neben sie hockte und sie an den Schultern festhielt. Das Seil schlang sich um ihre Taille und band sich zu einem Knoten. Sie starrte darauf, dann auf das andere Ende, das eine Schlinge um den Mast zog. Sie griff hinunter und faßte den Knoten an ihrer Taille, und sogleich zuckte ihre Hand vor der unnatürlichen Wärme des Seils zurück. Furchtsam blickte sie zu dem Noris empor.

Wieder strich er ihr über die Wange. »Das ist nur zur Sicherheit, Kind. Sonst könntest du über Bord gefegt werden. Meine Diener werden sich um dich kümmern.« Mit geschmeidiger, unauffälliger Grazie war er schon wieder auf den Beinen und davon. Etwa eine Körperlänge vom Mast entfernt blieb er stehen, blickte hinaus aufs Meer, sprach ein Wort in den Wind. Als er im Viereck um sie herumgegangen und in jeder Ecke ein Wort gesagt hatte, wurde die Luft, die über sie strich, sanfter und wärmer. Er kam zurück und schaute sie an. »Denke daran, Kind, wenn du irgend etwas brauchst, ruf danach, und meine Diener werden es bringen.«

Nachdem er unten verschwunden war, brachten unsichtbare Hände eine Schale mit warmem Seifenwasser und wuschen ihr Gesicht. Sie brachten ihr frisches Trinkwasser und eine schmackhafte Brühe, um einen Teil ihrer inneren Leere aufzufüllen. Sie umsorgten sie tadellos und unpersönlich und verschwanden, sobald sie ihre Aufgabe erfüllt hatten. Serroi schmiegte sich an den vibrierenden Mast, das einzige Ding, das wirklich und trostreich schien, und fühlte sich zu elend, um sich weiter Sorgen zu machen.

Noch zweimal erlag sie dem Drängen ihres Magens. Die Hände reinigten sie und ließen sie allein. Schließlich gelang es ihr zu schlafen, und als sie erwachte, stellte sie zu ihrer Überraschung fest, daß ihr Körper sich an die Auf- und Abbewegung des Schiffes gewöhnt hatte. Sie setzte sich hoch, schob die Decken beiseite und blinzelte zur Sonne, die ihr direkt in die Augen schien, als sie auf ihren tiefsten Punkt am Horizont zukroch. »Hände«, rief Serroi. »Ich habe großen Hunger. Bringt mir etwas zu essen.«

Einen Augenblick später stand ein Teller mit dampfenden Brotröllchen, Butter und Marmelade, einem Töpfchen Cha, einem niedlichen kleinen Becher und einer langen, dünnen Scheibe cremefarbenen Posserfleisches vor ihr. Sie schnupperte, grinste und begann hungrig zu essen. Der Wind war frisch, selbst hinter dem Filter der unsichtbaren Wände um sie herum, das edelsteinblaue Meer rauschte rings um sie her und hob und senkte sich wie ein atmendes Tier. Fische sprangen scharenweise aus dem Wasser und verursachten leise, pfeifende Geräusche wie feuchte, schillernde Vögelchen.
Als sie ihre Mahlzeit beendet hatte, ergab sie sich den unsichtbaren Händen. Diese badeten sie und brachten frische Kleidung, weitere Sachen, die ihre Mutter für sie eingepackt hatte. Mit ihrer üblichen wortlosen Betriebsamkeit schrubbten sie sie und das Deck, bis beide vor Sauberkeit blitzten, dann verschwanden sie wieder. Serroi schüttelte naserümpfend ihr Halteseil und trat dann an die Reling, um zu prüfen, wieviel Bewegungsfreiheit sie haben würde. Das Seil war lang genug, daß sie sich über das Geländer beugen und auf das vorbeirauschende Wasser hinabschauen konnte.
In der Nähe tauchte ein Wal auf. Als erstes schob sich sein Rücken als dunkelgraue, wie von rußigen Handabdrücken schwarzgesprenkelte Wölbung aus dem Wasser. Er versprühte eine Wasserfontäne und äußerte sich dann mit einer rasch fächelnden Bewegung seiner Schwanzflossen. Serroi lachte vor Freude und raste dann an der Reling entlang, bis das Seil sie ruckartig stoppte. Sie lehnte sich lachend über das Wasser hinaus, ihr Augenfleck prickelte. Sie rief den Wal zurück und klatschte vor Freude in die Hände, als er mit dem Schiff spielte, aber schließlich ließ sie ihn wieder los, weil er über die Einschränkungen, die sie ihm auferlegt hatte, zu zürnen begann.
Über ihnen flogen Vögel dahin. Sie schwebten im Wind, der das Schiff weitertrieb. Manchmal setzten sie sich rund um Serroi aufs Deck, um ihr rötliches, goldenes, grünes oder blaues Gefieder mit langen, schmalen Zungen zu putzen, einander nach Milben abzusuchen und diese zwischen winzigen, spitzen Zähnchen zu zermalmen, die den Rand ihrer ledrigen Schnäbel

säumten. Serroi kraulte die kleinen Köpfe, lockte ein paar der Vögel in ihren Schoß, wo sie unter ihren liebkosenden Fingern vor Freude zwitscherten.

Das Schiff bewegte sich pausenlos in südliche Richtung. Die Tage wurden kürzer, die Sterne schoben sich zu neuen Konstellationen zusammen. Serroi tröstete sich mit den Vögeln und Meerestieren, nachdem Ser Noris sie völlig sich selbst überließ. Doch sie war nicht einsam. Ihre glücklichsten Zeiten waren stets jene gewesen, da sie mit Tieren herumlief und spielte, die vom Sirenengesang ihres Augenflecks angelockt wurden. Diese Tage waren eine nicht enden wollende Zeit des Spiels ohne die schmerzlichen und häufig unverständlichen Anforderungen der Erwachsenen. Das Seil setzte ihr gleichzeitig Grenzen, wie es sie aber auch von der Notwendigkeit befreite, auf ihre Schritte zu achten, so daß sie sorglos umherspringen, mit den Vögeln Haschen spielen und den Fischen hinterherjagen konnte, die manchmal die Reling übersprangen, um übers Deck und auf der anderen Seite wieder ins Meer zu rutschen.

Das Schiff tanzte südwärts, bis Tage und Nächte gleichlang waren und die Winde so warm wie ihr eigener Atemhauch. Kein Land war zu sehen, nur das blaue Wasser ringsum, der blaue Himmel und der Zauberwind, der sie in den Sommer blies. Ihr Leben im Wagen ihres Vaters auf der Spur der Vinats verblaßte zu nebelhaften Träumen. Sie hatte eine kindliche Zeitwahrnehmung, bei der die Stunden sich dahinzogen, bis ein Tag vom nächsten abgelöst wurde.

Die aufgehende Sonne strahlte ihr rot in die Augen, als sie am letzten Tag der Reise erwachte. Sie blinzelte und gähnte, setzte sich auf und rieb sich die Augen. Sie tat die Decken fort, ließ sie auf einem Haufen liegen, den die Hände forträumen konnten, trottete an die Reling, um zu sehen, was los war, und zwinkerte ins Morgenlicht. Ihr Augenfleck kribbelte, ein unerklärliches Jucken kroch unter ihrer Haut dahin, und sie hatte das unerfreuliche Gefühl, daß die Reise zu Ende ging. Der Bug des Schiffes schob sich auf ein schwarzes Dreieck zu, das schroff die glatte Linie des Horizonts zerschnitt. Ihr schauderte. Was dieser emporragende Fangzahn an sich hatte, um solches Unbehagen in ihr hervorzurufen, konnte sie nicht sagen, doch wenn sie ihn ansah, fühlte sie, wie sich Kälte in ihr ausbreitete. Eine Weile beobachtete sie, wie er immer größer wurde, dann kehrte sie langsam zum Mast und ihrem abkühlenden Frühstück zurück.

Der schwarze Form wurde zu einem hohen, kegelförmigen Berg, der wabernde Dampfwolken ausspie. Andere kleine Fleckchen wuchsen zu dunklen Inseln an, ein Felsarchipel, dessen höchsten Gipfel ein arbeitender Vulkan bildete.

Nachdem Serroi schon fast glaubte, der Süden bestünde nur aus Wasser, trat sie nun an die Reling, um fasziniert zuzusehen, wie die Inseln näherkamen. Das Schiff pflügte säuberlich durch einen Schaumring, glitt an einer größeren, braunschwarzen Felseninsel vorüber und kam an einer kahlen Steinpier vorbei, über der sich weit oben ein riesiges Steinhaus auf einer glasglatten Klippe erhob – ein Haus, das groß genug schien, die Vinatherde ihrer Familie zu fassen. Während sie vorübersegelten, starrte sie hinauf, machte sich ihre Gedanken über das Haus und schlug frustriert mit ihren kleinen Fäusten gegen die Reling, weil die Hände stumm waren und ihr keine Fragen beantworten konnten, Ser Noris nicht erreichbar war und sie auch wahrscheinlich nicht gewagt hätte, ihn anzusprechen.

Das Schiff flog förmlich durch den gewundenen Wasserweg zwischen den Inseln, vorbei an mehreren großen Häusern und einsamen Piers. Bis auf den Zauberwind, der sie vorantrieb, war die Luft schwül und drückend und die Eilande kahl und ohne einen grünen Fleck. Selbst das Wasser hatte sein Funkeln verloren und murmelte in sinistren Tönen unter ihnen.

Der geheimnisvolle Wind erstarb, und das Schiff glitt elegant an einer der Steinpiers entlang. Kaum hatte es angelegt, da fielen die Segel flatternd herab, und die Taue machten sich selbständig und befestigten den Bootskörper an der Pier. Serroi fühlte, wie das Seil um ihre Taille zum Leben erwachte und sich löste. Es zuckte von ihr fort und schlang sich wieder um den Masthaken. Sie rieb ihre Taille, legte den Kopf zurück

und ließ ihren Blick über die dunkelglänzende Oberfläche der Klippe zu dem Turm hinaufschweifen, der die ansteigende Linie in den wolkenverhangenen Himmel fortsetzte. Eine tote Gegend, kalt und abweisend. Sie wandte sich nach Norden um und sehnte sich nach der Tundra, wo es überall warmes Leben gab, selbst wenn es schneite.
Ser Noris kam an Deck, seine Bewegungen waren ruhig und würdevoll. Er blieb einen Augenblick stehen, und sie hörte, wie das leise Geräusch seiner Schritte verstummte. Er beobachtete sie, das wußte sie genau, wollte sich aber nicht umdrehen. »Komm, Kind.« Der Klang der Worte lockte und überraschte sie fast, als hörte sie seine Stimme zum ersten Mal, hatte sie doch die Magie, die von ihr ausging, in den stillen Wochen an Bord des Schiffes ganz vergessen.
Sie drehte sich langsam um und ging mit schleppenden Schritten und hängendem Kopf über das Deck auf ihn zu. Sie wollte ihm sagen, daß sie nach Hause mußte, ihr dieser Ort nicht gefiel, weil er tot war und in ihr ein Gefühl von Totsein auslöste – aber sie wagte es einfach nicht. Sie spürte, wie eine Unruhe in ihr aufkam, die sie weder beschreiben noch ganz verstehen konnte; ein wachsender Widerwillen dagegen, sich herumstoßen zu lassen, ohne zu begreifen, was eigentlich geschah. Als sie sich zwang, zu ihm hinaufzublicken, war sein prachtvolles Gesicht entspannt, er lächelte sogar ein bißchen – doch er war immer noch weit, weit weg und sein Lächeln nur eine Grimasse, die seine Augen nicht erfaßte. Sie sagte nichts, sondern ergriff nur die Hand, die er ihr entgegenstreckte.
Er hob sie hinaus auf die Pier und führte sie hinab bis zu der Felswand, die glasglatt und ohne jede für sie erkennbare Ausbuchtung war. Sie riß die Augen weit auf und fragte sich, was der Noris vorhatte, dann japste sie vor Erstaunen und Angst, als ihre Füße von der Pier abhoben.
Sie stiegen elegant empor und schwebten mit der Leichtigkeit der Seevögel dahin, die ihre jüngsten Begleiter gewesen waren. Nachdem ihre Furcht zerstob und sie sicher war, nicht abzustürzen, lachte sie vor Freude und strampelte mit den Füßen. Der Noris ignorierte ihre Possen. Oben auf der Klippe bremste

er den Flug ab und landete mit ihr in einem tiefen Alkoven an der Außenmauer des Turmes. Er stellte sich vor die hohen Bronzetüren am Ende des Alkovens und sprach leise ein Wort. Die Türen teilten sich und polterten gegen die Steinwände. Er schritt zwischen den grün angelaufenen Platten hindurch in die absolute Finsternis dahinter und zog Serroi wie einen fast vergessenen Drachenschwanz hinter sich her.
Kaum war der Noris über die Schwelle getreten, da schlug die Tür hinter ihnen zu und hätte Serrois Umhang fast zwischen ihren Kiefern gefangen. Sie keuchte und stolperte angesichts der plötzlichen Dunkelheit blind und furchtsam dahin. Sie klammerte sich an die kühlen Finger des Noris, ging mit ihm durch viele stockfinstere Gänge und mußte ganz darauf vertrauen, daß er sie wieder ins Licht führte. Er ging so ungehindert, als wäre die Dunkelheit für ihn durchsichtig, doch sie fühlte ihr Grauen anwachsen, bis es ihr fast die Kehle zuschnürte. Als sie mit Bestimmtheit wußte, daß sie keinen einzigen Schritt mehr tun konnte, blieb er stehen, ließ ihre Hand los und sprach ein Wort.
Vor ihnen teilte sich die Wand, und ein kühles, perlmuttartiges Licht flutete in die Finsternis. Der Noris trat hindurch in den dahinterliegenden Raum. In Serrois wäßrigen Augen wirkte er wie eine hohe, schwarze Säule mit opalinen Rändern. Sie rieb sich mit den Fäusten die Augen und folgte ihm dann scheu.
Bei dem Raum handelte es sich um einen kuppelüberwölbten Zylinder, der für sie so groß wie das Innere eines Berges wirkte. Das Licht kam von überall und erfüllte den Raum. Rings an den Wänden standen hohe Stühle, und einige Wandteppiche hingen dort, die Abbildungen von Pflanzen und Tieren in strahlenden Farbtupfern sowie drei lange, schmale Tuschzeichnungen – ebenfalls Naturabbildungen in Schwarz und Weiß – zeigten. Auf der gegenüberliegenden Seite des Eingangs ragte ein Podium aus der Wand hervor, auf dem sich ein massiver Thronsessel erhob; das dunkle Holz glich sich windenden Weinreben, und geschnitzte Tierköpfe fauchten durch das Blattwerk der Ranken. Der Teppich am Boden war ein Hauch strahlender Blätter- und Blütenformen. Serroi stieß einen lei-

sen Überraschungsschrei aus und blieb stehen, um mit der Hand durch die dicken, seidigen Fransen zu fahren, eine der gewundenen Ranken nachzuzeichnen und über eine karmesinrote Blüte zu streichen. Sie blickte mit einer Frage auf den Lippen zu dem Noris empor, die jedoch sogleich erstarb, als sie seinen Gesichtsausdruck sah. »Alles Dinge, die mir verweigert bleiben«, sagte er. Sie fühlte den Schmerz und die Selbstverhöhnung in seiner leisen Stimme und kauerte sich zitternd auf den prachtvollen Teppich, furchtsamer als je zuvor in ihrem Leben. Dann war er wieder ruhig und sein Gesicht wie ein geschnitzte Maske. Er streckte die Hand aus. Langsam richtete sich Serroi auf, kam auf die Beine, lief über den Teppich zu ihm und ergriff die dargebotene Hand. Er führte sie zu dem Wandteppich hinter dem Thronsessel, hob die Ecke an und gab so den Blick auf einen gewölbten Gang frei. »Hier hindurch, Kind! Geh vor mir her.«
Serroi blickte stirnrunzelnd auf ihre Zehen hinab und widerstand seiner drängenden Hand. All die kleinen Augenblicke von Aufbegehren im Laufe der Reise kamen ihr beim Anblick des schwach erleuchteten Mäuselochs hoch. Wohl wissend, daß die Strafe folgen würde – sie hatte sich viele Male zuvor schon aufgelehnt und war dafür bestraft worden, wenn sie sich gegen die Quälereien ihrer älteren Geschwister zur Wehr gesetzt und deren instinktive Versuche, ihren Willen zu brechen und sie in etwas Geringeres als ein Tier zu verwandeln, das sie immerhin noch mit gewisser Sorgfalt behandelten, vereitelt hatte –, packte sie nun die Hand des Noris und blickte finster zu ihm hinauf. »Ich heiße Serroi.«

DIE FRAU: 3

Serroi fuhr keuchend aus einem unruhigen Schlaf und setzte sich auf. »Der Jungfrau sei gedankt«, stöhnte sie und faßte sich an den schmerzenden Kopf. Als das Stechen einem dumpfen Unbehagen wich, warf sie die Steppdecke beiseite und zog die Knie an. Sie blieb in der kühlen Dunkelheit der morgendlichen

Vordämmerung sitzen und versuchte, sich über die widerstreitenden Kräfte in ihr klar zu werden.
Schluß mit dem Weglaufen. Sie drückte die Finger gegen die Augen und fühlte, wie die vertraute Mauer des Widerstands vor ihr anwuchs. *Schluß damit. Deine Füße wollen nicht mehr weiter.* Sie ließ die Hände sinken, schaute lächelnd auf ihre Zehen, krümmte sie und seufzte dann, als ihre kurze Erheiterung schon wieder verflog. Sie starrte auf die zerwühlten Decken neben ihren Füßen und sah im Geiste das Tal vom Biserica, ihr Goldenes Tal, den Ort des Friedens, nachdem sie sich sehnte, für den sie kämpfte und litt. *Fünfzehn Jahre. Nach fünfzehn Jahren sollte er sich von meinem Blut reingewaschen haben. Ich war überrascht, das muß der Grund gewesen sein. Ich hatte keine Zeit, mich auf den Kampf vorzubereiten.*
Unter Stöhnen und Gähnen streckte sie ihren Oberkörper so weit in die Höhe, wie sie nur konnte, dann beugte sie sich nach vorn, bis ihre Stirn die Knie berührte, die immer noch zittern wollten. Dann richtete sie sich auf, streifte den Bezug von dem kleinen, harten Kissen und rieb ihn über ihren verschwitzten Körper, daß der rauhe Stoff ihre Haut rötete und den Kreislauf anregte. Als sie fertig war, ließ sie die Ellbogen auf den Knien ruhen und schlug die Hände über die Augen.
Ich muß zurück. Ich muß Tayyan finden, falls sie noch am Leben ist. Ich muß Domnor Hern vor dem Plan warnen, den seine zweite Ehefrau, die liebliche Lybor, gegen ihn schmiedet. Fraglich, ob er mir glauben wird. Er muß doch wissen, wie sie ist – aber wenn er es weiß, warum zum Teufel hat er sie geheiratet? Oder auch Floarin. Die hochgewachsene, wunderschöne Blonde. Aber was sollen die Fragen? Sie sind beide fast einen Kopf größer als er. Was will er beweisen? Weiß er denn nicht, wie lächerlich er neben jeder wirkt, ein kleiner dicker Mann, der neben goldenen Göttinnen einhertänzelt? Sie blickte finster drein. *Trotzdem habe ich manchmal so einen Ausdruck in seinen Augen gesehen – entweder lacht er über sich, über uns oder über die ganze verdammte Welt. Ich weiß nicht.* Sie hielt für einen Augenblick in ihren Gedanken inne. *Ich hätte wissen müssen, daß ich nicht einfach davonlaufen konn-*

te. Der viele Wein ... und trotzdem hatte ich Alpträume. Vermutlich werde ich eines Tages meinem Noris gegenübertreten müssen, wenn ich mich jemals von ihm befreien will. Sie zog eine Grimasse: Sie war noch nicht bereit, sich dem großen Alptraum ihres Lebens zu stellen, vielleicht wäre sie das niemals – doch der Gedanke bereitete ihr auch keine Kopfschmerzen.

Mit der Morgendämmerung wurde die Finsternis grau. Sie streckte sich noch einmal, kratzte sich am Bauch, starrte hinauf zu den Dachbalken, deren Konturen allmählich schärfer hervortraten, und fragte sich, wie sie nach Oras zurückkommen sollte. Die Platz-Wachen würden nach ihr Ausschau halten, und der Norid ... Wieder schnitt sie eine Grimasse und versuchte, sich an ihn zu erinnern. Er war nichts Besonderes, nur ein Norid, ein Straßen-Norid, der ein paar billige Tricks beherrschte, falsches Gold verkaufte und Juwelieren Quarze andrehte. *Nicht wie ... nein, ich mag nicht an ihn denken.* Sie zuckte zurück vor dem Gesicht, das sie in den vergangenen fünfzehn Jahren verfolgt hatte. *Dämonen zu rufen. Das hat er Morescad verprochen. Er? Er würde nicht wagen, es zu versuchen, wenn er keinen Rückhalt hätte. Rückhalt, von dem Morescad und Lybos nichts wissen konnten, sonst wären sie nicht an ihn herangetreten.* Sie runzelte die Stirn, als sie sich an weitere Einzelheiten der Szene in dem geheimen Zimmer erinnerte. *Lybors Amme. Sie hatte den Kreis mit der Flamme auf den Ärmel gestickt. Die Söhne der Flamme. Sind sie in diese Angelegenheit verwickelt? In Verbindung mit den Nearga-nor? Das konnte nicht sein. Sie schimpften fast ebenso heftig auf den Norim wie auf die Jungfrau.* Sie kaute auf ihrer Unterlippe. *Das sind alles Spekulationen. Ich brauche mehr Informationen. Trotzdem sollte Vael-mri erfahren, was wir beobachtet haben. Noch ein Grund, nach Oras zurückzukehren. Coperics Vögel. Aber wie ... wie ... wie ... falls sie nach mir suchen oder der Nearga-nor hinter mir her ist? Oder Ser Noris.* Sie flüsterte seinen Namen in den grauen Morgen. »Ser Noris? Wozu lebe ich?« Tränen stiegen ihr in die Augen. »Warum hast du mich am Leben gelassen?« Diese Frage hatte sie sich schon

Hunderte Male gestellt, und wie immer erhielt sie auch jetzt keine Antwort. Sie rieb sich ungeduldig die Augen, drehte sich herum und rutschte vom Bett.
Ihre Füße schlurften leise über den Dielenboden, während sie immer wieder auf und ab ging und hörte, wie sich die Familie auf der Schlafetage jenseits der dünnen Wand regte. Das breite, flache Bett hinter ihr war das des Intiis. Er und seine Frau hatten sich zu nahen Verwandten ausquartiert, die alle auf einer breiten Hochetage über dem einzigen Raum des großen Hauses auf Schlafmatten nächtigten. Andere Angehörige schliefen unten, wo immer sie Platz fanden, ihr Bettzeug auszubreiten. Obgleich sie recht dankbar war für die Ungestörtheit, vermutete sie dahinter weniger eine höfliche Geste als den Wunsch, die Leute vor der lästigen Anwesenheit eines Außenstehenden zu schützen. Sie streckte sich erneut, vollzog ein paar rasche Drehungen und Beugen und begann sich dann anzuziehen.

Der Himmel rötete sich im Osten, als sie auf die Straße trat, doch das Dorf lag noch dunkel und ruhig, obwohl durch die meisten Türen und Fensterläden schon Licht herausschien. Als sie langsam an den großen, rechteckigen, aus Sandstein und weißem Kalk erbauten Häusern vorüberging, sah sie, wie die Knechte der Fischer die Varcam molken und anderes Vieh fütterten. Die Hütten, Ställe und Verschläge drängten sich zwischen Wohnhäusern und Mauern. Direkt hinter sich hörte sie ein Grunzen, wirbelte herum und sah, wie ein Posser über die Straße trottete, sich an eine Hauswand lehnte und seine steifen Borsten an dem weichen, weißen Stein rieb. Plötzlich tauchten neben ihr weitere Schatten auf und zogen vorüber. Offensichtlich ließen die Fischer ihre Posserim frei laufen und außerhalb der Mauern weiden, wo sie zwischen den Gräsern nach Knollen scharrten und kleine Nager aus ihren Nestern gruben.
Sie näherte sich langsam dem offenen Tor. Nach den Gewalttätigkeiten des vorangegangenen Abends wirkten der Frieden und die Normalität der Morgendämmerung fast verwirrend.

Sogar der Himmel mit seinen verblaßten Sternen und den Wolkenfetzen vom Gewitter der vergangenen Nacht war ruhig. Dann sah sie, wie dunkle Köpfe in den Turmfenstern erschienen und in Richtung der Berge Ausschau hielten. Das Leben ging seinen gewohnten Gang, doch der Intii wollte keinen Überraschungsangriff riskieren.
Fackeln erhellten die dunklen Gestalten der Männer, die an den Booten arbeiteten, sie aufrichteten, ins Wasser schoben und die Masten setzten. Wenn sie sprachen, was selten vorkam, hallten ihre Stimmen hohl übers Wasser. Ihre Schatten hüpften und tanzten über Gras und Schlamm.
Serroi lehnte sich gegen einen schweren Torpfosten, der halb in den Kies der Kreidewand eingelassen war, als noch mehr Posserim an ihr vorüberschlenderten. Sie beobachtete, wie die geschäftigen Männer alles vorbereiteten, mit der bevorstehenden Ebbe hinaus aufs Meer zu fahren, und empfand eine Ruhelosigkeit, die wenig mit ihrer sorgenvollen Entschlossenheit, nach Oras zurückzukehren, zu tun hatte. Sie verharrte noch ein wenig, dann folgte sie den Posserim an der Mauer entlang und hinaus ins Grasland. Die Sonne zeigte Schicht um Schicht der transparenten Farbtöne, als sie hinter den zerklüfteten Gipfeln der Zähne der Erde auftauchte. Die Wälder, die das Hügelland davor bedeckten, tauchten nach und nach aus dem rauchigen Dunkel, das noch an der Erde haftete.
»Willst du die Berge überqueren?«
Die Stimme hinter ihr erschreckte sie. Sie wirbelte herum. Der Intii hatte die arbeitenden Männer allein gelassen und war so lautlos hinter sie getreten, daß sie nicht das geringste Geräusch vernommen hatte. Sie blickte in die runzelige Maske. »Ja.« Das Wort sickerte heraus, als versuchte sie, seine Gedanken zu lesen und zu entscheiden, wieviel sie sagen durfte. Es schien ihr sicherer zu lügen; wie wenig Kontakt die verstreuten Fischerdörfer auch mit Außenstehenden und untereinander hatten, Zufälle waren immer möglich. Hunderte, ja Tausende von Augen mochten nach ihr suchen, nach jedem Schatten ihrer Spuren. *Auf merkwürdigste Art ist es am sichersten für mich, in die Stadt zurückzukehren. Das ist der letzte Ort, wo sie nach*

mir suchen würden. »Ich nehme die Hochstraße südlich vom Biscerica«, sagte sie.
Der Intii blickte von den Dorfmauern zu den dunklen Flecken im Gras, wo die toten Angreifer noch unbeerdigt lagen. »Die Kapperim werden dich erwarten.« Er deutete zu den Bäumen. »Du wirst sie nicht sehen. Immer einer oder zwei werden dir auflauern. Diese Bestien vergessen niemals eine Niederlage.« Sein Mund verzog sich zu einem leichten Lächeln, als er die Hand ausstreckte und die Spitze des Bogens berührte. »Verfehlst du damit jemals dein Ziel, kleine Meie?«
»Selten.« Sie beobachtete, wie die Boote sich auf die Mitte der Wasserstraße zubewegten. Die zurückgebliebenen Männer kehrten schweigend zu dem erwachenden Dorf zurück. Sie sah, daß mindestens die Hälfte der Schiffe noch hoch am Ufer festgemacht lagen. »Rechnet ihr damit, daß die Kapperim wiederkommen?«
Er wies mit einem langen, knochigen Daumen auf die dahingestreckten Leichen. »Dieser Haufen dort bestimmt nicht, aber andere nach ihnen mit Sicherheit. Wir hatten hier schon ein halbes Dutzend solcher Überfälle.« Er zog an einem Zopf seines Barts. »Ich werde dir eines sagen, Meie, ich habe nichts gegen dich, aber es ist besser, wenn du schnell verschwindest, hörst du? Meine Frau packt die Dinge zusammen, um die du gebeten hast. Es ist nicht nötig, daß du noch einmal umkehrst.« Er nickte in Richtung des Dorfes. »Such dir dein Macai aus.« Er grinste plötzlich und wurde ebenso plötzlich wieder ernst. »Du kannst unter vielen wählen.« Ohne ein weiteres Wort drehte er sich um und schritt auf das Tor zu.

Ein Macia trompetete traurig, trollte sich dann an ihr vorüber und kaute auf üppigem Steppengras, wobei die langen, schmalen Blätter aus seinem Maul hingen, rhythmisch zuckten und allmählich kürzer wurden. Serroi mußte ab und zu lachen, während sie zwischen den weidenden Macai umherging und sie mit von Tayyan trainiertem Auge abschätzte, bis sie eines gefunden hatte, das ihr gefiel.
Sie näherte sich ihm vorsichtig und benutzte ihren Augenfleck,

um beruhigende Wellen auszusenden. Es beobachtete sie mißtrauisch, wich jedoch nicht zurück, sondern scheute nur ein wenig, als sie die Hand auf seinen mageren Hals legte. Sie kraulte die glatte, warzige Haut und legte ihre Stirn an die Schulter des Macai. Der scharfe, staubige Geruch des Tieres löste reiche Erinnerungen aus...

Als hochgewachsene, knochige Blonde mit zerschrammten Knien, den Tränen nahe und mit einem kleinen Pflaster auf der Nase, schlenderte Tayyan in den Stall und ließ den Blick über die Macai schweifen. Ihre Inspektion wurde von einer Reihe weitgehend trauervoller Schnüffelgeräuschen begleitet. Serroi streichelte den Hals eines frisch geschlüpften Macai, dessen Fell so strahlend braun-gelb gestreift und weicher war als frisches Frühlingsgras. Tayyan kniete neben sie, der starre Blick ihrer blauen Augen wurde weicher. Sie hielt ihre schmutzige Hand dem Fohlen zum Schnuppern hin, dann hockte sie sich neben Serroi. Nach einer Weile streichelte sie die bebende Schnauze sanft, bis das kleine Fohlen vor Freude schrie. Weitere Augenblicke verstrichen in kameradschaftlichem Schweigen, dann begannen Serroi und Tayyan zu sprechen.

Tayyans Vater war ganz verrückt auf Macairennen und teilte diese Leidenschaft mit seiner Tochter. Diese konnte schon reiten, bevor sie das Laufen gelernt hatte, und weigerte sich, brav bei den Frauen zu sitzen und die Frauenpflichten zu erlernen, die ihr die Tanten unbedingt beibringen wollten: Bei jeder Gelegenheit stahl sie sich in die Ställe, wo man sie eher als Sohn denn als Tochter behandelte. Aber das alles hatte ein Ende, als sie eines Tages ihren Vater quer auf dem Bauch über einem Macairücken liegend nach Hause brachten; er hatte sich das Genick gebrochen.

Ihr ältester Onkel nahm seinen Platz ein, ein strenger Mann, plump und schwerfällig, der neidisch war auf seinen beliebten älteren Bruder und fast in jedem Wort Kränkungen sah. Er sperrte sie in die Frauengemächer ein und verlangte, daß sie Frauenaufgaben erlernte, ließ sie schlagen und schlug sie sogar selbst, wenn sie sich im widersetzte oder zu den Stallungen schlich, wenn ihr dies alles zuviel wurde. Als sie ihr zwölftes Lebensjahr erreichte, verlobte ihr Onkel sie mit einem Freund, um sie auf diese Weise loszuwerden. Und das gelang ihm auch, allerdings nicht auf die vorgesehene Weise. Eines Nachts stahl sie sich hinaus, sattelte ein Macai und brach auf zum Biserica.

Serroi seufzte und rieb sich mit dem Handrücken über die Nase. Sie summte eine lustige Melodie, strich mit den Fingern über den Macaihals und kraulte das Tier dann an den Hautfalten unterm Kinn. Das Macai stieß mit der Schnauze nach ihr, drückte dann den Kopf gegen ihre Schulter, wieherte kläglich und bat darum, weiter gekrault zu werden. Mit lautem Lachen kam sie dem Wunsch nach. Dann trat sie seufzend zurück und schwang sich in den Sattel.

Das Macai hüpfte ein wenig umher, beruhigte sich jedoch sogleich, als sie mit fester Hand die Zügel hielt und es auf das Dorf zulenkte. Mit jedem Schritt war sie stärker von ihrer Wahl angetan. Glatte, fließende Gangart. Sattel und Zaumzeug gute Handarbeit. Der für die Maße der schmalhüftigen Kapperim gefertigte Sattel mit dem hohen Knauf und dem trapezähnlichen Rückenstück paßte ihr recht gut. Die Steigbügel hingen ein wenig tief, aber das war leicht zu regulieren. Die Satteltaschen, in denen noch die Habe des toten Kriegers war, schien groß genug, ihre eigenen Vorräte aufzunehmen. *Zehn Tage*, dachte sie. *Nur noch zehn Tage bis zur Konjunktion der magischen Monde. Zehn Tage, um die Berge zu überqueren und nach Oras zurückzukehren.*

An der Dorfmauer rutschte sie vom Rücken des Macai herunter, gurtete den Sattel ab und benutzte den Tascheninhalt, um den Schweiß von der Haut des Tieres zu reiben.

Sie zog gerade den Bauchgurt des Sattels fest, als sie hinter sich leise Schritte vernahm. »Stell die Sachen neben mich«, rief sie, grunzte und stemmte ihr Knie gegen den Bauch des Macai. Das Tier tänzelte und wieherte und zog dann den Magen ein. Sie spannte den Riemen und schnallte ihn fest. Als sie sich umdrehte, sah sie neben einem Stapel Vorräte ein Mädchen kauern, ein zerlumptes Mädchen mit trotzigem Gesicht und ent-

schlossener Miene. Ihre großen Hände hielt sie über den Wasserbeutel auf dem Gepäckhaufen gespreizt. Ihre Haut war um mehrere Schattierungen dunkler als die der meisten Fischer, ihre Augen allerdings grünlich-braun, fast wie die des Intiis. Ihr Haar hing lang und schmutzig herab. Es war sehr dunkel, fast schwarz. *Mischblut*, dachte Serroi mit einem Hauch Mitgefühl. Sie konnte sich nur allzugut aus eigener Erfahrung erinnern, wie abwehrend Gesellschaften sich denen gegenüber verhielten, die anders waren. »Was gibt's?« fragte Serroi ruhig, um sie nicht noch mehr zu verängstigen, so sehr blitzte Furcht aus diesen grünen Augen.
Die Zunge des Mädchens fuhr über trockene Lippen. Sie stand langsam auf. Sie war ungefähr zwölf, noch flachbrüstig wie ein Junge, aber fast einen Kopf größer als Serroi. »Der Intii schickt dir diese Dinge und sagt, du sollst dich beeilen.« Sie versprach sich, und ihre Stimme klang heiser und unsicher.
»Ja. Ich weiß.« Serroi nahm die Satteltaschen, schüttete das Zeug des Kappras heraus und sah gar nicht nach, um was es sich handelte. Sie nahm die Lebensmittelpakete und Utensilien, die die Frau des Intii ihr bereitgestellt hatte, stopfte sie hastig in die Taschen, schlang diese über den Hals des Macai und griff dann nach der zusammengerollten Decke, die das Mädchen ihr mit zitternden Händen reichte. »Nimm mich mit, Meie«, sagte sie schnell. Sie ließ das Bündel los und drückte ihre geballten Fäuste gegen die Brust. »Ich möchte zum Biserica, ja, Meie?«
Serroi starrte sie an. Das durfte doch nicht wahr sein. Sie hatte schon ohne diese zusätzliche Komplikation genügend Schwierigkeiten. *Gütige Jungfrau, kann mir denn das nicht erspart bleiben? Ich käme mit ihr niemals aus dem Dorf heraus. Und was mache ich mit ihr, wenn wir die Berge hinter uns haben, sie alleine nach Süden schicken?* »Ich reite einer Menge Ärger entgegen, Kind«, sagte sie. »Ich kann dich nicht mitnehmen. Du könntest umkommen oder Schlimmeres.«
»Umkommen?« Das Wort kam leise und eindringlich. »Schlimmeres?« Sie schüttelte das ungekämmte Haar aus den Augen. »Nichts könnte schlimmer sein als Hierbleiben. Du mußt mich mitnehmen, du mußt.«

Serroi drehte ihr den Rücken zu und begann die Sattelschnüre um die Deckenrolle zu schlingen. Sie sagte über die Schulter hinweg: »Du weißt nicht, was du da verlangst.«

»Es ist mir gleichgültig, Meie.« Sie bückte sich und hob den Wasserbeutel auf. Ihre Bemühungen waren ein wenig ungeschickt, ihr magerer Körper fohlenhaft und unsicher wie ein junges Macai. »Hör zu. Meine Mutter wurde von einem Kappra vergewaltigt und totgeglaubt liegen gelassen. Kappra!« Sie verzog höhnisch den Mund und schüttelte ungeduldig den Kopf. »Es wäre besser gewesen, sie wäre gestorben. Oder ich. Ich bekomme den Unrat zu essen, den Posser und Oadats nicht mögen. Bei jedem Überfall durch die Kapperim, wenn Fischer getötet werden, lassen die Familien ihre Wut anschließend an mir aus, Meie, ich bin bald eine Frau und keiner ist da, der mich beschützen wird, nicht einmal der Intii, obwohl meine Mutter seine eigene Schwester war. Heute morgen habe ich einem Mann das Knie in den Leib gerammt, ich bin davongekommen, aber heute abend wird er mir wieder auflauern. Ich möchte nicht die Dorfhure werden, Meie. Nimm mich mit.«

Serroi nahm ihr die Flasche ab und band sie langsam fest. »Sie werden dich nicht gehen lassen.«

»Ich weiß, Aber ich soll die Posserim hüten und sie von den Bäumen wegtreiben, also dachte ich... ich werde nun gehen und hinter dem Felsvorsprung, wo die Kapperim waren, auf dich warten.«

»Das hast du sorgfältig geplant.«

»Meie, das mußte ich.« Sie schaute sich nervös um. »Bitte, ich muß nun gehen, ich war ohnehin schon zu lange hier.«

»Warte einen Augenblick. Ich habe zuerst noch etwas zu erledigen.« Sie klatschte dem Macai gegen den Leib, daß es ein paar Schritte im engen Halbkreis machte. »Sieh das Zeug hier durch.« Sie deutete auf den Haufen der Kappran-Habe auf dem Boden. »Das sieht dann zumindest so aus, als hättest du etwas zu tun. Du mußt mir noch ein paar Fragen beantworten. So verlangt es das Ritual. Verstehst du?«

»Ja, Meie.« Das Mädchen sank auf die Knie, stöberte in dem

Krimskrams und berührte ihn in fester Entschlossenheit, ihren Ekel zu überwinden.
»Du möchtest eine von der Gemeinschaft des Biserica werden?«
»Das möchte ich, Meie.« Ihre Hände hielten inne und kramten dann wieder weiter.
»Es ist ein langer Weg.« Die erforderlichen Worte gingen Serroi glatt von den Lippen, obgleich sie wenig Freude empfand, sie auszusprechen. »Wir können nichts versprechen.«
»Ich habe zu warten gelernt, Meie.«
»Was bringst du uns mit?«
»Nichts als meine Hände und mein Herz, Meie. Ich werde alles tun, ganz egal was. Nur um hier wegzukommen und um mehr zu sein als ein Tier, werde ich alles machen.«
Serroi holte tief Luft. »Wenn du dich der Gruppe der Meien anschließt, mußt du die Hoffnung auf Kinder aufgeben.«
»Besser als von jedem vergewaltigt zu werden, dem es in den Sinn kommt. Ich möchte mein Leben selbst bestimmen, Meie.« Ihr Körper war von ihrer Inbrunst wie ein Bogen gespannt. »Ich möchte... ich weiß nicht... ich möchte einen Lebenszweck haben, eine Aufgabe erfüllen.«
»Dann sei es.« Als das Mädchen sich gefaßt hatte, fügte Serroi hastig hinzu: »Geh noch nicht. Warte eine Minute. Wie heißt du?«
»Dinafar.« Ihr Ton wurde bitter. »Das heißt Außenseiterin. So hat meine Mutter mich genannt, ehe sie mich auf die Straße setzte.«
»Und ich bin Serroi. Ich werde beim Felsvorsprung warten, aber das mit den Gefahren war mein Ernst. Ich kann es nicht erklären, aber denk noch einmal gut nach, ehe du mir folgst.«
Dinafars Gesicht wurde rot, dann bleich. Sie sprang auf die Füße, stolperte, duckte den Kopf zu einer ungeschickten Verbeugung und rannte dann in Richtung der Weiden.
Serroi kicherte und schüttelte den Kopf, als sie sich zu dem Macai umdrehte, alle Knoten und Gurte nachsah, sich in den Sattel schwang und hinter Dinafar her auf den steinigen Hügel zuritt, der sich wie eine graubraune Pustel aus dem wogenden Grün erhob.

DAS KIND: 3

Der Kopf des Noris flog herum, so daß sein roter Edelstein im Perlmuttlicht des dahinterliegenden Raumes aufblitzte, und er blitzte noch einmal, als sich sein Mund zum Hauch eines Lächelns verzog. »Na gut. Serroi«, sagte er. »Komm, Serroi, ich möchte dir zeigen, wo du schlafen wirst.«

Ihr Widerstand schmolz für einen Augenblick dahin, sie trat vorsichtig an dem angehobenen Wandteppich vorbei in den Gang und schaute mehrfach zu ihm hoch, so sehr war sie von seiner Überraschung überrascht und so schwer fiel es ihr, seine Reaktion in ihre bisherigen Erfahrungen mit Menschen einzuordnen. Der Noris sprach ein WORT, und der Stein zu ihrer Rechten öffnete sich plötzlich. Für ihn schien Gestein so nachgiebig wie Wasser. Licht fiel gewundene Stufen hinauf, als Ser Noris den Wandbehang fallen ließ und sie zu den Treppen drängte, die in den Stein getrieben schienen. Serroi betrat widerwillig jene Stufen ohne Geländer und fühlte sich dabei sehr merkwürdig. Die Enge des Raumes ließ ihre Haut kribbeln; sie war nicht gerne so eingesperrt und nur froh, daß Ser Noris dicht hinter ihr kam.

Sie bogen um die letzte Windung der Spirale und betraten einen kurzen Korridor mit gewölbter Decke, kaum mehr als eine durch eine große Bronzeplatte abgeschlossene Nische. Sie drehte sich um und schaute verwirrt zu dem Noris empor.

»Öffne die Tür.« Seine Stimme erfüllte den Raum und streichelte sie wie eine liebkosende Hand.

»Wie?« Finster blickte sie das Metall an.

»Untersuche sie.«

Sie marschierte zu der Bronzeplatte und betrachtete sie von oben bis unten. Etwas oberhalb ihrer Kopfhöhe ragte ein Bronzehaken aus einem Schlitz. Sie zog ihn herunter und drückte dagegen. Außer einem metallischen Klicken war nichts zu bemerken. Sie rieb sich die Nase, zog den Haken nochmals herab und riß an der Tür. Sie glitt fließend auf. Serroi drückte sie gegen die Wand und wandte sich mit einem breiten Grinsen um.

»Ich habe es geschafft.«
»Das hast du. Nun geh hinein.« Der Noris verschränkte die Arme vor der Brust, seine Augen zwinkerten ihr zu.
Sie trat mit vor Aufregung weit aufgerissenen Augen in den Raum. Dort befand sich ein Bett auf Beinen, das aussah wie ein Karren ohne Räder. Sie konnte mühelos erraten, um was es sich dabei handelte, obwohl sie die meisten Nächte ihrer fünf Jahre auf gestapelten Vinatfellen nur wenige Zentimeter vom gefrorenen Erdboden entfernt geschlafen hatte. Sie trat hinzu und berührte die glänzend weiche Decke, dann strich sie mit der Hand über die strahlende, blaugrüne Glätte und stieß ein freudiges »Ooh!« aus. Während sie noch den Überwurf liebkoste, ließ sie ihren Blick über die eigentümlichen Dinge des Raumes schweifen. Mit großem Genuß schlenderte sie von Wand zu Wand und berührte alles, was innerhalb ihrer Reichweite lag. Da waren zwei Wandbehänge, stilisierte Pflanzenformen in stark rhythmischen Mustern, deren glänzende Garne im strahlenden Licht, das von einem Fenster hereinfiel, üppig leuchteten. Neben dem Fenster standen ein Bronzesessel und ein Tisch mit Marmorplatte und Bronzebeinen; auf dem Tisch befanden sich ein Tintenfaß, mehrere Bögen Papier und zwei Federhalter mit silbernen Spitzen. Sie hob die Federhalter auf und berührte die Feder mit der Fingerspitze. »Wozu sind die?«
»Zum Schreiben.« Auf ihren verständnislosen Blick hin trat er neben sie an den Tisch, nahm ihr einen der Federhalter ab, tauchte ihn in die Tinte, zog ein Blatt Papier heran und schrieb SERROI darauf.
»Was ist das?« Sie berührte den ersten Buchstaben mit dem Finger, zog ihn schnell wieder fort und betrachtete finster den kleinen blaubraunen Fleck, der darauf zurückgeblieben war.
»Dein Name, Kind.«
»Zeig mir, wie man das macht.« Sie hantierte mit der Feder und machte sich daran, das Ende in das Tintenfaß zu tauchen.
Ser Noris packte ihre Hand und nahm ihr die Feder ab. »Später. Komm hierher.« Er führte sie zu einem Wandregal ein Stückchen entfernt vom Tisch. »Das sind Bücher.« Er nahm eine

Pergamentrolle von der Spitze der kleinen Pyramide und entrollte sie vor ihr. Sie starrte die schwarzen Zeichen auf der glatten, cremefarbenen Oberfläche an, berührte sie zaghaft und stieß einen freudigen Aufschrei über die zartgemalten Bilder am Rande des Bogens aus. Nachdem der Noris das Pergament an seinen Platz zurückgelegt hatte, schob er einen Teil der Wand beiseite. Serroi holte überrascht Luft, als sie ihre eigenen Kleider dort an Haken und ein paar zusätzliche Stiefel an der Hinterwand hängen sah. »Die Diener werden diese Sachen für dich sauberhalten. Kannst du dich selbst anziehen?«

»Ich bin doch kein Baby«, knurrte Serroi verächtlich.

Er nickte, und wieder stand das Zwinkern in seinen Augen. Er öffnete eine Tür und führte ein kleines, sauberes Badezimmer vor, zeigte ihr, wie man Toilette und Badewanne benutzte. Mit einem Kichern führte er sie von der Toilette fort, die sie fast so sehr faszinierte wie die Schreibfedern, und geleitete sie zurück ins Schlafzimmer. Während ihrer kurzen Abwesenheit hatten die Hände sich nützlich gemacht und verschiedene Grünpflanzen in dem Raum verteilt. Der Noris drehte sich zu Serroi um. »Gefällt dir das?«

Serroi nickte schüchtern. »Es ist wunderbar«, murmelte sie.

»Gut. Komm. Ich möchte dir noch etwas anderes zeigen.«

Sie folgte ihm aus dem Zimmer zurück über die Wendeltreppe, wobei ihr das Mauseloch im Gestein immer noch stark mißfiel. Der Noris ging den Gang hinab, seine Füße in den Stiefeln verursachten keinerlei Geräusch. Serroi fand das erschrekkend; ihre eigenen Stiefel verursachten kratzende, scharrende Laute, die dumpf in dem schwach erleuchteten Korridor widerhallten. Während sie ihm folgte, schaute sie sich neugierig um und sah eine Reihe mit Bronzeplatten geschlossener Nischen wie den Zugang zu ihrem Zimmer. Der Gang wand sich hinab und öffnete sich plötzlich zu einem hochwandigen, vierseitigen Innenhof, der sich zum sauberen blauen Himmel öffnete.

Hunderte von Augen folgten ihr, als sie blinzelnd ins strahlende Sonnenlicht trat. Käfige reihten sich an zwei der vier Wände des Hofes, Wände aus dem gleichen glänzenden

schwarzbraunen Stein wie der Turm. Jeder Käfig war geräumig genug, um seinem Bewohner Platz zum Herumlaufen oder Klettern zu bieten. Da Gestalt und Größe der Tiere sehr unterschiedlich waren, variierten auch Form und Größe der Käfige. In einigen befanden sich abgestorbene Bäume oder Lager mit Stroh oder Kies auf festem Boden. In manchen war für das Tier eine ganze natürliche Umgebung nachgebaut, jedoch in keinem etwas lebendiges Grünes. Jeder Käfig hatte einen Futternapf und eine Wasserstelle. Einige Tiere erkannte sie – Chinin mit frischgeworfenen Welpen, ein unglücklich aussehender Vinat, ein gereizt lauernder Sicamar, mehrere Aasvögel, wie sie den Herden folgten – doch die meisten waren ihr fremd. Da war ein graues Tier mit traurigem Gesicht und langen, haarigen Armen und Beinen, das wie die Parodie eines Menschen aussah. Sie sah zu, wie es sie beobachtete und dann in seinem Stroh scharrte. Sie mußte kichern, als es ein Stück Nußschale hervorholte und nach ihr warf. Sie wich der Schale aus und machte sich auf den Weg zu den Chinin.
»Serroi, komm hierher.« Der Noris klang erheitert, doch sie trat schnell neben ihn. Sie war immer noch recht unsicher in bezug auf ihn. Er hatte nichts getan, um sie zu kränken, sondern vielmehr gut für sie gesorgt, doch sie wußte immer noch nicht, was er von ihr wollte, und er veränderte sich manchmal in etwas, das sie nicht kannte. Einen Schritt nach dem anderen gewann sie etwas mehr Sicherheit, doch sie fühlte sehr wohl, daß es Dinge an ihr gab, die er nicht akzeptieren würde. Er lächelte in ihr eifriges Gesicht – doch schon wieder anders, ein leeres, wenn auch bezauberndes Lächeln. Er hatte sich zurückgezogen. Sie fühlte, daß es ihm lästig war, an ihre Bedürfnisse gebunden zu sein, anstatt sich seinen hochfliegenden Gedanken hingeben zu können. »Um diese Tiere wirst du dich im kommenden Jahr verantwortlich kümmern«, erklärte er. »Sorge dafür, daß sie gesund und zufrieden sind, gib ihnen Futter und Wasser und verschaffe ihnen Auslauf. Öffne alle Käfige, sobald du spürst, daß von den Tieren keine Gefahr für dich ausgeht. Bewege dich zwischen deinem Zimmer und dem Hof hin und her, wann immer du willst, bei Tag wie bei

Nacht. Meine Diener werden dir alles bringen, was du brauchst.«
Serroi zupfte nervös an den Fäden der Stickerei auf ihrem Umgang. »Werde ich dich sehen?«
Er schwieg lange Zeit. Sie warf ihm mehrere heimliche, fragende Blicke zu. Er starrte mit einem seltsamen Gesichtsausdruck zu den Käfigen, ohne sie wirklich zu sehen, als hätte sie ihn wieder erschreckt und als wäre er über seine eigene Reaktion auf ihre Frage verwundert. Sie hielt das lange Schweigen aus so gut es nur ging. Er dachte nach, und wenn er fertig wäre, würde er ihr die Antwort geben.
Er schaute zu ihr herab, und wieder trat Wärme in seinen Blick. »Du kannst zu mir kommen, um dich mit mir zu unterhalten. Das würde mir gefallen.« Er holte zu einer weiten Handbewegung aus, die alle Käfige umfaßte. »Beginne, dich mit den Tieren vertraut zu machen, Serroi. Richte dich in deinem Zimmer ein. Meine Diener werden dir am späten Nachmittag den ersten Schreibunterricht erteilen.« Sein Blick wanderte von ihr fort zu dem konturlosen Blau über ihnen. »Ich werde dich nach dem Abendessen holen lassen.« Seine Füße machten immer noch kein Geräusch auf den Steinfliesen, als er schnell in die Mitte des Hofes trat, wo ein glänzendes Kupferrohr zwischen den Pflastersteinen emporragte. Das obere Ende machte abrupt einen rechtwinkligen Bogen, und aus einem senkrechten Spalt stand ein Bronzehaken heraus. »Komm her, Serroi.« Als sie neben ihm stand, deutete er auf den Haken. »Zieh den mal herunter.«
Serroi schloß ihre kleinen Finger um den Haken und zerrte. Aus dem Rohrende schoß sprudelnd Wasser hervor. Lachend streckte sie ihre freie Hand in den rauschenden Strom, beugte sich hinab und trank, ließ den Haken dann zurückschnappen und richtete sich auf, um den Noris anzusehen.
Er hatte für einen Moment seine Verwirrung überwunden und lächelte bedeutungsvoll zu ihr herab. »Davon kannst du den Tieren Wasser bringen. Alles andere, was du brauchst, um sie zu versorgen, werden dir die Diener beschaffen. Bist du dazu in der Lage?«

Serroi nickte. Zögernd trat sie dichter zu ihm und wagte, seine Hand zu berühren, indem sie ihre Finger über seine seltsame, beunruhigende Haut gleiten ließ. Sie warf ihm einen Blick zu und sah, daß ihm ihre Berührung gleichzeitig unbehaglich, aber auch angenehm war. Ohne ein weiteres Wort ging er davon und verschwand durch die Tür.
Die Stille im Hof hielt ein paar Minuten nach seinem Weggehen an und wurde dann durch das keuchende Gebrüll des Sicamar beendet, eines langhaarigen Tiers mit plattem Gesicht, Reißzähnen, gelbgrünen Augen und kleinen, runden Ohren. Sein langes Fell reichte farblich vom hellsten Braun am Unterbauch zu scheckigem Schokoladenbraun auf seinem Rücken. Die Spitzen der längeren Haare auf dem Kopf und um den Hals waren gelbgrün, wohingegen das tiefere Fell von verschwommenem Blaugrün war wie neues Frühlingsgras, das sich über das alte, abgestorbene vom vergangenen Jahr schiebt. Er ging ruhelos in seinem Käfig auf und ab, ein starkes, prachtvoll muskulöses Tier in der Blüte seiner Jahre – aber sichtbar unglücklich. Einzelne Fellstellen wirkten stumpf und zerzaust; die gelbgrünen Augen waren von einem Film überzogen und das Maul stand von Zeit zu Zeit offen, als fehlte ihm der Wille, seine Kiefer zusammenzuhalten. Serroi holte tief Luft und schauderte. Über dem Hof lag der fast unmerkliche Hauch des Krankhaften. Vielleicht lebte auf dieser Insel nichts, weil hier nichts leben konnte. Sie bekam Kopfschmerzen. Es gab so vieles, was sie nicht verstand – aber sie wußte, daß der Sicamar litt; ihr Augenfleck pulsierte im Rhythmus seines Elends. Sie begann an den Käfigen entlangzulaufen, betrachtete ernst die Tiere in ihrem Innern und neigte den Kopf zurück, um jene, die weit über ihr hausten, zu inspizieren. Ihr Augenfleck stach weiter, als sie sich in die Tiere einzufühlen versuchte, doch sie lenkte ihre Anstrengungen um, indem sie nicht mehr aufnahm, sondern Ruhe ausstrahlte und sie mit der tiefen Liebe umgab, die sie für sie alle empfand, die in ihr angestaute Liebe, die kein anderes Ziel kannte. Als sie ihren Rundgang beendet hatte, roch sogar die Luft sauberer. Die Tiere saßen behaglich in ihren Behausungen, waren still oder gaben verschiedene

Arten von schnurrenden Lauten von sich. Nun wieder zufrieden, ging sie zu dem Käfig mit den Chinin, pfiff ihr altes Signal und lachte, als die Alte und die Welpen heraushüpften, herumtollten, sie abschnüffelten und an ihr hochsprangen, um ihr Gesicht zu lecken.

Serroi blieb zögernd in der Tür stehen. Ein paar Kerzen erhellten den Raum; in einem Kamin aus dunklen Steinen prasselte und krachte ein Feuer. Umflutet vom weichen, goldenen Licht lag der Noris ausgestreckt auf einem Diwan, stützte sich auf ein paar Samtkissen und sah den tanzenden Flammen zu. Sie wollte zu ihm gehen, denn er schien einsam, aber sie wußte instinktiv, daß er sich in ihrer Gegenwart gehemmt fühlte, wie entspannt er sich auch gab.

»Komm her, Serroi.« Seine Stimme klang weich und verträumt. Er hatte nicht zu ihr herübergeschaut, aber er wußte auch so, daß sie da war. Serroi leckte sich über die Lippen. »Setz dich neben mich«, sagte er. Eine bleiche Hand fiel auf ein dickes Kissen am Boden neben dem Diwan. Die Geste war zu gewollt graziös, ein weiterer Beweis seines mangelnden Wohlbehagens. Serroi schritt schweigend zu dem Kissen und ließ sich steif neben ihm nieder. Obwohl sie ihre Gefühle nicht hätte in Worte kleiden können, war ihre Verlegenheit durch seine ausgelöst worden. Sie starrte in die Flammen und wartete, daß er das Wort ergriff.

Nach längerem Schweigen sah sie hoch, und ihre Blicke begegneten sich. Seine Augen ruhten auf ihr und strahlten vor Neugier, als erprobte er seine und ihre Reaktionen, als erkundete er sich selbst mit einer eigentümlichen Objektivität, die sie verwirrte. Bei ihren eigenen Leuten wurden Gefühle an der Oberfläche ausgelebt. Keiner hielt sich zurück, seinen Zorn zu überdenken, sondern war schlicht und einfach wütend.

»Hast du dich gemütlich eingerichtet?«

»Ja, Ser Noris.« Sie grübelte eine Minute vor sich hin. »Die Hände haben mir eine Menge lustiger Zeichen beigebracht.«

»Es sind Bilder von Lauten, Kind.«

Da er erheitert wirkte, zog sie die Nase hoch und beklagte sich:

»Hände sprechen nicht, Ser Noris. Wie soll ich jemals erkennen, welche Zeichen für welche Laute stehen?«
»Erlerne die Zeichen.« Er gähnte und zog sich geistig und körperlich gleichermaßen von ihr zurück.
Sie fühlte, daß sie zu schnell vorgegangen war. Das war wie beim Zähmen eines wilden, mißtrauischen Tieres. Damit er sie nicht fortschickte, sagte sie deshalb schnell: »Was ist ein Noris, Ser Noris?«
»Hmmm.« Er legte sich in die Kissen zurück und starrte zu den wabernden Schatten empor, die über die ferne Zimmerdecke hüpften. »Ein Noris ist ein Gestalter; Wind, Wasser und Gestein antworten auf seine Worte. Ein Noris greift nach fremdartigen Unterwelten, die dir Angst einflößen würden, Kind. Er ist ein Zähmer von Dämonen. Der Brennpunkt von Kräften, die die Welt erschüttern können. Ein Noris ist ein Mann mit schrecklicher Macht, der für alle Zeit von der größten Macht ausgeschlossen bleibt.« Die Bitternis in diesen letzten Worten ließen sie schon bedauern, daß sie die Frage gestellt hatte, doch die Stimme fuhr fort und überwand die Bitterkeit. »Du hättest fragen sollen, was ein Nor ist, Kind.« Er streckte die Hand aus und streichelte Serrois Locken, eine geistesabwesende Liebkosung, der er sich nicht einmal bewußt war. »Nor ist die allgemeine Bezeichnung für das, was ich bin. Es gibt verschiedene Arten von Nor. Manche sind schwache, flüchtige Geschöpfe, die, weil sie ein paar billige Tricks beherrschen, sich in dem Irrglauben wiegen, sie gehörten zu den Mächtigen. Häufig dienen sie als Priester der Flamme den Söhnen der Flamme, die als einzige Gruppe töricht genug sind, ihr Selbstwertgefühl zu stärken. Das sind die Norids, die Straßen-Nor. Manche Nor sind durchaus fähige Wanderzauberer, doch sie benötigen aufwendiges Zubehör, sonst mißraten ihre Sprüche. Sie brauchen Weihrauch und Kerzen aus Leichenfett, Katzendreck, Pentagramme, Amulette und Talismane. Sie können arrogant und töricht sein, und häufig überschreiten sie ihre Grenzen und enden als Futter oder Sklaven der Dämonen, die sie anrufen wollten. Die findest du an den Höfen der Könige, die sich gerne mit Macht aus zweiter Hand umgeben und sich rühmen, Män-

ner zu beherrschen, die solche Wunder vollbringen. Das sind die Norids.« Plötzlich richtete er sich auf und starrte in das Dämmerlicht über ihrem Kopf. »Schließlich sind da noch die Wortmeister, die sich durch viele Studien und angeborene Talente über den Gebrauch irgendwelcher Geräte hinausentwickeln und nur noch auslösende WORTE benötigen, um das zu beherrschen, was sie beherrschen dürfen. Und dann gibt es noch diejenigen, welche die Grenzen dessen, was wir beherrschen, erweitern wollen bis... es ist nicht so einfach, wie es aussieht.« Er blinzelte, war nun wieder ganz bei ihr und hatte den Traum zurückgelassen, den er in seinem Herzen versteckt trug. »Nein, Kind, es ist nicht so einfach. Man erlernt nicht einfach die Worte und schreit sie in den Wind. Jedes der Worte beruht auf einer Menge Studien, auf Disziplin und Verzicht und einer Vorbereitung, die an der Oberfläche nicht sichtbar wird. Ich, kleine Serroi, bewege mich inmitten eines Geflechts von Potenzen, die im Laufe der vielen Lebzeiten verwoben wurden, welche ich erlebt habe. Ich spreche das WORT, und ein Teil des Geflechts wird lebendig. Ich spreche ein anderes WORT, und er versinkt zurück in das Geflecht.« Seine Mundwinkel zuckten empor, als er in ihr fassungsloses Gesicht sah. »Aber du verstehst von alledem kein Wort, nicht wahr?« Seine Augen zwinkerten und er strich mit den Fingerspitzen über die Seite ihres Kopfes und ihre Stirn. Das hatte noch niemand zuvor getan. Seine Finger liebkosten den Augenfleck, und sie fühlte einen Schwall von Wärme, einen großen Strom von Liebe für ihn. Sie hätte sich neben ihn kuscheln und sich ewig von ihm streicheln lassen können, wie ein zufriedener Chininwelpe nach einem langen Spieltag.

Er ließ die Hand auf sein Knie sinken. »Geh zu Bett, Kind. Wir werden morgen weitersprechen. Dann kannst du mir von deinen besonderen Gaben erzählen.«

Verwirrt und benommen taumelte Serroi auf die Füße, ging schweigend aus dem Zimmer und ließ den Noris allein, der nun wieder in die Flammen starrte, über etwas nachgrübelte, sich vielleicht wieder in sich selbst zurückzog, sich beobachtete und mit seinen ungewohnten Gefühlen spielte wie ein Sicamar mit einem kleinen Nagetier, das er fernab von dessen Höhle erwischt hatte.

DIE FRAU: 4

Das Macai trottete um den Fuß des steinigen Hügels und blieb stehen, als es Dinafar auf- und abgehen sah. Das Mädchen machte dabei immer ein oder zwei Schritte in jede Richtung und achtete stets sorgsam darauf, den Hügel zwischen sich und dem Dorf zu halten. Das Tier ging in die Knie und scheuerte seinen Kopf im Gras. Es versuchte sich zu wälzen, doch der Sattel hinderte es. Es wieherte traurig, sprang auf die Beine und trabte auf Dinafar zu. Es stieß ihr mit dem Kopf gegen die Brust, daß sie flach gegen den Hang fiel. Das Tier winselte und stupste sie wieder. Sie bekam es mit der Angst – dann vernahm sie ein Kichern und riß den Kopf hoch, um die Meie anzublicken.

Die zierliche Frau saß lässig im Sattel und lehnte die Arme über den Knauf. Die Erheiterung stand ihr lebhaft in dem schmalen, grünen Gesicht. »Er will dir nichts tun, der arme Kerl.« Sie beugte sich vor und pfiff drei trillernde Töne.

Das Macai drehte den Kopf. Mit einer Reihe nervöser Schreie trabte es zu der Meie und blieb stehen, um seinen Kopf an ihrem Bein zu reiben. Die Meie glitt mit geschmeidiger Grazie, die plötzlichen Neid in Dinafars Brust weckte, von ihrem Reittier. *Das werde ich eines Tages auch können*, dachte sie. *Ich werde keine Angst haben.* Sie rappelte sich auf, strich sich das lange, glatte Haar aus den Augen und sah zu, wie die Meie dem Macai den Sattel abnahm und das Zaumzeug von seinem nikkenden Kopf löste.

Die Meie schaute über die Schulter zurück, ihre großen, orangegoldenen Augen sprühten vor Zorn. »Ihr Fischer laßt die Tiere die ganze Nacht mitsamt ihrem Zaumzeug hier draußen.« Sie blickte verdrossen auf das Lederzeug. »Der Jungfrau sei Dank, daß ich keine Zeit habe. Ich habe keine Zeit...« Sie kniete nieder, riß zwei Handvoll Gras ab und schaute wieder

auf Dinafar. »Nimm die Decke und schüttle sie aus.« Sie sprang hoch und fing an, den Rücken des Macai abzureiben. »Sieh dir diese Scheuerstellen an. Der arme Kerl wird für eine ganze Weile wund bleiben.« Das Macai stöhnte vor Vergnügen, während sie sich an ihm abmühte.
Dinafar schüttelte die Decke kräftig aus, schlug sie dann auf einen Stein und lächelte zufrieden, als Ungeziefer herausfiel. »Ich glaube, sie werden sich heute um die Tiere kümmern. Wir...« Sie ließ die Decke sinken und richtete sich auf. »Sie wissen nicht viel über Macain.«
»Reich mir das mal einen Augenblick.« Die Meie nahm die Decke, nachdem Dinafar sie wieder aufgehoben hatte. Sie hielt sie in Armlänge von sich und kniff die Augen zusammen. Dinafar sah, wie der Augenfleck auf ihrer Stirn ein wenig erzitterte und kleine Wellen über das Oval strichen, das von dunklerem Grün war als der matte Olivton ihres Gesichts. Schwarze Pünktchen regneten aus der Decke und verschwanden im verfilzten Gras. Dinafar stand daneben, kratzte sich am Bauch und fragte sich, worauf sie sich da eingelassen hatte, denn die Meie war doch eigentümlicher, als sie gedacht hatte. Doch sie wußte, sie ging fort, und das genügte ihr. Die kleine Meie drehte sich zu ihr um. »Bleib einen Augenblick still stehen, Dinafar. Du hast ein paar Besucher aufgeschnappt.«
Dinafar errötete vor Verlegenheit. Sie wußte, daß sie eigenes Ungeziefer hatte, Parasiten, die sie sich beim Hüten der Posserim eingefangen hatte. Auch die Ställe, in denen sie schlief, waren regelrecht verseucht. Sie sah zu Boden, und ihr Haß gegen die Fischer loderte auf wie Feuer. Seit dem Augenblick ihrer Geburt hatten sie ihr nichts als Schmach zugefügt. Dann erschrak sie, als kühle Finger über die Stelle zwischen Nacken und Schultern strichen. Einen Augenblick später war der Juckreiz weitgehend verschwunden. »Der Jungfrau sei Dank, Meie«, murmelte sie. Die Meie sagte nichts, sondern schwang sich nur wieder in den Sattel.
»Gib mir das Sattelzeug«, sagte sie.
Dinafar starrte sie an und begriff dann, daß sie bald das zweite Macai reiten sollte. Der Gedanke erregte und erschreckte sie.

Die Meie legte Sattel, Zaumzeug und Decke auf den Vorderrand ihres Sattels. »Geh neben mir. Das andere Macai wird nachkommen und dich vor Blicken aus dem Dorf abschirmen. Sobald wir uns unter den Bäumen befinden, sattle ich unseren geschundenen Freund wieder, damit wir schneller vorankommen.«

Als sie eine halbe Stunde später durch hohes Gebüsch und einzelne Bäume kamen und die weißen Klippen schon nicht mehr zu sehen waren, brachte die Meie ihr Macai zum Stehen. Dinafar war hungrig und müde. Es war schon gut gewesen, sich an einem Steigbügel festzuhalten, doch sie konnte sich nicht erinnern, jemals in ihrem Leben so weit und so schnell gegangen zu sein. Die Meie band den Wasserschlauch damit los und reichte ihn hinab. »Geh nicht zu verschwenderisch damit um, Dina. Wir werden lange Zeit nicht anhalten können, um ihn aufzufüllen.« Sie blickte in den Schatten unter den Bäumen und seufzte. »Die Jungfrau weiß, was uns dort erwartet.«

Während Dinafar trank, ausruhte, sich die abgekürzte Form ihres Namens durch den Kopf gehen ließ und zu dem Schluß kam, daß ihr die ganz gut gefiel, sattelte die Meie das frei laufende Macai und zog das Zaumzeug über dessen häßlichen Kopf. Dann rief sie Dinafar und wuchtete sie in den Sattel.

Als sie tiefer in den Wald ritten, klammerte sich Dinafar am Rand des Sattels fest und versuchte sich dem wogenden Auf und Ab der Gangart des Macai anzupassen. Ihr wurde bald übel; das hastig verzehrte Frühstück saß ihr quer im Magen. Neidisch beobachtete sie die zierliche junge Frau vor ihr, die graziös im Rhythmus des Tieres mitschwang und dabei so aufrecht saß, als hätte sie ein Schwert verschluckt.

Dinafar dachte an das Dorf, das nun weit zurück lag, und lächelte grimmig. *Henser wird sich für seine Quälereien ein anderes Mädchen suchen müssen.* Ihr Lächeln verzog sich zu einem breiten Grinsen, als sie einen wütenden Vater sah, der ihm das stumpfe Ende eines Fischspeers über den Rücken zog. *Ich bin draußen. Ich bin tatsächlich draußen.* Sie schüttelte sich, Übelkeit krampfte ihr den Magen zusammen und wurde durch den Haß, der bei solchen Gedanken in ihr aufstieg, noch

verschärft. Sie klammerte sich an den Sattel, beugte sich so weit sie konnte zur Seite und gab ihrem Drang zum Erbrechen nach.
Dann packten sie kleine, kräftige Hände und zogen sie von dem Macai. Während ihr Körper von Schwindelkrämpfen geschüttelt wurde, hielten sie diese Hände fest. Erschöpft und mit schmerzenden Gliedern ließ sie sich wegführen und auf eine dicke Laubschicht legen, die nach der fruchtbaren kühlen Erde roch. Während sie mit geschlossenen Augen dalag und sich ganz und gar elend fühlte, merkte sie, wie die Feuchtigkeit durch ihre Kleider kroch. Dann waren die kleinen Hände wieder da. Ein feuchtes Tuch fuhr ihr über das Gesicht und wischte Schweiß und säuerliche Flüssigkeit fort. Der Schwall von Gefühlen, den die zarte Berührung der Meie in ihr auslösten, ließ sie vor Verlegenheit und Verwirrung verkrampfen.
Sie schob die Hände fort und setzte sich auf. Ihr Magen arbeitete noch, doch sie schluckte wiederholt, bis das Schwindelgefühl nachließ. Als sie emporschaute, schnürte die Meie den Wasserschlauch wieder hinter ihren Sattel. Die zierliche Frau wandte sich um und betrachtete sie ruhig. Zu Dinafars Überraschung stand ein gequälter Ausdruck in den orangegoldenen Augen, ein augenblickliches Auflodern von Kummer, das sogleich unterdrückt wurde.
»Wirst du jetzt reiten können?« Die Stimme der Meie klang freundlich, ruhig, distanziert. Ihr spitzes Gesicht glich einer Maske, Disziplin hatte alle Emotionen geglättet. »Wenn es dir angenehmer ist zu laufen...« Die Worte kamen langsam. Hinter der äußerlichen Gelassenheit der Meie spürte Dinafar ein nervöses Drängen, demzufolge dieses Angebot einzig und allein aus Höflichkeit erfolgen konnte. Dinafar dachte an die sinnlosen Wutanfälle, die sie geschüttelt hatten, seit sie alt genug gewesen war, um den Haß, den Abscheu und die Grausamkeit, die sie mit jedem Schlag ihres Herzens eingesogen hatte, wenn nicht zu verstehen, so doch zu fühlen. Dieses freundliche Entgegenkommen von einer, die kaum mehr als eine Fremde war, vermittelte ihr ein Bild vom Leben am Biserica, das ihr die Kraft verlieh, auf die Beine zu taumeln und sich

ungeschickt wieder in den Sattel zu hieven. Sie setzte sich so bequem wie möglich und blickte zu der Meie hinab. »Sag mir, wie ich mich dem Rhythmus des Macai anpassen kann, Meie. Offensichtlich bin ich dazu nicht in der Lage.«

Ein unterdrücktes Lächeln, kaum mehr als wehmütiges Zucken der Lippen, erhellte das Gesicht der kleinen Frau. »Das ist meine Schuld, Kind. Ich hätte wissen müssen, daß du nichts vom Reiten verstehst; du hattest es mir ja sogar gesagt.« Sie ließ ihre goldenen Augen kritisch über Dinafar schweifen, und der grüne Fleck auf ihrer Stirn zuckte, während sie sich konzentrierte. Er sah samtweich aus. Dinafar wurde plötzlich von heftigster Neugier gepackt, wie er sich unter ihren Fingern anfühlen mochte, doch dann ballte sie die Fäuste, so sehr erschreckte sie ihr eigener Gedanke.

»Dieser verdammte Rock.« Die Meie zog die Nase kraus, in ihren Augen blitzten Erheiterung und Verachtung. »Ich kann nicht verstehen, warum und wie Frauen das aushalten.« Sie begann, sich an Dinafars verschlungenem Rock zu schaffen zu machen, zog die Knöchel heraus und schob ihn über Knie und Schenkel, bis die Beine fester gegen die breite Lederschürze drückten, die sie vor der knotigen Haut des Macai schützten. Dinafar unterdrückte ein Seufzen, denn Schmerz durchfuhr sie, als Muskeln auf so ungewohnte Weise gespannt wurden. Die Meie tätschelte ihren Schenkel, ließ ihr verlegenes Erröten unbeachtet und schwang sich dann in ihren eigenen Sattel. »Es wird ein oder zwei Tage dauern, bis deine Knochen und Muskeln sich daran gewöhnt haben.« Sie lachte. »Ich kann mich noch erinnern, wie mir alles weh tat. Du wirst wünschen, die Jungfrau hätte dich zu sich gerufen, aber die Schmerzen vergehen, das verspreche ich dir.« Sie schnalzte ihrem Macai zu. Als es einen Schritt vorwärts tat, beugte sie sich vor, ergriff die Zügel von Dinafars Macai und zwang es, neben ihr zu gehen.

»Zentriere dein Gewicht um deinen Nabel.« Die orangegoldenen Augen der Meie glitten kritisch über sie hinweg. »Halte deinen Rücken gerade, aber nicht steif. So ist es besser, nein, nicht steif werden. Stell dir dein Rückgrat als Senkblei vor. Weißt du, was das ist? Auch egal. Stell dir einen Faden mit

einem Gewicht am Ende vor. Gleichgültig, wie du den Faden oben bewegst, das Gewicht hängt immer senkrecht. Dein Rückgrat ist der Faden, dein Po das Gewicht.«
Ihre Stimme klang ruhig und gelassen; sie fiel auf Dinafar wie kühles Wasser, während die beiden Macai langsam nebeneinander hertrotteten. Dadurch gestärkt war sie dann in der Lage, sich zu entspannen und Teil der fließenden Bewegung zu werden, daß sie nicht einmal merkte, als die Stimme im Rauschen der Blätter über ihnen unterging und schließlich ganz verstummte.
Dinafar ritt mit der Meie in den grünen, kühlen Schatten und wieder hinaus. Goldene Flecken Sonnenlichts glitten über sie hinweg, wo das Laubwerk dünner wurde. Der Wind flüsterte beständig, ein angenehmes Geräusch mit leichtem Widerhall, wie es draußen im Grasland nicht vorkam. Sie ließ ihr Macai zurückfallen und ritt mit einer Freude von der Wärme und Klarheit der über ihr tanzenden Sonnenflecken durch eine grüne Welt dahin.
Irgendwann später drehte die Meie sich im Sattel um und schaute zu ihr zurück, zügelte ihr Macai dann zu einer langsameren Gangart, bis sie wieder Seite an Seite ritten. Die kleine Frau lächelte gleichermaßen überrascht wie erfreut. »Du lernst schnell.«
»Mischlinge sind schlaue Geschöpfe, heißt es zumindest.« Dinafar lächelte, um ihren Worten den giftigen Stachel zu nehmen. Alte Haßgefühle glitten immer stärker von ihr ab, je weiter sie das Dorf zurückließ.
Die Meie grinste. »Wie oft hat man dir das gesagt?«
»Mein Leben lang.« Sie zuckte mit den Schultern. »Das ist jetzt vorbei.«
Die Meie nickte. Ihr Lächeln erlosch wieder. »Vergiß es – und wenn du schon daran denken mußt, dann sei froh, daß du ein schlauer Mischling bist. Dummheit ist kein Segen.« Sie runzelte die Stirn, als Dinafar sich an ihren Sattel klammerte und sich ein wenig hin- und herschob, um ihre angestrengten Beine in bequemere Position zu bringen. »Müde?«
»Ein bißchen.«

Die Meie legte den Kopf in den Nacken, kniff die Augen zusammen und maß den Sonnenstand. Nach einer Minute wandte sie den Blick wieder nach unten und rieb sich den Nacken. »Noch eine kleine Weile, dann machen wir Pause.«

Sie ritten weiter, die Meie wieder in Führung. Dinafar vertraute darauf, daß die merkwürdige, kleine Frau wußte, wohin sie ging. Es war angenehm, sich auf diese Weise zu entspannen und jemand anderen die Verantwortung für ihr Handeln tragen zu lassen. Dinafar konnte sich nicht erinnern, wann sie jemals nicht hatte kämpfen müssen, um am Leben zu bleiben. Doch je mehr Zeit auf dem wogenden Macairücken verstrich, um so häufiger mußte sie schließlich im Sattel herumrutschen. Das Brennen in ihren Lenden und Beinen wurde langsam schlimmer, bis es nahezu unerträglich war.

Die Bäume standen nun weiter voneinander entfernt. Sie ritten hinaus auf eine weite, unebene Fläche, wo der Blitz den bewaldeten Hang in Brand gesetzt und Feuer die höheren Bäume kahlgefressen hatte. Mehrere verkohlte Überreste der gedrungenen Brellimbäume und der zerklüfteten Pomacin lagen wie schwarze Ausrufezeichen im urwüchsigen Unterholz. Als sie dem gewundenen Pfad durch das Gestrüpp folgten, fragte Dinafar sich allmählich, wann die Meie Rast machen wollte. Sie betrachtete den schmalen, geraden Rücken vor sich, den umherfliegenden Kopf und die dichten Locken, die bei jeder Bewegung wippten. Die Meie schien unruhig. Tiefer im Unterholz konnte Dinafar Rascheln und Schnappen hören, als ob ihnen Raubtiere folgten. Die Meie steckte sie mit ihrer Unruhe an, so daß sie die Schmerzen in den Beinen fast vergaß.

Direkt hinter ihnen brach mit einem Kriegsgeschrei ein Kappra aus dem Gehölz und stürzte sich mit zum tödlichen Schlag gezücktem Säbel auf Dinafar. Die Bronzeklinge pfiff über Dinafars Kopf hinweg, als das kampfbewährte Reittier auswich, sich dann aufbäumte und sie abwarf. Sie landete in einem Busch biegsamer Schößlinge, die ihren Sturz abfingen, sie jedoch unter die Hufe des Kappramacais zurückschnellen ließen. Eher durch Glück als durch ihr gezieltes Vorgehen konnte sie ihm entkommen und kroch ins Unterholz auf der anderen

Seite des Weges, gerade rechtzeitig, um einem zweiten Säbelhieb auszuweichen. Mit weißblitzenden Augen und einem wütenden Knurren ließ der Kappra von ihr ab und ritt auf die Meie zu.

Die ließ sich zu Boden fallen und schlug ihrem Macai auf die Hinterhand, damit es aus dem Weg trabte. Als der Kappra auf sie zugaloppierte, tat sie vor dem Säbelstreich einen Sprung nach hinten, blickte sich schnell um, raste dann nach links und warf sich in einen kleinen Bestand junger Pomacinbäume. Deren verschachtelte Stämme waren hart und scharf wie Speere und wuchsen so dicht beieinander, daß sie ihren zierlichen Körper kaum dazwischenquetschen konnte. Die peitschenartigen Äste gaben unter ihr nach und schlugen dem Macai vor den Kopf, als der Kappra versuchte, sein Reittier hinter ihr herzutreiben. Rasend vor Zorn und Enttäuschung schwang er sich herab und sprang hinter ihr her.

Dinafar kroch aus dem Gebüsch heraus und stieß einige der Flüche aus, die sie im Fischerdorf aufgeschnappt hatte, denn abgebrochene Äste verletzten sie und zerrissen ihre bereits zerfetzte Kleidung ganz. Sie kauerte sich an den Weg, wischte Blätter aus ihrem Haar und beobachtete furchtsam und gefesselt den andauernden Kampf. Der Kappra führte seinen Säbel schnell und geübt. Die meisten Hiebe verfehlten nur um Haaresbreite, und die Meie blutete aus einem Dutzend kleiner Schnitte und Kratzer. Aber er war Reiter und am Boden ziemlich schwerfällig. Sie war schneller. Sie benutzte die jungen Bäume, um viele seiner Streiche abzuwehren. Wieder und wieder hieb er auf sie ein und schlug den Schößlingen die Spitzen ab. Dinafar begann etwas weniger verkrampft zu atmen. Das Gesicht der Meie war völlig ruhig geworden. Sie bewegte sich wie eine Tänzerin durch das Unterholz, wie ein Irrlicht, das den Kappra immer wieder im Kreis herumführte und in den Untergang lockte. Dinafar zog sich auf die Beine und sah sich nach irgendeiner Waffe um. Sie fand einen abgehauenen Ast und begann ohne weiteres Nachdenken Blätter und Zweigchen abzureißen, während sie das tödliche Duell vor sich beobachtete.

Der Kappra atmete schwer; aus dem offenstehenden Mund

triefte Schaum. In ihm tobte nun berserkerhafte Raserei, die ihm schreckliche Kraft und Wendigkeit verlieh. Er trieb die Meie immer weiter zurück, sein Säbel schnitt durch die Schößlinge, als existierten sie gar nicht, und erzeugte dabei ein pfeifendes Geräusch, das keinem anderen glich, das sie jemals vernommen hatte. Dinafar stockte der Atem.

Die Meie stolperte. Sie strauchelte über eine freiliegende Wurzel und konnte dem Säbelstreich gerade noch entgehen. Zitternd vor Furcht lief Dinafar auf die beiden zu, die in einem so intensiven Totentanz gefangen waren, daß nichts und niemand um sie her existierte. *Sein Handgelenk*, dachte Dinafar. *Wenn ich sein Handgelenk treffen könnte...*

Wieder stolperte die Meie und prallte gegen einen größeren Baum. Triumpherfüllt heulte der Kappra auf, und angetrieben von der ganzen Kraft seines Armes ließ er den Säbel auf sie herabsausen. Die Meie schien zu zögern, den Blick hilflos auf den herniedersausenden Tod gerichtet, doch dann ließ sie sich fallen und rollte zur Seite, diesmal nach rechts. Dabei bewegte sie sich so schnell, daß Dinafar vor Staunen den Mund nicht mehr schloß. Der Säbel pfiff durch die Leere, wo eben noch die Meie gestanden hatte, und bohrte sich tief in den Baum – der Stamm war ein wenig zu dick, um mit einem Schlag zerteilt werden zu können. Als der Kappra in seinem Zorn völlig unüberlegt und blind an dem Handgriff zerrte, stürzte die Meie auf ihn, rammte ihm das Messer in die Seite und riß es wieder heraus. Mit ihm kam ein Schwall Blut.

Der Kappra stöhnte und brach zusammen, über ihm blieb der Säbel wippend stecken. Die Meie kniete neben ihm, auch ihr Mund zuckte vor Schmerz. Er stöhnte. Mit letzter Anstrengung spie er ihr ins Gesicht. »Die Jungfrau schenke dir die ewige Ruhe«, murmelte sie. Als er tot war, fuhr sie mit der Hand über sein Gesicht und schloß ihm Augen und Mund. Sie blieb eine weitere Minute über ihm knien, dann hob sie ihr Messer auf, wischte es am Lendenschurz des Kappra ab und steckte es in die Scheide zurück. Dann hob sie gefallene Blätter auf und rieb sie heftig zwischen ihren Handflächen und über die Blutflecken auf ihren Beinen.

Dinafar sah zu dem toten Kappra hinab, dann auf die reibenden, zitternden Hände. »Meie?«
Die Meie seufzte und erhob sich schwerfällig. »Was gibt's?«
»Gestern hast du zwei getötet und... das alles nicht getan.« Sie deutete von dem toten Mann zu der stehenden Frau.
»Ja.« Die Meie trat schleppend den Rückweg zum Pfad an, wo die Macain standen, sich aneinander rieben und Blätter von den Sträuchern fraßen. Sie streckte die Hand aus, um den Bogen aus Holz und Horn zu streicheln. »Wenn der Pfeil trifft, spürt man nicht, wie sie sterben.« Sie seufzte. »Dann fühlt man sie nicht sterben.« Sie schüttelte sich, schien ihre Niedergeschlagenheit abzuwerfen und sprach dann mit normaler Stimme weiter. »Steig auf. Wir können hier nicht rasten.«
Als sie sich wieder im grünen Schatten unter den Bäumen befanden, sah Dinafar, wie die Meie den Kopf nach allen Seiten wandte, Augen, Ohren oder welche Sinne sie noch hatte, einsetzte, um die Bäume vor und neben ihnen zu überprüfen. Ehe sie zu tief in den Wald eingedrungen waren, löste die Meie ihren Bogen von dem Lederriemen und spannte ihn. *Nur keine Überraschungen mehr,* dachte Dinafar. Sie lächelte und schwang sich in den Sattel. Ihr Mund zuckte, als sie vergeblich nach einer bequemeren Stellung suchte.
Die Meie kerbte einen Pfeil ein und verlangsamte ihr Macai. Ein Kappra ritt aus dem Schatten auf sie zu; sein Angriffsschrei ging im Geraschel der Bäume unter und erstarb ganz, als der Pfeil seine Kehle durchschlug. Die Meie ließ sich zu Boden gleiten, schnitt ihren Pfeil heraus und murmelte ein stilles Gebet, während Dinafar dem Macai des Kappra Sattel und Zaumzeug abnahm und zu Boden fallen ließ.
Noch zweimal griffen Kapperim an. Noch zweimal starben sie. Noch zwei Macai wurden abgesattelt und freigelassen.
Gegen Mittag folgte Dinafar der Meie durch einen gewundenen Hohlweg im Schatten der Berggipfel. Die Bäume hatten sie hinter sich gelassen. Ihre Beine waren taub. Sie hielt sich mit beiden Händen am Knauf im Sattel und war zu erschöpft, um sich auch nur zu beklagen. Als die Meie endlich anhielt, blieb Dinafars Reittier ebenfalls stehen. Das Mädchen war so über-

rascht, daß es fast aus dem Sattel fiel. Als Dinafar ihr Gleichgewicht wieder erlangt hatte, beugte sie sich nach vorn, bis ihr Gesicht auf dem Hals des Tieres ruhte. Dann hob sie den Kopf und betrachtete die Meie durch einen Nebelschleier der Erschöpfung. Sie sah, wie diese ihren Kopf von Seite zu Seite drehte, als erfühlte sie so ihre Richtung. Mit einer schnellen, gewohnheitsmäßigen Handbewegung strich sie ihre rostbraunen Locken zurück und gab dem Macai durch Kniedruck den Befehl zu langsamer Gangart. Mit lautlosem Stöhnen trat Dinafar das Macai. Es war eine unbeholfene Geste, aber das Tier setzte sich in Bewegung.

Nach dem Aufstieg an einem felsigen Hang, der so endlos lange dauerte, daß Dinafars Beine nicht mehr taub waren, sondern brannten, als hätte sich der Rumpf des Macai in glühende Kohlen verwandelt, ritt die Meie in einen schmalen Felsspalt. Erst tauchten sie in Finsternis ein, dann kamen sie wieder ans Licht und standen im Freien. Die Qual hatte ein Ende, als das Macai schaukelnd zum Stehen kam. Kleine Hände berührten ihren Schenkel. »Laß dich herunterrutschen.« Die herzliche, heisere Stimme durchschnitt wässerige Wellen der Erschöpfung, die Dinafar überfluteten. »Beug dich vor und laß los. Ich werde dich nicht fallen lassen.«

Dinafar saß schwankend, unfähig sich auch nur zu rühren, dann beugte sie sich zur Seite und ließ sich fallen.

Die Hände fingen sie auf. Für einen Augenblick wurde sie gegen den kräftigen, kleinen Körper der Meie gedrückt, dann ins kühle, tiefe Gras ausgestreckt. Sie genoß das Gefühl, absolut reglos zu liegen. Hände streckten ihre Beine und zogen ihren Rock herab. Ein feuchtes Tuch fuhr über ihr Gesicht, dann über ihre Arme. Sie schlug die Augen auf.

Die Meie kniete wieder mit dem gequälten Ausdruck in den Augen neben ihr. Sobald sie jedoch bemerkte, daß Dinafar sie beobachtete, war er auch schon verflogen. Sie lächelte. »Schön. Du wirst dich bald besser fühlen.« Auf den Knien rutschte sie neben Dinafars Körper entlang bis zu deren Füßen.

Dinafar hatte niemals Schuhe getragen. Sie wußte, ihre Füße

waren narbig, häßlich und schmutzig. Sie wollte sie fortziehen, doch die Meie nahm sie in ihre überraschend kräftigen Hände, ignorierte Staub, abgebrochene Nägel, Risse und Kratzer und die dicke Hornschicht auf den Sohlen und begann erst den Knöchel, dann die Zehen zu massieren. Dinafar keuchte erschrocken, dann seufzte sie vor Vergnügen, als der lähmende Schmerz aus ihren Beinen wich. Nach einer Weile wurde sie dann sehr verlegen, als die Meie ihre Waden massierte.

Die Meie blickte hoch. »Hab keine Angst, Kind.« Ihre Stimme klang erheitert. Die orangegoldenen Augen zwinkerten Dinafar zu. »Was immer du von uns gehört hast, ich versuche dich nicht zu verführen.«

Dinafar spürte durch die Hitze und Spannung in ihrem Gesicht, daß sie scharlachrot anlief. Sie stammelte: »Ich habe nicht.. ich...«

Die Meie lächelte. »Ganz ruhig, Dina.« Sie arbeitete weiter an Dinafars verknoteten Wadenmuskeln, bis sie die meisten Verkrampfungen und Verspannungen herausmassiert hatte, dann stand sie auf, streckte sich und schaute hinab. »Besser?«

Dinafar setzte sich auf. »Ja.« Sie zog die Beine an, schlang die Arme darum und besah sich die Gegend mit beachtlicher Neugier.

Sie saß inmitten eines kleinen, üppig grünen Tals, wie in einem tiefen Loch im Gestein. Der Rasen unter ihr war kühl und grün, die Halme des drahtigen Grases wuchsen sehr dicht. An einer Felswand speiste eine Quelle klaren, kalten Wassers einen Teich, der niemals voll zu werden schien. Oberhalb der Quelle stand recht kunstvoll in den Stein gemeißelt eine großäugige, üppig weibliche, aber offensichtlich nicht menschliche Gestalt.

»Wer ist das?«

Die Meie blickte zu dem Abbild. »Die Jungfrau«, sprach sie ruhig. »So wie die Creasta Shurin sie sehen. Dies hier ist ein heiliger Ort.«

»Creasta Shurin?« Dinafar runzelte die Stirn. »Ich dachte, die gäbe es nur im Märchen.«

Die Meie lachte. »Nein, ganz bestimmt nicht.« Sie löste ihren Waffengürtel und ließ ihn neben Dinafar fallen. »Sie sind nur scheu und froh, wenn sie nicht gesehen werden.« Sie entspannte ihren Bogen und legte ihn sorgsam auf den Gürtel ab, damit er nicht mit dem Gras in Berührung käme. »Sie haben gute Gründe, sich von den Menschen fernzuhalten, zu viele ihrer Art wurden ihrer Pelze wegen getötet, doch sie sind mit den Biserica verbündet, so daß ein Shuri auf meinen Ruf kommen müßte. Wir benötigen einen Führer, der uns den schnellsten und einfachsten Weg durchs Gebirge weist. Der Jungfrau sei Dank, daß die Kapperim gewöhnlich nicht über die Baumgrenze hinausgehen.« Doch dann schüttelte sie bekümmert den Kopf. »Aber ich fürchte, man kann sich nicht darauf verlassen. Dieses Jahr verläuft nichts so wie vorgesehen.« Sie sah zu der gemeißelten Figur empor. »Ich weiß nicht, was vor sich geht.« Sie schüttelte den Kopf. »Egal. Ich werde bald einen Shuri rufen und sehen, welche Probleme die Berge für uns bereithalten.«

»Schon?« Dinafar war enttäuscht. Sie hatte geglaubt, sie würden eine Weile bleiben, wo dieses Tal doch so sicher wirkte und ihr Körper gegen den Gedanken, wieder das Macai zu besteigen, rebellierte.

Die Meie stand auf und ging zu den Macain, die friedlich in ihrer Nähe grasten. »Tut mir leid, Dina, aber ich hatte dich gewarnt. Die Zeit drängt, ich...« Sie seufzte und zuckte mit den Schultern. »Du wirst dich so gut halten müssen, wie du eben kannst.« Doch als Dinafar aufstehen wollte, um ihr mit dem Macaigeschirr zu helfen, hielt die Meie sie zurück. »Nun ruh dich aus, du hast eine harte Nacht vor dir.«

Als die Macain abgesattelt waren, schleppte die Meie ihre Satteltaschen an den Rand des Beckens, kniete ins Gras und begann in der einen zu wühlen. Sie zog einen runden Laib heraus und schaute auf Dina, die gemütlich ausgestreckt im Gras lag und sie beobachtete. »Fang.« Der Laib landete mit einem kleinen Hüpfer auf Dinafars Bauch. Das Mädchen kicherte und setzte sich auf. Die Meie kramte weiter und warf ein Päckchen Fischpastete hinterher. »Mach uns ein belegtes Brot. Vorsicht jetzt.« Sie schleuderte Dinafar ein Messer mit langer Klinge zu. Es landete zwanzig Zentimeter von ihrer Hand

entfernt – mit dem Griff zuerst. »Und damit auch.« Die Meie warf Dinafar eine zerbrechliche Tasse zu und sprang dann auf. In der Hand hielt sie eine flache Pfanne. Sie nickte in Richtung des Beckens. »Gutes Wasser.« Einen Augenblick blieb sie stirnrunzelnd stehen und klapperte mit den Fingernägeln auf dem Boden der Pfanne. »Ich werde uns ein paar Brombeeren pflükken. Dort drüben ist ein Strauch.« Sie wies mit dem Kopf in die entsprechende Richtung, wo der Brombeerstrauch sich in einem Gespinst von Grün und Purpur den Fels hinaufrankte.
Dinafar ergriff den Becher, sah ihn an und dann auf die Meie, wie diese in dem Laubwerk nach Beeren suchte und sie wie einen purpurnen Regen in die Pfanne rieseln ließ. Ihre Finger zitterten. Die Fischer hatten sie niemals etwas anfassen lassen, woraus sie aßen. Sie hatte aus einem alten, gesprungenen Becher getrunken, den sie selbst gespült und vor der Boshaftigkeit der Kinder versteckt hatte. Manche Jungen hatten ihre Sachen kaputtgemacht, wann immer sie etwas hatten erwischen können. Sie hatte aus einem Holznapf gegessen, den man ihr einmal an den Kopf geschleudert hatte, und dazu einen krummen Hornlöffel aus dem Abfall hinter dem Haus des Intii benutzt. Man hatte sie geschlagen, weil sie gewagt hatte, ihn anzufassen, ohne um Erlaubnis zu bitten – *bitten!* Sie überließen ihr den Löffel nur, weil er durch ihre Berührung nun ohnehin besudelt war. Sie blickte hinab auf die Tasse der Meie, die diese so selbstverständlich teilen wollte, auf den Laib Brot, die Fischpastete und das Messer. Sie stellte die Tasse vorsichtig beiseite und ergriff das Messer.
Die Meie kehrte zurück, die Pfanne vollgehäuft mit Beeren. Sie nahm Dinafar das bestrichene Brot ab, schnitt es in der Mitte durch, nahm einen Teil und zog die Augenbrauen angesichts der leeren Tasse hoch. Ihr Blick suchte Dinafars Gesicht, dann ergriff sie die Tasse, füllte sie am Becken und brachte sie zurück. »Trink«, sagte sie. Traurigkeit stand in ihrem Gesicht. Dinafar senkte verlegen den Blick. Die Meie erkannte sie zu genau. »Trink«, wiederholte die Meie liebevoll.
Dinafar nahm die Tasse in zittrige Hände und nippte an dem Wasser. Sie reichte sie der Meie zurück, die sie absichtlich

drehte und mit ihren Lippen die Stelle am Rand berührte, wo Dinafars Mund gewesen war. Sie trank und ließ sich dann auf die Knie nieder. Ohne etwas zu sagen – es bedurfte keiner weiteren Worte – stellte sie die Tasse zwischen sie beide und ließ sich gemütlich im Schneidersitz ins Gras sinken. Sie nahm ihr Brot und begann zu essen.

Dinafar zögerte. Sie versuchte zu glauben, was sie gerade gesehen hatte, doch jahrelange Konditionierung machte das schwer. Ihr Körper war verkrampft, als sie nach einer Handvoll Beeren griff und dann das Brot zu essen begann. Sie griff ungeschickt nach der Tasse, um einen Mundvoll Brot hinabzuspülen, das ihr plötzlich zu trocken erschien. Sie trank, und ihre Hände zitterten, so daß Wasser von ihren Lippen tropfte und sie sehr verlegen machte. Sorgfältig wischte sie den Rand der Tasse an ihren Ärmel und fuhr sich dann mit dem Arm über den Mund. Als sie hochblickte, lächelte die Meie ihr ernst zu.

»Geh es langsam an, Kind«, sagte die Meie. Das wortlose Verständnis in ihrem Gesicht hätte Dinafars Unbehagen mildern sollen, doch statt dessen stachelte es ihren Zorn an. Das war ein Eindringen in Bereiche, zu dem sie die Meie nicht aufgefordert hatte. Die schüttelte den Kopf. »Entspanne dich und akzeptiere soviel du kannst. Du hast viel zu lernen. Am Biserica gibt es keine Kasten.« Sie beobachtete Dinafar noch einen Augenblick lang und nahm dann eine körperliche Gelassenheit an, die auf eigentümliche Weise ansteckend wirkte.

Sie ging auf Dinafar über, die sich allmählich in einen Traumzustand jenseits von Erstaunen und Zorn fallenließ. Sie aß langsam, und als sie fertig war, strich sie Brotkrumen von ihrem Mund und Schoß, blieb dann mit im Schoß gefalteten Händen der Meie gegenüber sitzen und ließ sich durch die Stille des Shurini-Schreins und die Heiterkeit der Meie einen Frieden bringen, wie sie ihn niemals zuvor empfunden hatte.

Das winzige Tal war erfüllt von Geräuschen – dem Grasen der Macain in dem kurzen, üppigen Grün, dem Flüstern des Windes in den kleinen Bäumen, die in einer Reihe am Rande der Felsen wuchsen, dem Plätschern des Wassers in seinem Becken, dem gelegentlichen, wehmütigen Gesang eines Vogels oder dem Summen eines trägen Insekts. Die Sonne schien heiß, als sie ihren Zenit überschritt, doch sie war nicht unangenehm. Nach kurzer Zeit streckte Dinafar sich im Gras aus und versank in einen tiefen Schlaf.

DAS KIND: 4

Mit der Zeit lernte sie ihn kennen. Nach drei Jahren im Turm kannte sie seine Launen, wußte, wann er sich dazu verleiten ließ, von sich zu erzählen, und wann er in keiner Weise Nähe ertrug. Ihr war klar, daß er eine gewisse Zuneigung für sie empfand. Daß diese ziemlich oberflächlich war, wußte sie auch. Sie war sich seiner niemals zu sicher und fühlte stets, daß seine Empfindungen für sie keinem allzu großen Druck standhielten. Sie wußte diese Dinge, ohne darüber nachzudenken. Mit ihren acht Jahren hatte sie für vieles, das sie instinktiv, aber nicht logisch wußte, noch keine Worte. Sie beobachtete ihn, versuchte ihm zu gefallen, schenkte ihm die Liebe, die sie gleichermaßen erfüllte und quälte, ihre Liebe, die niemals jemand hatte annehmen wollen – niemand außer den Tieren. Sie rang darum, so zu sein, wie er sie haben wollte, obwohl sie häufig nicht hätte sagen können, wie das eigentlich war.
Er war kühl und prägnant mit einer Liebe zum Detail und der Forderung nach Perfektion, die sie manchmal in zornige Rebellion trieben. In den vergangenen zwei Jahren hatte er sie immer wieder geprüft, um die Grenzen ihrer besonderen Begabung herauszufinden, um zu erfahren, wozu das Organ hinter dem Augenfleck fähig war und wie weit sein Einfluß reichte. Sie verausgabte sich bis zur völligen Erschöpfung, um ihm zu gefallen, er jedoch war unersättlich. Sie überlebte und entwikkelte sich, weil sie seinen Wissensdurst mit ihm teilte. Sie erlernte kleine Zaubersprüche, um Wind und Wasser zu befehligen. Sie lernte, Blitze abzuwehren und kleine Steine zu levitieren. Sie sah zu, wie der Noris in die Unterwelten tauchte und Dämonen rief, ja, sie sprach sogar mit manchen, wenn er es zuließ. Immer wieder berührte er ihren Augenfleck, strich mit

den Fingern darüber, ließ sie darauf ruhen, als versuchte er, so dessen Substanz zu absorbieren. Manchmal verletzte er sie; manchmal erschreckte er sie; manchmal schien es ihr, als versuchte er in ihre Haut zu schlüpfen, so tief stieß er in ihre Empfindungen und Erkenntnisse vor, wenn sie den Fleck arbeiten ließ.

Alles, was er über dieses Organ erfuhr, erfuhr auch sie. Sie wußte bereits, daß sie Tiere rufen konnte. Der Noris erklärte ihr, wie das geschah: Sie lockte sie über ihre Freudezentren, indem sie sie mit Wohlbefinden belohnte, wenn sie taten, was sie wollte. Je länger sie ein bestimmtes Tier kannte, um so größer wurde ihre Herrschaft darüber, bis das Verhältnis weit über die ursprüngliche Schlichtheit der Kummer-Freude-Reaktion hinausging – fast so, als wüchse sie mit dem Tier zu einem komplizierten Wesen zusammen. Sie entdeckte auch, daß sie mit dem Organ alles *finden* konnte, was sie *ersehnte* und *verlangte*, wobei das Finden und Verlangen wie Reaktion und Reiz waren. Alles, was sie sich in Gedanken vorstellen konnte, konnte sie auch lokalisieren, indem sie eine Luftlinie festlegte und der folgte, bis sie dem Ding so nahe wie nur möglich kam. Die Notwendigkeit, das Bild im Kopf zu haben, beschränkte sie auf Dinge, die sie kannte, doch sobald sie lesen lernte, erweiterten sich ihre Grenzen schnell.

Die Tage verstrichen und waren vollgepackt mit Aktivitäten. Sie studierte ihre Bücher, pflegte die Pflanzen, die stets starben, wieviel Zuwendung sie ihnen auch angedeihen ließ, um durch neue ersetzt zu werden, spielte mit ihren Tieren, fütterte sie, redete mit ihnen und hielt sie gesund. Sie kannte sie inzwischen alle, sogar den Sicamar. Abends ließ sie ihn gewöhnlich aus seinem Käfig heraus. Dann sprang er frei durch den Hof, hüpfte und neckte unsichtbare Beute wie ein großes, wildes Kätzchen, leckte sie mit seiner rauhen Zunge, bis er ihr fast die Haut aufriß, rieb seinen Kopf an ihr, warf sich auf den Rücken und streckte alle vier riesigen Pfoten in die Luft, damit sie ihn am Bauch kraulen konnte. Manchmal warf er sie in seinem derben Spiel flach auf den Boden, manchmal legte er seinen Kopf und Oberkörper in ihren Schoß und schnurrte wie

rasend, wenn sie ihn an den Ohren kratzte und ihre Hände sich tief in das grüne Fell gruben. Doch von allen Tieren waren die Chinin ihre Lieblinge. Sie hatten freien Auslauf, außer wenn der Sicamar seinen Käfig verlassen durfte. Sie brachte sie Treppen hinauf in ihr Zimmer, wenn sie lernte, und die drei Welpen schliefen zusammengerollt am Fußende ihres Bettes. Zu ihrer Überraschung stellte sie fest, daß es mehr Sprachen als Arten von Sprechern gab. Fünf davon konnte sie nun unterscheiden, wenn auch nicht selbst sprechen. Sie verbrachte lange, glückliche Stunden über den Schriftrollen, die in ihrem Zimmer aufbewahrt waren und sog das Wissen von fremden Dingen und fremden Gegenden in sich ein.
Die Abende verbrachte sie in Gesellschaft des Noris, um sich mit ihm zu unterhalten, seine Antworten auf Dinge zu bekommen, die sie verwirrten oder einfach still bei ihm zu sitzen. Er war ihr Vater, ihre Familie, ihr Lehrer. Letztendlich vertraute sie ihm so sehr, wie sie niemals zuvor jemanden vertraut hatte. Und sie liebte ihn trotz des unvorhersehbaren Fröstelns, das er in ihr hervorrufen konnte, wenn er *fortging*, und sich in jenen geistigen Raum zurückzog, in den sie ihm nicht folgen konnte.
Sie kullerte gerade beim Spiel mit einem neuen Chininwurf auf dem Boden ihres Zimmers herum, als der Noris die Tür öffnete und eintrat. Serroi setzte sich erschreckt auf und sprang dann auf die Füße. »Ser Noris?«
Er sah sich in dem durchwühlten Zimmer um, zog die Brauen hoch und nickte ihr dann mit einem Zwinkern zu. »Ich habe etwas Neues zum Spielen für dich, Serroi. Komm mit und sieh es dir an.«
Wieder spaltete sich der Fels für sie, schmolz zu einer schmalen Wendeltreppe, die hoch in den Turm hinaufführte, bis sie zu einer Bronzeplatte kamen, die den weiteren Aufstieg versperrte. Serroi rannte die letzten Stufen empor und blieb dann abrupt stehen. Es war kein Haken zu sehen. Sie schaute über die Schulter hinweg den Noris an.
»Wenn du hierher kommst, mußt du dir von meinen Dienern öffnen lassen.« Er beugte sich über sie und berührte die Bronze. Die Tür schwang langsam auf.

Der Raum dahinter war spärlicher eingerichtet als der ihre. Es befanden sich ein Bett und ein Stuhl darin und an den Wänden ein paar Haken, an denen kleine Jacken hingen. Hoch an der Wand war ein vergittertes Fenster. Plötzlich kam ein kleiner, blonder Junge um das Bett gebogen und sah sie mit dem Daumen im Mund und vor Furcht weit aufgerissenen Augen an.
Serroi haßte ihn vom ersten Augenblick an. Sie drückte sich gegen das Bein des Noris und sagte: »Ich mag ihn nicht. Schick ihn fort.«
Der Noris tätschelte ihre Locken und schob sie weiter. »Nein, Serroi. Mit den Tieren sind wir vorläufig fertig. Ich möchte, daß du ihn beherrschen lernst wie deine Chinin.« Er stand im Türrahmen und beobachtete sie.
Sie starrte den Jungen an. Er war drei oder vier und fast so groß wie sie. Seine Augen waren tiefblau wie Meereswasser in weiter Ferne und seine Jacke war so blau wie seine Augen. Er ging barfuß. Seine Haut hatte einen schimmernden Goldbraunton wie Bernstein im Sonnenlicht. Er fürchtete sich vor dem Noris, ja sogar vor ihr. Sie stemmte die Fäuste in die Hüften und blickte ihn wütend an. »Junge, komm her.«
»Nescu-va?« Die schrille Stimme zitterte, Tränen standen in seinen Augen.
»Ha!« Sie boxte ihn, kniff ihn in den Arm und zerrte ihn in die Mitte des Zimmers. »Wie heißt du, Junge?« Sie stieß ihm mit dem Finger vor die Brust. »Name?«
Er starrte sie schweigend an. Sein Daumen fuhr hoch und in den Mund. Tränen rannen sein verschmiertes Gesicht hinab und zogen Spuren in den Schmutz.
»Serroi.«
Beim Klang ihres Namens drehte sie sich um. Der Noris beobachtete sie mit amüsiertem Blick. »Nimm das dazu.« Plötzlich lag ein glänzender, schwarzer Kiesel in ihrer Handfläche. Sie schaute das Ding an und blickte dann finster zu ihm empor.
»Ich mag diesen Jungen nicht«, sagte sie.
»Egal. Lerne, ihn zu beherrschen.« Der Noris beugte sich herab und strich mit den Fingern sanft über den Augenfleck. »Wenn du gehen möchtest, ruf die Diener.«

Menschen zu befehligen fiel ihr nicht so leicht. Sie waren schlüpfrig und hatten halsstarrige, starke Persönlichkeiten. Der Junge leistete ihr Widerstand. Je mehr sie ihn kniff, ohrfeigte und anbrüllte, um so weiter entglitt er ihr. Selbst mit dem schwarzen Stein zum Übersetzen kam sie niemals an ihn heran. Ihre heftige Eifersucht war ein Grund, des Jungen unnachgiebige Feindseligkeit ein anderer. Sie war eifersüchtig auf ihn, weil er männlichen Geschlechts und damit in der Lage war, Nor zu werden, wenn ihr Noris das wünschte. Sie konnte das niemals.

Sie stand in ihrem eigenen, kleinen Pentagramm, als er einen Feuerdrachen rief und ihn benutzte, um ein merkwürdiges und wunderschönes Ding aus Gold, Mondsteinen und Krysoberil zu schaffen. Ein Teil davon verschwand aus dem Blickfeld, als tauche es fort aus dieser Welt. Inmitten des Gespinsts befand sich ein leeres Oval. Obwohl die Neugier sie quälte, wußte sie genug, um sich still zu verhalten, bis der Noris fertig war und der Feuerdrache in seine Unterwelt zurückkehrte.
»Wozu ist das?« Sie schlang ihre dünnen Arme um ihre flache Brust und starrte fasziniert auf das Werk in seinen Händen.
»Sei ruhig.«
Serroi zuckte zurück. Sein Zorn tat ihr weh. Sie mußte ihm gefallen. Sie schlug die Hand vor den Mund, nickte und sah zu, wie er seine Schöpfung vollendete.
Als er sich abwandte, wich der Unmut aus seinem Gesicht. Er hielt das Werk in der einen Hand und benutzte die andere, um Linien blauen Feuers in die ovalförmige Leere zu zeichnen, komplizierte Linien, die eine symbolische Darstellung der großen Worte sein mochten, die er beherrschte. Das Muster wurde dichter, verschwamm zu einem hellen Glanz und glättete sich dann zu einer silberblauen Oberfläche, die den freien Raum ganz erfüllte. Ein Spiegel. Serroi biß sich fest auf die Lippe, um einen freudigen Aufschrei zu unterdrücken. Sie sah zu, wie der Noris den immateriellen Glanz berührte und dann feststrich, als gefröre er das Licht zu Metall, um das Bild eines Gesichts wiederzugeben.
Die Hände trugen den Spiegel fort. Serroi schaute ihm nach und

dachte wehmütig, daß sie nun niemals seinen Zweck erfahren sollte. Sie schaute hoch und sah, wie der Noris auf sie herablächelte. Sie wollte auf ihn zugehen, blieb jedoch stehen, als er die Hand hob.

»Übertritt nicht die Grenzen des Pentagramms, Serroi. Noch nicht.« Er sprach ein Wort, und die auf den Boden gezeichneten Linien verblaßten zu Nebel. »Komm jetzt.«

In ihrem Zimmer stand der Spiegel auf einem kleinen Tisch unter dem Regal mit den Schriftrollen. Serroi tanzte auf und ab und wandte dann den Blick auf Noris. Er lächelte und schwenkte sie herum. Sie kniete vor den Spiegel und betrachtete das Bild ihres grüner werdenden Gesichts.

»Was würdest du gerne sehen?«

Serroi runzelte die Stirn. »Sehen? Eine Vinatherde?«

»Berühre den Spiegel!«

Serroi strich mit der Fingerspitze über die glänzende Oberfläche. Sie fühlte sich kalt und hart an. Serroi zitterte und beugte sich tiefer. Der silberblaue Schimmer kräuselte sich und wurde klarer. Sie sah eine Vinatherde im schräg hereinfallenden Sonnenschein über die Tundra ziehen. Das Gras war grün und üppig, die Limulblüten standen als strahlendgelbe und rote Flecken dicht inmitten des Grüns, der Himmel war klar, blau und wolkenlos. Sie konnte fast den beißend kühlen Wind in ihrem Gesicht fühlen, während sie die kleinen, hochrädrigen Wagen, die neben der Herde mitzogen, beobachtete. Sie schwebte über ihnen wie ein Greifvogel in diesem kristallinen Blau und fragte sich, ob es sich bei den Leuten um ihre eigenen oder die eines anderen Windläuferstammes handelte. Dann beugte sie sich hinab und versuchte, die Gesichter der Miniaturgestalten zu erkennen. Der Spiegel reagierte auf ihren Wunsch, und die Brennweite änderte sich, bis sie genau über den Karren schwebte. Sie sah ihren Großvater auf dem vordersten Wagen sitzen und singen, wie es seine Gewohnheit war. Er wirkte glücklich und zufrieden mit seinem Leben. Ihre Brüder ritten auf Vinats neben dem Wagen her. In ihm saßen ihre Mutter und Schwestern, wie sie es auch so viele Male gemacht hatte. Sie blinzelte. Der Anblick weckte Unbehagen in ihr.

Der Noris legte eine Schriftrolle neben sie. Sie nahm sie an sich und öffnete sie. Dann lächelte sie. Bei der Rolle handelte es sich um eine geographische Beschreibung des westlichen Erdteils. Sie schaute auf den Abschnitt neben ihrem Daumen. *Sankoy. Die Teppichknüpferinnen.* Wieder berührte sie den Spiegel. Als er sich klärte, sah sie einen langen, schmalen Raum, in dem ein Webstuhl vom Boden bis zur Decke reichte. Ein Dutzend Mädchen arbeitete mit zierlichen Fingern an vertikal gespannten Fäden. Ohne je abzusetzen knüpften sie mechanisch Knoten um Knoten, und ihre großen Augen blickten starr aus ihren ungesund aussehenden Gesichtern. Serroi schauderte und ließ das Bild durch ihre Berührung erlöschen.

»Nutze den Spiegel zum Lernen, Serroi.« Der Noris klang erfreut.

Sie wandte sich um. Er stand im Türrahmen und beobachtete sie. Sie stand auf und trat ihm gegenüber. »Ich möchte ein Noris werden.«

Nach einer Schrecksekunde überdachte er ihre Äußerung und war offenbar bekümmert, weil er nicht wußte, was er ihr antworten sollte. Langsam schüttelte er den Kopf. »Das ist nicht möglich.«

»Warum? Ich bin nicht dumm. Ich kann lernen. Du hast mir bereits ein paar Zaubersprüche beigebracht. Ich kann neue erlernen. Das kann ich sehr wohl.«

»Du bist ein Mädchen.« Er sagte das mit gelassener Endgültigkeit, als genügte das als Erklärung.

Sie wollte es nicht akzeptieren. »Ich kann so schnell lernen wie jeder dieser dummen Jungs. Ich bin jetzt seit drei Jahren hier. Ich habe eine Menge gelernt. Ich kann alles lernen, was ich brauche, um Noris zu werden.«

Er winkte ungeduldig mit der Hand ab. »Es hat nichts mit deiner Intelligenz zu tun, Kind. Auch nicht mit deinem Geschick. Auch nicht mit einem deiner vielen anderen Talente. Ich fürchte, es hängt wirklich nur daran. Nor müssen unbedingt männlichen Geschlechts sein. Wenn eine Frau den Nor-Weg zur Macht einschlüge, müßte sie ebensosehr gegen sich selbst ankämpfen, wie sie um ihre Stellung ringen muß.« Als sie den Mund zu einem weiteren Einspruch öffnete, da sie seine langsame, zögernde Erklärung weder verstand noch hinnahm, schnaubte er verächtlich und ging.

Serroi starrte den blonden Jungen an. Er erwiderte ihren Blick. Seine Angst schien mit dem Noris zu verschwinden. Sie preßte die Lippen zusammen, und ihr Neid brannte wie Feuer in ihrem Magen. Der Junge könnte ihren Platz bei ihrem Noris einnehmen, wenn sie nicht gehorsam war. Sie kämpfte gegen ihren Kummer an und schloß die Faust fest um den Kiesel. »Wie heißt du, Junge?«
Er blinzelte sie ernst an. Langsam fuhr seine Hand empor und er begann, an seinem Daumen zu lutschen. Er sagte nichts. Serroi kniff ihn in den Arm. »Name!« Er wich vor ihr zurück und nahm den Finger aus dem Mund. »Böse!« rief er ihr zu. »Häßliches Mädchen. Häßliches Froschgesicht. Häßlich. Häßlich. Häßlich.« Als sie mit der Hand ausholte, um ihn zu ohrfeigen, streckte er die Zunge heraus und lief fort, um sich hinter dem Bett zu verstecken.

Den ganzen Frühling versuchte sie ihre Antipathie gegenüber dem Jungen zu überwinden, weil das ihre Bemühungen behinderte, ihn zu erkunden und zu beherrschen. Er erwiderte ihren Haß mit aller Leidenschaft seines kleinen Körpers. Er war ein hübsches Kind mit heller, zarter Haut und glänzendem, dunkelgoldenem Haar. Er war jemandens Liebling und damit übel verwöhnt gewesen. Er weinte oft, war boshaft, heimtückisch und rannte immer wieder zum Noris, um ihm die blauen Flecken auf seinen Armen zu zeigen, wo Serroi ihn gekniffen hatte. Wenn er keine Blutergüsse hatte, kniff er sich selbst. Sie hatte ihn einmal dabei erwischt. Der Noris sagte nichts dazu, er beobachtete sie beide nur mit rätselhafter, unbeteiligter Erheiterung, die sie als anhaltend verletzend empfand. Im Laufe dieses Kampfes wurde sie immer magerer und erschöpfter. Es war ein langer, schmerzlicher, zweckloser Kampf für sie. Und er blieb zwecklos. Das bekümmerte sie am meisten. Sie vermochte ihn nicht zu steuern. Nach drei Monaten intensiver

Anstrengungen wehrte er sich immer noch gegen jeden ihrer Schritte. Schließlich schaffte sie es, ihm für kurze Zeitspannen ihren Willen aufzuzwingen, doch niemals länger als zwei oder drei Minuten. Unter Schwitzen und mit zur Maske angespanntem Gesicht konnte sie ihn zum Gehen in bestimmte Richtungen zwingen oder ein paar kleine Gegenstände aufzuheben, mehr nicht.

Allmählich graute es ihr vor diesen Sitzungen. Sie konnte es nicht ertragen, bei etwas, das der Noris von ihr forderte, zu versagen. Als der heiße, staubige Sommer sich über den Turm legte, kämpfte sie um die Herrschaft über den Jungen, bis sie sich dabei fast selbst verzehrte. Dann bereitete der Noris dem Versuch ein abruptes, in ihren Augen unvermitteltes Ende. Eines Tages kam sie sorgenvoll aus ihrem Zimmer und stellte fest, daß die Stufen, die zu dem Raum des Jungen führten, nicht mehr existierten. Der Stein war massiv. Sie hoffte, der Junge wäre fort, wagte jedoch mehrere Tage nicht, sich danach zu erkundigen. Sie vernachlässigte ihre Studien und verbrachte die folgenden Tage über dem Spiel mit ihren Tieren, um sich von ihrem Mißerfolg zu erholen. Sie hatte sich alle Mühe gegeben, aber sie war gescheitert. Ihre Blutsverwandtschaft hatte sie nach einem begangenen Fehler stets bestraft, egal wieviel Mühe sie sich auch gegeben hatte. Sie wartete darauf, daß die Strafe endlich erfolgte und fand schließlich den Mut, den Noris anzusprechen. *Heute abend,* dachte sie. *Wenn ich ihn besuche.*

Als sie eintrat, wandte er sich nur kurz von den tanzenden Flammen ab. Sie setzte sich auf ihr Kissen. Er befand sich in einer dieser unnahbaren Stimmungen, nicht unfreundlich, einfach nur verschlossen. Sie rutschte auf ihrem Kissen herum, streckte die Beine aus und schlug sie dann wieder unter sich zusammen.

Der Noris rührte sich und runzelte die Stirn.

Serroi ballte die Hände zu Fäusten. »Ich habe es versucht. Ich habe es nicht geschafft«, flüsterte sie. »Es tut mir leid.«

»Was?« Sein Kopf schwenkte herum. »Wovon redest du?«

»Von dem Jungen.«
Sie legte die Arme um die Knie, zog diese an die Brust und machte sich auf dem Sitzkissen möglichst klein.
»Ach, das.« Er winkte mit den weißen Fingern und tat den Jungen damit zum Nichts ab.
»Ich habe es versucht.«
»Vergiß es, Kind.« Der Noris sprach mit knappen Worten und wiederholte die abwertende Geste. Er war verärgert über ihre Hartnäckigkeit. »Es war nur ein Versuch. Es ist vorbei. Ich habe den Jungen fortgeschickt.«
Sie löste ihre Hände aus der Verkrampfung, hob den Kopf und strich sich die Locken aus den Augen. »Du hast ihn fortgeschickt?«
Die Hand des Noris fuhr freundlich über ihr Haar. »Wenn du etwas verstehen willst, Serroi, dann gehst du bis an die Grenzen.« Er zog eine Locke zwischen Daumen und Zeigefinger hindurch. »Vermißt du ihn?«
Sie seufzte und entspannte sich, lehnte sich gegen den Diwan, drückte ihre Wange auf den Samtbezug, beobachtete den Tanz der Flammen und das Spiel der Schatten. Die Hand des Noris ruhte auf ihrem Kopf. »Nein«, hauchte sie. »Ich bin froh, daß er fort ist.«

DIE FRAU: 5

Serroi saß neben dem schlafenden Mädchen und ließ sich in einen angenehmen Zustand geistiger Leere fallen, bis sie merkte, daß sie kurz vor dem Einschlafen stand. Unruhige Nächte hatten in ihr eine Erschöpfung angestaut, die wie ein Ozean auf sie niederdrückte. Sie seufzte, stand auf und trat mit schnellen, nervösen Schritten zu dem Steinbecken. Sie zog sich aus, tauchte in das klare Schmelzwasser, und der Atem stockte ihr vor Schreck, als ihr warmer Körper unter die Oberfläche tauchte. Sie paddelte herum, bis die letzten Reste von Schläfrigkeit und Alptraum verflogen und ihr Blut heftig durch die Adern flutete.

Sie legte sich auf den Rücken, ließ sich vom Wasser tragen und blinzelte in die Sonne, die tief im Westen stand und vor der Felsenspitze zweigeteilt wurde. Das Tal füllte sich mit Schatten; die Nacht stand so kurz bevor, daß sie nun den Shuri rufen konnte. Sie drehte sich auf den Bauch und schwamm zu der Felswand mit der Skulptur der Jungfrau. Das Wasser troff von ihrem Körper, als sie die groben Stufen im Fels erklomm, die ziemlich klein und eindeutig für anders gebaute Hände und Füße gemacht waren. Sie legte ihre Hand auf die Steinfinger der Jungfrau, die von vielen anderen Berührungen geglättet waren und lächelte, als die Wärme in ihren Fingern kribbelte und die Arme emporflutete, um ihren zitternden Körper zu erfüllen.
»Creasta Shuri.« Sie sang die Worte in heiserem Alt und lauschte, wie das Echo mit dem Laut spielte. »Meie vom Biserica bin ich.« Sie sang langsam und brachte die gutturalen Laute hervor, die sie mühevoll vor vielen Jahren erlernt hatte. »Führung durch die Berge erbitte ich. Beim Pakt zwischen uns bitte ich.« Sie wartete erneut, bis die Echos erstarben und die Wärme aus den Steinfingern wich, dann ließ sie sich wieder in den Teich fallen.
Sie kraulte durch das Wasser, zog sich heraus und zitterte und klapperte mit den Zähnen, als die kälter werdende Luft sie umstrich. Hastig riß sie ihre Deckenrolle auf, warf sie aufs Gras und rieb sich fest mit einer der Decken ab, bis ihr Körper glühte. Als sie trocken war, zog sie ihre Jacke und ihren Rock an und setzte sich neben die leise schnarchende Dinafar, um auf den Shuri zu warten.
Während das Tal in dunkelblaue Schatten verschwomm, glänzte das obere Drittel des Felsrands im Osten noch lange nachdem die Sonne verschwunden war in warmem Goldton. Ein Stern nach dem anderen tauchte auf, silberne Stecknadelköpfe in dunkler werdendem Blau. Als das Gold schließlich dahinschmolz, war der Himmel bald dicht mit ausgezackten Silberpünktchen besetzt. Sie fragte sich allmählich, ob der Shuri überhaupt käme. *Nichts bleibt wie es war.* Sie schüttelte den Kopf. *Ich kann hier nicht noch einen Tag vertrödeln.* Wenn sie

die Augen schloß, konnte sie Tayyan in ihrem Blut liegen sehen. Sie verdrängte den Gedanken und begann über Domnor Hern nachzudenken. Sie konnte sich erinnern, wie sie ihn eines Tages auf die Frauenunterkunft hatte zugehen sehen. Er hatte zu Morescad emporgelacht, die arrogant und mit steinernem Gesicht neben ihm hergegangen war. Domnor war ein untersetzter Mann mit einem ständigen Lachen in den graugrünen Augen, als fände er die Welt höchst absurd. Er aß zuviel, trank zuviel, spielte mit seinen Frauen herum und vergnügte sich auf zu viele Arten in zu großem Übermaß. Lybor nannte ihn einen genußsaturierten Narren, Serroi schüttelte den Kopf. *Ich weiß nicht. Mijloc entwickelt sich gut unter seiner Führung. Lieber er als Lybor oder Morescad. Wird er mir glauben, wenn ich ihm sage, was Tayyan und ich gehört haben? Es ist verrückt, daß diese Narren glauben, sie könnten einen Nor, auch wenn es nur ein billiger Straßen-Norid ist, für ihre Pläne einsetzen. Einen Dämonen rufen, der in Herns Körper schlüpfen soll. Glauben sie denn, daß keiner das bemerkt? Bei der Jungfrau, Floarin wird die beiden in Stücke reißen, wenn sie sich ihrer zu entledigen versuchen. Und Tayyan wurde wegen diesem hirnverbrannten Unsinn verletzt, vielleicht sogar getötet.* Mit beträchtlicher Mühe unterdrückte sie ihren Zorn und beugte sich über Dinafar.
Das Mädchen hatte einen finsteren Gesichtsausdruck im Schlaf, ihr Schnarchen war kaum mehr als ein leises Pfeifen und sie hatte die Hände zu festen Fäusten geballt. *Dinafar,* dachte Serroi. *Außenseiterin.* Sie blickte auf ihre eigenen Hände hinab, auf den matten Olivton ihrer Haut, und seufzte. *Außenseiterin.* Als sie eine der geballten Fäuste berührte, stöhnte Dinafar im Schlaf und zog die Hand fort. Serroi rieb sich die Augen. *Mich hat meine Mutter wenigstens geliebt und dafür gesorgt, daß ich zu essen hatte und sauber gekleidet war. Aber einem Kind beizubringen, daß es weniger ist als der letzte Dreck!* Sie mußte daran denken, wie Dinafar gleichzeitig trotzig und ohne Hoffnung über dem Vorratsstapel gehockt und versucht hatte, einen Ausweg aus der Falle zu finden, in der sie saß. *Ich wollte dich nicht dabeihaben,* dachte sie. *Ich will es*

immer noch nicht. Was soll ich mit dir machen? Dich mit nach Oras nehmen, damit sie dich auch noch umbringen? Die Jungfrau gebe, daß ich eine Möglichkeit finde, dich in den Süden zu schicken. Dort wirst du Freunde finden, aufrichtige Freunde, keine Eidbrecher. Oh, verdammt, verdammt, verdammt. Sie fühlte ein Stechen hinter den Augen und schluckte die Tränen hinab. *Ich werde später um dich weinen, Tayyan. Wenn es notwendig ist.*

Die blauen Schatten verdunkelten sich zu Indigo, als sich oben Wolken zusammenzogen und über den Sternenhimmel zogen, bis nur noch wenige Fünkchen zu sehen waren. Ein Schatten unter vielen kam raschelnd übers Gras und blieb vor ihr stehen. Das Weiße in seinen Augen blitzte hektisch, als sein Blick von ihr zu dem schlafenden Mädchen neben ihr wanderte.

»Haes angeleh, Shuri«, murmelte sie, blieb reglos sitzen und wartete, daß der Shuri zu sprechen begann.

»Hasna angelta, Meie.« Die Stimme aus der Dunkelheit klang leise und verwaschen, ihr Ton fragend. »Warum Shurin angerufen?«

Sie ließ die Stimme auf sich wirken und beschloß, die männliche Wortendung zu wählen. »Shurid, ich rufe dich, weil ich dich brauche.« Sie sprach langsam und ernsthaft. Es war wichtig, behutsam vorzugehen. Die Shurin waren ein stolzes und empfindliches Volk – und respektable Feinde, wenn sie sich dazu entschlossen. Nervös fuhr sie sich mit der Hand übers Haar, um sich windzerzauste Strähnen aus dem Gesicht zu streichen. »Wir beide – dieses Kind und ich – werden von den Kapparim gesucht.« Sie ließ ihre Hand auf Dinafars Schulter fallen und spürte, wie diese vor ihrer Berührung zurückwich. »Eine Doppelhand Tode schulde ich ihnen. Ich erbitte nur eines von Shurid: eine sichere und schnelle Reise durch die Zähne der Erde.«

Der Shuri schwieg. Er stand völlig reglos, nur seine großen, runden Augen blickten abwechselnd auf Dinafar und Serroi, bis Serroi sich wegen ihrer Vermutung Sorgen zu machen begann – war der Shuri letzten Endes doch weiblich? Sie entspannte sich, als der Shuri seinen pelzigen Kopf neigte. »Beeidet ist das Bündnis zwischen Shurin und Meien. Leistung gegen Leistung, so besagt es der Pakt.«

Verwirrt und argwöhnisch wiederholte Serroi die Worte des Shuri. »Leistung gegen Leistung. Ist Biserica jemals Verpflichtungen nicht nachgekommen?«

»Mondensammlung hat Nyok'chui aus Erde gelockt. Hat Höhle bezogen im Kabeel-Gewässer. Die Glishnacht ohne Wasser vertrocknet. Jahreszeiten-Mutter als erste entrissen. Kitunahan bringt kein Wasser nach Glishnacht. Wam'toten, unsere diesjährigen Kinder, voller Angst, Hunger und Durst, daß ich muß weinen. Ich bin der Vater dieser Paarungszeit. Paarungszeitenmutter Messer genommen; Falle gestellt; gefressen worden.« Die rauhe Stimme erstarb, nachdem sie durch die große Trauer, welche die kleine Gestalt bewegte, noch belegter geworden war. So dringlich ihre eigene Notlage war, sie durfte den Anspruch des Shuri nicht leugnen. So verlangte es der Pakt. Sie blickte hinab zu dem Mädchen, das sich im Schlaf regte, und lächelte wehmütig. *Ein neues Problem, ein neues Hindernis.* Sie rüttelte Dinafar wach.

Als sie durch den trügerischen Spalt mit seinen herabgestürzten Felsen und gefährlichen Wänden aus dem Tal herausritten, sammelten sich die Wolken über ihnen und schoben sich zwischen Mondensammlung und Erde. Der Wind preßte Serroi die Kleider gegen den Leib und versuchte, sie aus dem Sattel zu heben. Sie schaute zurück und fragte sich, wie Dinafar zurechtkam. Das Mädchen saß tief über den Macainacken gebeugt, um dem Wind eine möglichst geringe Angriffsfläche zu bieten. Serroi lachte vor sich hin. *Er lernt schnell, der kleine Mischling.* Sie spürte, wie etwas von der Sorge, die sie niederdrückte, verflog. Die einfache Tatsache, daß sie wieder unterwegs in Richtung Stadt war, genügte, um ihren Kummer für eine Weile zu lindern. Wie immer wühlte der Sturm draußen ihr Blut auf und besänftigte den Sturm in ihrem Innern. Sie bewegte sich mühelos im Sattel, fügte sich dem Auf und Ab des Macai und hatte das Gefühl, auf dem wogenden Wind zu reiten, ohne die Erde auch nur zu berühren. Blitze zuckten auf und überzogen die Welt mit Schwarz-Weiß-Mustern. Grelle Schwarz-, grelle Weißtöne, wie die Muster, die ihre Mutter immer in Gürtel und Zierkanten gewebt hatte.

Als sie dem dunklen Schatten einen steinigen Pfad hinauffolgte, lachte sie laut auf, denn sie sah die Ebenen wieder vor sich, wo sie geboren war. Ebenen weit im Norden von hier, wo manche Nächte im Hochsommer tagelang anhielten. Sie konnte in ihren Knochen das quietschende Schaukeln des Wagens spüren, der ihr in den ersten Lebensjahren Wiege und Zuhause war. Sie mußte daran denken, wie sie mit ihren Chinin umhergetollt und neben der langsam dahinziehenden Herde durch stürmische Gewitter gelaufen war und empfand bei der Erinnerung einen plötzlichen Bruch, daß sie am liebsten den Kopf zurückgeworfen und wie ein Chini in den Wind und zu den ziehenden Wolken emporgeheult hätte.

Der Shuri sprang auf einen Findling, der höher war als er selbst und blieb dort hocken, während Serroi ihr Macai neben ihm zum Stehen brachte und ihre Euphorie wie abgerissene Grashalme im Wind verflog. Ruhig und wachsam wartete sie, daß Dinafar neben ihr anlangte. Langsam bekam das Mädchen das Macai in den Griff, doch Serroi sah, wie sie sich vorsichtig im Sattel bewegte. Es würde noch eine Weile dauern, ehe sie sich auf einem Macairücken völlig heimisch fühlte.

»Meie.« Auf den Ruf des Shuris hin drehte sie sich um. Er hob eine Hand und deutete auf den Bergrücken vor sich. »Nyok'chui dort unten und um mich her, Meie. Am besten Macai hierlassen. Sonst kommt er und frißt es.«

»Shurid, ich höre.« Sie rutschte von ihrem Reittier herab und nickte dem Mädchen zu. Sie ging wieder zur Sprache von Mijloc und schrie, um den Wind zu übertönen: »Dinafar, bleib hier bei den Macain, ja?«

Dinafar nickte. Sie glitt aus dem Sattel und fiel fast zu Boden, als die Knie unter ihr nachgaben. »Alles in Ordnung, Dina?«

»Oh ja, ich bin nur etwas steif.« Sie taumelte zu einem Stein und setzte sich. »Hier warten?« Sie warf ihr dunkles Haar zurück. Der nächste Blitz zeigte sie als alte Frau mit tiefen Sorgenfalten im Gesicht. »Alleine?«

Hinter sich hörte Serroi das Scharren der Krallen, als der Shuri von dem Felsen herabhüpfte. Sie strich sich das Haar aus den Augen. »Nicht lange. Und ich gehe nicht weit. Aber du bist hier sicherer.«

Kleine Steinchen tanzten über den Felsen und trafen sie schmerzhaft. Der Wind war heftig und feucht und peitschte sie hin und her. Serroi berührte die Wange des Mädchens und folgte dann dem Shuri.

Hinter dem vorspringenden Bergrücken blies der Wind weniger stark. Sie kniete sich an den Hang, beugte sich gespannt nach vorn und suchte mit den Augen die flackernde Finsternis unten ab. An der schmalen Flachstelle, wo ein Abhang endete und ein neuer Anstieg begann, tanzten in einem kleinen Teich die letzten Schimmer des Himmels auf der Oberfläche und zersprangen in silberne Funken, die über das Gestein flogen und einen runden, schwarzen Fleck am Hang erhellten. Die Höhle.

Der Shuri berührte ihren Arm und deutete in die entsprechende Richtung. »Nyok'chui.«

Serroi sog den Atem ein und ließ ihn langsam wieder ausströmen. »Ich verstehe.« Sie richtete sich auf und zog drei Pfeile aus dem Köcher. Mit geschlossenen Augen tastete sie die Pfeilschäfte ab und prägte sich die Charakteristika eines jeden ein: Gewicht, Balance und Wesen.

Dann schlug sie wieder die Augen auf, die Luft um sie her war dick und schwarz, und der Teich unten hatte seinen Glanz verloren. Der Wind spielte in ihrem Haar und schüttelte ihren Körper mit seinen unvorhersehbaren Böen durch. Sie setzte sich nieder, zog ihre Stiefel aus, stand wieder auf und grub ihre Füße in den rauhen Boden, bis sie fühlte, wie die Erde unter ihr Teil ihres Bluts und ihrer Knochen wurde. Dann zog sie die Jacke aus.

Mit windzerzaustem Fell saß der Shuri da und beobachtete sie voller Ernst und Neugier, doch er sagte nichts mehr, sondern wartete, daß sie das tat, wofür sie ausgebildet worden war.

Serroi ließ die Jacke fallen, hob die Arme über den Kopf, drehte und wendete sich und ließ sich vom Wind umspülen, um körperlich den Rhythmus seiner Auf- und Abbewegung aufzunehmen. Sobald er ihr so vertraut war wie ihr eigener Atem, lächelte sie zu dem Shuri hinab. »Luft und Erde«, murmelte sie. »Erde hebt meinen Körper und Luft meine Pfeile.« Sie sah an ihm vorbei zu dem schwach erkennbaren, dunklen Fleck am weit entfernten Hang. »Komm bald?« Sie berührte – ganz leicht – ihren Augenfleck, fühlte sein Erbeben und richtete dann Geist und Körper bergabwärts, wo sie in der Finsternis der Höhle fühlte, wie sich etwas regte.

»Er herauskommen, wenn Hunger empfindet. Er holt sich Shurin an Wasserstelle oder zu Hause.« Der Shuri war ein kleiner, trauriger Fellklumpen. »Wird bald kommen. Drei Tage nicht gefressen. Hungrig.« Ein schrilles, zwitscherndes Geräusch war seine Version eines ironischen Gelächters. »Möchte einen Shuri-Imbiß«, sagte er.

Serroi kicherte angesichts des schwarzen Humors seiner Worte überrascht auf. Noch immer innerlich lachend spannte sie den Bogen, prüfte die Zugkraft, hob ihn an und ließ ihn sinken. Sie legte einen der drei Pfeile auf die Sehne und warf die anderen beiden vorsichtig auf den Boden rechts neben sich. Als der Nyok'chui seinen Leib aus dem Loch auf den Hang zu ziehen begann, richtete sie sich mit leicht angebeugten Knien auf, badete ihre nackte Haut im Wind und erforschte seine Richtungsveränderungen. Sie hielt den Bogen locker und beobachtete, wie der große Wurm langsam aus der Erde kroch.

Der Kopf des Nyok'chui war eine wütende Maske mit einer rauhen Mähne um ein unbehaartes Gesicht. Jedes Haar war wie ein Draht, von dem Funken wie kleine Blitze zum nächsten flogen, bis der Kopf schließlich von blauweißem Licht umkränzt war, das in seinem pulsierenden Rhythmus auf gespenstische Weise hypnotisierend wirkte. Der erste Teil seines Körpers war ein breiter, faßförmiger Torso, gestützt von sechs paarweise zusammenstehenden Beinen, die in raubvogelähnliche, massive Krallen ausliefen. Als der Wurm sich weiter und weiter aus seinem Loch schob, wurden die Segmente immer rudimentärer, und kurz vor dem Ende des schuppigen Körpers waren die Beine kaum mehr als harte Borsten. Sobald der Nyok

das Loch ganz verlassen hatte, ringelte er den Schwanz zu weiten, lockeren Ringen und hob den Vorderteil des Körpers in die Höhe. Die vordersten Krallen waren beweglich wie menschliche Finger und ruderten in langsamen Bogenbewegungen durch die Luft, der strahlende Schein um seinen Kopf beleuchtete die harten Klauen an der Spitze eines jeden dieser Pseudofinger, bis sie eine edelsteinfunkelnde Gefahr darstellten, der man eine gewisse Schönheit nicht absprechen konnte. Zwischen Krallen und Schwanz vereinigte das Tier offenbar mehrere widersprüchliche Naturen, die einen unsicheren Waffenstillstand geschlossen hatten, unter seinen verschiedenen Häuten. Mit rotglühenden Augen schwankte der Wurm hin und her und blickte den Hügel zu ihr empor. Noch einmal schlug er in die Luft, riß sein höhlenartiges Maul auf und brüllte ihr herausfordernd entgegen.
Serroi bemühte sich um bessere Sicht. Die Bedingungen fürs Schießen hätten kaum kläglicher sein können als bei diesem unzureichenden Licht und dem unberechenbaren Wind. Sie schloß die Augen, nahm die ungewohnte Herausforderung an und öffnete sie wieder. Mit ihrer Nachtsicht, die sie nur selten einsetzte, erkannte sie die Lebewesen um sie herum zwar nicht sehr detailliert, doch die Umrisse der Körper zeichneten sich deutlich ab.
Der Nyok'chui begann den Hang zu ihr emporzukriechen. Über dem Prasseln der kleinen Blitze um seinen Kopf hörte sie das schnarrende Summen, das er benutzte, um seine Opfer zu besänftigen. Sie kämpfte die durch das Geräusch geweckte Lethargie nieder, konzentrierte sich noch einmal auf sich, hob den Bogen, spannte die Schnur und wartete.
Der Nyok spürte ihren Widerstand, bäumte sich auf und brüllte ihr entgegen.
Sie schoß den Pfeil ab, hob den zweiten auf, legte ihn ein, spannte, ließ los. Hob den dritten auf, legte ihn ein, spannte, ließ los.
Der erste Pfeil traf in das Maul des Wurmes; der zweite durchdrang das rechte Auge, schlug durch den Gallertbeutel und direkt ins Gehirn. Der dritte fraß sich ins linke Auge.

Der Nyok'chui brüllte seinen Todesschmerz hinaus, wand sich und schnappte nach dem Pfeil, den seine krummen Zähne nicht einmal packen konnten, und schluckte die Stöße von Blut, die aus der getroffenen Ader sprudelten. Er wollte nicht sterben. Er hatte zwei Pfeile im Gehirn stecken und ein dritter in der Kehle ließ ihn verbluten, aber er wollte nicht sterben.
Serroi schmiegte ihre Hände einen Augenblick um ihren Augenfleck, schloß die Augen und schaltete die anstrengende Nachtsicht ab. Ohne die Laute des zuckenden Wurms zu beachten, löste sie die Schnur ihres Bogens, legte ihn neben sich und setzte sich dann auf den kalten, steinigen Boden, wo die Winde sie peitschten. Sie zog Stiefel und Jacke an, blieb sitzen und wartete, bis das Ringen des Nyok nachließ und erstarb.
Ein paar vereinzelte Regentropfen fielen ihr auf Kopf und Schultern. Die Nacht war nun pechschwarz, der Wind unberechenbarer als je zuvor. Blitze zuckten auf und schlugen unter ihr ein. Die kreisenden Winde trugen ihr den süßen Geruch brennenden Fleisches zu. *Das tote Tier*, dachte sie. *Der Wurm.* Sie rieb sich die Nase. *Ich habe gehört..., was habe ich gehört... irgend etwas... irgend etwas.* Der Shuri zappelte neben ihr, machte sich auf den Weg den Berg hinab. Geistesabwesend registrierte sie sein Gehen, während sie weiter nach der flüchtigen Erinnerung grub. *Der Wurm der Erde. Der Wurm mit den vielen Seelen, der sich durch lebenden Stein frißt. Wurm. Auge.* Sie berührte ihren pochenden Augenfleck. *Ja. Das ist es. Das innere Auge, tot und lebendig.* »Tajicho«, hauchte sie. *Der Jungfrau sei Dank für dieses Geschenk.* Vor Aufregung wie von Sinnen sprang sie auf die Beine und raste bergab zu dem zusammengeringelten toten Wurm. Wenn es blitzte, konnte sie sehen, wie der Shuri triumphierend auf dem Kopf des Nyok tanzte.
Sie stolperte und rutschte die letzten Meter, um nicht auf das kalte, gummiartige Fleisch zu prallen, schüttelte sich und begann dann, die Windungen emporzusteigen, bis sie zu der zusammengefallenen Mähne gelangte. Das rauhe Haar war lang und dick, eher wie Kupferdraht als Haare. Selbst jetzt, da der Wurm tot war, befand sich in der Mähne noch ausreichend

Spannung, um ein Kribbeln durch ihren Körper zu jagen, als sie sich auf den gewölbten Schädel emporhievte. Der Shuri brach seinen Tanz ab und hüpfte auf eine tiefere Windung, wo er sich duckte und sie mit blitzenden Augen und voller Neugier beobachtete.

Sie riß sich zusammen, kniete auf die breite Schnauze und stieß ihre Klinge in das Geflecht von Sehnen und Nerven zwischen den hervorstehenden Augen, wobei sie versuchte, nicht die glasigen Kugeln anzusehen, aus denen an den Einschußstellen der Pfeile eine grünliche Flüssigkeit sickerte. Während sie die Schaftenden herausbog und fortwarf, brannte das Holz völlig durch. Serroi schauderte und hielt sich noch sorgsamer den Rauchschwaden fern, die aus den Augen brodelnd aufzusteigen begannen. In einer besonderen Wölbung des Schädels fand sie in einem Nervenzentrum einen eiförmigen Gegenstand, der gerade bequem in ihre Hand paßte. Das unreife Zentrum der Macht des Nyok. Sie schnitt sorgfältig darum herum, kratzte daran und fischte es vorsichtig heraus, um es so sorgsam wie möglich von Fleisch und Sehnenresten zu befreien.

Sie wischte ihr Messer an dem rauhen Haar sauber und schob es dann in die Scheide zurück. Finger schlossen sich dicht um das Auge, dann stand sie langsam auf und blieb vorsichtig schaukelnd auf dem Kopf des Wurms mit in die Mähne vergrabenen Füßen stehen, wobei sie die nachlassende elektrische Ladung noch immer spürte.

»Meie?«

Sie blickte hinab und sah den Shuri. »Shurid, gefährlich ist, was ich als Nächstes mache, doch es muß sein.« Sie deutete nach oben. »Den Hügel hinauf. Geh. Warte.«

Als sie im Blitzschein sah, daß er sich auf halber Höhe des Berges befand, blickte sie hinab auf das stumpfe, blutige Ding in ihrer Hand, versuchte sich an dem Lied, das sie seit fünfzehn Jahren nicht mehr gesungen hatte, und ließ durch die Worte und den Rhythmus ihren Geist und ihren Willen lenken.

Die Erinnerung an einen Schmerz lenkte sie mit plötzlicher Vehemenz von der nötigen Konzentration ab. Der Gesang brachte zu lebhaft die Süße der frühen Tage im Turm zurück,

Tage wie aus einem längst verlorenen Paradies. Sie blickte zu den Wolken hinauf, seufzte und richtete ihr Denken dann auf den Gesang. Sie sang die Worte in den Sturmwind, der um sie heulte und ihr Haar zu feuchten Strähnen peitschte, die an ihrem Körper klebten, hielt das Auge über ihren Kopf und rief den Blitz zu sich hernieder. Neben ihr schlug ein Lichtstrahl in den Schädel des Wurms ein. Der Gestank von sengendem Haar und verkohltem Fleisch umwehte sie. Sie sog einen Zug ein, spie aus und rief erneut.

Ein großer, gezackter Blitz traf in das Auge. Ihr Körper bebte vor Schreck und Schmerz. Sie fiel auf die Knie, begann herabzurutschen, ließ sich hilflos von Windung zu Windung des bereits faulenden Fleisches fallen, bis ihr Kopf gegen einen Stein schlug und sie die Besinnung verlor.

Sie erwachte auf der Erde neben dem Nyok'chui, und ihr tat alles weh, als hätte man ihr die Knochen auseinandergezerrt, und sie dann zurückschnappen lassen. Sie blutete aus Schürfwunden an Armen und Knien und hatte eine Verbrennung auf der Wange. Doch das Auge hielt sie noch fest umklammert. Der Shuri kauerte ängstlich neben ihr. Sie lächelte ihm zu, als sie ihn bemerkte, zuckte jedoch zusammen, als die Muskelspannung auf ihrer versengten Wange schmerzte.

Das Auge lag warm in ihrer Hand. Als sie die Finger öffnete, schmiegte es sich in ihre Handwölbung, ein neugeschaffener Kristall mit weichem Bernsteinschimmer in seinem Innern. Sie streichelte ihn mit dem Zeigefinger der anderen Hand und lächelte, als er sich nicht von der Handfläche lösen wollte. »Tajicho«, flüsterte sie. »Ser Noris, mein Noris, du hast mich das gelehrt.« Tränen ließen ihren Blick verschwimmen. »Gefällt dir, was du geschaffen hast, mein Noris?« Sie wischte sich über die Augen und setzte sich erschöpft von ihrer schweren Prüfung zurück auf die Fersen.

Tajicho. Täuscher. Als Talisman von immenser Kraft war er an die Person, die ihn geschaffen hatte, gebunden und für jeden anderen wertlos. Er vermochte Verwünschungen zu verkehren und an den Absender zurückzuweisen, wenn der nicht besonders geschickt war. Darüber hinaus ließ er seinen Meister für die Noris von der Welt verschwinden, selbst für die mächtigsten – außer vielleicht für ihren Noris. Kein Zauberspiegel, kein Tierauge, kein Dämon konnte sie sehen, selbst wenn sie direkt vor seiner Nase stand. Das hatte ihr Ser Noris beigebracht und ihr damit eine Waffe gegen ihn selbst in die Hand gegeben – von welcher Kraft, konnte sie noch nicht sagen. Einen Augenblick lang dachte sie über den Zufall nach, daß der Nyok'chui gerade jetzt aufgetaucht war, und fragte sich, ob das nicht Teil seines qualvollen Plans war, doch dann schüttelte sie ihren Trübsinn ab und war wütend auf sich selbst, in so wilde Spekulationen zu verfallen. Sie barg den Kristall in ihrem Geldbeutel, wo er wohlklingend gegen einen kleinen Vorrat Goldmünzen klimperte, strich mit den Fingerspitzen über den kleinen Knubbel und hob einen Mundwinkel zu einem einseitigen Lächeln. »Vollendet wäre das«, erklärte sie dem Shuri.

Nun fiel der Regen heftiger. Noch immer zuckten Blitze, wenn auch nicht mehr so häufig. Serrois Haar klebte an ihrem Kopf. Ihre Lederjacke und ihr Hosenrock waren mit dem Saft des Nufrasha-Krauts behandelt, das hoch an den Hängen des Biserica-Tales wuchs. Sie wiesen lange Zeit Wasser ab und blieben dabei weich und angenehm, auch nach vielen Wassereinflüssen. Der Regen staute sich auf der Lederoberfläche und lief in Rinnsalen in ihre Stiefelschäfte, bis das Wasser mit jedem Schritt an ihren Füßen emporquoll. Sie fror und war entsetzlich müde, als sie ihren Bogen aufhob und dem Shuri um den Berg zu der flachen Stelle folgte, wo Dinafar wartete.

Das Mädchen war völlig durchnäßt und drängte sich dicht an ihr Macai. Ihr Kopf fuhr hoch, als sie die beiden kommen hörte. Die Augen standen groß in dem gequälten Gesicht. »Was war das für ein Brüllen?«

»Der Nyok'chui ist tot.« Serroi beugte sich hinab und ergriff die kalten Hände des Mädchens. »Komm, es ist Zeit, weiterzureiten.« Sie half ihr vorsichtig hoch. Dinafar blieb schweigend stehen und zog sich den triefenden Rock aus, während Serroi die unwilligen Macain wieder auf die Beine drängte.

Nachdem Serroi Dinafar in den Sattel geholfen hatte, schwang sie sich in ihren eigenen Sattel und zuckte bei der Berührung des kalten, feuchten Leders zusammen. »Shurid!« Sie brüllte, um bei dem Sturmgetöse noch gehört zu werden. »Reite mit mir zusammen, damit ich dich nicht verliere.« Ein langsamer Blitz zeigte ihr, wie das Wasser von dem Shuri ablief. Die Oberschicht seines Fells hatte sich unter dem Regen zu einer glatten, wasserabweisenden Oberfläche verwandelt, die wie braunes Glas glänzte. Wasser lief auch von seiner rauhen Gesichtshaut und teilte sich um die kurze Schnauze mit den weit auseinanderliegenden Nasenflügeln und dem ewigen Grinsen. Sie spürte seine kleine, dreifingrige Hand eng um ihren Knöchel, dann kletterte er an ihr empor, bis er vor ihr auf dem Rand des Sattels hockte. Angeführt von dem Shuri und mit der schweigsamen Dinafar hinter sich, ritt Serroi immer weiter die gewundenen und verschlungenen Pfade hinauf. Manchmal mußten sie absteigen, um die unmöglichen Hänge zu erklimmen und unsichere Geröllhalden zu überwinden. Sie lockte die Macain mit Pfiffen und Schmeicheleien weiter und streichelte sie nach Bewältigung schwieriger Aufgaben mit ihrem Augenfleck, bis sie vor Zufriedenheit stöhnten. Der Regen fiel kalt und unaufhörlich. Der Wind riß und peitschte sie und schlug ihnen eisige Wassertropfen in Gesicht oder Rücken.

Über Lärm und Erschöpfung verstrichen die Stunden. Hoch am Himmel begannen die Wolken aufzureißen und ließen einen Schimmer Mondlicht hindurch. Kaum hatte die Aufhellung angefangen, breitete sie sich schnell aus, bis die Hänge dunkel zu erkennen waren. In einem Augenblick relativer Ruhe hörte Serroi Dinafar nach Luft schnappen. Sie drehte sich um und sah, wie das Mädchen mit vor Entsetzen weit aufgerissenen Augen den gefährlichen Pfad hinabstarrte.

Ihr Weg war dicht bestreut mit losen Gesteinsbrocken. Er schmiegte sich an den Berghang, der zur Rechten so tief zu einer Schlucht hinabfiel, daß deren Grund sich im Dunkeln zu verlieren schien. Das Mädchen schwankte am Rande ihrer Kräfte im Sattel. »Dina!«

Dinafars Kopf hob sich langsam, ihr Gesicht war eine Maske

der Erschöpfung und ihre Augen schimmerten glasig im zunehmenden Licht.

»Halte noch ein wenig durch«, rief Serroi. »Noch ein klein wenig.« Der Wind erfaßte die Worte und zerriß sie, doch sie sah, wie Dinafar nickte und sich gerade zu setzen versuchte. Zufrieden drehte Serroi sich um und ritt weiter.

Die Stunden verstrichen. Kalte, endlose Stunden. Sie ließen die Schlucht hinter sich und rutschten in eine schmale Felsspalte hinab, deren Wände sich zu beiden Seiten immer höher erhoben, je tiefer sie in das Bergmassiv eindrangen. In Felsspalten, die von ihrer abzweigten, sahen sie Gruppen von Shurin sitzen, die sie beim Vorbeiziehen mit großen, runden, grünlich phosphoreszierenden Augen beobachteten. Reglos wie ein Stück Fell saß der Shuri vor ihr. Seine Rückenwölbung schmiegte sich in die Wölbung unter ihren Brüsten, und er begann zu summen, wobei das Lied durch den Hautkontakt direkt in ihren Körper übertragen wurde. Er hatte sie durch die schlimmsten Gipfel hindurch und über den Grat durch die Geheimpfade seines Volkes geführt. Wenn die Klamm erst überwunden war, befanden sie sich bald an sanfteren Hängen auf der Landseite der Zähne der Erde.

Immer weiter ging es, Biegung um Biegung. Die verstreut dahinziehenden Tänzer-Monde hingen tief über ihnen, verliehen den Steinen dreifache Schatten und erhellten ihren Weg mit täuschend kaltem Glanz. Serroi blickte empor und sah dunkle Silhouetten das Sternenfeld durchqueren. Fünf Schwarze Unvögel mit langen, schmalen Schwingen und übergroßen Köpfen kreisten hoch über ihr.

Sie begann zu zittern, doch dann erinnerte sie sich an den Tajicho und wurde ruhiger. Es handelte sich um Traxim, Dämonendiener der Nearga-Nor. Fliegende Augen. Sie umfaßte das Klümpchen in ihrer Geldkatze und fühlte die Wärme durch das dünne Leder hindurch. Sie lächelte. Er funktionierte wie er sollte und beschützte sie vor gefährlichen Augen. Die Traxim zogen weiter, anscheinend ohne sie zu sehen.

Plötzlich legte sich der Wind, befreite die Klamm einige Augenblicke von seinem Pfeifen und die Reiter von seinem unab-

lässigen Angriff. Serroi rutschte erschöpft im Sattel umher. Ein wenig besorgt blickte sie über ihre Schulter. Dinafar lag auf dem Macaihals und hatte die Arme fest um ihn geschlungen. Sie schüttelte den Kopf. *Halte durch, Dina,* dachte sie. *Wir können noch nicht Rast machen.*
Sie ritten aus der Klamm an einen steilen Abhang und in den Wind der Vordämmerung, der dazu beitrug, die Feuchtigkeit auf ihren Leibern zu trocknen. Bis der Himmel im Osten in der Nähe des Horizonts einen bleichen Fleck aufwies und die Gipfel hinter ihnen karmesinrote Kappen trugen, war Serroi trocken und fror nun kaum mehr.
Der Shuri hielt eine Hand empor. Als Serroi das Macai zum Stehen brachte, kletterte er an ihrem Bein hinab und ging ein paar Schritte über die bloße Erde zu einem Steinhaufen. Auf ihm hockte er nieder und schaute sich um. Im Dämmerlicht konnte sie erkennen, daß der rötliche Pelz um seine stumpfe Schnauze weiß gesprenkelt war. Er wurde alt, ihm blieben nicht mehr viele Jahreszeiten als Paarungszeiten-Mutter oder Paarungszeiten-Vater.
Als ob er ihre Gedanken läse, nickte der Shuri traurig. »Nächstes Jahr werde ich Paarungszeit-Mutter sein, Meie. Das wird die letzte meiner Paarungszeiten.«
»Mein Bedauern, Shurid. Ich bin in dich eingedrungen.«
»Das Recht hast du. Mit drei Pfeilen die Paarungszeit für mich hast du gerettet.« Er streckte einen dünnen Arm aus und deutete zu dem Schimmer im Osten. »Dort eine Stenda-Wachstation. Halber Tagesritt. Die Stendam nach Oras gezogen sind zur Mondensammlung, doch zwei zurückblieben zur Bewachung von Anwesen und Herden. Das Anwesen verlassen sie jeden Morgen, und abends sie kehren zurück, um zwischen festen Mauern zu schlafen. Nicht weiter hinzu trete ich.«
»Bei unserem Bündnis, so sei Friede zwischen uns, Shurid.«
»Bei unserem Bündnis sei Friede, Meie.« Der Shurid deutete eine achtungsvolle Gebärde an und huschte dann an den Macain vorüber, um hinter den Felsen zu verschwinden.
Serroi blickte hinauf zu den spärlich verstreuten, verblassenden Sternen. Die Traxim waren fort. Sie faßte nach der Wöl-

bung in ihrer Geldkatze, lächelte und seufzte dann, als sie zu Dinafar zurückritt.

Der schwere Rock war immer noch feucht und klebte an den Beinen des Mädchens. Während Dinafar mit dem Gesicht in dem schwammigen Nackenkamm des Macai vergraben hing, durchliefen heftige Schauer den mageren Körper. Serroi hob die Hand und ließ sie wieder sinken. Dinafar brauchte keine Aufmunterung. Sie brauchte ein Feuer, etwas heißen Cha, trockene Kleidung und Schlaf. Serroi seufzte und schwenkte das Macai herum, um das Gelände ringsum zu sondieren. Obgleich ein breiter Waldstreifen den Hang weitgehend umhüllte, erkannte sie einen schimmernden Wasserlauf, der sich in schmaler Linie herabschlängelte. Ohne sich noch einmal umzudrehen, brachte sie das müde Macai langsam in Richtung des Baches in Bewegung, das andere Tier folgte dicht hinter ihnen.

Sie zog an dem Wasserlauf entlang bis zu einer grasbewachsenen Lichtung, hielt das Macai an und schaute sich um. Da die Bodendecke hier dünn und steinig war, breiteten nur Gräser ihre verflochtenen Wurzeln aus und hielten den kleinen Platz von Büschen und Bäumen frei. Sie rutschte von ihrem Macai herab, streckte sich, gähnte, beugte und drehte ihren geschundenen Körper, um die Steifheit und die Verspannungen zu lösen.

Dinafar stöhnte und zog sich mühsam mit gerötetem Gesicht und fiebrigen Augen hoch.

»Dina?« Das Mädchen schwankte. Dinafars Lippen zitterten, aber sie konnte nicht sprechen. »Dina, laß dich zur Seite fallen, wie du's schon einmal gemacht hast.« Serroi sang die Worte geradezu. »Laß los, Kleines, laß los. Ich werde dich auffangen, laß los.« Sie behielt den leisen Gesang bei, bis sie sah, wie die verkrampften Finger des Mädchens sich lösten. Der schlaffe Körper schwankte und fiel dann wie ein Stein in Serrois ausgebreitete Arme. Serroi fühlte das kalte, klamme Mädchen gegen sich fallen, spürte das Fieber in ihrem Körper und das kalte Zittern in ihren Händen. Sie legte sie vorsichtig ins Gras und zog ihr die durchnäßten Kleider aus, ohne auf Dinafars schwa-

che, entrüstete Proteste zu achten. Sie warf die Kleidungsstükke beiseite, riß die Deckenrolle hinter ihrem Sattel herunter, schlug sie auf, warf eine Decke zur Seite und schlang die andere um Dinafar.
Das wird vorläufig genügen müssen, dachte sie. Sie warf einen Blick auf die erschöpften Tiere, die bereits weideten. *Ihr kommt später.* Sie trottete in den Schatten der Bäume und suchte nach Reisig.

Eine halbe Stunde später saß Dinafar in eine Decke gehüllt und nippte an Cha mit einer Prise Pyrnwurzel aus Serrois Waffengürtel. Der Fieberglanz war aus ihren Augen gewichen, die Rötung von ihren Wangen. Sie schloß die Hände um die Tasse, ihre Augen ruhten auf den Macain, die ganz in ihrer Nähe eifrig grasten. »Hättest du sie nicht besser anpflocken sollen, Meie?«
Serroi zupfte an dem Rock, den sie ans Feuer hielt. »Sie werden nicht weit gehen. Außerdem kann ich sie jederzeit mühelos zurückrufen.« Sie zuckte mit dem Finger über ihre Stirn, lächelte, als die Augen des Mädchens größer wurden, warf ihr den Rock zu und danach die zerfetzte Bluse. »Ist es dir warm genug?«
»Mmmm.« Dinafar gähnte plötzlich. »Hast du etwas in den Cha gestreut?«
»Eine Heilwurzel. Macht es dir etwas aus?«
»Nein.« Dina gähnte wieder, zog Rock und Bluse an sich, und ihr Blick wanderte immer weiter zu Boden, als sie die Kleider über ihren mageren Körper zog und dabei errötete, weil sie sich entblößen mußte. Serroi schaute bewußt fort, da die Verlegenheit des Mädchens Unbehagen in ihr weckte. Sie dachte an die Menschenmengen im Hause des Intii und die Prüderie ihrer Eltern. *Intimität und Prüderie. Vielleicht entsteht letzteres aus dem Ersten.* Als sie sich umdrehte, war Dinafar auf dem Boden zusammengesackt und schnarchte leise. Serroi ging ums Feuer und schaute auf sie hinab. *Sie hat sich nicht einmal beklagt. Ich hätte den Ritt nicht machen wollen, wenn es mein Erster gewesen wäre.* Sie kniete neben Dina, streckte ihre

angewinkelten Beine aus und hob sie auf die zweite Decke. Sie strich das glatte Haar aus dem Gesicht des Mädchens und schlug dann die zweite Decke um Dinafar. »Schlaf so lange, wie du es brauchst.«
Sie stand auf und streckte sich, während das Morgenlicht heller wurde. Im Osten, über den Baumwipfeln, hingen die letzten Fetzen der Dämmerung, doch die verblaßten rasch. Sie gähnte, beobachtete das Feuer, das zu ein paar wenigen Kohlen erstarb, kuschelte sich dann ins Gras und fiel in tiefen Schlaf.

Durch einen heiseren Schrei und starke Hände, die ihre Knöchel zusammenpreßten, schreckte sie aus dem Schlaf hoch. Sie starrte in ein grinsendes Gesicht und baumelte dann in der Luft, als er sie mit ausgestrecktem Arm von sich hielt.

DAS KIND: 5

Serroi beugte sich über die Schriftrolle und versuchte, die Worte zu ergründen. Sie waren in einer Schrift verfaßt, die sie eben erst zu lernen begonnen hatte, und beschrieb die Reisen eines Händlers und Schelms, dessen Humor ihr im Augenblick entging, aber dessen Beschreibungen lebhaft genug waren, ihr Interesse zu wecken, insbesondere da in ihrem Zauberspiegel just eine solche Karawane langsam durch den schwarzbraunen Sand zog.
Sie war inzwischen neun Jahre alt, einige Zentimeter größer und mit ihrem Leben im Turm ganz glücklich. Sie trug Jacke und Hose, beides neu und von den unsichtbaren Dienern des Noris besorgt. Die in den Gürtel eingewebten schwarzweißen Muster waren ihr fremd. Sie hatte den Spiegel benutzt, um die Tundra nach den Windläufersippen abzusuchen, die solche Muster fertigten, hatte sie jedoch nicht finden können, sich über der Suche gelangweilt und schließlich die Kleider einfach so angenommen, wie man sie ihr bereitstellte. Es gab zu viele andere interessante Gegenden, die es mit dem Spiegel zu erforschen galt.

Plötzlich wurde sie sich bewußt, daß Augen sie beobachteten, und sie hob den Kopf und sah sich um. Der Noris stand schweigend im Türrahmen. Sie faßte den Spiegel an, daß das Bild erlosch, rollte das Pergament zu einer engen Rolle und legte sie ins Regal zurück. Obgleich der übrige Raum von den Spuren ihres unachtsamen Umgangs gezeichnet war, herrschte bei den Schriftrollen peinliche Ordnung. Die Federn und Federhalter auf dem Tisch strahlten vor Sauberkeit, die Papierbögen waren zu ordentlichen Haufen gestapelt, deren Kanten genau parallel zu denen des Tisches verliefen.

Der Noris lächelte über diesen Hauch von Ordnung. »Komm, Serroi. Ich brauche deine Hilfe bei einer wichtigen Sache.«

Ein warmes Glücksgefühl durchströmte sie. Fast tanzend durchquerte sie den Raum zu ihm und ergriff seine Hand.

Der Fels flutete vor ihnen zurück und schmolz zu Treppenstufen zusammen. Der Turm schien bis auf diese leeren Zellen, die das Gestein wie Blasen einen Käse durchzogen, massiv zu sein. Er führte sie höher als jemals zuvor, öffnete durch seine Berührung eine Tür und geleitete sie in ein Zimmer, das sie noch nie zuvor gesehen hatte.

Als sie eintrat, kam ein einjähriger Chini auf sie zu, beschnupperte sie, legte die Ohren an und duckte sich winselnd vor dem Noris. Das war ihr schon früher aufgefallen. Ob wild oder zahm, die Tiere schreckten vor dem Noris zurück und drückten ihre Furcht in Unterwerfungsgebärden aus. Selbst der große Sicamar kroch zu Kreuze und heulte furchtsam. Der Noris trat an ihr vorbei und zu einem Sessel. Dort nahm er Platz, während sie dem Chini weiter den Kopf streichelte und sich umschaute.

Der Raum war klein und kreisrund, ein hoch aufragender, steinerner Zylinder, der in einen Kreis grellblauen Himmels mündete, der jedoch viel zu weit oben war, um das Gefühl von Bedrücktheit von ihr nehmen zu können. Stück für Stück bröckelte das Glücksgefühl von ihr ab. Die Luft war zu drükkend in diesem deckenlosen Raum. Ihr Augenfleck pochte. Sie wandte sich zu dem Noris um, in ihren Augen standen ein Dutzend unausgesprochene Fragen.

Er saß in einem schwarzen Steinthron auf einer Empore, und um ihn herum war ein Pentagramm in den Stein geritzt, dessen Vertiefungen mit Silber ausgelegt waren, das im strahlenden Licht der Dachöffnung glänzte.
Der Jährling drückte sich eng an ihr Bein.
Es handelte sich um ein großgewachsenes, schlaksiges Tier, das ihr etwa bis zur Leiste reichte und sich in seinem erwachsenen Körper noch nicht ganz heimisch fühlte. Sie kraulte ihn hinter den Ohren und fuhr mit der Hand über sein Rückgrat. Als sie dieses kräftige Leben berührte, wurde ihr die tödliche Aura dieses Turms wieder sehr bewußt. Sie war niemals ganz sicher, ob der Noris wirklich lebte; er sah aus wie ein Mensch, aber irgendwie hatte sie ihre Zweifel.
»Serroi.«
Sie starrte ihn erschreckt an. In seiner Stimme lag feierlicher Ernst und nicht die kühle Gelassenheit wie üblich. Sie fragte sich, was nun käme, sicherlich etwas ganz Besonderes. Sie trat vor ihn und stand ganz gerade.
»Du bist nun seit vier Jahren hier.« Seine Augen wanderten mit ausdruckslosem Blick über ihre Schulter zu der glasglatten Steinwand. »Du hast dich als außergewöhnlich lernfähig erwiesen. Diese Feststellung macht mir viel Freude.«
Serroi holte tief Luft und fühlte sich unbehaglicher als zuvor. Was er nun sagte, hätte von der herzlichen, freundlichen Seite kommen sollen, doch so ähnelten seine Worte dem falschen Lächeln, das er manchmal trug, erfolgten ohne Gefühl und sollten nur ihre Empfindungen beschwichtigen. Sie wußte, daß er diese Empfindungen nur sehr begrenzt verstand. In den vergangenen vier Jahren hatte sie gelernt, sich mit diesen Grenzen abzufinden und, soweit sie das konnte, ihre vehementeren Reaktionen auf sein Verhalten zu unterdrücken. Vor einem Jahr hatte die Eifersucht sie verzehrt. Das hatte ihn zuerst erschreckt, dann amüsiert. Sie hatte Kummer erlitten, aber ihn erheiterte das.
»Du hast mich einmal gefragt, warum ich dich von deiner Sippe auserwählt habe. Erinnerst du dich?« Sie nickte, ihr Blick haftete auf seinem Gesicht.

Er hielt die Hände von sich gestreckt, erst mit nach vorne gewandten Innenflächen, dann mit den Handrücken nach außen. Nach einer Minute ließ er sie auf die dunklen Steinarmlehnen sinken und ließ sie fast damit verschmelzen. »Hände«, sprach er. »Meine Hände. Sie haben große Macht, das weißt du.« Er trommelte mit den Fingern auf den Stein. »Aber es gibt Grenzen. Wir vermögen das Leblose zu verwandeln und zu manipulieren. Der Griff nach dem Lebendigen bleibt uns versagt. Ich brauche ein Tor in dieser Mauer. Dich.« Er lehnte sich in seinem Thron zurück, lächelte distanzierter als jemals zuvor und war ganz das Elfenbein- und Ebenholzabbild eines Menschen. »Du bist mein Tor, Serroi.«

Vorahnungen und Erregung wirbelten durch Serroi, bis sie ganz benommen war. Sie verstand wenig von dem, was der Noris sagte, doch sie begriff, wie wichtig sie in seinen Augen war, und glühte bei dem Gedanken. Trotzdem hatte sie noch Angst und wußte nicht so recht warum.

»Sieh mich an, Serroi.«

Wieder streichelte sie den Chini und hob dann ihren Blick, um den seinen zu erwidern. Die glänzenden, schwarzen Kreise wurden größer und größer, bis sie nur noch Finsternis sah. Sie weinte, fühlte die Tränen aus ihren Augen rinnen und die Wangen hinabkullern, während von dem Noris eine schreckliche Kälte auf sie überströmte und alles erstickte, was sie empfunden hatte, Zorn und Freude, Liebe und Verzweiflung. Er verbreitete solche Kälte, daß nichts Warmes in ihr zurückblieb, das die Tränen trocknete.

Etwas kroch in ihren Körper. Sie fühlte, wie ihre Finger zuckten, ihre Arme sich bewegten. Sie fühlte, wie unter dem Druck des Eindringlings der Augenfleck erwachte und seine unsichtbaren Finger ausstreckte. Ihr Körper rührte sich. Sie saß gefangen in Mauern aus Eis, und der warme Keim, der ihr Wesen ausmachte, mußte voll der Trauer zusehen, wie ihr Körper ungeschickt neben dem winselnden Jährling auf die Knie ging. Ihr Körper beugte sich nach vorn, bis ihr Gesicht an den Chini gepreßt war und ihre Stirn das weiche, graue Fell seitlich an seinem Kopf berührte.

Der Chini erstarrte. Sie fühlte, wie das Ding in ihr durch ihren Augenfleck aus ihr herausströmte und in ihn kroch.
Der Jährling bewegte sich ruckartig von ihr fort. Sie hörte ihn winseln, dann knurren, sah ihn hochspringen, sich niederkauern, über den Stein kriechen und mit krampfhaften Zuckungen der Pfoten über den Boden kratzen. Er begann zu jaulen. Sie fühlte seinen Schmerz. Der erstarrte Teil ihrer selbst sah kritisch zu, während die winzige, weiche Stelle, wo sie wirklich lebte, nichts tun konnte als unendlich in der Dunkelheit zu trauern. Ihr Körper saß mitten im Raum zusammengekauert, während der über sie wirkende Noris den Chini in Stücke riß, ihn hetzte, bis ihm der Schaum vor dem Maul stand, er mit voller Wucht gegen die Wände rannte, nach sich selbst schnappte und Fetzen Fleisch und Fell herausbiß. Schließlich starb der einjährige Chini unter dieser Folter, nachdem man ihn herumgehetzt hatte, bis sein Herz vor Schmerz und Erschöpfung aufgab.
Der Teil des Noris, der über sie gewirkt hatte, zog sich zurück. Sie fühlte, wie die Kälte sie durchströmte, und sie konnte sich nicht bewegen. Da ihr Vertrauen plötzlich und völlig zerstört war, hatte sie das Gefühl, aus einer inneren Wunde zu bluten, wo keiner es sehen konnte. Ohne sich recht bewußt zu sein, was sie tat, hob sie die Arme und überkreuzte sie eng auf ihrer Brust. Ihre Augen hingen an seinem Elfenbeingesicht, bettelten ihn an, sie doch zu beruhigen, damit sie ihn wieder lieben konnte, etwas zu sagen, das sie glauben mochte. Er saß und brütete, anscheinend gar nicht gewahr, daß sie sich im Raum befand.
Sie stand zitternd auf und trat zu dem toten Chini. Sie kniete neben ihn, berührte das geschundene Fleisch, fuhr mit bebenden Fingern über die spitzen Ohren, blickte auf das offene Maul, wo die verletzte Zunge über gelbe Zähne fiel, und berührte die Blutspuren, die in langen Fäden von seinen Kiefern herab geronnen.
Sie spürte die Augen des Noris auf sich gerichtet und erhob sich schwerfällig. Er runzelte die Stirn und war verwirrt über die Heftigkeit ihrer Gefühle. Als sie vor ihn trat, beugte er sich

nach vorn und drückte sie auf die Knie, so daß sie sich innerhalb des Pentagramms zu seinen Füßen befand. Ein WORT ließ das Silber der Linien schwach aufleuchten. Ein zweites WORT, komplizierter, als sie jemals eines gehört hatte, schlug ihr entgegen und entriß ihr den Schmerz. Sie stöhnte und drängte sich dichter an den Noris, erfüllt von Übelkeit und Entsetzen.

Über dem geschundenen Leib des Chini zog sich ein grauer Nebel zusammen. Er schwebte dort einen Augenblick und begann sich dann in ein Abbild des Tiers zu verwandeln. Mit rot unterlaufenen Augen, roter, über gelbe Zähne herabhängender Zunge, spitzen Ohren und einem großen, kräftigen Körper stellte der Dämon ein Zerrbild des Lebewesens dar und trug doch, so fühlte sie, einen Teil vom Wesen des Chinis in sich, wo Chini und Dämon zu einer schrecklichen Einheit verschmolzen waren, die ihren Magen rebellieren ließ. Das neue Wesen schlich sich von den Überresten des toten fort und schnupperte an den Silberlinien des Pentagramms.

Serroi schreckte vor ihm zurück, drückte sich gegen den Thron und drängte sich noch heftiger an die Beine des Noris, während das Tier vor ihr auf und ab ging und ihr seinen stinkenden Atem ins Gesicht hauchte.

Der Noris erhob sich. Mitten in der Luft entstand plötzlich eine glänzende Silberkette und schlang sich um den Hals des Dämonen. Er winselte kläglich und kauerte sich unterwürfig nieder. Mit einem WORT ließ der Noris das Silber des Pentagramms verblassen, dann drehte er sich um und starrte böse auf Serroi. »Geh in dein Zimmer, Serroi. Bring dich in Ordnung.« Er wirkte verärgert, als hätte sie ihn durch ihren Schmerz irgendwie gekränkt. Er stapfte aus dem Raum, in der Hand ein Ende der Silberkette, der Dämon trottete neben ihm her.

Serroi schaute ihm traurig nach, dann wanderte ihr Blick zu dem Kadaver des Welpen. Sie konnte ihn nicht einmal begraben. Auf dieser kahlen Klippe gab es nicht einmal anständige, lebendige Erde. Sie stützte sich auf die Armlehne des Sessels und zog sich empor. Mit einem letzten Blick auf das tote Tier

stolperte sie aus dem Zimmer und schleppte sich die Treppen hinab zu ihrem Zimmer, zog die Tür hinter sich zu und zuckte bei dem dumpfen Knall von Metall auf Stein zusammen.
Einen Augenblick lang blieb sie inmitten des kleinen Zimmers stehen und schaute sich unentschlossen um. Mehrere Pflanzen begannen zu welken. Unwillkürlich schritt sie auf sie zu und strich über die schlaffen Blätter und die braunen Flecken. Plötzlich mußte sie weinen. Sie warf sich auf ihr zerwühltes Bett, und ihr Körper zuckte unter Schluchzern.

Nach der Abendmahlzeit, bei der sie nichts hatte essen können, ging sie ruhelos in ihrem Zimmer auf und ab, nahm Dinge in die Hand, stellte sie wieder fort und versuchte verzweifelt zu vergessen, was geschehen war. Sie mußte noch glauben können, daß er sie wenigstens gernhatte. Schließlich seufzte sie und ging zu ihm.
Er schaute auf und lächelte ihr zu, dann drehte er sich wieder zum Feuer. Schweigend nahm sie neben ihm Platz. Nach einer Minute ergriff sie seine Hand und legte ihre Wange auf das kühle Fleisch. Sie mußte glauben, daß er sie schätzte, daß er eine gewisse Zuneigung für sie empfand, auch wenn er sie im Grunde genommen nicht verstand. So verstrichen mehrere Minuten, dann schaute sie hoch und begegnete seinem auf sie gerichteten Blick, in dem sich Neugier und eine gewisse Fassungslosigkeit widerspiegelten. Sie hielt den Atem an, doch er sagte kein Wort. Sie seufzte und versuchte, den Chini zu vergessen. Es würde nicht wieder vorkommen. Es konnte einfach nicht. Es würde alles zwischen ihnen weitergehen wie zuvor. Sie würde vergessen und wieder glücklich sein.

Eine Woche später rief er sie wieder in den zylindrischen Raum. Sie erblickte die kleine, graue Gestalt mit runzligem, rundem Gesicht wie dem eines häßlichen alten Mannes und großen, runden Nachtaugen. Serroi schrie auf und trat einen Schritt zurück. Der Noris holte sie herein und schob sie fast vor sich her, als sie ihn anflehte, es nicht zu tun, ihre Hände sich an ihn klammerten und Tränen aus ihren Augen strömten. Er benutzte sie, um das kleine Tier in den Tod zu hetzen und es ungerührt über seine Kräfte hinaus zu prüfen. Und wieder verschmolz der Dämon mit dem Tier.

Danach ließ er sie eine Woche in Ruhe, dann rief er sie wieder mit einem anderen Chini in den Raum, den er nun dazu benutzte, den ersten Dämon zu verstärken, indem er die beiden Naturen verschmolz. Woche um Woche starben die Tiere, und Dämonen wurden geschaffen oder gestärkt. Allmählich leerten sich die Käfige im Hof, und langsam wuchs ihre Furcht. Sie flehte den Noris an, doch aufzuhören. Er konnte es nicht verstehen, für ihn war es nur eine Reihe erfolgreicher Experimente. Was zählten da schon ein paar Leben, schließlich gab es immer neue Tiere. Sie wurden jeden Tag geboren, und jeden Tag starben welche.

Serroi kniete neben den großen Sessel, versuchte ihre Trauer zu dämpfen, damit sie ruhig und überzeugend sprechen konnte. »Bitte, Ser Noris.« Sie holte tief Luft und rang um diese trügerische Gelassenheit. »Hast du denn nun nicht genug bekommen, mit dem du arbeiten kannst? Kannst du nicht den Rest leben lassen? Laß mich aufhören. Bitte. Es sind meine Freunde, Ser Noris. Laß mich aufhören.« Sie holte wieder tief Luft und wartete gespannt auf seine Antwort.

»Sieh mich an.« Seine Stimme war hart und spröde. Als sie ihn anschaute, wußte sie, daß kalter Zorn ihn gepackt hatte, der sogar seine Hände zittern ließ. »Du bist das Tor.« Er lehnte sich plötzlich vor und nahm ihren Kopf zwischen seine Hände. Er hielt sie ziemlich vorsichtig, doch bewegen konnte sie sich nicht mehr. »Es sind nur Tiere, Serroi. Ich tue genau das, was ich dir gesagt habe, ich erweitere Grenzen und lerne Dinge, von denen ich niemals etwas gewußt habe. Das mußt du verstehen, Kind.« Zu ihrer Überraschung flehte er sie fast an. »Denkst du noch an den Spiegel, die Bücher und die Versuche, die wir zusammen unternahmen? Du hast Freude am Lernen, Serroi. Wir teilen die gleiche Wißbegier. Es sind nur Tiere, von denen unter natürlichen Bedingungen die meisten bereits einer Krankheit oder einem Raubtier zum Opfer gefallen wären. Wir geben ihrem Tod nur einen Sinn.«

Ihr Kopf ließ sich zwischen diesen Stahl- und Seidenfingern nicht bewegen, so daß sie gezwungen war, zu ihm emporzusehen. »Es sind meine Freunde«, sagte sie. »Und du zwingst mich, ihnen wehzutun.«
Er hielt sie noch einen Augenblick länger, zog dann seine Hände weg, lehnte sich zurück in seinen Sessel und schloß die Augen. Nach einem Augenblick winkte er sie mit einer schnellen, ungeduldigen Bewegung seiner schmalen, weißen Hand von sich fort. »Geh«, sagte er grob. Als sie an der Tür angelangt war, sprach er weiter. »Sei morgen nach dem Mittagessen wieder hier.«

Sie begann sich gegen ihn zu wehren, versuchte, seinem Blick auszuweichen. Es gelang ihr nicht. Sie versuchte, ihren Körper gegen ihn abzuschotten. Es gelang ihr nicht. Sie versuchte, ihn hinauszudrängen, sobald er in ihr war. Es gelang ihr nicht. Sie verausgabte sich völlig bei diesem Kampf und unterlag jedesmal, doch sie gab nicht auf. Sie ertrug es nicht länger, bei der Zerstörung der Tiere und Vögel mitzuwirken, die sie liebte. Und sie spürte während dieses Kampfes, wie sie stärker wurde. Jedesmal, wenn er sie in diesen Raum rief, mußte er mehr seiner Macht anwenden. Doch sie unterlag immer. Ein Käfig nach dem anderen vereinsamte.
Der Innenhof wurde still. Sie konnte gar nicht mehr zu den wenigen Tieren gehen, die ihr noch geblieben waren. Sie hätten sie nicht in ihre Nähe gelassen. Sie hielt sich fern vom Hof. Sie konnte es nicht ertragen, die leeren Käfige zu sehen – oder die noch bewohnten, wußte sie doch nur zu gut, daß die Tiere dort bald zu Tode gequält werden sollten.
Sie litt. Nachdem sie dem Noris ihre Liebe ganz und rückhaltlos geschenkt hatte, war es schmerzlich für sie, gegen ihn anzukämpfen, und noch schmerzlicher, wenn sie seinen eigenen Kummer spürte, wenn sie seinen Zorn fühlte, seinen Vorwurf des Verrats.
Der Frühling ging in den Sommer über. Sie aß und schlief und lag viele Stunden wach über Grübeleien, wie sie ihrem Dilemma entgehen konnte. Eines Tages versuchte sie, die Käfige zu

erklimmen, doch selbst der höchste war noch zu tief unterhalb des Randes der Mauer und ließ sich nicht verrücken. Sie versuchte einen Käfig zu bewegen, schürfte und quetschte sich dabei jedoch nur die Finger. Ohne Werkzeuge könnte sie nichts machen. Sie suchte in ihren Büchern und befragte ihren Spiegel, um alles über die Inselkette der Nearga-Nor herauszufinden, doch sie erfuhr wenig, das sie hätte trösten können. Die Inseln lagen meilenweit im offenen Meer. Sie verstand weder etwas von Schiffen noch konnte sie schwimmen, und sie erinnerte sich nur zu gut der Macht, mit der der Noris Wind und Wasser gebot. Es gab keine Möglichkeit, wie sie hätte fliehen können.

Die Sitzungen dauerten fort. Sie war von dumpfer Trauer befallen und ließ sich von ihm nach seinen Wünschen benutzen. Sie zog sich von ihm zurück und verbrachte ihre Abende nicht mehr in seiner Gesellschaft. Die meiste Zeit verstrich über alptraumgequältem Schlaf, weil der Rückzug in den Schlaf ihr den Kummer ersparte, den ihr die Stunden des Wachseins brachten – und dann rückten die Mauern um sie her immer näher.

Schließlich verfiel sie von Apathie in lautstarke Wutausbrüche, stürzte aus dem Raum und weigerte sich, dorthin zurückzukehren, streifte durch den Hof wie ein kleines Raubtier, bereit, allem, was sich bewegte, die Krallen zu zeigen. Dort fand Ser Noris sie am nächsten Morgen zusammengekauert an der Wasserstelle.

»Du hast die Nacht hier zugebracht.«

»Ja.« Zitternd und elend blickte sie zu ihm empor.

»Komm ins Haus, Serroi. Wasch dich. Iß etwas.«

»Nein.«

Er beugte sich hinab, um ihren Kopf zu streicheln. Sie zuckte zurück. »Serroi ...«

»Nein.«

Sein Gesicht glich einer Maske aus Elfenbein und Ebenholz – bis auf das Glitzern des herabhängenden Rubins. Er richtete sich schnell auf, fast als hätte sie ihn geschlagen. Einen Augenblick lang schwieg er. Als er wieder sprach, klang seine Stimme hart und kalt. »Ganz wie du willst.« Er drehte sich um, machte noch einmal unvermittelt kehrt und streckte den Arm in Richtung einer derben Holztür am Turm aus. »Wohne dort, wenn es sein muß.« Er ging schweren Schrittes und bewußt ohne ein Anzeichen von Eile über die Fließen und verschwand im Turm.

Der Sommer verging, und die Regenzeit kam. Tag um Tag fiel der Regen. Als er schließlich aussetzte, kam der Nebel, und noch mehr Flüssigkeit tropfte von Käfigdecken und Wänden und legte sich auf alles nieder. Die Käfige waren alle leer, ihr Stroh raschelte einsam in den Winden, die manchmal hereingekrochen kamen, um die Nebelschleier vor sich her zu jagen. Serroi blieb in dem zellenartigen Raum in der Turmmauer, und der Stein strahlte eine sanfte Wärme aus, die sie am Leben hielt. Die unsichtbaren Hände brachten ihr Essen und frische Kleidung. Manchmal vergingen Tage, ehe sie die Sonne zu sehen bekam, und wenn es soweit war, konnte sie es nicht ertragen, in den stillen Hof zu gehen und die verwaisten Käfige zu sehen. Sie blieb in dem kleinen, düsteren Loch und brütete.

DIE FRAU: 6

Hände zerrten an ihr. Dinafar brummelte und stieß sie fort, weil sie noch nicht aufwachen wollte. Sie war noch immer müde, ihr ganzer Körper tat weh. Wenn sie nur die Hände bewegte, spürte sie Verspannungen in ihren Muskeln. Man zerrte weiter an ihr. Sie schlug die Augen auf, blinzelte und schrie dann, als sie in das grinsende Gesicht eines Mannes schaute. Er schob seine Hand an ihre zerfetzte Bluse und riß sie herab, um ihren Oberkörper und die kleine Schwellung ihrer jungen Brüste zu entblößen. Sie trat nach ihm, doch ihre Beine verfingen sich in den Falten ihres Rocks. Sie wollte sich ihm entwinden und biß und kratzte ihn, als seine Hände über ihre Brustwarzen fummelten. Sie rollte sich fort und kroch auf die Knie. Mit einem launigen Fluch packte er ihr Handgelenk und riß sie zurück. »Kleine Wilde«, sagte er. »Beeile dich, Lere.« Er

fuhr mit der Hand in ihr Haar und riß ihr den Kopf in den Nacken.
Der Schmerz trieb ihr Tränen in die Augen. Sie krümmte ihren Leib, doch die beiden Männer waren viel zu stark. Der erste, Lere, wie der andere ihn genannt hatte, saß auf ihren Füßen und begann ihre wirren Rockfalten über ihre Knie zu schieben. Ein Brüllen hinter ihrem Kopf entlockte ihm einen gedämpften Fluch. Er setzte sich mit dummem Gesichtsausdruck zurück.
»Ay, Tercel«, sagte er mit erzwungenem Respekt.
»Sten, Lere, weg von der Schlampe. Bindet ihre Handgelenke. Für sowas haben wir jetzt keine Zeit.«
»Ay, Tercel.« Lere schaute die beiden anderen an und brummte: »Ay, ay, ay, nicht das kleinste Vergnügen ist einem vergönnt. Verdammt. Halt sie fest, Sten. Ich hol mal ein Stück von dem blöden Seil.«
Mit gebundenen Händen setzte Dinafar sich gerade rechtzeitig auf, um zu sehen, wie Tercel eine dickfingrige Hand um die Handgelenke der Meie klammerte und sie von sich hielt wie ein stranguliertes Bereg, das er aus der Falle eines Wilderers nahm. Mit maskenhaftem Gesicht hing sie schlaff herab, als hätte seine Kraft sie aller Kampfeslust beraubt. Dinafar war verwirrt. Die Meie hatte niemals einfach aufgegeben. Nicht auf diese Weise. Der Tercel war ein Riese von einem Mann in einer ledernen Uniformjacke und schwarzer Wollhose. Auf seiner faßförmigen Brust prangte in Schwarz und Grün das Wappen von Otas. Seine ganze Kleidung war verschlissen und schmutzig. Er trug mehrere Tage alte Bartstoppeln im Gesicht, das von einem Schmutzfilm und dem gequälten Ausdruck nach Tagen mit langen Ritten und wenig Schlaf gekennzeichnet war. Wenn die stoßweisen Brisen aufkamen, konnte sie seinen schalen Schweißgeruch wahrnehmen. Hinter ihm erkannte sie das Macai der Meie und das ihre, beide gesattelt und neben den drei anderen bereit. Der Tercel schritt auf die Tiere zu, die Meie hing immer noch von seinem ausgestreckten Arm herab. Seine Kraft war phänomenal. *Und seine Eitelkeit ebenso,* dachte Dinafar. *Er zieht für seine Männer eine Schau ab.*
Ohne jede Vorwarnung drehte die Meie ihren Körper nach

oben und herum. Ehe der Tercel sich rühren konnte, rammte sie ihm ihren kleinen Stiefel in den Unterleib.
Er schrie vor Schmerz und Wut, ging in die Hocke nieder und schlug sich die freie Hand vor den Leib. Der andere Arm sackte herab, bis die Meie neben ihm kauerte, ihre Handgelenke immer noch in seiner Umklammerung. Sie wehrte sich wie rasend, um sich zu befreien, trat und schlug aus, doch sie war nicht stark genug. Er hielt sie fest. Sein Gesicht war immer noch graublau angelaufen und glänzte vor Schweiß. Seine Augen schimmerten glasig, er richtete sich ein wenig auf und schleuderte sie von sich weg. Sie landete ganz nahe bei Dinafar und schlug so hart auf, daß Dinafar mitfühlend stöhnte. Sie jedoch fiel und rollte in einer einzigen, flüssigen Bewegung auf die Füße – und verharrte dann reglos, als eine Säbelspitze auf ihr Gesicht gerichtet wurde.
»Sten, schneid der Schlampe die Kehle durch, wenn sie sich rührt.« Der Tercel hockte sich ins Gras, blieb gebückt sitzen und starrte die Meie an. Er fuhr sich mit dem Handrücken übers Gesicht. »Lere, fessle ihr gut die Hände. Wenn sie entkommt, zieh ich dir das Fell über die Ohren.«
Schwitzend und mit zusammengekniffenen Augen beobachtete er genau, wie Sten die Meie zum Sitzen zwang, während Lere sie fesselte. Als sie die Hände nicht mehr bewegen konnte, stand er grunzend auf, blieb eine Minute schwankend stehen und watschelte zu ihr herüber.
Die Meie hob den Kopf und starrte ihn mit ausdrucksloser Miene an. »Wie habt ihr mich gefunden?«
Er richtete den Daumen nach oben. Dinafar folgte der Handbewegung und sah sechs schwarze Vögel über der Lichtung kreisen. »Die Traxim haben das Feuer gesehen und uns benachrichtigt. Trotzdem komisch.« Er blickte finster drein und stieß mit der Stiefelspitze gegen ihr Bein. »Der Sprechertrax sagte, hier wäre nur eine.« Sein Blick glitt über sie hinweg, seine Zunge fuhr über die fleischigen Lippen. »Lybor und ihr Nor wollen dich unbedingt haben, Schlampe. Ich werde genußvoll zuhören, wenn du ihn anflehst, dich zu töten und es damit gut sein zu lassen.«

Die Meie lächelte.
Der Tercel schüttelte den Kopf. »Nein, du wirst keine Gelegenheit haben, dir das Leben zu nehmen. Wir werden gut auf dich aufpassen, nicht wie bei deiner verrückten Freundin.« Als der Meie sichtbar der Atem stockte, entlockte ihm das ein grunzendes Lachen. »Wußtest du das nicht? Nachdem du davongelaufen warst, und die andere den Nor auf sich zukommen sah, riß sie das da raus...« Sein Daumen wies auf das Jagdmesser, das in ihrem Waffengürtel steckte, »und...« er fuhr sich mit der Handkante am Hals entlang. »Gute Nacht, Meie. Der Nor trat sie noch zweimal und war wie von Sinnen vor Wut. Hieß uns, sie aus der Stadt zu schaffen und irgendwo hinzuwerfen.« Er beugte sich vor, fluchte vor Schmerzen vor sich hin, riß sie an den Haaren und zwang sie, zum Himmel hochzuschauen. »Siehst du die da oben? In deren Bäuchen wirst du enden, genau wie die andere.« Er richtete sich auf, wischte die Hände an den staubigen Hosen, betrachtete sie eingehend und genoß ihre Niedergeschlagenheit. Dinafar litt mit ihr und war wütend auf die Gardisten, weil sie so hilflos war. Sie verabscheute sich selbst, weil sie der Szene neugierig lauschte, doch als der Tercel seine quälende Erzählung fortsetzte, fluchte sie doch innerlich über die geringen Informationen, die sie dadurch bekam. »Wir haben die dürre Schlampe rausgeschafft und dort liegenlassen, wo die Macairennen stattfinden. Noch ehe wir wieder an den Stadttoren waren, wimmelten schon die Traxim um sie herum und freuten sich an der frischen Mahlzeit.« Er lachte angesichts des Schmerzes im Gesicht der Meie und des Stöhnens, das ihr diese Worte entrissen. »Wenn der alte Nor mit dir fertig ist, Schlampe, werde ich dich dort draußen pfählen. An der gleichen Stelle. Ich werde mich hinsetzen und zuschauen...« Er wies mit dem Zeigefinger zum Himmel. »Ich werde zuschauen, wie sie dich bei lebendigem Leib auffressen.«
Die Meie ließ den Kopf auf die Arme sinken, ihr zierlicher Körper bebte unter der Wucht der Gefühle, die Dinafar nur erahnen konnte. Der Tercel beobachtete sie voller Zufriedenheit, dann nickte er Sten und Lere zu. »Setzt die Weiber in den Sattel. Höchste Zeit, daß wir aufbrechen.«

Die Meie schwieg, als Sten sie auf ihren Sattel warf. Sie bekam mit ihren gebundenen Händen den Knauf zu fassen und schob ihre Füße in die Steigbügel. Dinafar konnte sehen, daß sie die Augen geschlossen hielt und Tränen ihr Gesicht herabkullerten. Dann fuhren Leres Hände über Dinafars Körper, kniffen ihre Brustwarzen und schoben sich zwischen ihre Schenkel. Sie blieb reglos stehen und fragte sich, was er tun würde, wenn sie sich über ihn erbräche. Auf ein Brüllen des Tercels hin hievte er sie in den Sattel und zog ihren Rock herunter. Sie sah ihm nicht ins Gesicht. Nach einem letzten Tätscheln ihres Schenkels ließ er sie endlich in Ruhe und bestieg das Tier hinter ihr.
Sie ritten einer hinter dem anderen von der Lichtung fort – erst der Tercel, der über seinen Sattel gekrümmt hockte und unablässig vor sich hinfluchte, dann die Meie, dann Dinafar, dahinter Lere und Sten als Letzter. Der Ritt wurde für Dinafar bald zur Qual. Sie spürte jeden überbeanspruchten Muskel von der Anstrengung der vergangenen Nacht. Alles tat ihr weh. Der ganze Körper. Es war nicht wie eine Wunde, bei der sich der Schmerz auf eine einzige Stelle konzentrierte. Ihr tat alles weh bis auf die Knochen. Dabei half es nichts, daß sie die ganze Zeit bergab ritten, auch wenn der Hang nur sehr allmählich abfiel. Sie starrte den breiten Rücken des Tercels an und hoffte, daß seine Schmerzen schlimmer waren als die ihren.
Doch eine Weile später fühlte sie sich etwas besser, die Übung hatte ihr schon etwas von ihrer Steifheit genommen. Und sogleich erwachte auch schon ihre Neugier, und sie schaute sich um. Sie kamen über eine kleine Lichtung zwischen den Bäumen. Über ihnen zogen die großen, schwarzen Vögel gemächliche Kreise. Sie hielt den Blick nach oben gerichtet während sie weiterritten. Wann immer sie ein freies Fleckchen Himmel sehen konnte, waren die Vögel da und folgten ihnen. Dinafar schauderte. *Traxim. Sie fraßen die andere Meie. Sie warnte mich, daß ihr Gefahr bevorstand. Was hat das alles zu bedeuten? Ich wünsche, ich wüßte, was hier vorgeht.* Sie ließ prüfend den Blick über den schmalen Rücken

der Meie wandern und fragte sich, wie sie die Anwesenheit der Vögel ertrug. *Es könnten die gleichen sein; ich hoffe, sie sind es nicht.* Sie biß sich auf die Unterlippe und schluckte, bis der Brechreiz verging.

Durch die Straßen blies ein leichter Wind. Dinafar fühlte, wie er ein paar Strähnen erfaßte, sie wieder sinken ließ, über ihre Haut strich und sie kühlte. Die rotbraunen Locken der Meie wurden wild zerzaust. Sie trug den Kopf hoch erhoben und drehte ihn ein wenig von Seite zu Seite. Sie schaute zurück. Dinafar erkannte ein leichtes Pulsieren auf dem grünen Fleck an der Stirn der Meie, als sie die zwei Gardisten hinter Dinafar beobachtete. Dann drehte sie sich wieder nach vorn. Dinafar schluckte. *Sie hat irgend etwas vor.* Besorgt und aufgeregt klammerte sie sich an den Sattelknauf und wartete, daß die Welt über den Soldaten zusammenbräche. Nichts geschah. Sie ritten weiter und weiter, und nichts geschah.

Sie bogen durch dichte Brellim-Bestände, wo die zweifingrigen Blätter der gedrungenen Bäume im Wind über ihren Köpfen raschelten, und das Laubwerk war so dicht, daß es das meiste Sonnenlicht abschirmte, bis die Prozession sich mit bedrückendem Schweigen im feuchten Zwielicht einen Trampelpfad entlangbewegte, den stampfende Hufe im Laufe der Jahre tief in den schwammigen Boden gegraben hatten. *Hier*, dachte Dinafar. *Mach etwas, Meie. Hier können diese Vögel uns nichts anhaben. Unternimm etwas.* Noch immer tat sich nichts. Sie fragte sich allmählich, ob die Meie den Versuch schon aufgegeben hatte.

Nach einer Stunde im tiefen Schatten wurde der Weg vor ihnen heller. Hier brachen Strahlen der Mittagssonne durch, tanzten mit den Staubkörnchen und überzogen den Boden mit einem Goldschimmer. Der Tercel ritt hinaus ins Sonnenlicht, und seine massige Gestalt zeichnete sich in den staubigen Goldtönen schwarz ab. Als Dinafar blinzelnd und halb geblendet auf die Lichtung hinausritt, sah sie, wie die Meie sich ruckartig aufrichtete und ihr Macai zum Stehen brachte.

Hinter Dinafar wieherte ein Macai los, ein schrilles, heiseres Wiehern, das sich mit dem der beiden anderen vermischte, als die Reittiere der drei Männer sich aufbäumten, sich zuckend herumwarfen, ihre Reiter abschüttelten und zu Boden schleuderten. Schreiend und in wahnsinniger Raserei kehrten sich die Tiere gegen ihre Herren und versuchten, sie niederzutrampeln. Einer traf den Tercel mit dem Hinterlauf am Hals und riß ihm den Kopf ab, so daß dieser weit über die Lichtung und auf der anderen Seite wieder in den Schatten flog. Ein zweiter Tritt traf Leres Brust, ließ ihm die Rippen brechen und riß einen langen Streifen Fleisch und Kleidung heraus. Sten war behende genug, sich fortzurollen und auf die Beine zu kommen. Er rannte auf Dinafar zu, die fassungslos das plötzliche Blutbad beobachtete und zu erschrocken war, um sich auch nur zu rühren.

Etwas abseits machte die Meie sich an ihrem Waffengürtel zu schaffen und versuchte mit ihren gebundenen Händen, das Messer aus der Scheide zu ziehen und die Fesseln zu durchtrennen. Sie blickte hoch und sah, was geschah. »Dina, weg dort!«

Dinafar kam plötzlich zu sich, erkannte die Gefahr und jagte ihrem Macai die Fersen in die Lenden, doch es war zu spät. Sten erwischte ihren Rock und riß sie aus dem Sattel. Sie bekam keine Luft mehr, als sie auf den Boden aufschlug. Sie versuchte seine Hände abzuwehren, doch er war zu schnell für ihre ungeschickten Verteidigungsversuche. Er packte sie an den Haaren und hielt sie am Boden. Sie gab die Gegenwehr auf, als sie kaltes Metall an ihrem Hals spürte.

»Steig ab, Meie.« Stens Stimme klang heiser. Er war verängstigt und wütend, so wütend, daß seine Stimme bebte. »Messer. Gürtel. Laß alles fallen.«

Die Meie glitt von ihrem Pferd herab. Ihre Hände waren frei, mehrere Stücke Seil fielen zu Boden. Sie blickte hinab auf das Messer in ihren Händen, dann ließ sie es vor ihre Füße fallen. Mit ausdruckslosem Gesicht und zitternden Fingern löste sie den Waffengürtel, blieb im aufgebrochenen Kreis des Lederstreifens stehen und schaute gequält drein.

»Komm hierher. Keine Tricks mehr. Wenn ich sehe, wie eines dieser Biester sich rührt...« Der Säbel strich über Dinafars Schulter ihre Arme hinab und verharrte dann auf ihrem Handgelenk. »Wenn ich irgend etwas Komisches sehe, hat das Mädchen keine Hand mehr.«

»Ich höre«, sagte die Meie dumpf.

Als Dinafar den Kummer der zierlichen Frau spürte und ahnte, daß es etwas mit der toten Meie, ihrer Freundin, zu tun hatte, war sie es leid, nur Mitreisende und Last zu sein – und zwar in solchem Maße leid, daß es sie zur Tollkühnheit trieb. »Nein!« schrie sie. Mit den starken Muskeln ihrer Oberschenkel kämpfte sie ihren Körper hoch und riß im gleichen Augenblick ihr Handgelenk unter der Säbelklinge fort. Ohne auf ihre Kopfschmerzen zu achten, wirbelte sie herum, stach mit den Fingern nach Stens Augen und kratzte ihm blutige Spuren ins Gesicht. Er ließ ihre Haare los, lehnte sich fluchend zurück und riß die Hand empor, an der blutige Strähnen schwarzen Haars klebten. Als Dinafar fortkroch und sich auf die Füße hochkämpfte, erhob Sten sich mit gezücktem Säbel aus der Hocke in eine leicht ausbalancierte Haltung. Er lächelte. »Komm schon, Miststück. Ich warte.«

Dinafar preßte sich die Hand vor den Mund, während sie zusah, wie die Meie im langsamen Bogen um Sten herumschlich. Sie mußte einem der Toten den Säbel abgenommen haben, während sie Sten abgelenkt hatte. Die Meie hielt ihn vor sich und sah aus wie ein Kind, das mit der Waffe seines Vaters spielt, konnten ihre kurzen Finger doch kaum den Knauf umschließen. Es sah aus, als müßte er zu groß und zu schwer sein, als daß ihr dünner Arm ihn heben könnte. Ihr Gesicht wirkte angespannt, als sie sich auf den Mann vor ihr konzentrierte, sich knapp außerhalb seiner Reichweite hielt, beobachtete und abwartete. *Wie dieser erste Kappra,* dachte Dinafar. *Sie reizte ihn, bis er den Fehler beging, der ihn das Leben kostete. Den hier wird sie auch töten. Er ist größer als sie, schwerer als sie und muß mindestens drei- bis viermal stärker als sie sein, und trotzdem wird sie ihn töten.* Sie strich sich mit nervösen Händen die Haare aus dem Gesicht, zuckte zusammen, als ihr die geschundene Kopfhaut wehtat und sah zu, wie der Todestanz seine langsame und vorsichtige Schrittfolge entwickelte.

Sten machte einen Ausfall und schlug mit lässiger Arroganz den Säbel der Meie beiseite, wobei ihr beim Ausweichen die Spitze seiner Klinge eine kleine Wunde schlug. Ein Blutrinnsal drang aus ihrer abgetragenen Lederjacke. Ihr Gesichtsausdruck blieb unverändert. Wieder griff Sten an und setzte seine ganze Kraft ein, um sie mit schnellen Hieben zu überwinden. Sie wich zurück, versuchte gar nicht, ihn abzuwehren, sondern beobachtete ihn nur und wich aus. Er jagte sie über die Lichtung und versuchte, an sie heranzukommen, doch sie war zu schnell, tanzte ihm mit unverschämter Leichtigkeit davon und wich den Leichen der Gardisten und anderen Hindernissen aus, als hätten ihre Füße Augen.
Sten hinkte allmählich mit seinem rechten Bein. *Er hat es verletzt*, dachte Dinafar, als er von dem Macai stürzte. Sie sank auf die Knie und schaute den Zweikämpfern zu, die sich im Kreis dahinbewegten, und strich abwesend die langen Haarsträhnen weg, die der Wind ihr ins Gesicht wehte. Sten strauchelte kurz, die Meie jagte an seinem Säbel vorbei und schlug nach seinem Arm – ein kleiner Sieg, der sie einiges Blut kostete, als sie davonschoß. Er begann nun schwerer zu hinken. Mehrere Male gelang es der Meie, ihm blutige Wunden zuzufügen und selbst unverletzt davonzukommen. Sie lachte jedesmal, daß ihm das Blut vor Zorn zu Kopfe schoß und seinen Angriffsrhythmus störte. Sie reizte ihn zu kopflosen Attacken. Beim letzten Mal blieb sie ganz in der Nähe des enthaupteten Leichnams von Tercel mit ihm zugekehrtem Rücken stehen. »Eine einzige, kleine Frau«, verhöhnte sie Sten. »Komm, hübscher Schwächling, tanz für mich.«
Er stürzte auf sie zu, vergaß sein schwaches Bein und alles andere außer seinem Bedürfnis, sie niederzuschlagen. Sie wollte zurückspringen, blieb mit der Ferse an Tercels Knie hängen und stürzte rückwärts über den Leichnam. Entsetzt hielt Dinafar den Atem an und preßte die Fäuste gegen ihre Schenkel.
Als Serroi fiel, stieß Sten einen Triumphschrei aus, machte einen weiten Satz und landete auf seinem verletzten Bein, das unter ihm nachgab. Er knickte ein und kniete im Staub. Ehe er sich rühren konnte, war die Meie mit einer eleganten Rolle

wieder auf den Beinen. Sie sprang über Tercel und schlug im Vorbeifliegen nach Sten, doch ihr Hieb wurde teilweise von dem Säbel abgewehrt, den er noch instinktiv hochriß. Dann stand sie hinter ihm und schlug wieder zu. Ihr Säbel traf ihn am Hals und trennte säuberlich den Kopf vom Körper. Als er langsam über Tercels Beinen zusammensackte, schleuderte sie den Säbel fort, kniete neben ihn und stimmte leise den Bittgesang für den Toten an.

Dinafar kam wieder zu Atem. Friede kehrte auf der Lichtung ein. Die Macai weideten ruhig, die Leichen der drei Männer ergossen ihr Blut in die Erde, und die kleine Meie sprach über jedem ein Gebet. Dinafar wischte sich den Schweiß vom Gesicht und schaute dann empor, als sie hinter und über sich ein leises Zischen vernahm. Einer der Traxim war tief herabgesegelt und schwebte über ihrem Kopf. Einen Augenblick später schlugen die schwarzpelzigen Flügel heftig, als das Tier kreisend zu den anderen emporstieg. Unter ihren Augen legte ein zweiter Traxim die Flügel an und schoß zu der knienden Meie herab. »Über dir«, schrie Dinafar. »Der Trax!«

Die Meie schaute hoch und rollte gerade noch rechtzeitig zur Seite. Der Trax verfehlte sie, doch schon kam der nächste, und ein dritter folgte ihm. Und noch einer. Sie packte den weggeworfenen Säbel und sprang mit einer wundervollen Körperbewegung, die Dinafar kaum glauben konnte, auf die Beine.

Als der zweite Vogel auf sie niederstieß, holte die Meie mit dem Säbel gegen ihn aus, wehrte ihn ab und verletzte ihn so, daß aus einem seiner kurzen Beine Blut strömte. Mit einem wilden Schrei flatterte der Vogel heftig und stieg in eine Höhe, wo sie ihn nicht mehr treffen konnte. Ein dritter griff an.

Dinafar schaute sich um. Ihr Blick fiel auf den Säbel, den Sten benutzt hatte. Sie schnappte ihn, schwenkte ihn unbeholfen und versuchte, Spitze und Klinge so einzusetzen, wie sie das bei der Meie sah. Das Gewicht des Säbels überraschte sie. Sie war so ungeschickt damit, daß sie vor Frustration fast geweint hätte. Sie senkte die Spitze, bis diese im Gras ruhte und wischte ihr verschwitztes Gesicht ab. Die Vögel stießen auf die Meie herab, gingen mit den Krallen auf ihr Gesicht los und hackten mit den Schnäbeln, wobei sie ihre häßlichen, grellen Angriffsschreie ausstießen. Dinafar umfaßte den Säbelgriff, biß die Zähne zusammen und rannte mit der festen Absicht, etwas zu unternehmen, auf den Tumult zu. Was genau, wußte sie noch nicht.

Irgendwie sah die Meie sie und erkannte ihre Absicht. Sie stieß die Worte einzeln und keuchend hervor und rief zwischen den Säbelhieben: »Dina... hinter mich... versuch nicht... zu treffen... halt den Säbel... mit der Spitze... nach oben. Uff! Halt mir... den Rücken frei!«

Drei von den Vögeln befanden sich hier unten, flatterten herum und griffen Beine mit ihren scharfzähnigen Schnäbeln an. Dinafar wollte sie erst nicht beachten, doch dann trat sie nach ihnen, als die Vögel um sie herumkrächzten. Sie tat, was die Meie ihr gesagt hatte, sie hielt ihren Säbel empor, versuchte ihn ruhig zu halten und sich darauf zu konzentrieren, wie die Meie sich konzentriert hatte und setzte Kräfte frei, von deren Existenz sie bislang nichts gewußt hatte. Wieder begannen Zähne nach ihren Fußknöcheln zu schnappen. Sie schrie auf, trat, konnte sich jedoch nicht von dem Vogel befreien. Die Meie schlug einem Angreifer ein Bein ab, sah sich um, schrie angewidert auf, durchschlug mit einem einzigen, kräftigen Hieb der blutigen Klinge den Hals des Vogels und war sogleich wieder dabei, die anderen abzuwehren. Dinafar trat den abgetrennten Kopf fort, reckte ihren Säbel höher und versuchte ihr Schwindelgefühl niederzukämpfen, als der schwarze Körper zu ihren Füßen brodelte und zuckte und sich in Unrat und stinkende, schwarze Dämpfe auflöste.

Nach anstrengenden Minuten eines Kampfes, der viel Getöse und Gestank mit sich brachte, brachen die letzten beiden Traxim den Angriff ab und stiegen auf, um am Himmel über ihnen zu kreisen. Die Meie beobachtete sie mit finsterem Gesicht. Sie tötete einen zu Boden geschlagenen Vogel mit einer müden Armbewegung, rammte die Säbelspitze in die Erde und stützte sich darauf. Sie atmete schwer, blinzelte, um die Schweißperlen von ihren Augen wegzuwischen und betrachtete mit düsteren Blicken die Unratpfützen, wo zuvor die Vögel gewesen waren. Mit einem angewiderten Ausruf richtete sie sich auf und humpelte zu ihrem Waffengürtel. Sobald sie ihn umgeschnallt hatte, schloß sie die Finger der einen Hand um den kleinen Beutel, der an ihrer Seite herabhing und warf den Kopf zurück, um die kreisenden Vögel zu beobachten.

Dinafar trat nach einem verletzten Trax, der boshaft nach ihren Knöcheln schnappte. Ungeschickt ließ sie ihren Säbel auf den sehnigen, nackten Hals fallen. Der Trax quietschte und hüpfte mit wackelndem Kopf und blutendem Hals davon. »Ich kann das verfluchte Ding nicht umbringen«, stöhnte sie, hob den Säbel erneut, jagte den flatternden, kreischenden Vogel über die Waldschneise und hackte tolpatschig nach dem zähen Hals. Schließlich schaffte sie es, die Klinge so niederzuschmettern, daß sie das gummiartige Fleisch durchtrennte. Sie betrachtete angeekelt die blutbesudelte Waffe, ließ sie fallen und hinkte zurück zur Mitte der Lichtung.

Die Meie blickte immer noch zum Himmel. Oben flatterten und kreischten die Traxim und wirkten augenscheinlich verwirrt. Während Dinafar zu ihnen emporgaffte, drehten sie eine letzte Runde über der Lichtung und schossen dann blitzartig Richtung Norden davon. »Warum tun sie das?«

Die Meie entspannte sich und wischte sich den Schweißfilm vom Gesicht. »Sie können mich nicht mehr sehen.«

»Ach.« Dinafar runzelte die Stirn. »Wie?«

»Später.« Sie streckte sich, ächzte und massierte ihren Nacken. »Willst du einen dieser Überröcke?«

Dinafar schaute an ihrem nackten Oberkörper hinab und errötete. Hastig streifte sie Sten den Heroldsrock ab, wobei sie Ekel vor dem schlaffen, nachgiebigen Leichnam empfand. Dann zog sie sich den Rock über den Kopf und schauderte angesichts der Blutflecken. Die Meie lächelte erschöpft. »Bis heute abend werden wir etwas Sauberes für dich gefunden haben.« Sie gähnte. »Heilige Jungfrau, bin ich müde! Trotzdem können wir nicht hier bleiben. Hilf mir, diese Macain abzusatteln.«

Sie ließen die Leichen im Gras liegen und ritten in die Deckung der Bäume zurück. Gelegentlich sprachen sie über Nebensächlichkeiten, unbedeutende Dinge, nichts Persönliches, dann wieder schwiegen sie und blieben in sich gekehrt. So führte die Meie Dinafar in der zunehmenden Hitze und Feuchtigkeit des fortschreitenden Tages über die gewundenen Trampelpfade der Tiere. Im Laufe des Nachmittags hatten sie die Baumgrenze hinter sich gelassen und überquerten nun sträucherbewachsenes Hügelland. Eine Stunde später gelangten sie an einen breiten Bach mit sauberem, kaltem Wasser. Sie machten Halt, um zu trinken und ganze Schmutzschichten herunterzuwaschen – die Macain wirbelten beim Reiten Wolken roten Staubs auf, der sich in jede Pore setzte. Die Meie verfiel in ernstes Schweigen. Dinafar konzentrierte sich darauf, ihre Kräfte zu sammeln. Beide Frauen ritten nur weiter, weil sie keinen Platz für eine Rast fanden.

Kurz vor Sonnenuntergang zog die Meie ihr Macai an den Zügeln, beugte sich nach vorn und lauschte angespannt. Nach einem kurzen Augenblick konnte Dinafar vor ihnen ein gedämpftes Dröhnen hören; der Bach stürzte nicht allzu weit entfernt über eine Klippe.

Am Rande des Felsens machten sie nochmals Halt, wo der Bach einen kleinen Wasserfall bildete, sich unten in Nebel auflöste und sich dann durch ein mit Findlingen durchsetztes Bett auf das Stenda-Anwesen und dessen Nebengebäude zuschlängelte, die sich in dem lieblichen, grünen Tal, das sich unter ihnen entfaltete, zusammendrängten. Die meisten Pferche an den Scheunen waren bis auf Staub und verstreutes Stroh leer; in einem stand jedoch ein Macai an einem Wassertrog und hatte einen Fuß vorsichtig angewinkelt. Ein Fohlen schmiegte sich an seine Seite. Das Haus selbst war mit Läden geschlossen, nichts regte sich. Die Meie äugte vorsichtig zur Sonne und ritt dann auf der Suche nach einem Weg ins Tal an der Klippe entlang. Dinafar folgte ihr und hoffte, das Haus möge Ruhe und Essen bedeuten.

DAS KIND: 6

Serroi brütete in einem Nest aus Decken. In der Zelle waren schmutzige Kleider und verfaulendes Essen verstreut. Die Hände brachten ihr zwei Mahlzeiten täglich, und einmal wöchentlich schleppten sie sie zum Wasserhahn im Hof, zogen ihr die schmutzigen Sachen aus und schrubbten sie sauber. Kühl und unbeteiligt hielten sie das Mädchen für den Noris, der sie offenbar nicht aufgeben wollte, gesund und am Leben. Im übrigen konnte sie tun und lassen was sie wollte.

Ein Rascheln durchbrach die bedrückende Stille. Sie beobachtete, wie eine große Schabe mit Hilfe ihrer Vorderbeine ihren langen, flachen Körper aus einer der vielen Spalten an der Seitenwand der Zelle zwängte. Sobald sie im Freien war, schüttelte sie sich, klapperte mit ihrer Flügeldecke und blieb dann einen Augenblick sitzen, um ihre Fühler zu putzen. Ihr absurdes Gehabe überraschte Serroi derart, daß sie zu kichern anfing. Die Schabe huschte in die Ritze zurück. Als Serroi ganz still sitzen blieb und keine weiteren Geräusche machte, streckte die Schabe wieder den Kopf heraus, schaute sich vorsichtig um und kam dann mit einer Serie schneller, eckiger Bewegungen heraus und verharrte mit zuckenden Fühlern und kreisenden, schwarzen Augen in einer clownhaften Imitation von intelligentem Verhalten dicht an den Stein gepreßt. Ein leises Zischen entfuhr ihr trotz aller Anstrengungen, das Lachen zu unterdrücken. Das Geschöpf drehte seinen fadendünnen Hals und schien sie indigniert anzuschauen. Sie lehnte sich auf ihre Decken zurück und brach in Gekicher aus.

Die Schabe erhob sich auf schwirrenden, ausgespannten Flügeln, kreiste ungeschickt und landete dann neben einem Essensrest auf dem Boden. Sie ließ die Flügel unter die Chitindecke zurückschnellen und wackelte auf einen großen Krümel zu. Schließlich stieg sie mit den Vorderbeinen auf das Brot und verharrte mit zuckenden Fühlern und hin- und herdrehendem Kopf, bis sie sicher war, daß kein anderes Tier hier lauerte, um ihr den Bissen wegzuschnappen. Beruhigt ließ sie sich neben dem Krümel nieder und begann zu fressen. Serroi legte sich

flach auf den Bauch, stützte den Kopf in die Hände und sah zu, wie die Schabe ihr Brot knabberte.
Als das Insekt seine Mahlzeit verzehrt hatte, flog es auf einen der Bettpfosten hinauf, wo es wie ein Eroberer Stellung bezog und sein neues Königreich überblickte. Serroi rutschte vom Bett, zog ihre Kleider an und achtete dabei darauf, ihre neue Begleiterin nicht durch plötzliche Bewegungen zu erschrecken. Zum ersten Mal seit Tagen war sie ungeduldig mit sich und ihrer Umgebung.
Vor einigen Monaten hatten ihr die Hände ungefragt ein paar Putzutensilien gebracht, einen Schrubber, eine Scheuerbürste, einen alten Eimer und einen Topf Schmierseife – alles stand unberührt in einer Ecke. Nun riß sie den Deckel des Topfes herunter, warf einen dicken Klumpen Schmierseife in den Eimer und runzelte wegen des säuerlichen Geruchs die Nase. Sie schaute nach der Schabe, kicherte, ging hinaus und ließ die Tür hinter sich offenstehen.
Den ganzen Morgen schrubbte sie ihre schmutzigen Kleider, zog jedes Stück durch das Seifenwasser und schlug es dann heftig auf die Steine, wie ihre Mutter das an den Bächen des Nordens gemacht hatte. Sogar das, was sie am Leibe trug, zog sie aus und wusch es. Dann spülte sie alles unter dem Wasserhahn und hängte es an den Käfigen zum Trocknen auf.
Als sie hineinging, kroch die Schabe an einer Wand entlang. Sie schwirrte zu dem Bettpfosten, drehte den Kopf, wenn Serroi sich bewegte und beobachtete mit ihren Insektenaugen, wie sie die Zelle schrubbte. Sie sah zu, wie sie Wände und Decken putzte, das Bett neu bezog und Decken auf ein Regal stapelte. Sah zu, wie sie sich mit ihrem Haar abmühte, es ungeschickt wusch, den Eimer mehrere Male versehentlich umstieß und das Zimmer mit Seifenwasser überflutete. Sie saß majestätisch auf ihrem Bettpfosten, als Serroi die Bürste nahm, um das Wasser aus der Tür zu schrubben.
Während sie wartete, daß ihre Kleider trockneten, kroch die Schabe die Wand empor und schlüpfte wie ein kleiner Schaben-Nor im nachgiebigen Gestein seiner Bleibe in Ritzen und wieder heraus. Doch häufig saß sie auf dem Bettpfosten, neigte

aufmerksam den dreieckigen Kopf und ließ wichtigtuerisch die Fühler zucken.
Als die Tage verstrichen, begann Serroi, sich mit der Schabe zu unterhalten. Sie erzählte ihr Geschichten, einige aus der Erinnerung an die langen Winternächte in den Vinatlederzelten in der Tundra, andere, die sie in den Rollen des Noris gelesen hatte. Die langsamen Kopfbewegungen des Tieres erweckten die Illusion eines intelligenten Zuhörers und gaukelten ihr eine echte Unterhaltung vor. Manchmal stauten sich wehmütige Erinnerungen in ihr an, und sie kauerte sich auf dem Bett zusammen. An solchen Tagen pflegte die Schabe aus ihren Spalten zu kriechen und sie mit dem Ausdruck althergebrachter Weisheit zu beobachten. Sie wußte, das war wie alles andere Illusion, nur Einbildung, doch wenn diese Augenblicke verstrichen, fühlte sie, wie tiefe Ruhe sie überkam. Sie wurde es müde, ihre Geschichten zu wiederholen, also begann sie, neue zu erfinden. Die heroischen Abenteuer eines Mädchens mit einer riesenhaften Schabe. Mit einem Mädchen, wie sie es gerne gewesen wäre, nicht dem kleinen Tier, das in der Falle saß. Sie erlebten grandiose Abenteuer in einer Welt aus Träumen und den Bildern, die sie in ihrem Zauberspiegel gesehen hatte.
Als der lange Winter seinem Ende entgegenging, fühlte sie in sich eine gewaltige Veränderung. Sie begann nach draußen zu gehen, über die Käfige zu klettern und sie nach Holz und Steinen zu durchstöbern. Irgendwie waren ihre Wunden im Laufe der langen Tage des Träumens verheilt. Die leeren Käfige jagten ihr keine Angst mehr ein. Sie war erwacht und wie die Blumen und Gräser nach jedem tödlichen Winter in der Tundra neugeboren. Sie stapelte ihre Fundstückchen auf dem Käfigdach, doch selbst ihre beste Konstruktion ließ zwischen ihren ausgestreckten Händen und dem Rand der Hofmauer noch eine Körperlänge Abstand. Nach ihrem letzten Versuch saß sie auf dem Dach, ließ ihre Beine über den Rand baumeln, schenkte dem aufkommenden, feuchten Nebel, der sie in Gräue hüllte, keine Beachtung und fragte sich, was sie nun tun sollte.
In dem Nebel erblühte etwas Dunkles und schob sich wie ein

schwarzer Finger zum Himmel. Sie sah gelassen zu und überlegte, was da wohl geschah. Hoch über der Nordmauer wirbelte und blähte sich der schwarze Rauch und verfestigte sich bald zur Gestalt eines riesigen Nor mit schwarzem Gewand und bleichen Händen und Gesichtszügen. Die nebelhafte Gestalt hob eine Hand und schleuderte Blitze gegen den Turm. Serroi stockte der Atem. Hastig rutschte sie über den Rand des Käfigdachs und schwang sich an den Stangen hinab zu Boden. Als sie wieder emporschaute, erkannte sie einen zweiten Rauch-Nor im Süden. Diese Gestalt schleuderte einen weiteren Blitz gegen den Turm. Er traf hoch an der Seite auf, spaltete sich und fuhr als Lichtring um das Gestein. Voller Furcht rannte Serroi in die Zelle und schlug die schwere Holztür hinter sich zu.

Den ganzen Winter über strahlten die Wände ihrer Zelle eine sanfte Wärme aus, die sie am Leben hielt und ihr Behaglichkeit schenkte. Während die Tage verstrichen und die Attacke anhielt, begannen die Wände vor Hitze zu glühen, so daß der Nebel an ihnen kondensierte, sich mit anhaltendem Zischen in Dampf verwandelte und ihr Loch in der Mauer unerträglich wurde. Sie kauerte auf dem verschwitzten Haufen auf ihrem Bett und sah sich um. Die Schabe war irgendwo verschwunden, vielleicht hatten die Rinnsale, die die Wände herabströmten, sie vertrieben. *Ich kann nicht hierbleiben*, dachte sie. Sie wischte sich über die Stirn und strich sich das strähnige, triefende Haar aus dem Gesicht. *Ich kann hier nicht bleiben.*
Unglücklich und ängstlich schleuderte sie den Eimer in den Hof hinaus, blieb einen Augenblick stehen und beobachtete, wie er auf den Wasserhahn zurollte. *Immer noch Nebel. Irgendwo da oben scheint die Sonne.* Sie zuckte zusammen, als die dunklen Gestalten außerhalb der Mauern sich regten, sah sie umherziehen, zusammenkommen und auseinandergehen und wie Gewitterwolken bedrohlich den Turm überragen. Wieder drinnen grub sie alle Decken und Laken aus, die sie finden konnte und begann, die Schabe zu suchen. Sie suchte lange Zeit, ehe sie schließlich Decken und Laken bündelte und sie über den Hof zu dem großen Käfig schleppte, wo vergangenen Frühling der

Sicamar so ruhelos auf- und abgegangen war. Im Innern des Käfigs befanden sich Baumstämme und breite Sitzflächen aus gemasertem Gestein, das sie vor der sengenden Hitze schützen und ihr ermöglichen würde, in diesem Ofen zu überleben. Sie breitete eine Decke auf dem Gesims aus, wo der Sicamar immer geschlafen hatte, warf die übrigen Sachen in eine Ecke des Käfigs, zögerte wegen der offenen Tür, warf rasche Blicke zu den wogenden Gestalten und fragte sich derweil, warum ihr Noris nichts unternahm. Sie ging schnell zum Wasserhahn über die Steinfliesen, die durch ihre Schuhsohlen hindurch sengend heiß waren. Sie füllte den Eimer, rannte damit zurück und biß die Zähne zusammen, um den stechenden Schmerz zu ertragen.
Die Tage vergingen.
Während der langen Nächte schienen die Wände glutrot, und die Luft im Innenhof war kaum mehr zu atmen. Sie war hungrig. Sie hatte nichts zu essen. Den ganzen Tag und die ganze Nacht waren die Hände nicht erschienen.
Sie warf Decken und Laken wie Trittsteine in einem Wasserlauf vor sich aus, als sie irgendwann nach Mitternacht – ohne Monde und Sterne war das schwer zu bestimmen – noch einmal zum Brunnen ging. Sie tanzte von einem Bein auf das andere, als die Hitze durch die Decken glühte, während sie darauf wartete, daß das Rinnsal mit dem schier kochenden Wasser endlich den Eimer füllte. Im Norden und Süden konnte sie immer noch die hohen Gestalten der Norim als zwei schwarze Säulen erkennen. *Morgen wird es schlimm werden,* dachte sie, blickte wütend in Richtung Turm und fragte sich erneut, warum der Noris nichts unternahm. *»Er hat doch keine Angst. Er kann keine Angst haben.«* Sie starrte den Riesen im Norden an. *Er wird schon kommen, wenn er bereit ist.*
Morgendämmerung. Sie rutschte unruhig umher, da die Steine fast unerträglich heiß geworden waren. Zweimal ging sie Wasser holen. Der Tag dauerte an, dauerte endlos an.
Und ging schließlich zu Ende. Die Sonne ging unter. Die Monde erblühten seit Tagen zum ersten Mal, eine lange Reihe

opaliner Scheiben und Sicheln über Turm und Hofmauern, die in stumpfem Rot glühten. Serroi lag auf ihrem Haufen verkohlender Decken und versuchte zu schlafen. Sie hatte keinen Hunger mehr, die Magenschmerzen waren weg und hinterließen Schwindelgefühle und gleichzeitig eine außergewöhnliche Klarheit des Geistes. Sie blickte zwischen den Gittern hindurch zu dem Riesen im Norden, der ruhig und eindrucksvoll dastand. *Das ist eine Herausforderung, eine Prüfung seiner Macht.* Sie rührte sich ein bißchen, fiel fast von dem wankenden Decken- und Lakenberg und holte vor Schmerz tief Luft, als ihr Arm den Stein streifte. Sie barg ihn in ihrem Schoß und späte hinaus zu dem Schattenriesen. *Er fürchtet sich. Sie fürchten sich beide. Mein Noris läßt sie da draußen stehen und schmoren. Er sitzt mit seinen Tierdämonen in diesem Zimmer und wartet, bis sie zu schwanken beginnen.*

Nach einer Weile schien es ihr, als hätte die Luft sich abgekühlt. Das Gestein hinter ihr war eindeutig kälter. Schließlich stieß sie die Decken und Laken vom Sims und streckte sich zum Schlafen aus.

Bei Morgendämmerung setzte sie sich auf. Ihr Kopf schmerzte, ihr Mund war trocken und ihre Lippen aufgesprungen. Sie nahm den Eimer und schleppte sich über die abkühlenden Fliesen zu dem Wasserhahn. Als sie an dem Hebel zog, strömte das Wasser kräftiger heraus als zuvor – und Tropfen spritzten an ihre Beine – kühle Tropfen. Sie lachte vor Vergnügen und hielt die Hand in den Strahl, spritzte sich Wasser ins Gesicht und schauderte vor Vergnügen, ihren überhitzten Körper zu erquicken. Wieder lachte sie, hob den Eimer über den Kopf und tanzte herum, als das kalte, klare Wasser über sie stürzte. Sie füllte den Eimer ein letztes Mal und machte sich auf den Rückweg zum Käfig.

Ein dröhnendes Lachen schallte über den Himmel. Sie stellte den Eimer neben sich ab und sah staunend zu, wie die Schattenriesen um den Turm glitten und an ihr vorbeistarrten. Sie wandte sich um.

Hinter dem Turm erhob sich ein dritter Riese. Ihr Noris.

Blitze zuckten wie gezackte Speere auf ihn zu. Er hob eine

mächtige, durchscheinende Hand und lenkte den Blitz lässig ins Meer, als ein grünlicher Nebel aus dem Turm heraufstieg und sich um ihn ringelte, bis er halb im bleichen Schimmer von der Farbe der Gischt eines Sommerteichs verborgen war. Er rührte sich erst gar nicht, als der Schattenriese ihm einen zweiten Blitz entgegenschleuderte. Der traf auf das Grün und erlosch – ohne ein Prasseln, Zischen oder sonst ein Zeichen von Widerstand, nein, er erlosch einfach.

Serroi sah fasziniert zu. Ihr triefendes Haar wehte ihr in die Augen, und angesichts der Macht, die die Luft zum Summen brachte, pochte ihr Augenfleck schmerzvoll.

Blitze krachten und schossen umher und richteten so großen Schaden an wie ein sanfter Frühlingsregen. Gegenstände flogen heulend an ihrem Noris vorbei, Dämonen und Feuerdrachen, Wassersäulen und anderes, das sie nicht benennen konnte, ja das zu sehen sie sich kaum eingestehen mochte. Der Noris registrierte das alles mit großer Erheiterung und Verachtung. Nichts konnte ihn treffen. Die Angriffe prallten an dem grünen Rauch ab und lösten sich in Wohlgefallen auf.

Die beiden Bilder waren einen Augenblick lang transparent, dann verschmolzen sie zu einem dichten, massiven, gefährlichen – zu einer schrecklichen Gestalt, die ein Triumphgeheul ausstieß, das über den Himmel klang und mit vielfachen Echos verhallte. Der Riese hob die Arme hoch empor. Zwischen seinen Händen bildete sich eine schwarze Wolke – eine wogende, sich kringelnde Wolke, die emporstieg, sich zurückzog und wieder aufstieg.

Ser Noris trat einen Schritt zurück und dann noch einen, als die Wolke auf ihn zuschwebte. Sie sah bekümmert zu, vergaß im Eifer des Gefechts ihren Haß und wußte nur noch, daß sie ihn liebte, daß er ihr Vater und Mutter und Lehrer war, trommelte sich auf die Oberschenkel und schrie dem Riesen ihren Zorn entgegen. Dann starrte sie mit offenem Mund, als ein großes, durchscheinendes Tier an den Himmel sprang und sich neben Ser Noris stellte, um der schwarzen Bedrohung seine Kampfansage entgegenzuknurren – der Chinidämon, der viel intensiver grün erstrahlte, als die Aura um den Noris. Er beugte sich

hinab, tätschelte den Kopf des Dämonen und deutete auf die geblähte Finsternis.
Das Tier sprang die Wolke an und riß sie in harmlose Fetzen, sprang immer wieder hindurch, schlug mit den Pfoten danach und wirbelte herum, bis von der Wolke nur noch winzige Partikel übrig waren, die sich in Nichts auflösten. Knurrend und wie mit gesträubtem Kupferdrahtfell auf dem körperlosen Rücken schlich er um die Nor-Verschmelzung, packte den nach ihm geschleuderten Blitz mit grausamen, gelben Zähnen und zerbiß ihn zu stiebenden Lichtfunken, die wie ein Glitzerregen über der Insel niedergingen und sich in den Stein fraßen.
Die Verschmelzung löste sich sogleich in ihre beiden Bestandteile. Sie wollten enteilen, konnten jedoch nicht. Wohin sie sich auch wandten, die Bestie lauerte überall. Sie wehrten sich, schrien vor Schmerz und vergossen schwarze Ströme wie Blut, wenn das Tier an ihren Rauchkörpern riß. Ihr Widerstand wurde schwächer und schwächer. Sie versuchten nur noch zu fliehen, doch das war ihnen nicht vergönnt. Das Bild ihres Noris wurde immer stärker und schwärzer, je mehr die Angreifer verblaßten, so als entzöge er ihnen alle Kraft. Als sie ins Nichts dahinschmolzen, lächelte er. Der Tierdämon hob den Kopf und jaulte, dann trottete er zu seinem Herrn zurück. Der Noris kraulte ihn hinter den Ohren und kratzte den zerzausten Schädel, dann verschmolzen beide Gestalten, und die Vorstellung war vorüber.
Serroi atmete wieder normal. Sie kniete neben dem Eimer, warf sich händeweise Wasser ins Gesicht und auf die Schultern, bis sie nicht mehr zitterte. Sie trank, zog die Nase hoch, trank wieder und kauerte sich dann auf die Fersen zurück. Das rote Glühen des Turmes war erloschen. Sie blickte zum verkohlten Holz ihrer Zellentür, stand langsam auf und ging zum Turm. Sie biß sich auf die Lippen, als sie den Riegel zurückschob und die Tür aufzog.
Von der Schabe waren nur eine glänzende Flügeldecke und ein paar Beinfragmente übriggeblieben. Sie hob die Flügeldecke auf und hielt sie in ihrer gewölbten Handfläche. Mit einer

Übernatürliche Mächte treffen aufeinander. Es knistert förmlich vor Magie. Seltsame Dinge geschehen, und die kleine Serroi scheint ein Spielball der Elemente zu werden. Ihre eigenen übernatürlichen Fähigkeiten sind noch nicht ausgebildet, und daher muß sie im Duell der Magier noch abseits stehen. Sie brauchen das nicht. Mit dem Fantasierollenspiel »Das Schwarze Auge« können Sie sich die Welten der Magie und Zauberei erschließen.

heftig ausholenden Armbewegung schleuderte sie sie durch die Tür hinaus.

DIE FRAU: 7

Dinafar folgte der Meie über den Kiesweg an dem Schutzwall zugespitzter Pfähle entlang und fuhr jedesmal zusammen, wenn die scharfkantigen Steinchen sich in ihre bloßen Fußsohlen bohrten. Sie bogen um eine Ecke und sahen Doppeltüren einen Spalt offenstehen. Zwischen den beiden Flügeln konnte sich ein Mensch gerade hindurchquetschen. »Warum...« hob sie an.

Die Meie legte eine flache Hand auf Dinafars Schulter und schob sie durch die Öffnung. »So können die Aufseher in ihren eigenen Betten schlafen.« Sie deutete auf eine Reihe kleiner Häuser, die sich an der Umpfählung entlangzogen. Sie waren seitlich aneinandergebaut, und ihr gemeinsames Dach bildete eine Plattform etwa dreiviertel Körperhöhe von den Pfahlspitzen entfernt. Dinafar ging rückwärts, betrachtete mit großen Augen den Innenhof mit seinen zu Mustern ausgelegten Pflastersteinen und den sauberen kleinen Gemüsebeeten vor jedem Häuschen.

»Paß auf, der Brunnen.« Die Meie nahm sie am Arm und lenkte sie um ein flaches kreisförmiges Steinmäuerchen inmitten des Hofes. »Die Stendam nehmen den Schwengel mit, wenn sie weggehen. Die Männer, die hierbleiben, müssen einen Eimer an einem Seil hinablassen, wenn sie Wasser brauchen.«

Das Herrschaftshaus war aus Baumstämmen von der gleichen Stärke wie die Einpfählung erbaut. Die einzigen Fenster befanden sich fünf Meter über ihr und waren fest mit Läden verschlossen. Unterhalb dieser Fenster hing ein zweieinhalb Meter großes Wappen, auf das die Zeichen des lokalen Herrn, der diese Feste regierte, gemalt und geschnitzt waren. Darunter lag, tief im Schatten der vorgebauten oberen Stockwerke, der Haupteingang – ein Ort der Zeremonien, nicht ohne einen

gewissen Pomp: Zu jeder Seite standen drei Pfosten, in welche die Wappen der Vorfahren geschnitzt waren; die der männlichen zur Rechten, die der Weiblichen zur Linken.
Dinafar erklomm die drei breiten Stufen und trat neben die Meie, die die prachtvolle Tür müde, aber mit Interesse untersuchte. Sie ließ den Blick nach oben wandern. Dort ragten die oberen Stockwerke weit vor, und in dem dicken Holz, das den Boden dieses Erkers bildete, war eine Reihe von Gucklöchern zu erkennen. Sie tat noch einen Schritt und stand direkt neben der Meie, die stirnrunzelnd die Tür betrachtete. Davor befanden sich drei überkreuzte Eisenstangen und bildeten einen Metallstern, dessen Spitzen sich in tiefe Schlitze schoben. Um die Schnittstelle der drei Stangen war eine schwere Metallkette geschlungen. Sie war durch ein Vorhängeschloß gesichert, das stark genug wirkte, um einer Streitaxt zu widerstehen. Sie hob es an, stieß wegen seines Gewichts einen überraschten Ruf aus und ließ es mit dumpfem Poltern wieder an seinen Platz fallen.
»Um da reinzukommen, muß man schon das Haus niederbrennen.«
»Meinst du?« Mit einem müden Augenzwinkern beugte die Meie sich hinab und suchte etwas in ihrem Stiefelschaft. »Siehst du eine Möglichkeit, hineinzugelangen?«
Dinafar zerrte an der Kette, schnitt eine Grimasse, trat zurück und ließ den Blick über die Hausfront schweifen. »Vielleicht von hinten.«
Die Meie richtete sich auf. »Erste Lektion: Betritt ein Haus stets durch die Tür.«
»Meie!«
»Ehrlich, Kleines.« Sie öffnete die Hand und zeigte Dinafar einige schmale Stahlstäbchen. »Der stärkste Punkt einer Festung kann immer auch der schwächste sein, wenn man ihn von der richtigen Warte aus sieht.« Sie kniete sich vor das Schloß. »Und setze deinen Kopf richtig ein. Das gilt nicht nur für Schlösser.« Sie schob einen Dietrich hinein und bewegte ihn vorsichtig hin und her. »Das hier sieht nicht einfach aus. Ist es aber doch. Man braucht nur einen Schlüssel.« Mit leisem Summen steckte sie einen zweiten Stift neben den ersten und

drehte ihn geschickt. »Oder einen Ersatz für einen Schlüssel. Aha.« Mit einem schweren Schnappen öffnete sich das Vorhängeschloß. Sie steckte die Dietriche in ihren Stiefel zurück. Dinafar half ihr auf die Beine, dann löste die Meie die Kette von den Stangen und ließ sie in ihre Schlitze klappen. »Wie du siehst, nicht besonders schwer.« Sie zog die Tür auf und trat ins Innere des Hauses.

Mit einem Kopfschütteln folgte ihr Dinafar. Die Luft drinnen roch schal, als wäre der Stenda ein Jahr und nicht erst ein paar Tage fort, und als die Tür zufiel, blieb nur wenig Licht, um die Finsternis aufzuhellen. »Meie?«

»Hier oben, Dina.« Die Meie schaute durch ein Loch in der Decke zu ihr herab. Sie beugte sich ein bißchen weiter vor und schlug mit der Hand gegen die Wand. »Die Leiter. Klettere hinauf. Ich brauche dich hier oben.«

Dinafar zog sich an einer Reihe Leisten empor und gelangte in einen staubigen, spärlich erhellten Raum zwischen den Innen- und Außenwänden, der breit genug war, daß zwei Männer nebeneinander hergehen konnten. »Was ist das?«

»Teil des Verteidigungssystems.« Die Meie kniete neben einer kleineren Luke, nur einen halben Schritt von derjenigen entfernt, durch die sie gekommen waren. Sie warf den schweren Eisenriegel zurück und hievte den Verschlußdeckel heraus. Ein schmales Loch klaffte nun vor ihr, das einem Menschen gerade Durchlaß gewährte. Dinafar nickte, als sie darin eines der Gucklöcher erkannte, die sie unten am Erker gesehen hatte. Ihr Zweck wurde klar, als die Meie Dinafar zu sich winkte und hinabdeutete. »Schau mal!« Die Eingangstür befand sich genau unter ihnen. Die Verteidiger konnten von hier mit jedem fertig werden, der sich an ihr zu schaffen machte.

Die Meie löste ihren Waffengürtel, legte ihn beiseite, schnallte ihren Bogen ab und legte ihn neben den Gürtel. »Ich werde alles wieder so herrichten, wie es war. Anschließend wirst du mir helfen müssen. Glaubst du, daß du dazu in der Lage bist?«

Dinafar nickte. Sie sah auf ihre rauhen Hände und nickte noch einmal.

»Gut.« Die Meie ließ sich mühelos vor die Tür hinabfallen. Sie zog die Stangen heraus, schlang die Kette darum und ließ das Vorhängeschloß zuschnappen. »Leg dich oben flach auf den Bauch und laß dann den Bogengurt zu mir herunter. Er ist stark genug, um mich zu halten. Versuch nicht, mich hochzuziehen; ich glaube, ich kann mich aus eigener Kraft hocharbeiten.«

Als Dinafar den Riemen hinabließ, sprang die kleine Frau hoch, hielt sich fest und zog sich Hand über Hand daran hoch, bis sie den Rand der Öffnung zu fassen bekam. Mit einer eleganten Bewegung zog sie sich durch das Loch und kam bäuchlings neben Dinafar zu liegen. Dann stand sie schon wieder, schlug sich den Staub von den Kleidern und rieb Schmutzkörnchen von ihren Handflächen. Sie paßte den Deckel in die Luke ein und trat zurück, als Dinafar den Riegel vorschob.

Dinafar hockte sich auf die Fersen zurück. »Was jetzt, Meie?«

Die Meie lehnte mit geschlossenen Augen an der Wand. Im Dämmerlicht konnte Dinafar sie nicht zu genau sehen, doch die dunklen Schatten unter ihren Augen und die angespannten Züge ihres Gesichts zeichneten sich zu deutlich ab, als daß Dina sie hätte übersehen können. Die Meie seufzte und bewegte sich von der Wand fort. »Ich würde gerne ›schlafen‹ vorschlagen, aber das ist keine gute Idee. Zuerst ein Bad, zwar nur mit kaltem Wasser, aber das wird genügen müssen.« Sie fuhr sich mit dem Handrücken über die Augen. »Und saubere Kleider. Du wirst aus dem Zeug herauskommen wollen.« Ihre Finger deuteten auf den blutbesudelten Heroldsrock. »Und eine warme Mahlzeit mit Unmengen von Cha zum Nachspülen.« Sie gähnte, lächelte. »Komm, ich weiß ungefähr, wie solche Festen angelegt sind. Eine Freundin von mir war eine Stenda.« Die letzten Worte waren so absichtlich beiläufig gesagt, daß Dinafar klar war, um wen es sich bei dieser Freundin handelte – die andere Meie, die getötet und von den Traxim gefressen worden war.

Gebadet, mit vollem Magen und sauberen Kleidern saßen sie an einem Küchentisch und genossen die behagliche Stille in einem langen, hübschen Raum mit einem riesigen Kamin, dunkelroten Bodenkacheln und gußeisernen und kupfernen Pfannen, die von Haken an den Wänden hingen. Mit einem dampfenden Cha-Becher neben sich reparierte die Meie einen zerrissenen Rucksack, während Dinafar Trockenobst und Dörrfleisch auf zwei Stapel neben in Wachs geschlagenen Käsestücken und Dosen mit Chablättern sortierte.

Als sie fertig war, setzte sie sich zurück und sah zu, wie die Meie die Nadel durch das Leder zog und die Stiche mit raschen Handbewegungen festzog. »Warum nennst du das eigentlich einen Waffengürtel?« Dinafar beugte sich vor und strich mit den Fingern über eine Reihe kleiner Taschen. »Salben und Seife, Nadeln und Faden, alles, was man vielleicht einmal braucht. Aber keine Waffen.«

Die Meie blickte hoch und lächelte. »Es ist auch eine Scheide für mein Messer daran.«

»Das ist doch nichts.«

»Ich weiß.« Wieder lächelte sie verschmitzt. »Einen Augenblick Geduld.« Sie untersuchte den Rucksack, verknotete dann den Faden und schnitt das herabhängende Ende mit dem Messer ab. »Fertig.« Sie schlug sich beim Gähnen mit der Hand vor den Mund und lächelte Dinafar schlaftrunken zu. »Die meisten Meien tragen Schwerter.« Wieder ein Gähnen. »Heilige Jungfrau. Meine Lehrer lachten mich allerdings bei dem Gedanken aus und brachten mir statt dessen den Umgang mit Pfeil und Bogen bei. Und den Gebrauch meines Kopfes anstatt von Muskeln, die ich nicht besitze. So wie heute früh.«

»Du bist absichtlich gefallen?« Dinafar riß die Augen auf. »Es hätte dich das Leben kosten können.«

»Das ist der springende Punkt. Du weißt es; er wußte es instinktiv, und ließ davon sein Vorgehen lenken. Er ließ seinen Zorn sein Geschick übermannen. Ich hatte ein bißchen Glück, als er einknickte, aber ich wäre auch so hinter ihm zu stehen gekommen, und dann ...« Sie spreizte die Hände. »Verstehst du?«

Dinafar nickte.

»Der Kopf, Dina, wird ...«

Ein lautes Hämmern an der Eingangstür, begleitet von gedämpften Rufen unterbrach sie. Sie erhob sich rasch und behende von ihrem Stuhl, und alle Müdigkeit war aus ihrem Gesicht verflogen, als sie den Waffengürtel umschnallte. Dann war sie schon aus der Küche verschwunden und rannte durch das Haus zum Vordereingang. Dinafar huschte hinter ihr her, gerade rechtzeitig, um zu sehen, wie sie durch die Falltür verschwand. Dinafar zwängte sich in den Gang empor. Die Meie schautc auf und legte einen Finger auf die Lippen. Sie lag bäuchlings am Boden, den Kopf dicht über dem Guckloch. So leise sie konnte streckte Dinafar sich auf der anderen Seite des Loches aus.

Das Pochen verstummte. Sie hörte, wie Männer über den Hof liefen und die Türen zu den kleinen Häusern eintraten. Zwei kamen die Stufen heraufgepoltert und rüttelten an den Stangen. Dinafars Herz schlug ihr bis zum Halse, und sie lobte die Meie insgeheim für ihre Voraussicht. Hätte diese Tür offengestanden – nun, das Weitere mochte sie sich gar nicht ausmalen. Sie hörte, wie die Männer herumgingen und dann unterhalb des Gucklochs stehenblieben.

»Zum Teufel, sie ist nicht da. Sieht man doch von weitem.«

»Blöder Hund. Willst du dem Sohn erzählen, daß du dir nicht einmal die Mühe gemacht hast, die Feste zu durchsuchen?«

»Scheiße, Hauptmann. Sie wissen es. Ich weiß es. Die Jungs wissen es. Die Meie ist in dem Unwetter vergangene Nacht ersoffen. Ich hab mir ja selbst dabei ins Hemd gemacht und schlecht geträumt. Was will der Sohn denn überhaupt von ihr? Es heißt, sie wär'n schäbiges, kleines Ding, das die Mühe nicht wert ist.«

Der andere grunzte nur.

Dinafar hörte mehrere Macaischreie und das Scharren von Hufen auf dem Pflaster des Innenhofes. Die Reiter blieben vor der Treppe stehen. »Nirgendwo etwas zu entdecken, Hauptmann. Zwei Hirten draußen bei den Herden haben ihre Spuren gesehen. Die anderen Stendam müssen drunten in Oras sein.«

»Was ist mit dir, Winuk?«

»Das gleiche. Sollen wir die Hirten holen?«

»Der Trax da oben gibt dir recht. Geggers Feste ist das nächste

Anwesen, etwa fünf Meilen südlich.« Das Stöhnen der Männer kam von Herzen. »Ist euch klar, daß er euch durch seine Augen beobachtet?« Dinafar hörte ein Rutschgeräusch und das Knirschen von Leder und stellte sich vor, wie er auf den kreisenden Vogel deutete. Die plötzliche Stille entriß ihm ein höhnisches Lachen. »Vorwärts, Seyderim, wir haben noch einen halben Tag.«

Als das Klappern der Hufe leiser wurde, zog die Meie sich hoch, bis sie kniete und starrte ins Dämmerlicht über Dinafars Schulter hinweg. »Sankoy«, flüsterte sie. »Der Intii hatte schon so eine Andeutung gemacht. Sankoy.«
»Meie?« Dinafar musterte das sorgenvolle Gesicht und war bekümmert über die Hoffnungslosigkeit, die darin stand. Vielleicht war sie nur müde, doch die Meie klang, als wollte sie schon aufgeben. »Sie haben uns nicht gefunden.«
Die Meie preßte die Hände vor die Augen, seufzte und ließ sie dann auf die Schenkel sinken. »Diese Männer waren die Berseyder des Hoch Teyn von Sankoy, Dina. Berseyder, die von einem Sohn der Flamme geleitet werden, der die Arbeiten eines Nor von Oras verrichtet. Bei der Jungfrau, Dina, ich wußte nicht, wie groß diese Sache ist, Lybor mit ihren kleinen Plänen hat nicht die leiseste Ahnung...« Sie rieb sich die Augen und gähnte. »Ach, ich bin müde.«
»Es wird spät. Warum bleiben wir nicht über Nacht hier?«
Die Meie blieb sitzen und antwortete nicht. Sie legte eine Hand über die Augen, dann stand sie müde auf. »Nein. Wir haben keine Zeit. Ich möchte morgen früh an der Hochstraße sein. Wir müssen weiterziehen, solange genügend Licht ist.« Sie drehte sich um und ging zur Leiter.
Dinafar kaute auf der Unterlippe. Es gab zu vieles, das sie nicht verstand, doch sie kannte Erschöpfung nur zu gut, um zu wissen, daß die Meie nur aus reiner Willenskraft weiterziehen konnte. *Liebe Zeit, mir geht es auch nicht so besonders.* Sie streckte die Beine von sich und rieb ihre schmerzenden Knie. *Es ergibt keinen Sinn, von hier aufzubrechen. Sie hat sich von ihren Bedürfnissen genauso blenden lassen wie der Kappra*

und die Gardisten. Ich muß ihr die Augen öffnen... Sie stieg die Leiter hinunter, lief hinter der Meie her und holte sie bei der Küche ein. Sie faßte sie am Arm, worauf die Meie mit einem Stirnrunzeln herumfuhr. Dinafar leckte sich über die Lippen. »Wir verlieren nur eine oder zwei Stunden, Meie. Welchen Unterschied kann das schon machen?«
In den Augen der Meie blitzte goldenes Feuer, als sie ihren Arm wegriß, herumwirbelte und davonstapfte. Im Türrahmen drehte sie sich wieder um. »Wir brechen in einer halben Stunde auf. Mach dich bereit.«

In den Kleidern, die die Meie für sie herausgesucht hatte, ging Dinafar langsam in die Küche und fragte sich, in welcher Stimmung sie die Meie wohl vorfinden würde. Die kleine Frau saß mit dem Rücken zur Tür. Sie hatte den Waffengürtel abgenommen – er lag auf dem Tisch neben den beiden vollgestopften Rucksäcken. Sie trug schwarze, in die Stiefelschäfte gestopfte Wollhosen und ein weites, weißes Hemd, dessen Ärmel ihr zu lang waren. Sie machte sich gerade an den Ärmelbündchen zu schaffen und stellte fest, daß dies schwieriger und umständlicher war, als sie angenommen hatte. Als sie einen ungeduldigen Fluch ausstieß, grinste Dinafar und trat hinzu, um die Kordel für sie zu schnüren. Die Meie lächelte müde. »Danke, Dina. Tut mir leid, daß ich dich angeschnauzt habe.«
Dina schnitt eine Grimasse. »Du kennst meine Meinung, Meie.«
»Ja.« Die Meie steckte ihre Arme in eine Jungenweste und strich den schweren, rostroten Stoff glatt. »Wenn nicht so viel auf dem Spiel stünde, hättest du ja auch recht.« Mit angewiderter Miene stülpte sie sich die Lederkappe eines Jungen über den Kopf und schob ihre Locken darunter.
Dinafar musterte sie, wollte etwas sagen, preßte dann aber die Lippen zusammen.
Sogleich tanzte orangefarbenes Lachen in den Augen der Meie. »Grüne Haut«, sagte sie. »Macht aus jeder Verkleidung eine Farce, nicht wahr?«

»Nun...« Dinafar blickte auf die roten Kacheln. »Jeder, der dich sieht, Meie, muß wissen, wer du bist.«
»Mach dir deshalb keine Gedanken, Dina. Noch ehe wir zur Hochstraße gelangen, werde ich mich auch darum kümmern.« Sie faßte nach dem Bogen, der neben den Rucksäcken lag, seufzte und schüttelte den Kopf. »Und darum auch. Ich werde ihn irgendwo zurücklassen müssen.« Sie strich über die glatte Wölbung der oberen Bogenhälfte. »Vielleicht kann ich ihn irgendwann wieder holen.« Sie nahm den Bogen und den Köcher und legte beides auf den Stapel aus Decken und Unterlegplanen. »Alles ist bereit. Wir sollten besser aufbrechen, ehe die Aufseher zurückkommen.«
»Was ist damit?« Dinafar deutete auf eine wächserne Knospe mitten auf dem Tisch.
Die Meie schnitt eine Grimasse. »Tarr.« Sie ging langsam zum Tisch und nahm die graugrüne Knospe in die Hand. »Du hast recht, Dina.« Sie ließ sich in einen Stuhl fallen, lehnte den Kopf zurück und schloß die Augen. »Ich würde vom Macai fallen, wenn ich zu reiten versuchte.« Ihre Stimme klang erschöpft. »Meine Lehrer wollten, daß ich die Kräuter studiere und eine Heilerin werde, sie sagten, ich wäre dafür begabt. Ich wollte nicht, ich war so dicht am... egal. Hast du jemals von den Biserica-Heilerinnen gehört, Dina?«
Dina setzte sich auf den Stuhl am Kopfende des Tisches und fragte sich, welche Antwort wohl von ihr erwartet wurde. Wenn sie sich ganz still verhielte, würde die Meie wohl einschlafen. Sie schaute hoch und begegnete dem benommenen orangegoldenen Blick. »Nein, Meie. Aber wir haben im Dorf ohnehin nicht viel von der Außenwelt mitbekommen.«
Die Augenlider der Meie sanken wieder herab; ihre kurzen, schlanken Finger spielten träge mit der graugrünen Knospe. »Südlich von Mijloc liegt eine Inselkette. Bei den meisten Inseln handelt es sich um kahle Felsen, doch auf der größten befindet sich eine Quelle und eine Unmenge kleiner, dürrer Büsche.« Dinafar konnte die Worte kaum verstehen, so undeutlich und langsam kamen sie. Sie lächelte vor sich hin, unterdrückte das Lächeln jedoch, als sie den Blick der Meie auf sich gerichtet fühlte.

»Du hältst dich für clever, nicht wahr? Aber es wird nicht funktionieren, Mädchen.« Die Meie gähnte und nahm dann die Blüte in den Mund. Sie kaute einen Augenblick, schluckte und schloß die Augen. »Jeden Frühling bringen diese Büsche diese schmackhaften kleinen Knospen hervor.« Ihr Mund verzog sich zu einem bissigen Lächeln. »Berauschend und gefährlich. Aber...« Sie richtete sich auf, ihr Lächeln wurde strahlender, und die Farbe kehrte in ihr bleiches Gesicht zurück. »Aber, meine listenreiche junge Freundin, für die nächsten fünf Stunden bin ich damit wieder im Vollbesitz meiner Kräfte.« Sie stand auf. »Laß uns gehen. Nimm einen Armvoll und folge mir.«

DAS KIND: 7

Sieben Tage verstrichen, für Serroi besonders langsam und quälend. Sie saß mitten auf ihrem Bett und starrte die Wände an, bis sie es nicht mehr aushalten konnte, dann ging sie aus ihrer Zelle in den Hof, wanderte ziellos umher, strich über die Gitterstäbe der leeren Käfige, starrte in den Himmel, machte Runde um Runde und suchte ausgebrannt und mit schmerzenden Gliedern nach etwas, ohne zu wissen wonach. Sie berührte die Tür zum Turm und strich mit den Fingern über die kalte Metalloberfläche. Sie wollte... sie wollte... sie wollte ihren Zauberspiegel und ihre Schriftrollen. Sie wollte neben dem Noris sitzen und fühlen, wie seine Hand ihr Haar streichelte. Und doch – hätte er sie angefaßt, sie hätte seine Hand weggeschlagen und wäre vor ihm davongelaufen, das wußte sie. Sie wollte, daß die Dinge wie früher waren – aber so konnten sie niemals wieder werden.
Die Hände kehrten am Morgen nach dem Kampf wieder zurück und brachten ihr warmes Essen in die Zelle. Sie spürte keinen Hunger, sondern saß nur da und starrte auf die dampfenden Speisen. Nach einer Weile würgte sie den ersten Bissen hinab. Nun kehrte der Hunger wieder. Sie verzehrte alles, was sie gebracht hatten.

Aber außer dem Essen brachten sie in diesen sieben Tagen nichts. Am achten Tag kehrten sie wieder, dirigierten sie in die Zelle, säuberten ihr Haar – nicht mit dem Eimer, kaltem Wasser und schmieriger Seife, sondern mit einer duftenden Creme, die sie in ihr Haar massierten und dann mit weichen, weißen Handtüchern wieder herausfrottierten. Sie arbeiteten mit unendlicher Geduld, bis ihr Haar braunglänzend und sauber in einer Flut lockiger Wellen um ihre Schultern fiel. Sie bürsteten ihr Haar, bis es sich um ihr finsteres Gesicht schmiegte. Sie ließ sie machen, weil es keine Möglichkeit gab, sie zu bremsen, allerdings starrte sie unglücklich und wütend auf den Boden. Es gab nur einen Grund, warum sie sich solche Mühe mit ihr gaben. »Ich werde nicht zu ihm gehen«, flüsterte sie. »Ich gehe nicht.« Mit Tränen in den Augen versuchte sie sich den Händen zu entwinden, aber sie ließen sie nicht los.

Als die Hände fort waren, rannte sie in den Hof. Sie hätte ein Schlammbad genommen, aber das Feuer vom Kampf hatte den Hof ausgebrannt. Sie brüllte vor Wut, rannte im Hof herum, fand ein paar Händevoll Asche, wo einmal in den Käfigen Stroh gelegen hatte. Die rieb sie sich mit einem Gefühl aufflackernden Triumphs, das schnell wieder zu ihrer ruhelosen Unzufriedenheit verebbte, ins glänzende Haar.

Als sie am neunten Tag erwachte, waren ihre Stiefel verschwunden. An ihrem Platz standen zierliche Seidenpantoffeln. Sie hob sie auf und schleuderte sie durch den Raum. Sie prallten unversehrt von den Wänden ab und fielen mit einem leisen Aufprall zu Boden. Sie riß die Tür auf, warf die Pantoffeln in den Hof, rannte hinter ihnen her und baute sich mit drohendem Blick vor dem Turm auf. »Ich werde nicht kommen!« kreischte sie. Nachdem sie versucht hatte, einen Pantoffel mit den Händen zu zerreißen, schob sie ihn über die Türklinke. Sie hängte sich an den Schuh, nahm die Füße vom Boden und schaukelte, bis die Seide riß. Sie fiel zu Boden, schrammte sich auf und wiederholte die Prozedur, bis die Schuhe zu Fetzen zerrissen waren. Sie sammelte sie auf und schleuderte sie ins Zentrum des Hofes. »Ich werde nicht kom-

men!« schrie sie. Später kamen die Hände, hoben die Fetzen auf und säuberten wieder ihr Haar.
Am zehnten Tag waren ihre Kleider verschwunden, obwohl sie Hosen, Jacke und Gürtel zusammengeknäult und darauf geschlafen hatte. Auf dem Haken, an den sie gewöhnlich ihre Kleider hängte, befand sich ein weißes Kleid aus der feinsten Wolle, die sie je gesehen hatte. Sie kroch aus dem Bett, faßte es an, verabscheute es und liebte es wider Willen. In ihr herrschte eine kalte Leere, als sie wieder den Türriegel benutzte, um den weichen Stoff zu zerreißen. Als sie fertig war, saß sie nackt und niedergeschlagen auf ihrem Bett, die Hände auf den dünnen Schenkeln zu Fäusten geballt. »Ich werde nicht zu ihm gehen. Ich will nicht zu ihm gehen. Ich tu's nicht. Die Jungfrau steh mir bei, ich tu es nicht.«
Die Hände kamen, trugen die Fetzen fort, brachten Essen und machten sich dann an ihrem Körper zu schaffen. Sie massierten Salben in ihre aufgeschürften und blauen Stellen, wuschen sie, reinigten sie und polierten sie auf wie ein sehr abgenutztes, wertvolles Möbelstück. Sie bürsteten ihr Haar, brachten ein anderes Kleid und neue Pantoffeln und zwangen sie, sich anziehen zu lassen. Sobald sie fort waren, riß sie sich die Kleider vom Leib, trug sie in die Mitte des Hofes, streute ein paar Handvoll Asche darauf und drehte den Wasserhahn voll auf. Sie rieb die Asche in den nassen, weichen Stoff und ließ den triefenden Unrat am Wasserhahn liegen, ehe sie zurückging und sich nackt und schmutzig auf ihr Bett setzte.
Am elften Tag wuschen und salbten die Hände sie und bekleideten sie erneut. Als sie das Kleid herunterreißen wollte, schlugen sie ihre Hände fort und hielten sie an den Gelenken, als sie sich wehrte. Den ganzen Morgen saß sie in der Mitte ihres säuberlich gemachten Bettes und starrte ins Nichts. Als die Hände ihr Mittagsmahl brachten, schaffte sie es, den Chabecher über sich zu kippen. Die heiße Flüssigkeit verbrühte sie, doch sie beachtete den Schmerz nicht.
Die Hände hielten einen Augenblick inne, als ob sie unduldsam seufzen wollten. Dann wischten sie auf, putzten sie ziemlich grob ab und verschwanden. Sie kickte die niedlichen Pantoffeln

so heftig fort, daß sie von der Wand abprallten. Ohne sich um das nasse Kleid an ihrem Körper zu kümmern, rannte sie hinaus auf den Hof, schnitt eine Grimasse zum Turm, kletterte dann die Käfige hoch, schwang sich über das vorstehende Dach, krabbelte einen Augenblick lang hektisch über die zersplitterten Dachpfannen und setzte sich dann mitten auf die Schräge, um wieder zu Atem zu kommen. Die Nor-Schlacht hatte die Schindeln und die Trägerbalken beschädigt, so daß das Dach unter ihrem geringen Gewicht ächzte, wann immer sie sich bewegte.

Sie betrachtete die Holzstücke, die sie im vergangenen Jahr hier heraufgeschleppt hatte. Als sie ihr Gewicht geringfügig verlagerte, neigte sich das Dach ein wenig, und ihr wurde klar, daß sie ihre Pyramiden nicht wieder errichten konnte. Stirnrunzelnd blickte sie über die Schulter zur Mauer, deren braunschwarzes Gestein in der Mittagssonne funkelte, erschauderte und wandte sich wieder dem Turm zu. *Wenn ich auch nur ein kleines bißchen nachgebe, wird er mich mit Haut und Haaren verschlingen. Ich werde es nicht zulassen... werde es nicht...* Sie zog ihr Kleid über die Knie. *Irgend etwas über die Mauer schleudern... ein Seil? Die Mauerzinne ist zu glatt. Was dann?* Ihre Versuche, sich einen Fluchtweg auszudenken, wurden von einem ständig wiederkehrenden Refrain begleitet. Ich kann nicht. Ich kann nicht. Ich traue mich nicht. Ich kann nicht. Der Rhythmus glich pulsierenden Blutstößen. Ich kann nicht. Ich kann nicht.

Ein Seil... etwas, das hängen bleibt... dieses Aststück. Sie kroch um den Schutthaufen. Ein Ast wie ein Fischhaken und so groß wie sie selbst schob sich an der Wand empor. Sie zog daran, wollte ihn herausbrechen. Zu ihrer Befriedigung stellte sie fest, daß das Holz fast so widerstandsfähig war wie das Mauergestein. Sie blickte zum Turm. »Und ich werde dich doch überwinden, Ser Noris. Du wirst warten.«

Danach kamen die Hände drei Tage lang nicht. Serroi fragte sich, ob man sie verhungern lassen oder nur bestrafen wollte. Sie verwehrte sich selbst, an ihn zu denken und konzentrierte sich ausschließlich auf die Vorbereitungen zu ihrer Flucht. Sie riß Laken in Streifen, flocht sie zu einem Zopf und arbeitete neue Streifen hinein, bis sie ein Seil von fünf Metern Länge hatte. Als sie das Ende verknotete, zog und drehte sie das Seil und überprüfte es auf der ganzen Länge nach Schwachstellen. Als sie damit zufrieden war, rollte sie es zusammen, warf es sich über die Schulter, trat hinaus in den Hof und rieb sich die schmerzenden Augen. Die Schatten fielen tief in den Hof, die Sonne hing gerade noch über der Westmauer. Sie trank vom Wasserhahn, streckte sich und ächzte, dann marschierte sie zu den Käfigen.

Auf dem Dach zerrte sie den Ast über die geborstenen Ziegel zu der Ecke, wo das Dach noch in der besten Verfassung zu sein schien. Sie knotete das Seil um ihre Taille und das andere Ende um den Ast. Sie spreizte leicht die Beine, wirbelte das Holzstück über dem Kopf und warf es dann so hoch, wie sie nur konnte.

Der Ast prallte gegen den Stein, fiel zurück und riß sie dabei fast vom Dach herab. Sie ließ sich vorsichtig auf die Knie fallen, ihr Herz raste. Drei Tage ohne Nahrung hatten sie mehr geschwächt, als sie gedacht hatte. Mit Schwindelgefühlen im Kopf und einem Zittern am ganzen Körper, versuchte sie es noch einmal unter Aufbietung aller Kräfte. Diesmal flog der Ast über die Mauer, aber nur gerade eben so. Sie hörte das dumpfe Poltern des Holzes, als es an der Außenseite der Mauer aufprallte, spürte, wie das Seil sich um ihre Taille spannte, sah es als weiße Linie von ihrem Bauch zu der Mauer und darüber verlaufen. In ihrem Innern suchte sie nach Triumph, doch da war nichts als Trauer. Mit zitternden Händen begann sie das Seil zu spannen und ihren improvisierten Enterhaken hochzuziehen. *Es muß halten, es muß...* Das Ende wurde über der Mauer sichtbar, wackelte und legte sich flach an den Rand, als der Seitenast, der den Haken bildete, griff und hielt.

Sie trat an die Mauer und zerrte am Seil. Es hielt. Sie belastete es mit ihrem Körpergewicht. Es hielt. Nachdem sie das Ende von ihrer Taille gelöst hatte, griff sie so weit nach oben, wie sie konnte, und begann zu klettern. Etwa einen halben Meter über den Dachpfannen verspürte sie ein beängstigendes Rucken und

verharrte reglos. Als sie nach oben schaute, sah sie, daß der Ast ein wenig verrutscht war. Einen Augenblick blieb sie mit auf die Unterlippe gebissenen Zähnen hängen, dann atmete sie schnaubend aus und zog sich höher. Der Ast hielt. Sie zog die Füße nach und griff weiter nach oben.
Der Ast kam schwungvoll von der Mauer geflogen und warf sie heftig aufs Dach. Die Schindeln krachten unter der plötzlichen Belastung, und sie brach bis zu den Hüften ein. Langsam und unter Schmerzen stemmte sie sich aus dem Loch und trieb sich dabei Holzsplitter ins Fleisch. Dann blieb sie flach am Rand liegen. Auf den Steinfliesen weiter unten sah sie den zerbrochenen Ast und die weißen Schlaufen des geflochtenen Seils. Sie konnte nicht weinen. Sie war zu erschöpft, hungrig und enttäuscht, um zu weinen. Sie machte sich auf den Abstieg zu dem Steinpflaster und fragte sich benebelt, ob sie sich einfach fallen lassen sollte, doch selbst bei dieser Tiefe erwog sie es nicht ernsthaft. Es wäre das Eingeständnis einer bittereren Niederlage, als sie es sich eingestehen wollte. Solange der Noris lebte, wollte sie ihm Widerstand leisten. Sie mußte einfach.
Als der Himmel sich verdunkelte, setzte sie sich auf. Sie riß sich das besudelte Kleid herunter, stand entschlossen auf, ohne sich groß Gedanken zu machen, was geschehen würde, knüllte das Kleid zu einem festen, feuchten Bündel und schleuderte es mit der ganzen Kraft ihrer Arme auf die Mauer hinauf. Warme Luftströme packten es, und so segelte es über die Mauer und verschwand. Da stand sie mit in die Hüften gestemmten Händen und lachte, bis ihr der Atem in der Kehle stockte, dann schwang sie sich über den Rand des Daches und baumelte mit den Füßen, bis sie die Beine um die Käfigstangen geschlungen bekam. Sie kletterte hinab und wanderte im Hof umher, trank so lange am Wasserhahn, daß ihr vom kalten Wasser der leere Bauch wehtat, spritzte sich Wasser über Gesicht und Körper, stieg die Stufen hinauf, zog die Tür auf und versetzte der Tür mit der Ferse einen Tritt, daß sie laut knallend zuflog. Schließlich legte sie sich in die langsam verdunstende Pfütze unter dem Wasserhahn und starrte zum Nachthimmel mit seinen

vielen Sternen, und den vielen Monden in verschiedenen Größen empor und bat einen Vogel darum, vorüberzufliegen. Einen Vogel oder irgend etwas, das ihre Einsamkeit beendete.
Am fünfzehnten Tag kehrten die Hände zurück. Sie fütterten, wuschen und kleideten sie, manikürten Hände und Füße, bürsteten ihr Haar zu Hochglanz und blieben dann abwartend bei ihr – falls man von unsichtbaren Händen sagen kann, daß sie warteten –, um sicherzustellen, daß sie diesmal keine Möglichkeit fand, ihre Mühen zunichte zu machen.
Gegen Mitte des Vormittags packten sie sie bei den Armen und schoben sie aus der Zelle. Sie leistete Widerstand, wollte nicht gehen, hob die Füße nicht vom Boden und wehrte sich gegen die Umklammerung ihrer Arme, indem sie ihren Körper ruckartig herumwarf. »Ich werde nicht zu ihm gehen«, kreischte sie.
Sie hoben sie einfach vom Boden, trugen sie aus der Tür und über den Hof. Die Bronzeplatte in der Turmwand öffnete sich geräuschlos, und sie trugen sie bis in den großen, hellen Raum, den sie am ersten Tag dort gesehen hatte. An einer Wand war ein Tisch aufgestellt worden, unter den man mehrere Stühle geschoben hatte. Die Hände rissen einen Stuhl heraus, ließen sie darauf fallen und stießen sie zurück, als sie aufzustehen versuchte. Sie hielt sie beschäftigt, bis der Noris schließlich das Zimmer betrat.
Er kam gelassen um den Tisch und blieb neben ihr stehen.
»Sei ruhig, Serroi.«
Erschreckt und verwirrt durch seine melodiöse Stimme, die zu vergessen sie sich gezwungen hatte, hielt sie doch an ihrer Entscheidung, unnachgiebig zu widerstehen, fest. Mit Tränen in den Augen spie sie ihm ins Gesicht.
Er riß den Kopf zurück und streckte die Hand aus. Einer seiner unsichtbaren Diener reichte ihm ein Handtuch. Er wischte sich das Gesicht ab und ließ das Handtuch zu Boden fallen. Der Diener hob es auf und ließ es verschwinden. Der Noris nahm ihr Gesicht in seine langfingrige Hand und zwang sie, ihm in die Augen zu sehen. Sie strahlten in ihrer Schwärze und wurden immer größer, bis sie nichts anderes mehr sehen konnte. Ihre

Arme sanken schlaff in ihren Schoß, ihre Beine hingen reglos. Sie sackte wie eine Lumpenpuppe auf dem Stuhl zusammen. Er drehte einen Stuhl herum und setzte sich stirnrunzelnd.
Sie starrte ihn haßerfüllt an und weinte fast, als er bekümmert dreinschaute. »Ich verstehe dich nicht«, sagte er. »Warum wehrst du dich immer noch gegen mich, Serroi?« Er erhob sich mit dieser berechneten Grazie, die ihr trotz allem gefiel. »Ich dachte, wir strebten ein gemeinsames Ziel an. Die Art deines Verhaltens ist nicht logisch. Du hast keinerlei Aussicht zu gewinnen.« Sein Gesichtsausdruck verhärtete sich. Er blickte sie ernst an, doch gleichzeitig zog seine Hand zärtlich an einer ihrer Locken.
Sie versuchte sich ihm zu entwinden, doch ihr Körper war nicht mehr in ihrer Gewalt. Sie war hilflos. Tränen sammelten sich in ihren Augen. »Nein«, hauchte sie. »Ich werde mich nicht fügen. Niemals. Niemals.« Sie saß da und starrte ihn haßerfüllt an.
Der Noris stand über ihr, eine schwarze Säule, umgeben von perlmuttartigem Licht. Fünf bleiche Finger schwammen vor ihren vernebelten Augen. Seine Stimme kam aus großer Entfernung und ließen flüsternde Musik erklingen. »Deine Hand, Kind.«
Einen Augenblick lang hallten die Worte in ihrem Kopf wider, ohne einen Sinn zu ergeben. Als sie schließlich begriff, wollte sie sich nicht rühren und schrie enttäuscht auf, als ihre Hand von selbst nach der seinen griff. Er kannte sie zu gut, hatte zu viel von ihr erfahren – und sie kämpfte gegen ihre eigenen Sehnsüchte mit der gleichen Inbrunst an wie gegen ihn. Seine Hand schloß sich um die ihre. Sie wünschte sich diese Berührung so sehr und fürchtete sie so heftig, daß ihr Magen sich zusammenkrampfte und ihren Mund mit einer säuerlichen, gelben Flüssigkeit überflutete, die von ihren Lippen brach und ihr Kleid besudelte.
Mit einem Ausruf des Ekels wandte der Noris sich von ihr ab. Er trat zurück und blieb grübelnd stehen, während die Hände sie säuberten und neue Kleider brachten. Als er wieder ihre Hand ergriff, sprach er ein WORT, das durch das Perlmuttlicht

knisterte und es in Dunkelheit verwandelte. Unvermittelt schwebten sie nebeneinander in einem blaugrünen Schimmer. Wasser. Sie befanden sich tief unterhalb der Oberfläche. Sie geriet in Panik, doch ihr Körper ließ sich nicht bewegen. Als sie nach einem Augenblick bemerkte, daß sie mühelos atmen konnte, beruhigte sie sich und schwamm wie ein Fisch durchs Wasser. Die Hände des Noris lösten sich von ihr, und sie schwebte dahin, als sein WORT die Wasser um sie aufwühlte. Sie tauchte und flog wie ein seltsamer Fisch hindurch und vergaß ganz den Noris hinter sich. Sie kurvte umher und zog weite Spiralen, lautloses Lachen brach blubbernd aus ihr heraus und erfüllte das blaue Wasser mit Silberbläschen, die sie kitzelten, wenn sie hindurchschwamm. Ein langer, blaugrauer Fisch mit weißem Bauch löste sich aus dem Blau und hielt bei ihrem freudigen Flug mit. Die großen, dunklen Augen vorne auf seinem Kopf schimmerten warm und freundlich. Als er unter ihr hindurchschwamm, packte sie seine Rückenflosse und ritt auf ihm. Er tanzte mit ihr, hüpfte auf und nieder und schwamm schließlich hoch zur Oberfläche und überwand einen goldenen Augenblick lang die dünne Grenze, bis ein stechender Schmerz in ihre Lungen fuhr, dann waren sie auch schon wieder unten im kühlen Blau.
Dann kamen die Befehle und rissen sie durch das Wasser immer weiter zurück zu etwas, das sie vergessen hatte, jedoch noch als etwas Entsetzliches erkannte. Eine dunkle Gestalt zog sie an wie zwei Fische an einem einzigen Haken. Sie versuchte, ihre Finger von der Flosse zu lösen und den Fisch von sich fortzutreten. Es gelang ihr nicht. Sie war der Köder, um diesen Fisch zu fangen. Ein Köder. Dann sah sie den Noris, und erinnerte sich und wußte, daß sie ein ins Wasser geworfener Köder war, um diesen bestimmten Fisch zu fangen. Sie lag auf seinem starken, muskulösen Rücken, spürte die Knoten des Rückrats sich unter ihr bewegen und flüsterte lautlos: Es tut mir leid, so unendlich leid.
Der Fisch hing vor dem Noris im Wasser. Sein Körper bewegte sich langsam, als er sich an die leichte Kraft einer trägen Strömung anpaßte. Serroi versuchte sich zu bewegen, konnte

es jedoch nicht, sondern lag ausgestreckt an dem Fisch, mühte sich, den Kopf zu heben und hielt ihn so, daß der Augenfleck den Fisch nirgendwo berührte. Der Noris schwebte näher. Seine Hände schlossen sich mit unerträglicher Sanftheit um ihren Kopf und zwangen ihn hinab, bis ihr Gesicht flach an der schlüpfrigen Haut lag und ihr Augenfleck sich auf das Rückgrat des Fisches preßte. Die Hand des Noris hielt ihren Kopf weiter fest, als er sie benutzte, um nach Dingen zu greifen zu denen er sonst keinen Zugang gehabt hätte – nach den lebenserhaltenden Kräften. Das kühle Wasser, das sie umspülte und sie trug, begann zu stinken und trübe zu werden, als sie ihn abzuwehren versuchte. Dinge schwammen um sie her, kreisten um sie, die auf dem langsam verfaulenden Körper des Fisches saß, wunderschöne, durchsichtige Dinge, die sich mit dem Wasser trübten und faulten, langsam auf den Noris zutrieben und sich ihm unterwarfen. Als er sie berührte, wurden sie schwarz und wieder ganz, doch auf eine andere Weise ganz: tiefschwarz, glänzend, mit schrecklicher Energie geladen und dem Noris sklavisch ergeben. Das Wasser wurde härter, schwärzer, bis alles von stumpfem Schwarz war...

Als Serroi zu sich kam, lag sie in ihrem alten Zimmer auf einem hübschen, neuen Bett. Auf dem Boden entrollte sich ein Sankoy-Teppich wie ein gewebter Sonnenaufgang. Stühle, vertraute Schriftrollen, einige an der Wand aufgehängte Kleidungsstücke, Papier und Federn auf einem wohlbekannten Tisch, eine Alabasterlampe. Der Zauberspiegel. Sie lag in seidenen Laken und trug ein kurzes, seidenes Hemd. Sie verharrte einen Augenblick lang benommen in all der Pracht, dann flutete die Erinnerung zurück, und sie kroch aus dem Bett. Mit einem wütenden Aufschrei riß sie die Lampe vom Tisch, schleuderte sie zu Boden und lachte ausgelassen über das laute Krachen und die Alabasterscherben auf dem herrlichen Teppich. Rasend vor Zorn riß sie Vorhänge herab, hinterließ blutige Fußspuren auf dem unbezahlbaren Teppich, zerriß Laken und Steppdecken ihres Bettes und verursachte weitere Blutflecken auf dem Teppich, als sie achtlos durch die Scherben lief. Als alles, was sie anheben oder herunterreißen konnte, auf

einem Scherbenhaufen in der Mitte des Teppichs lag, rannte sie zum Fenster.
Unter ihr fiel der Turm senkrecht ab, direkt zum Meer weit unten, wo die Klippe die senkrechte Linie des Turmes fortsetzte. Lange Zeit beobachtete sie, wie das Wasser um die Felsen gischtete, und die weißgekrönten Wellen erinnerten sie schmerzlich an das, was geschehen war. Schließlich kehrte sie zu dem Unrat auf dem Boden zurück, rollte den Teppich zusammen und stopfte das unhandliche Bündel durch das Fenster. Sie beugte sich hinaus und sah zu, wie es sich in der Luft überschlug und Glas und Stofffragmete ausspie, um schließlich in die Brandung zu stürzen, auf- und niederzutanzen und sich in Teilen an die zerklüfteten Felsen zu haften. Nach einem weiteren Augenblick kehrte sie sich ab, tappte zum Bett und hinterließ dabei neue blutige Fußspuren auf dem nackten Boden. Sie kroch auf die Matratze, setzte sich mit überkreuzten Beinen hin, blickte finster zur Tür und wartete auf die Hände.

DIE FRAU: 8

Soweit Serroi sehen konnte, verlief die Doppelreihe kleiner Feuer nach Norden und Süden, »Damit habe ich nicht unbedingt gerechnet«, sagte sie ruhig. Sie zupfte am Rand der Jungenmütze, als die hellen Fleckchen vor ihren Augen verschwommen und dann wieder ruhig wurden. Das Tarr verlor allmählich seine Wirkung. Sie straffte die Schultern und schaute sich um.
»Was sind das für Feuer?« fragte Dinafar ehrfurchtsvoll.
»Lagerfeuer von Pilgern. An der Hochstraße entlang. Ich denke, sie sind zu Fuß auf dem Weg nach Oras.«
Über ihnen zogen sich Wolken zusammen. Die erste Hälfte der Mondensammlung stand über dem Horizont und beschien, noch unverhüllt von der Wolkendecke, die Hügel mit ihrem Silberglanz. Der Mondknoten zog sich enger. Einen Augenblick lang war Serroi versucht, ihre Energie mit einer zweiten Tarr-Knospe zu mobilisieren und weiterzureiten. Gewiß

herrschte genügend Licht. *Keine Zeit, keine Zeit,* dachte sie. Sie blickte nach Norden. *Anderthalb Tagesritte, und noch länger, wenn ich zu Fuß gehe. Und dann muß ich mich auch noch um Dinafar kümmern.* Sie warf dem Mädchen neben sich einen Blick zu. »Dina.«

»Ja, Meie?«

»Die Hochstraße führt nach Süden bis fast zum Biserica-Tal. Du könntest in einem halben Monat dort sein, zwanzig Tage bei strammem Ritt. Dort wärst du in Sicherheit.« Sie wartete auf Fragen, doch Dina schwieg und sah sie an. »Die andere Richtung führt nach Oras. Du hast gesehen, in welcher Gefahr ich mich befinde. Zieh südwärts, Kleines. Klopf ans Tor von Biserica, sie werden dich einlassen. Du brauchst mich nicht mehr – falls du mich überhaupt jemals gebraucht hast.«

»Ich gehe mit dir.« Im Mondschein sah Serroi, wie Dinafars Gesicht seinen typischen, trotzigen Ausdruck annahm. »Wenn du mich nicht mitnehmen willst«, fuhr sie fort, »folge ich dir.«

Serroi schauderte. »Wir machen besser Rast.« Sie ließ den Blick über den Hang unter sich schweifen. Etwa eine viertel Meile entfernt lag ein kleiner Brellimhain. »Dort«, sagte sie und deutete in die Richtung.

Sie spannten eine ihrer Planen gegen den Wind auf und breiteten ihre Decken auf der anderen aus, nachdem Serroi sie mit ein paar Steinen beschwert hatte. Steine, die die beweglichen Wurzeln der Brellim zutage befördert hatten. Während Dinafar Holz für ihr Feuer sammelte, sattelte Serroi die Macain ab und ließ sie frei zum Grasen. Sie arbeiteten schweigend und begruben den Streit, der seit dem gemeinsamen Essen zwischen ihnen gestanden hatte.

Das Feuer war zu Asche heruntergebrannt. Serroi schüttelte den Chatopf und goß den Rest der Flüssigkeit in ihre Tasse. Dann ging sie hinüber zu ihren Decken und setzte sich unter das Vordach der Plane. Sie nippte an dem Cha und blickte auf Dinafar hinab, die neben ihr lag.

»Vor fünf Tagen... heilige Jungfrau, es ist erst fünf Tage her... fünf Tage, daß ich und meine Waffengefährtin zu Doamnas Wachen in Oras gehörten.« Sie rieb sich die Augen und trank etwas Cha. »Die Doamna, Domnor Herns erste Ehefrau, Floarin, eine königliche Hure. Tayyan... Tayyan war die Nichte eines Bergfürsten. Eine Stenda. Ihr Vater brachte ihr die Kenntnisse eines Jungen und die Liebe zu Rennmacain bei.« Sie lächelte. »Neben einem Rennmacai würden unsere beiden blaß aussehen. Sie liebte diese wilden, fast unlenkbaren Tiere mit einer Leidenschaft, die ihr niemand austreiben konnte und schlich sich zu den Rennen, wann immer es ging, selbst nachdem unsere Ausbildung beendet war und wir unseren Dienst angetreten hatten.«

Dinafar schob sich zurecht, bis sie mit angewinkelten Beinen und im Nacken verschränkten Händen auf dem Rücken lag. »Ich verstehe nicht...«, begann sie, preßte dann aber die Lippen zusammen und lief rot an, weil sie gewagt hatte, die Erzählung zu unterbrechen.

Serroi hob die Hand. »Ich weiß. Ich erzähle zu sprunghaft. Es liegt an der Droge, denke ich. Hoffe ich. Egal, ich werde fortfahren mit meiner Geschichte. Vor fünf Tagen, etwa um die gleiche Tageszeit...« Mit den Fingern deutete sie zum Himmel, der bruchstückhaft durch die Blätter zu sehen war. »Als unser Dienst beendet war, nahm Tayyan mich beiseite. Sie hatte von einem Macainrennen gehört, einem illegalen, das draußen außerhalb der Stadtmauern stattfinden sollte. Den Söhnen der Flamme war es gelungen, alle Rennen in der Arena zu untersagen, indem sie sie eine Aufstachelung zur Sünde nannten. Aus einem bestimmten Grund – damals wußte ich nicht, aus welchem – hatte Morescad alle Meien, die im Platz Dienst taten, für diesen Abend Ausgangssperre auferlegt. Tayyan wollte, daß ich sie begleite, nannte Morescad einen hirnlosen Idioten der keinen anderen Grund hatte, uns einzusperren, als daß er die Meien nicht mochte. Sie sagte, sie sähe keinen Sinn darin, ihm zu gehorchen. Sie hatte einen alten Reiterkameraden ihres Vaters getroffen. Einen entfernten Verwandten. Und der hatte ihr von dem Rennen erzählt. Wie ich schon sagte, sie liebte Rennmacain und hatte seit langer Zeit kein gutes Rennen mehr gesehen. Sie war entschlossen hinzugehen. Ich ließ mich von ihr überreden. Wir verließen den Plaz durch den Privatgarten der Doamna und kletterten über die Mauer in die Ställe auf der anderen Seite.« Serroi seufzte und drehte sich um; sie beobachtete, wie sich das ersterbende Feuer rot über schwarz verfärbte. »Das zumindest hat sie noch miterlebt. Es war herrlich. Wir kamen in die Stadt zurück und waren trunken vom vielen Wein und vor Aufregung.«

Sie polterten über die Pflastersteine; Tayyan zählte noch aufgeregt ihre Gewinne, Serroi war still und zunehmend beunruhigt. Ihr Augenfleck pochte unangenehm, und sie hatte eine Vorahnung drohender Katastrophen.

»Hier.« Tayyan nahm Serrois Hand. »Das gehört dir.« Sie ließ einige Münzen in die zierliche Hand gleiten. »Ich hatte zwei Zehnereinheiten für dich gesetzt.«

Serroi schüttelte den Kopf. »Tayyan, du weißt, daß ich solche Spiele nicht mag.«

»Du wirst heute abend den Sport nicht miesmachen, kleine Nervensäge.« Tayyan deutete mit ihrer Hand auf die aufkommenden Wolken. Sie gähnte und stöhnte vor Wohlbehagen, während sie sich streckte.

Serroi ging mehrere Minuten schweigend neben ihr her, dann seufzte sie und steckte die Münzen in ihren Geldbeutel. »Danke«, sagte sie.

Sie setzten ihren Weg schweigend fort, bis sie zu dem Steinklotz kamen, der Domnors Plaz war. Der Plaz-Stall schloß an die Mauer an. Gleich daneben lag eine kleine, selten benutzte Tür. Serroi und Tayyan blieben auf der anderen Straßenseite stehen. Während Tayyan wartete, suchte Serroi mit ihrem Augenfleck nach Wachen. »Nichts«, flüsterte sie. »Komm weiter.«

Sie kletterten an dem Gittertor hoch, wobei sie beide einige Schwierigkeiten mit dem Gleichgewicht hatten; Serroi konzentrierte sich verbissen, Tayyan kicherte und machte Unsinn, bis sie beide fast in den dicken Macainmist im Hof gefallen wären. Sie rutschten durch den Dreck, schlichen unsicher um die schlafenden Macain herum und begannen dann, in den staubigen Ranken herumzusuchen, die von der Mauer hingen. »He, wo ist das Seil?« Selbst im aufkommenden Wind klang Tayyans heiseres Flüstern ziemlich laut. »Bei den Brüsten der Jungfrau, Windläuferin, wo zum Teufel hast du das Seil gelassen?«

»Pssst!« zischte Serroi. »Du weckst noch die Macain auf. Und den alten Morescad.« Sie riß an den Hängepflanzen und mußte niesen, als von den Blättern Staub und Pollen auf sie herabrieselten. »Es muß dasein. Wer watet schon durch diesen Mist außer zwei Idioten wie uns?«

Tayyan wirkte etwas brüskiert, dann kicherte sie und hob einen schmutzigen Stiefel. »Die waschen wir in Floarins Teich ab. Ich frage mich, was die königliche Kuh sich denkt, wenn sie eine Nase von dem neuen Parfum abbekommt.«

»Hmm.« Serroi schüttelte das Seil aus den Ranken heraus. »Du zuerst oder ich?« Sie faßte Tayyans Schnauben als ablehnende Antwort auf, begann emporzuklettern und hatte allerhand Mühe, da der Wein noch ihren Kopf benebelte.

Mit leisen Flüchen und rutschenden Stiefeln arbeiteten sie sich empor und ließen sich dann in den Garten hinunter gleiten. Serroi machte sich daran, den Enterhaken freizuschütteln und das Seil einzuholen. Tayyan versuchte, sie fortzuschleppen, doch sie riß sich los und stolperte dabei rückwärts gegen einen Pleschbaum, daß die überreifen Früchte um sie herniederregneten. Tayyan sah schwankend und grinsend zu, wie Serroi sich ein Stück Plesch von der Stirn wischte. »Mein Seil, schließlich ist es mein Seil, du grinsende Bohnenstange«, zischte sie. »Zum Teufel mit dir, wenn ich es da hängen lasse.«

»Streithahn!« Immer noch mit einem Grinsen vergaß Tayyan ihre Ungeduld und stapfte majestätisch zu dem flachen Badebecken, watete hinein und plantschte herum, während Serroi ihr Seil aufwickelte und wieder an ihren Waffengürtel band. Serroi sah zu, wie die schlanke Gestalt herumtanzte und lärmend mit Wasser spritzte. Etwas unsicher gesellte sie sich zu ihrer Waffengefährtin, denn vorerst hatte sie ihre Niedergeschlagenheit vergessen. Sie plantschten in dem Becken herum, klammerten sich aneinander und kicherten bei dem Gedanken, wie wütend die würdevolle Floarin wäre, sollte sie jemals herausfinden, was sie getan hatten.

Als die Wolken allmählich die Monde verdunkelten, schauderte Serroi und sie kletterte zurück auf das Gras. Auch Tayyan war ruhiger, die Wirkung des Weines verflog langsam. Die beiden Meien schauten einander an, seufzten, kletterten aus dem Becken und gingen schweigend auf die Wachtür zu. Unvermittelt packte Serroi Tayyan am Arm und hielt sie zurück. »Da kommt jemand«, zischte sie. »Ich fühle...« Ihr Augenfleck stach wie rasend, und sie roch nur zu deutlich den Gestank nahender Gefahr. »Schlimm«, murmelte sie. Tayyan wurde ganz ruhig und wachsam, automatisch wirkte die jahrelange Ausbildung. Die Meien tauchten im dichten Schatten der Sträucher unter und beobachteten, wie zwei dunkle Gestalten durch die kleine Tür in der Außenmauer kamen und über ein Rasenstück auf den Plaz zugingen.

Serroi faßte nach dem Knauf von Tayyans Schwert. Tayyan schüttelte den Kopf. Sie befanden sich nicht in der Lage, jemanden herauszufordern.

Die beiden Männer blieben einen Augenblick vor einem Mauerstück stehen und schienen dann mit dem Stein zu verschmelzen. Die Meien warteten ein Dutzend Herzschläge, dann liefen sie über den Rasen zu jenem Teil der Mauer, wo die Männer gewartet hatten. Serroi berührte ihren Augenfleck und hob die Augenbrauen. Tayyan nickte mit einer heftigen, zustimmenden Kopfbewegung. »Wir schnappen sie uns drinnen«, hauchte sie und kicherte dann leise. »Hokuspokus im Harem.«

»Pst!« Serroi tastete die Mauer ab, bis ihr Augenfleck pochte. Sie drückte fest dagegen und fühlte, wie ein Stein unter ihren Fingern nachgab. Dahinter befand sich ein Hohlraum, aus dem eine T-förmige Stange herausragte. Sie drehte daran.

Mit leisem Kreischen öffnete sich ein Stück Mauer nach innen. Tayyan schob sich an Serroi vorbei, die zögerte, weil sie nicht die Begeisterung ihrer Waffengefährtin aufbringen konnte. Außerdem spürte sie eine Vorahnung, die wie ein kalter, harter Stein in ihrem Magen lag. Kopfschüttelnd folgte sie Tayyan in die Finsternis.

Eine lange Zeit folgten sie einem staubigen, gewundenen Gang, der nur in großen Abständen von spärlichen Kerzen erhellt wurde, die in einem Lufthauch unbekannter Herkunft flackerten. Serroi konzentrierte sich darauf, sich geräuschlos zu bewegen und war von Furcht und der eisigen Gewißheit bevorstehenden Unheils erfüllt. Sie hatte nicht versucht, Tayyan das auszureden; zu gut kannte sie die Halsstarrigkeit ihrer Gefährtin, wenn erst einmal deren Neugier geweckt war.
Trotz ihrer Vorsicht prallte sie fast gegen Tayyan, als sie um eine scharfe Ecke bog. Ihre Waffengefährtin kauerte vor einem Mauereinbruch und spähte durch die Gucklöcher einer schweren Tür. Sie tippte Tayyan auf die Schulter, stützte sich mit einer Hand ab und schob ihren Kopf neben Tayyans, um ebenfalls durch eines der Löcher zu gucken.
Im Innern des Raumes waren vier Leute. Drei davon sah sie als flatternde Schatten, während ihr Blick auf den vierten gerichtet war. Ein Nor. Sie wich zurück, lehnte ihre Stirn gegen den kalten Stein und fühlte sich selbst doch kälter als jeder Stein. Ein Nor. Sie preßte die Hand vor den Mund, schluckte und versuchte, wieder ruhig zu atmen. Sie warf einen Blick auf Tayyan; deren Körper gespannt war wie ein Bogen. Sie atmete schnell durch den Mund. Serroi schloß einen Augenblick lang die Augen und zwang sich dann, wieder hinzusehen.
Der Raum war rechteckig und klein. An den Wänden hingen schwere Teppiche, in die erotische Szenen eingestickt waren, und ihr die Röte ins Gesicht trieben. Ihr Blick glitt schnell über den Nor hinweg und kehrte dann zu ihm zurück. Obgleich ihr vor Furcht ein Schauer über den Rücken kroch, wußte sie, daß es sich um einen unbedeutenderen Nor handelte, einen Straßen-Norid oder einen Norit fünften Ranges. Das spielte jedoch keine Rolle, er beherrschte den Raum und ließ die anderen wie Scherenschnitte erscheinen. Er war ein magerer Mann mit rotbrauner Haut und glattem, schwarzem Haar, der seinen schmalen Körper in ein nahtloses, schwarzes Gewand gehüllt hatte, das von seinen knochigen Schultern zu den Knöcheln hinabreichte, ohne ihn irgendwo zu berühren. Ihr Magen rebellierte, und sie zitterte, bis sie sich kaum noch in der Gewalt

hatte, so daß sie sich von ihm abwandte und die anderen im Raum betrachtete.
Lybor. Domnor Herns zweite Frau. Eine große Stenda mit üppigem blonden Haar und der bleichen, zarten Haut der Hochgeborenen und der Seele einer Viper, wie Serroi nur zu gut wußte, hatte sie doch unter ihrer giftigen Zunge seit ihrem Dienstantritt zu leiden gehabt. Lybor besaß die Gabe, ihre schwächsten Stellen herauszufinden und darin wie mit einem Messer herumzuwühlen. Sie saß auf dem Thronsessel am Fußende des mit Vorhängen verkleideten Bettes. Ihr Schatten und ihre Vertraute, die falsche Picior, stand neben ihr mit stumpfem und undeutbarem Blick der tiefliegenden blauen Augen und verzerrtem, runzligem Gesicht, das nun häßlicher aussah denn je. Sie trug ein anderes Gewand, einen schwarzen Schlauch – ganz ähnlich dem des Nors –, auf dessen Brust eine Silberflamme in einem Kreis aufgestickt war und schräg vorstand, wo ihr Kugelbauch gegen den schwarzen Stoff stieß. *Eine Anhängerin der Flamme, heilige Jungfrau, das wußte ich ja gar nicht.*
Auf der anderen Seite von Lybor stand Morescad. General Morescad. Serroi hielt den Atem an, als sie jetzt den Grund für das Ausgehverbot verstand; er hatte nicht gewollt, daß die Meien oder jemand anders ungehindert herumliefen. Der Ratgeber des Domnor. Der Leiter der Spitzel, die im ganzen Land herumschnüffelten, um Unruhe aufzuspüren. Serroi zog die Nase kraus. Seine Augen, seine Stimme, sein Gehabe verrieten eine lüsterne Arroganz, wann immer er mit ihr oder einer der Meien sprach, die nominell ihm unterstellt waren. Irgend etwas an ihr schien ihn zu faszinieren. Mehr als einmal hatte er mit den Fingern über ihre Stirn gestrichen, wie ein Mann, der beiläufig ein Haustier streichelt.
Lybor fuhr sich mit ihrem Zeigefinger an die Oberlippe und strich dann den Bogen ihrer Augenbraue entlang. »Sie kamen, uns Ihre Dienste anzubieten, Ser Nor. Die schwache Frau vor Ihnen möchte wissen warum.« Ohne die Antwort des Noris abzuwarten, senkte sie ihre blauen Augen und hob sie dann plötzlich zu ihm empor. Sie lächelte. Kleine Grübchen bildeten

sich neckisch auf ihren Wangen. »Willkommen, Ser Nor.« Ihre Stimme klang wie sanfte Musik. Serroi fühlte, wie sie selbst trotz allem, was sie wußte, auf den Klang reagierte. Sie sah, wie es den Norid weicher stimmte, obgleich er sich sofort wieder in der Gewalt hatte. Lybor lächelte erneut und streckte die Hand aus. »Es ist uns eine Ehre.«

Der Norid ergriff kurz ihre Hand. Er neigte den Kopf und sagte: »Doamna, wer Dienst feilzubieten hat, sucht den besten Markt, der seiner Waren würdig ist.« Er richtete sich auf. »Sie sind unzufrieden mit dem Domnor.«

Lybor wandte sich zu Picior und sah ihr einen langen Augenblick in die stumpfen, blauen Augen, ehe sie ihr Gesicht wieder dem Norid zukehrte. »Hern ist ein Narr.« Sie strich mit den Fingerspitzen langsam über den glatten Stein der Armlehne. »Ein fetter kleiner Narr, der sich mit Abschaum einläßt. Er lacht mich aus, wenn ich versuche, von dem Unrat, der in den Frauenunterkünften arbeitet, Respekt zu fordern. Er kümmert sich um nichts als sein Fressen und irgendein neues, kleines Flittchen, auf das er gerade scharf ist.« Sie lächelte den Norid an. »Sie wissen, was wir wollen, Ser Nor; Sie wußten es, bevor Sie uns aufsuchten, dessen bin ich sicher. Wir wollen die Fäden in die Hand bekommen, die Hern wie einen Mann aussehen lassen. Fäden, an denen er tut, was wir wollen.« Wieder strich sie über ihre Oberlippe und ließ ihren Finger die schöne Linie ihres Kinns nachzeichnen. »Zum Wohle von Mijloc, Ser Nor.«

Morescad regte sich neben ihr. »Zum Wohle von Mijloc«, wiederholte er voller Hohn in den dunklen Augen. Er lächelte und ließ seine Hand auf Lybors Schulter fallen.

Die Schlitzaugen des Norids wanderten von der Frau zu dem kräftigen Mann. »Ihre Überlegungen sind Ihre Sache, Domani.«

Er rieb den Daumen über die anderen Finger. »Mir geht es um das Gold, das Sie für meine Dienste zahlen.«

Serroi fühlte, wie ihr die Galle hochkam. *Diese Narren, diese verdammten Narren, begreifen sie denn nicht, auf was sie sich einlassen?* Sie wich zurück, schlug die Hände vor die Augen und berührte Tayyan am Nacken. Als sich ihre Waffengefährtin umdrehte, winkte sie mit dem Daumen in Richtung des Ganges. Tayyan schüttelte ungeduldig den Kopf und führte ihr Auge wieder an das Guckloch. Serroi zögerte, dann schaute sie selbst wieder in den Raum.

Der Norid ließ die Hände sinken. »Was Sie verlangen, läßt sich machen. Aber nicht vor der Mondensammlung. Dann steht das Tor zu dem Dämonen am weitesten auf. Sorgen Sie dafür, daß der Domnor sich in der Nacht der Mondensammlung alleine in seinem Schlafgemach befindet. Stellen Sie sicher, daß die Wachen vor seiner Tür vertrauenswürdig sind, damit weder sie noch irgendwelche Schnüffler das Zimmer betreten, was auch immer sie aus dem Innern hören mögen. Die Angelegenheit wird mehrere Stunden in Anspruch nehmen. Ihre Sache ist es, diese Vorbereitungen zu treffen. Ich werde den Dämonen rufen. Ich bekomme nun die Hälfte meines Honorars, die andere Hälfte nach vollbrachter Tat.«

Lybor drehte sich zu Picior um. Zwischen ihnen fand eine wortlose Verständigung statt, worauf Picior hinausging. Lybor wandte sich an den Norid. »Sie sollen es bekommen, Ser Nor. Doch zuerst ein Glas Wein, unseren Handel zu beschließen.«

Picior kehrte mit einem Tablett und drei Gläsern zurück. Dazwischen stand eine verkrustete, spinnwebenüberzogene Flasche. Die alte Frau füllte den Wein in die Gläser und reichte jedem eines.

Morescad grinste und hob sein Glas. »Auf den Domnor, daß er an den Fäden tanzen möge, die wir halten.«

Tayyan zischte vor Wut und vergaß völlig, wo sie sich befand. Ihre Schwertscheide kratzte über den Stein, als sie aufstand. Morescad hörte beide leise Geräusche. Er sprang auf den Gang zu und zückte kampfbereit sein Schwert.

Zitternd vor Furcht und mit Übelkeit im Magen bot Serroi aus dem Nichts Kräfte auf und zerrte Tayyan fort, überwand die blinde Wut der Stenda und überzeugte sie davon fortzulaufen. Laufen – durch das Rattenloch in den Mauern – laufen – mit den lauten Schritten der Verfolger – laufen – auf einen Baum springen, über die Mauer, den Sturz gedämpft durch Händevoll Ranken – ein Sprung in den Macaimist – Wachen hinter ihnen her – und noch ein Verfolger – Schrei – Dunkelheit und Furcht im Rücken – Gepolter durch die Straßen – laufen, laufen, laufen – Tayyan in einer Blutpfütze, die Hände um das von einem Armbrustbolzen getroffene Bein verkrampft – zusammenkauern auf dem Dach – furchtsames Schaudern – der Norid kommt – laufen – hastiges Huschen über schlüpfrige Dächer, während die Sturmwinde an ihr reißen und vorwurfsvolle Augen sie verfolgen – der Norid hinter ihr her – auf ihrer Fährte.

»Und so habe ich sie im Stich gelassen, meinen Eid als Waffengefährtin gebrochen und sie dem Tod anheim gegeben. Ich kam über die Mauer, stahl ein Boot. Den Rest kennst du, Dina. Weißt, wie das ganze Land mich zu suchen scheint. Plaz-Gardisten und Teyns Berseyd. Traxim und die Jungfrau mögen wissen, wer sonst noch hinter mir herschnüffelt. Die Nearga-Nor und die Söhne der Flamme gehen gegen mich und jeden vor, der mir zu helfen wagt. Und ich muß zurück.« Sie strich sich müde über die Stirn.
Dinafar schloß ihre Finger um Serrois Knöchel. »Nein. Du hast gehört, was der Tercel gesagt hat. Du wirst doch nicht glauben, daß sie noch am Leben ist.«
»Nein.« Serroi sprang auf, goß das letzte Wasser über die Kohlen, zog ihre Stiefel aus und streckte sich dann auf der Decke aus. Über ihnen begannen Blitze zu zucken. Der Wind pfiff über und um die schräg gespannte Plane und blähte sie wie ein Segel. Die ersten Regentropfen fielen um sie her. »Ich weiß nicht«, sagte sie langsam. »Vielleicht hat er gelogen, um mir Angst einzujagen oder mich dafür zu bestrafen, was ich ihm angetan habe. Ich muß es herausfinden, Dina. Und das ist nicht der einzige Grund, nicht das Wichtigste. Ich muß den Domnor warnen.« Sie ließ den Kopf auf die verschränkten Arme sinken; Dinafars derbe Hand tätschelte unbeholfen ihre Schulter. Sie drehte den Kopf und sah in die sorgenvollen, grünbraunen Augen des Mädchens.
»Es wird dich nur das Leben kosten«, flüsterte Dinafar.
Serroi drehte sich auf den Rücken und starrte in die windge-

peitschten Blätter. »Wenn es nur das wäre.« Sie ergriff die Hand des Mädchens und schmiegte sie an ihre Wange. »Vor fünfzehn Jahren bin ich einem Nor entkommen. Obgleich entkommen nicht das richtige Wort ist; er ließ mich allein zum Sterben, aber ich wollte mich ihm nicht fügen. Ich habe überlebt, aber ich bin noch immer nicht ganz frei von ihm.« Sie kicherte schläfrig. »Egal, ich rede hauptsächlich, um die Alpträume zu verscheuchen. Diese Narren haben nicht die geringste Ahnung, wer die Fäden ziehen wird, mit denen sie sich gerüstet haben. Sie jedenfalls nicht, das ist gewiß. Die Nearga-Nor werden sie über diesen Norid zum Narren halten. Er wird Mijloc regieren, doch warum er das will, oder warum sie das wollen, weiß ich nicht. Sie verstehen von Gefühlen und vom Leben so wenig wie ein Blinder von Farben. Sie stecken Leute in Schubladen und sind überrascht, wenn sie nicht hineinpassen, schwerfällige Gefühle, schwerfällige Leute, die nicht in ihre Schubladen passen. Sie haben Sankoy genommen, müssen es haben, die Berseyd arbeiten nur auf Befehl des Teyn. Und jetzt Mijloc. Und Biserica.« Sie verstummte und lauschte auf die Geräusche des hereinbrechenden Unwetters.

»Solltest du nicht Nachricht nach Biserica übermitteln, was hier geschieht?« Dinafars leise Stimme hielt sie vom Einschlafen zurück. »Laß uns doch morgen zusammen südwärts ziehen.«

Serroi blinzelte und rieb sich das Gesicht. »Zu weit, zwanzig Tage bei strammem Ritt bis nach Biserica.« Sie gähnte. »Außerdem ist da immer noch Hern.«

Das Mädchen blieb reglos sitzen, sein Körper zeichnete sich als dunkle Silhouette vor dem von Blitzen erhellten Himmel ab. Nun fiel der Regen gleichmäßiger, prasselte auf den harten Boden und auf die gespannte Haut der Plane. »Um mit mir selbst ins reine zu kommen, muß ich umkehren.« Sie gähnte wieder und schloß ihre Finger um das Handgelenk des Mädchens. »Du mußt nicht mitkommen. Zieh lieber nach Süden, die Traxim haben dich bei mir gesehen, aber alleine müßtest du unbehelligt bleiben. Du kannst Yael-mri berichten, was ich dir erzählt habe. Yael-mri, unsere Prieti-Meie. Du wirst sie mögen. Tu mir den Gefallen. Ich würde mich wohler fühlen, wenn sie Bescheid weiß, für den Fall, daß ich versage.«

»Du wirst nicht versagen.« Die Stimme des Mädchens klang aber völlig sicher. »Du darfst nicht versagen, also wirst du nicht versagen. Und du darfst nicht damit rechnen, daß ich dich alleine ziehen lasse. Was sollte ich denn machen, wenn einer von diesen dreckigen Vögeln sich auf mich stürzen würde? Du bist wie ein Junge gekleidet. Sie werden nach einer Person oder zwei Frauen Ausschau halten, nicht nach einem Geschwisterpaar – sofern du deine Haut zurecht machen kannst.«

»Ich habe nicht mehr die Kraft, mich zu streiten, Mädchen.« Serroi kicherte, als sie sich in die Decken wickelte. »Leg dich schlafen. Morgen laufen wir; wir lassen die Macain frei, sie werden für sich selber sorgen müssen. Ich finde, daß du dumm bist, aber ich freue mich über deine Gesellschaft.« Mit einem letzten Gähnen schloß sie die Augen und war auch bald schon eingeschlafen.

DAS KIND: 8

Das Jahr verging langsam. Über Serroi griff der Norid nach der Flora und der Fauna, nach dem wilden Leben der Raubtiere, dem kalten, heimlichen Leben der Reptilien, dem Huschen der Nager und dem fluchtbereiten, harmlosen, ängstlichen Leben der Beutetiere. Er griff nach ihnen, verdarb sie, versklavte sie und zog sich dann von ihnen zurück, um seine Jagd weiterzutreiben und seine Macht auf alle Daseinsformen auszudehnen. Bei jedem einzelnen Schritt kämpfte sie gegen ihn an und verlor jedesmal.

Es geschah etwas Seltsames. Obwohl der Noris sich dessen nicht bewußt war, veränderte er sich selbst und wurde zugänglicher für sie – als ob das Leben, das er berührte, zurückschlüge durch seine Abwehr und die toten Teile von Körper und Seele wieder zum Leben erweckte. Serroi veränderte sich ebenfalls. Sie wurde mit jedem Kontakt, den sie mit den Lebenskräften hatte, die er verstehen und beherrschen wollte, stärker. Die

Augenblicke, da er sie zwang, sein Tor zu sein, nährten den hartnäckigen Kern ihres Wesens. Als das Jahr verstrich, sah sie allmählich eine entfernte Möglichkeit, sich eines Tages zu befreien und zurückzuschlagen.

Am Ende des Jahres, als der Winter dem Frühling entgegenging, führte er sie weit in den Süden in die Küstengebirge am Rande des Flachlands von Mijloc. Er stand mit ihr auf einer breiten Felshöhe über einem lieblichen, grünen Tal, einer gartenähnlichen Landschaft mit einem Goldschimmer darüber, die Kraft und Gesundheit ausstrahlte. Sie wußte, sobald sie dieses Tal sah, daß sie diese Gegend einmal besuchen wollte; sie zog sie mit einer Heftigkeit an, der sie sich nicht verschließen konnte. Und sie konnte den Gedanken nicht ertragen, daß der Noris diesen Frieden und dieses Gute vernichten könnte. Sie blickte zu ihm empor und sah überrascht, wie Zorn und Begierde sein ruhiges Gesicht verzerrten.

Sie sagte nichts, sondern wandte ihren Blick schweigend wieder dem Tal zu. Irgend etwas war da draußen – sie ertastete das Tal mit ihrem Augenfleck und fühlte etwas wie eine Kraft, die dem Noris in den vergangenen Monaten widerstanden hatte, sich gegen sein Eindringen gewehrt und die Schäden behoben hatte, die er anrichtete. In der vergangenen Woche hatte er sie alleine gelassen und seine Zeit damit zugebracht, sein angesammeltes Wissen zu verfeinern; der Turm hatte gebebt von den Kräften, die er gerufen hatte. Voller Zuversicht bezüglich seiner Macht über sie, ließ er sie außerhalb des Turmes spazieren gehen, wann immer sie wollte. Sie ging zum Ufer hinunter und tollte durch die Brandung, setzte sich auf einen Felsen und betrachtete die toten Fische, die am Strand angeschwemmt wurden. Spannung hing in der Luft. Die Welt sammelte ihre Kräfte gegen ihn. Sie fühlte sich stärker als je zuvor, als sie die Rebellion der Erde einsog. Sie stand am Berghang über dem Tal und fühlte, wie die gleiche Art von Kraft von dem Platz da unten zu ihr heraufströmte. *Das ist das Herz des Widerstandes,* dachte sie.

Der Noris ließ eine Hand auf ihre Schulter fallen. Sie fühlte, wie er sich vorbereitete, in sie zu strömen und machte sich bereit zum Widerstand, da der Fluß von unten in sie eindrang und mit ihr gemeinsam gegen sein Eindringen ankämpfte. Sie schrie auf, als er sie heftig ins Gesicht schlug, immer und immer wieder und sie ablenkte, doch sie biß die Zähne zusammen und wehrte ihn ab. Er schlug sie seitlich gegen den Kopf; sie schrie vor Schmerzen, schrie mit jedem harten Schlag auf ihren Augenfleck, weigerte sich jedoch, nachzugeben. Das Tal nährte ihre Kraft. Sie war ein Fels. Es gab keine Stelle, wo er hätte eindringen können.

Zitternd vor Wut und vor Verletztheit grub der Noris seine Finger in ihre Schulter und trug sie zurück zum Turm. Er warf sie auf ihr Bett und starrte auf sie herab, als versuchte er zu verstehen, warum sie ihn verriet. Er beugte sich herab, legte seine Hände sanft auf ihren Kopf, daß der Kummer in seinem Blick ihr wehtat und sie verwirrte. Lange Zeit rührte er sich nicht, dann richtete er sich wieder auf. »Du mußt eine Lektion bekommen«, murmelte er. Er streckte eine Hand aus, spreizte die Finger zu einem bleichen Stern und sprach ein WORT. Ohne sie anzusehen, rannte er aus dem Zimmer.

Serroi blinzelte ihre Tränen fort und fragte sich, was der Noris getan hatte. Sie bewegte eine Hand und streifte dabei zufällig ihren Schenkel. Sie keuchte, als Schmerz sie durchzuckte. Die Schmerzen wurden schlimmer und fraßen sich über ihren ganzen Körper. Ihre Kleider wurden zur Qual. Sie riß sich das seidene Kleid herunter, das plötzlich wie ein Nesselhemd scheuerte. Ihr Körper war in Schweiß gebadet. Ihre Beine zitterten. Sie erhob sich vom Bett. Ihre Fußsohlen brannten. Sie setzte sich wieder und fühlte, wie Flammen sich in ihre Hinterbacken fraßen. Sie stand auf. Die Luft drückte gegen ihre Haut und brannte. Es war ihr unmöglich, ohne Schmerzen zu sitzen oder zu stehen, und ihre Nervenenden waren derartig sensibilisiert, daß der geringste Druck eine Qual war; sie begann zu weinen. Sie weinte und wußte, daß er ihr das hatte antun können mit Hilfe des Wissens, das er durch sie erworben hatte, weinte, daß die Tränen ihr wie Säuretropfen das Gesicht herunterrannen. Als sie nicht mehr stehen konnte, setzte sie sich auf die Bettkante, bis sie auch das nicht mehr aushalten konnte. Sie stand auf. Sie zitterte, fiel auf die Knie und schrie vor Schmerzen, denen sie nicht entrinnen konnte. Sie rappelte sich wieder auf die Beine. Sie weinte vor Schmerzen, taumelte zur Tür, schloß unter größten Mühen die Finger um die Türklinke in der Absicht, sich zu ihrem Noris zu schleppen und ihn zu bitten, seinen Fluch aufzuheben. Ihre Finger glitten von der Klinke. Schweiß rann ihr Gesicht herab. Die Tür war verschlossen.

Die Qualen dauerten endlos an. Vor ihrem Fenster verfinsterte sich der Himmel. Sterne funkelten über dem dunklen Rechteck. Ihre Zunge schwoll an. Sie versuchte zu trinken, konnte aber trotz ihres Durstes das Wasser kaum schlucken. Die Hände ergriffen etwas Eßbares. Der köstliche Duft überschwemmte ihren Mund mit Speichel, doch sie konnte nicht kauen. Sogar das Schlucken war eine Tortur.

Die Nacht verging langsam. Sie stand in Flammen. Die Zeit sickerte so träge dahin, daß sie schon nicht mehr von Bedeutung war. Sie konnte nicht denken. Konnte sich nicht rühren. Konnte nicht weinen.

Das Fenster hellte auf, und rote und goldene Streifen zeichneten sich in der Scheibe ab. Die Dämmerung erhellte den Raum. Serroi kauerte inmitten des Sankoyteppichs, den die Hände zurückgeholt, gesäubert und wieder ausgelegt hatten. Wo Fleisch Fleisch berührte, brannte sie, doch sie war zu erschöpft, um zu stehen.

Die Tür ging auf, und der Noris trat schweigend herein. Sie schaute hoch. »Bitte!« stöhnte sie.

Er sprach ein WORT. Als das Feuer in ihrer Haut erlosch, hob er sie hoch, trug sie zum Bett, setzte sich an den Rand und hielt sie im Arm, bis sie zu zittern aufhörte. Nachdem zärtliche Finger eine Weile ihr Haar gestreichelt hatten, legte er sie aufs Bett, breitete ihre verkrampften Glieder aus, blickte ernst auf sie herab und ging wieder.

Serroi streckte sich, setzte sich auf und strich mit den Händen an ihrem Körper herab. Ihre Haut fühlte sich klebrig an von kaltem Schweiß, doch das Brennen war weg, glücklicherweise war das Brennen weg. Mit vor Schlaf schweren Augen trat sie

an die Wasserkanne, begann sich mit einem Schwamm abzuwaschen und genoß das sanfte Dahingleiten des kühlen Wassers über ihren Körper. Sie beugte sich über das Becken und schüttete Wasser über ihr verschwitztes Haar. Das Vergnügen an der Kälte ließ sie erschaudern. Bis die Hände auftauchten, war sie angekleidet und völlig ausgehungert.
Nach dem Frühstück legte sie sich schlafen. Sie erwachte eine Stunde vor Mittag und fühlte sich intensiv lebendig. Als sie an der Türklinke zog, öffnete sich die Tür für sie; sie stieg die lange Wendeltreppe durch Turm und Gestein hinab zum Strand, ging an der Brandung entlang spazieren und ließ das kalte Salzwasser ihre Füße umspülen. Das Rauschen des Wassers und die Sonnenwärme machten sie schläfrig. Sie legte sich in den Sand und schlief ein.
Mehrere Stunden später wachte sie auf und fand das Abendessen neben sich aufgedeckt. Sie aß hungrig und watete dann in stiller Zufriedenheit durch die seichten Stellen, ohne über ihre Bestrafung auch nur nachdenken zu wollen. Als der Nachmittag verstrich, rückte der Schatten des Schmerzes näher und näher, bis sie ihn nicht mehr ignorieren konnte. Sie setzte sich in den Sand, zog die Knie an, ließ die Arme leicht darauf ruhen und schaute hinaus aufs Wasser. Sie fragte sich, was der Noris mit ihr machen würde. Sie schauderte, als sie an die Schmerzen der vergangenen Nacht dachte und wußte, daß sie das nicht noch einmal ertragen könnte und daß sie alles tun würde, was er verlangte, um das nicht noch einmal aushalten zu müssen. Wenn sie die Augen schloß, sah sie wieder das goldene Tal vor sich, wußte, daß sie es vom Noris nicht besudeln lassen durfte und wußte gleichzeitig, daß sie nicht länger die Kraft aufbrachte, ihn aufzuhalten. Zu welcher Seite die Waage nun endgültig ausschlagen würde, konnte sie nicht sagen. Sie schlug die Augen auf, schaute auf die endlose, blaue Weite der See hinaus und fragte sich, wo der Garten mit der weitläufigen Anlage wohl liegen mußte, der aus dem Berghang herauszuwachsen und alles Leben so üppig und zufriedenstellend hervorzubringen schien. *Dorthin werde ich gehen. Ich werde irgendwie von hier wegkommen. Dorthin gehöre ich wirklich.* Sie drehte

ihren Kopf und musterte das braunschwarze Gestein des Felsens, das in den schwarzen Stein des Turmes überging. Der Gegensatz zwischen dem Leben im Tal und der Leblosigkeit des Steins krampfte ihr den Magen vor Sehnsucht zusammen, dort und nicht hier zu sein; verschwommen begann sie den Wunsch des Noris zu begreifen, dieses Wunder zu besitzen, obgleich seine Inbesitznahme zugleich das Ende dieses Zustandes bedeuten würde.

Sie rieb sich den Nacken und beobachtete, wie die schäumende Brandung zu ihren Zehen emporkroch. Einige Inseln ragten wie kahle Zahnstümpfe aus dem Wasser. Dahinter konnte sie nichts sehen als das endlos wogende Meer. *Ich weiß nicht einmal, wo Land liegt,* dachte sie. *Oder wo das Tal zu suchen wäre.* Als sie diese intensive Sehnsucht nach dem Tal empfand, begann ihr Augenfleck zu pochen und zog ihren Kopf herum, bis sie in südöstliche Richtung blickte. »Das Tal?« flüsterte sie. »Ja, ja.« Sie sprang auf und tanzte lange im Sand herum. »Ich kann dich finden, das kann ich. Das werde ich, oh ja, das werde ich.«

Der Noris ließ sie an diesem Tag ganz in Ruhe. Sie konnte in der Nacht gut schlafen und verbrachte den folgenden Tag drunten am Strand mit Überlegungen, wie sie das Wasser überwinden konnte, die blaue Schranke, die allen ihren Anstrengungen Hohn sprach.

Die Dämmerung stand rot in ihrem Fenster, als der Noris sie am nächsten Morgen wachrüttelte. Er stand mit traurigem Gesicht über sie gebeugt. Seine Hand ruhte auf ihrer Schulter, als sie sich aufsetzen, und er schüttelte den Kopf, als sie etwas sagen wollte. Nach einigen Augenblicken des Schweigens sprach er ein WORT und ließ sie allein. Der Schmerz war zurückgekehrt.

Wieder Morgen. Sie kroch zu seinen Füßen und weinte und flehte. Er enthob sie des Schmerzes. Wieder hielt er sie im Arm, während sie zitterte und schluchzte, wieder ließ er sie in Ruhe, diesmal für drei Tage. Jeden Abend schlich sie sich in ihr Zimmer zurück und erwartete neue Schmerzen, doch am dritten Tag begann sie zu hoffen, ihre Prüfung möge vorüber sein. Niemals zuvor hatte er sie so lange und so hart bestraft. Sie fragte sich allmählich, ob ihr Verhalten wirklich einen Verrat an ihm darstellte. Sie liebte ihn trotz allem und wollte ihm unbedingt gefallen. Das Tal – sie wußte nichts darüber; vielleicht war es eine Falle, nur eine Falle. Ihr schauderte jedesmal, wenn sie an die Schmerzen dachte, schauderte nochmals, wenn sie sich an die Trauer in den dunkel leuchtenden Augen ihres Vaters, Freundes und Lehrers erinnerte.

Am nächsten Morgen stand er neben ihrem Bett. Sie wollte ihm sagen, daß sie sich fügte, doch er wollte sie nicht anhören. Er maß ihre Stärke durch die seine und wollte ihr nicht glauben. Er sprach das WORT und ging, rannte fast davon, verfolgt von ihren Schreien.

Diesmal dauerten die Schmerzen zwei Tage. Als er zurückkehrte, kroch sie zu ihm, von Sinnen durch die Qualen und ohne einen Rest Willenskraft. Er sprach das WORT, und der Schmerz war weg, doch sie lag noch immer reglos, schluchzend, bettelnd, ohne auch nur zu begreifen, daß das Feuer erloschen war. Als er sie anhob und zum Bett trug, zuckte sie vor ihm zurück voller Entsetzen, unfähig zu denken, unfähig, ihren Körper in die Gewalt zu bekommen. Vor ihren Augen verschwamm er, wurde deutlicher, verschwamm wieder, wenn sie versuchte, sein Gesicht zu erkennen. Darin stand eine Trauer, mit der sie jedoch nichts anfangen konnte. Das Grauen hatte sich ihr in Mark und Bein gefressen. Er saß neben ihr auf dem Bett, versuchte, ihre Locken zu entwirren, ohne ihre Starre, ihre Reglosigkeit zu bemerken. »Serroi, meine kleine Serroi«, murmelte er. »Kämpf doch nicht gegen mich an, Kleines. Zwing mich nicht, dir das anzutun, mein kleines Tor, meine Tochter.« Seine Stimme wurde weicher bei diesem letzten Wort »Tochter«. Er strich mit den Fingerspitzen über ihre Wangen. »Die einzige Tochter, die ich in meiner Stellung haben kann. Sei mein Schatten, Serroi, mein zweites Ich. Du hast einmal zu mir gesagt, du möchtest ein Noris werden. Das ist nicht möglich, aber du kannst mehr lernen als die meisten. Wir können glücklich sein, Serroi. Gemeinsam können wir alles Dasein beherrschen.« Er strich ihr die Locken aus der Stirn, sah jedoch nicht, wie sehr sie unter der Berührung zu zittern begann. Ruhig und zufrieden mit dem, was er getan hatte, ging er von ihr.

An jenem Abend rief er sie an den Kamin und saß zufrieden neben ihr, während sie ihrerseits bewegungslos blieb und erschauerte, wann immer er sie anlächelte oder berührte. Innerlich tat ihr alles weh. Die Erinnerung an die Schmerzen und das Bewußtsein des Verlusts; Tränen sammelten sich in ihren Augen, und sie blinzelte sie fort. Sie betrachtete das schlichtweg wundervolle Gesicht des Noris und war voll der Trauer wegen der Furcht, gegen die sie nicht ankam, wegen der Freude, die unwiederbringlich dahin war.

Am nächsten Tag kam er, sie abzuholen. Sie saß mitten im Bett mit überkreuzten Beinen und kraftlos auf den Knien ruhenden Händen und starrte ausdruckslos ins Nichts. Als sie ihn sah, stöhnte sie auf und wich mit abgewandtem Kopf zurück, um sich hektisch nach irgendeinem Versteck umzusehen. Es gab keinen Platz, wo sie sich hätte verstecken können. Der Noris lächelte. »Komm mit mir, Serroi.«

Einen Augenblick lang konnte sie sich nicht rühren, dann schob sie ihre Hand in die seine und rutschte vom Bett. Er sprach, und sie standen am Berghang oberhalb des goldenen Tales. Sie schaute traurig hinunter und wartete dann widerstandslos, daß er sie benutzte.

Er drehte sie zur Seite, daß sie ihn ansah und schaute ihr in die Augen. Eine Hand ruhte auf ihrer Schulter. Seine Augen wurden größer und größer, große, weiche, schwarze Ringe. Sie stand wie erstarrt, fassungslos vor Entsetzen und wartete darauf, ihn eindringen zu fühlen – doch ihr Entsetzen hielt ihn weit erfolgreicher ab als ihr früherer Trotz. Obgleich sie sich ihm nicht verweigern und nicht länger protestieren konnte, war sie doch auch nicht in der Lage, sich ihm zu ergeben; das Grauen überstieg ihre Beherrschung. Er raste und ohrfeigte sie, bis sie schluchzte. Sie versuchte, sich für ihn zu öffnen, doch er glaubte, sie lehnte sich wieder gegen ihn auf.

Er brachte sie beide ruckartig zum Turm zurück und schleuderte sie aufs Bett.

Auf Knien flehte sie ihn an. »Ich habe es versucht, Ser Noris.

Ich habe es versucht. Ich wehre mich nicht gegen dich. Bitte! Bitte!«

Seine Finger bebten vor Zorn, als er ihre Hände fortschlug und wieder die Schmerzen über sie kommen ließ. Blind durch seine eigenen Grenzen war er nicht in der Lage, die Veränderung in ihr wahrzunehmen und beging seinen endgültigen und schlimmsten Fehler, durch welchen sie für ihn nutzlos wurde. Er überließ sie drei Tage ihren Schmerzen, dann erlöste er sie davon und ließ sie am Strand spazierengehen, wie es ihr gefiel. Obgleich er sich von ihr fernhielt, fühlte sie seinen Zorn und seine Enttäuschung sie umfluten, wo immer sie sich befand. Niedergeschlagen und unsicher setzte sie sich in den Sand und beobachtete das heranrauschende Wasser.

Im Laufe der Tage entspannte sie sich zaghaft, hatte jedoch immer noch wenig Appetit auf das Essen, das die Hände ihr brachten. Sie schlief wenig, und der kurze Schlaf wurde immer noch durch Alpträume gestört. Der Noris überließ sie sich nach wie vor sich selbst, vielleicht weil er hoffte, die Zeit würde wie früher ihre Wunden heilen.

Am zehnten Tag betrat er plötzlich ihr Zimmer, blieb stehen und schaute auf sie herab, wie sie starr unter ihren Decken lag. Es war noch sehr früh, die Sonne stand noch jenseits des Horizonts und schickte erst einzelne rotgoldene Strahlen herauf. Sein Gesicht erschien in dem nebelhaften Licht wie ein verschwommener, bleicher Fleck. Sie konnte nicht atmen, alles verschwamm ihr vor den Augen, das Herz klopfte ihr im Halse und dröhnte in ihren Ohren. Sie fühlte, wie er in sie einzudringen versuchte, wollte gegen ihr Grauen angehen, schaffte es jedoch nicht. Es summte in ihren Ohren dann verlor sie das Bewußtsein.

Als sie wieder zu sich kam, war er fort. Sie wartete übermannt von Übelkeit und Schwäche auf seine Vergeltung. Nichts geschah. Die Tage verstrichen. Und noch mehr Tage vergingen. Sie aß wenig und schlief noch weniger. Sie magerte ab. Unter ihren Augen entstanden große, dunkle Ringe. Manchmal glaubte sie, sie sähe ihre Mutter vor sich stehen, die sie für etwas schalt, obwohl sie die Worte nicht recht verstehen konnte. Andere Male kamen ihre Geschwister, um sie genauso grausam zu quälen wie früher in der Tundra. Manchmal verwandelte sich der Strand oder der Sankoy-Teppich in frostige Erde mit den weichen, leicht zertretbaren Gräsern und dicken Büscheln von Frühlingsblumen; dann kamen die Chinin, mit ihr zu spielen, bellten voll überschwenglicher Freude, kämpften miteinander, warfen sie um, leckten ihr Gesicht – und wurden dann plötzlich böse, knurrten sie an, schnappten nach ihr und brachten sie zum Weinen, bis sie schreiend davonlief. Gelegentlich wußte sie, daß es sich um Halluzinationen handelte, andere Male verlor sie sich darin. Schlaflosigkeit und das langsame Aushungern schwächten sie, bis sie kaum noch ihr Bett verließ. Sie konnte sich weder zum Schlafen zwingen, noch etwas zu essen, ohne erbrechen zu müssen.

Der Noris kam und stand mit sorgenvollem Gesicht am Fußende ihres Bettes. »Warum, Serroi?« Sie starrte ihn entsetzt an. »Was kann ich tun?« Seine Stimme klang zärtlich und unsicher. Sie blinzelte, und Tränen überfluteten ihre Augen. Sie streckte eine zitternde Hand nach ihm aus. Er ergriff sie, hielt sie einen Augenblick, rückte dann neben sie und zog liebevoll an einer ihrer Locken. Schluchzend und zitternd warf sie sich in seinen Arm. Er fiel aufs Bett und hielt sie an sich gedrückt, bis der schlimmste Sturm vorüber war, dann saß er da und streichelte ihre wolligen Locken, sprach kein Wort, sondern hielt sie nur fest. Schließlich tupfte er ihr mit dem Laken die Augen trocken und legte sie zurück. Er berührte ihre Wange, lächelte und ging.

Eine halbe Stunde später brachte er ihr einen Chiniwelpen.

Serroi zuckte zurück, die entsetzten Augen auf den Welpen gerichtet.

Der Noris schaute verwirrt drein, dann zwinkerte er. »Ich brauche keine Chinin mehr, Serroi. Ich habe ihn dir gebracht, damit er dir Gesellschaft leistet.« Er hob den zusammengekauerten Chini auf und setzte ihn Serroi in den Schoß.

Sie ließ den Welpen ihre Finger beschnüffeln, dann kraulte sie ihn vorsichtig hinter den Ohren. Als sie hochschaute, war der Noris verschwunden.

Ein Monat verstrich. Frühling ging in Sommer über. Die Tage waren lang und heiß, doch sie brachte Stunden im Sand beim Spielen mit dem Chiniwelpen zu. Sie schlief besser, aß mit gutem Appetit, allerdings wurde sie nicht braun, sondern ihre Haut wurde nur ledriger und dicker, wenn sie nackt im Salzwasser plantschte oder im Sand lag. Ihr zäher, widerstandsfähiger Körper wurde wieder gesund, und ihre Kräfte kehrten zurück.

Eines Morgens erwachte sie früh, weil der Welpe ihr ins Ohr winselte.

Blinzelnd und ängstlich setzte sie sich auf und fragte sich, was wohl nicht in Ordnung wäre.

Der Noris stand mit düsterem Gesicht am Fußende ihres Bettes. Er wartete schweigend, während sie sich den Schlaf aus den Augen rieb und sagte dann: »Zieh dich an, Serroi.«

Sie schloß die Augen und war ganz starr vor Furcht. »Das Tal?« flüsterte sie.

»Nein. Tu, was ich dir gesagt habe, Serroi.«

Sie stieg in eines der weißen Seidenkleider und schlüpfte in die weichen Pantoffeln. Zögernd, den Blick immer noch auf sein Gesicht gerichtet, ergriff sie seine Hand.

Der Raum erlosch und verwandelte sich in sanfte Sandhügel mit verstreuten Haufen dürrer Sträucher. Der Noris sprach. Ein dunkles Gewand fiel neben ihr auf Sand und Steine. Er sprach erneut, ein kleines WORT. Neben dem Gewand war ein Festmahl ausgebreitet, köstliche, dampfende Speisen in zartem Porzellan und Wein in einem einzigen Kristallglas waren aufgetischt, dazu ein Kristallkrug voll Wasser.

Sie blickte zur Sonne empor und runzelte die Stirn. Als sie ihr Zimmer verlassen hatten, war es noch nicht ganz Morgendämmerung gewesen. Hier war der Morgen schon so weit fortgeschritten, daß die Sonne eine Handbreit über dem Horizont stand. Und es wurde unangenehm heiß. Sie und der Noris standen auf einer leichten Anhöhe inmitten der ödesten und ungastlichsten Gegend, die sie jemals gesehen hatte. Ihr Augenfleck pulsierte, doch sie konnte kein Leben entdecken, so weit er auch reichte – zumindest keine größeren Lebensfor-

men, denn nach Echsen und Ratten suchte sie nicht. Hier gab es nur Gesteinsbrocken und Sand, abgeteilt durch zerklüftete schwarze Linien, wo die Abläufe der Regenzeit sich in die Erde gefressen hatten. Sie schaute zu dem Noris hoch und fragte sich, was sie hier zu schaffen hatte.
Einen Augenblick lang ruhte seine Hand auf ihrem Kopf, dann trat er zurück. »Auf Wiedersehn, Serroi.« Und dann war sie allein inmitten der Wüste.

DIE FRAU: 9

Serroi streckte sich und gähnte und rollte sich aus ihren Dekken. Dinafar hockte über dem Feuer, schnitt den geborgten Wappenrock in kleine Stücke und warf sie ins Feuer; sie achtete genau darauf, daß sie auch zu Asche verbrannten. Als sie sah, wie Serroi sich aufsetzte, lächelte sie und stellte den Chatopf aufs Feuer. »Guten Morgen, Meie. Gut geschlafen?«
»Mmmm.« Serroi strich ihre Jacke glatt und begann, die Dekken zu einem kompakten Zylinder zu rollen. Sie summte eine undeutliche Melodie vor sich hin, während sie sich Dinas Dekken vornahm, dann kroch sie unter der Plane hervor, blickte zum Himmel und brummte unzufrieden – der halbe Vormittag war schon vorüber. »Dina, warum hast du mich so lange schlafen lassen? Du weißt doch ...«
Dinafar seufzte. »Ich weiß, daß du dich verrückt machst. Du hast den Schlaf gebraucht.« Sie warf den letzten Rest des Wappentuchs ins Feuer. »Ich sehe keinen Sinn darin, es allzu eilig zu haben, sich umbringen zu lassen.«
»Zum Teufel, Dina ...« Mit finsterer Miene ließ Serroi den Waffengürtel durch ihre Finger laufen, öffnete die Tasche, die sie suchte und nahm eine kleine Emaildose heraus. »Hör auf mit dem Versuch, mein Leben zu regieren.« Sie tauchte die Fingerspitzen in eine helle Creme und begann, sie auf ihrem Gesicht zu verteilen. »Wenn du dich nützlich machen willst, dann paß auf, daß ich keine Stelle auslasse.«
Das Wasser in dem Chatopf begann zu brodeln. Der kleine

Deckel hüpfte aufgeregt und stieß stoßweise Dampf aus. Dinafar klappte den Deckel zurück und warf eine Handvoll Chablätter in den Topf; sie schlang eine Falte ihres Kleides um ihre Hand und nahm dann die Kanne vom Feuer und stellte sie auf einen flachen Stein neben sich. »Die Macain haben sich davongetrollt.«
»Auch gut. Solange du bei mir bleibst, können wir sie nicht mehr brauchen. Zu verdächtig.« Sie seufzte, begann sich die Creme in die Stirn zu massieren und fluchte leise, als sie versuchte, ihre baumelnden Locken aus dem Weg zu halten. Sie strich die Haare zurück und warf Dina einen finsteren Blick zu. »Du hättest mich wirklich nicht so lange schlafen lassen sollen. Habe ich es gut verrieben?«
Dinafars grünbraune Augen zwinkerten.
»Hör auf zu grinsen, es ist mein Ernst!«
»Ja, Meie, natürlich, Meie.« Dinafars Lippen zuckten wieder. Sie schluckte, und strich sich mit den Fingern über die Kehle. »Du hast deine Nase vergessen, Meie.«
»Verdammt!« Sie tastete hastig nach ihrer Nase.

Nachdem sie alle überflüssigen Gerätschaften hoch in einem Brellim versteckt, Decken und Planen auf die Rucksäcke gebunden und diese so bequem wie möglich auf ihren Rücken geschnallt hatten, traten Serroi und Dinafar aus dem Hain und machten sich auf den Weg den Hang hinab zur Hochstraße. Serroi schnitt eine Grimasse. »Schon ganz schön Betrieb!«
Dinafar stolperte, fing sich aber wieder. »So etwas habe ich noch nie gesehen. Wie hat man die denn gebaut?«
Die Hochstraße verlief gerade wie ein Messerschnitt von Biserica im Süden nach Oras im Norden. Es handelte sich um einen fünf Meter hohen Damm, der obenauf völlig geglättet und mit einem dicken, gummiartigen Belag, einem stumpf schwarzen, teerähnlichen Material gedeckt war. Diese Oberfläche war völlig eben und breit genug, daß zwei Bauernkarren problemlos aneinander vorbeikamen.
Serroi zog an den Kinnbändern ihrer Mütze. Zum ersten Mal, seit sie Oras verlassen hatte, war sie ausgeruht und entspannt;

keine Alpträume und auch kein anderer Traum, an den sie sich erinnern konnte, hatte ihren tiefen, tiefen Schlaf gestört. Die Mütze schmiegte sich eng um ihren Kopf und war etwas hinderlich. Sie hatte niemals gerne etwas getragen, das die Ohren bedeckte, doch nun war es ein notwendiger Teil ihrer Verkleidung. Sie warf Dinafar einen Blick zu. Das Mädchen ging leichtfüßig, blickte auf das Gras zu seinen Füßen hinab und ein zufriedenes Lächeln umspielte seine Lippen. »Genießerin«, murmelte sie.

Dinafar grinste, dann nickte sie zur Hochstraße hin. »Und wie ist die nun gebaut worden?«

»Der Großvater des Domnor war es leid, daß schlechtes Wetter und schlammige Straßen seine Steuereintreiber aufhielten. Er warb einen Zweiter-Klasse-Norit an, ihm eine Straße zu bauen, die nicht beim ersten Unwetter zusammenbräche. Der Hexer hat es in einem Tag und einer Nacht vollbracht, und der alte Kleorn hat ihn reich entlohnt. Und das Land ausgepreßt, um das verwendete Geld wieder einzutreiben.« Sie winkte mit der kleinen Hand im Handschuh in Richtung des Hanges. »Früher mußte man Wegzoll entrichten, um die Straße zu benutzen. Vor etwa zehn Jahren, als sein Vater starb, hat Domnor Hern das abgeschafft. Sagte, die Straße wäre nun schon ein Dutzend Mal bezahlt. Und es wäre sinnlos, den Leuten für etwas Geld aus der Tasche zu ziehen, was ihnen schon gehört. Floarin und Lybor haben sich darüber schwarz geärgert.«

Dinafar lächelte ihr so scheu zu, daß Serroi wieder daran denken mußte, wie jung das Mädchen noch war. Sie empfand eine Woge der Zuneigung für Dinafar und war froh, daß sie nicht mehr in diesem Dorf gefangen saß.

Sie erklommen die steile Seitenwand des Dammes und schoben sich unbemerkt in den Strom von Menschen, der sich über das schwarze Band wälzte; die meisten Reisenden waren auf dem Weg nach Norden, nach Oras zur Mondensammlung. Die Familien, die zu Fuß unterwegs waren, hielten ein gleichmäßiges Tempo ein und genossen den Tag und den Marsch. Gelegentlich kamen Macainreiter durch die Menge geprescht, ohne die Proteste der Fußgänger zu beachten. Bei einigen handelte es sich um Plaz-Gardisten mit erschöpften, hageren Gesichtern und staubigen, schweißbefleckten Wappenhemden. Andere waren Stenda, blond und arrogant, die Männer auf hochgezüchteten Macain von unsicherem Temperament, die Frauen und Mädchen in Wagen mit Vorhängen und großen eisenbeschlagenen Rädern. Die Stenda drängten alle zu Fuß Gehenden beiseite, ohne die Beschimpfungen und Beschwerden zu beachten und ignorierten die Menschen, als existierten sie gar nicht. Andere Reiter waren wohlhabende Kaufleute auf friedlichen Malekanim, deren goldverkleidete Hörner auf jeder Seite fünfundsiebzig Zentimeter hinausragten und ihren Reitern ohne zu fragen genügend Raum schafften; ihre verschleierten Frauen folgten in offenen Wagen. Mit weniger Aufwand zwar, aber mit der gleichen Arroganz. Ab und zu ritten Sleykyn-Häscher vorbei und ließen ihre Velaterlederpeitschen über gepanzerte Hinterhände knallen. Keiner schimpfte oder klagte, wenn sie vorüberkamen, sondern jeder ging ihnen nur schnell aus dem Weg.

Serroi starrte auf die Straße, wenn Gardisten vorüberritten, wohl wissend, daß die Veränderung ihrer Hautfarbe die beste Verkleidung war, und niemand sich für einen staubigen Jungen interessierte. Allmählich wurde sie ruhiger und vertraute auf ihr irreführendes Äußeres. Und dann ritt auf einem nervösen Macai ein Nor vorbei.

Dinafar faßte ihre Hand und hielt sie fest, als Serroi vor dem finsteren Reiter zur Seite rückte. Ihre warmen Finger gaben Serroi den Rückhalt, den sie brauchte. Sie hielt das Mädchen zwischen sich und dem Nor und beobachtete den Nor mit einer Furcht und einem alten Hunger, den sie längst vergessen glaubte. Dieser Nor war ein asketischer Minarka mit der olivgoldgetönten Hautfarbe seiner Rasse; sein rostbraunes Haar, das so glatt war wie Getreidegrannen, flog im Rhythmus seines Ritts. Er trug den enggeschnürten, schwarzen Umhang, die schwarze Jacke und das Lendentuch, die die Reitausstattung des Nors bildeten. Sie preßte ihre Finger eng um Dinafars und sah zu, wie der Norit achtlos an ihr vorüberritt. Als die schwarze

Gestalt in der Menge vor ihnen unterging, holte sie tief Luft. Sie war zu Fuß und unsichtbar. Sie grinste Dinafar an. »Er hat uns nicht einmal gesehen.«

Dinafar ließ kichernd ihre Hand los. Sie tanzte vor Serroi her und begann rückwärts zu laufen. »Wir haben ihn getäuscht! Wir werden sie alle täuschen!« Ein Mann vor ihr brummte, als sie auf ihn prallte. Sie beruhigte sich und ging wieder neben Serroi her. »Meie, wie soll ich dich eigentlich nennen? Darüber haben wir noch gar nicht gesprochen.« Plötzlich strahlten ihre grünbraunen Augen sie groß und ernst an.

Serroi rieb sich die Nase. »Richtig. Ein Name. Jern. Mein nächstälterer Bruder, der Name wird es tun. Jern.« Sie betrachtete Dinafar beim Weitergehen. »Keiner von uns sieht sehr nach dem Menschenschlag von den Bergen aus.« Sie seufzte. »Ich bin nicht besonders gut in diesen Dingen.« Sie schüttelte den Kopf. »Ausgebildet an allen Arten von Waffen, ausgebildet, daß ich mich kaum noch natürlich verhalten kann. Ich weiß, wie man eine Wunde vernäht und Fieber senkt, wie man alle Vierbeiner zähmt, aber, zum Teufel, ich habe kaum eine Ahnung, wie man eine glaubhafte Lügengeschichte zusammenspinnt.« Sie kicherte. »Wenn ich wieder am Biserica bin, werde ich Yael-mri einige Kurse in Verschlagenheit vorschlagen.« Sie verfiel in Schweigen und blickte stirnrunzelnd hinab auf die rissige Oberfläche, die unter ihren Stiefeln abrollte, während Dinafar summend neben ihr herhüpfte.

Pilger zogen an ihnen vorbei. Bauern und besitzlose Landarbeiter zu Hunderten, Flickschuster, Scharlatane, Spielleute, Akrobaten, Kesselflicker, Bettler, Kinder, ein paar finster dreinblikkende Söhne der Flamme, dicht umlagert von ihren Anhängern – eine Auswahl aller Gewerbe und Typen von allen Winkeln Mijlocs schob sich geräuschvoll über die Hochstraße. Nur die Kranken, oder jene, die zu alt und zu schwach waren, die Reise zu ertragen und die gezwungen waren, als Aufseher zurückzubleiben, fehlten in der großen Woge von Menschen, die nordwärts rollte. Serroi und Dinafar gingen als winzige Pünktchen in dieser Flut sicher und unbemerkt, und Serroi wurde immer gelassener, ja sogar zufrieden, nun, da sie ihre praktische Un-

sichtbarkeit zu glauben bereit war. Sie beobachtete Dinafar und freute sich über die Wandlung in ihr.
Das einst verstockte, zornige Mädchen blühte auf. Ihre Augen strahlten eher grün als braun vor Neugier und Freude – obgleich sie sich manchmal enger an Serroi drängte und deren Berührung suchte. Serroi spürte das und war etwas erheitert, aber auch ein wenig traurig, sah sie doch ihr eigenes Bedürfnis nach Rückversicherung in Dinafar widergespiegelt. *Sie ist wirklich reizvoll, wenn sie glücklich ist*, dachte Serroi.
Dinafars Haut trug einen Olivton, der in der Sonne zu tiefem Rehbraun wurde. Ihr schwarzbraunes Haar war lang und glatt; sie trug es aus einer Art trotzigem Vergnügen heraus offen. Der Wind wehte es umher, fein, seiden und dicht, wie es war. Ihr Mund war breit und ständig in Bewegung, heute morgen zwischen unterdrücktem Lächeln und breitem Grinsen. Sie war nicht hübsch, hatte aber einen lebendigen Charme der ihr einen Hauch von Schönheit verlieh, wenn sie glücklich war, ihre Augen strahlten, ihre Haut golden schimmerte und ihre Wangen sich zartrosa färbten. Sie war breitschultrig und würde schwerbrüstig werden wie beim Volk ihrer Mutter üblich, doch ihre Knochen waren zart, ihre Handgelenke und Knöchel ebenso schmal wie die Serrois, auch wenn Hände und Füße kräftig waren. Trotz ihres jugendlichen Alters war sie bereits einen Kopf größer als Serroi und konnte durchaus noch wachsen. Serroi beruhigte ihr Unbehagen darüber, wohin sie Dinafar führen würde mit der Beobachtung dieser Veränderungen und sagte sich, daß für das Mädchen alles besser war als diese persönlichkeitsvernichtende Existenz in dem Fischerdorf.
Weitere Norim und Sleykyn-Häscher ritten vorüber. Zwar erbebte sie und spürte ein Zittern in ihrem Magen bei jedem von ihnen, doch sie unterlag nicht mehr dieser kopflosen Panik, die sie fast zur unbeherrschten Flucht getrieben hätte. Die Erinnerung an ihren Verrat verdüsterte ihr den Tag. Sie brütete, bis Dinafar ihre Hand in die ihre schob. Sie schaute empor in die besorgten grünbraunen Augen. »Vielleicht lebt sie doch noch, J-jern.« Dinafar biß sich auf die Lippe, als sie über den Namen stolperte.

»Das ändert nichts an dem, was ich getan habe.« Serroi lächelte Dinafar an, hob ihre Hand und drückte ihr einen leichten Kuß auf den Handrücken. Dinafar errötete und zitterte. Als Serroi spürte, wie Dinafar zurückschreckte, ließ sie ihre Hand los. »Ich möchte nicht darüber reden.«

Die dahinwankende Menge lichtete sich gegen Mittag. Viele der Reisenden kletterten von der Hochstraße hinunter, um an den Hängen auszuruhen und zu essen, ehe sie ihre Pilgerreise fortsetzten. Serroi und Dinafar gingen mit den übrigen weiter, die ungeduldiger waren. Sie kauten auf getrockneten Früchten, tranken aus Feldflaschen und zogen dabei weiter. Weit voraus war etwas Dunkles am Horizont zu erkennen wie Rauch am Himmel. Serroi fühlte, wie Aufregung in ihr keimte. Sie wandte sich an das Mädchen neben ihr. »Dina, noch müde?« Sie kratzte sich an den Handflächen, die klebrig waren vom Obst. Sie wischte sie am Vorderteil ihrer Weste ab und vergaß ganz, daß da der dicke rote Stoff und nicht das behandelte Leder ihrer Meienjacke war. Sie schaute an sich hinab und rümpfte angewidert die Nase.

Dinafar kicherte und schüttelte dann den Kopf. »Mir geht es gut.«

Serroi hörte das Scharren von Macainfüßen hinter ihnen lauter werden und trat hastig an den Straßenrand. Sie wagte einen Blick über ihre Schulter, stolperte und blieb stehen, als ihr Blick zufällig dem eines Nor begegnete, eines großen, mageren Mannes mit blau-schwarzem Haar, das zu fantastischen Locken gedreht war, mit einer Hautfarbe wie über Kohlen gelaufener Sirup und strahlend indigoblauen Augen mit kleinen Azurfleckchen, in denen sich das Licht fing wie in kleinen Saphiren. Die Augen wurden immer größer, während sie so dastand und nicht in der Lage war, sich abzuwenden. Dann ritten zwei Sleykynin vorbei, deren Macainläufe winzige Bröckchen des Straßenbelags gegen sie schleuderten, winzige Stiche, die sie achtlos fortstrich, als sie den Noris, der sich nicht weiter für sie interessierte, davongaloppieren sah.

Ihr Atem ging schwer, das Herz klopfte ihr bis zum Halse. Serroi ließ den Blick zurück über die Hochstraße schweifen.

Soweit sie sehen konnte, bis zu dem Punkt, wo sich die Straße in den blauen Nebeln des südlichen Horizonts verlor, befanden sich keine Reisenden mehr auf der Straße, nur Reiterscharen. Stenda und Kaufleute, Sleykynin und Norim. Sie blickte hoch. Traxim in Fünfergruppen kreisten träge über der Ebene und flogen in Richtung Stadt, die im dunklen Rauch vor ihnen lag. Gedankenverloren setzte sie sich wieder in Bewegung.

Dinafar berührte ihren Arm. »Sollen wir rasten?« Sie machte eine Handbewegung in Richtung der Reisenden, die im Grase ruhten, lachten, schliefen, aßen oder nur dasaßen und miteinander redeten, um abzuwarten, daß die Mittagshitze verflöge. »Wir sind die einzigen, die noch gehen.«

Serroi schüttelte den Kopf. »Ich würde gerne vor Einbruch der Dunkelheit so weit wie möglich kommen. Außer, wenn du müde bist.«

»Nein, nicht besonders.«

Sie gingen in gleichmäßigem Tempo am Straßenrand entlang, um den stampfenden Hufen der verschiedenen Tiere und den unbeweglichen Karrenrädern ausweichen zu können. Es ritten noch einige Norim vorüber, die ihnen zu Serrois großer Befriedigung keine Beachtung schenkten. Die Straße begann sich zu füllen, als die Wanderer wieder den Damm heraufkletterten.

Ein Junge, der nicht älter als vier Jahre alt sein konnte, raste seinen Eltern vorweg, und huschte behende wie ein Mimkin den grasigen Hang herauf. Ohne nach hinten zu schauen, rannte er auf die Fahrbahn.

Dinafar kicherte, als er sich verhedderte und platt auf seine vier Buchstaben fiel; dann stockte ihr vor Entsetzen der Atem, als ein Sleykyn mit halbgeschlossenen Augen an ihr vorüberritt und um Haaresbreite die kleine, erstarrte Gestalt auf dem Straßenbelag niedertrampelte.

Ohne nachzudenken schoß Serroi unter die krallenbewehrten Füße des Macai, daß dieser heftig scheute. Sie schnappte den verängstigten Jungen und rollte mit ihm aus dem Weg, fühlte einen stechenden Schmerz und rollte kopfüber den Damm hinab. Das Gras dämpfte ihren Sturz, doch sie konnte erst anhalten, als sie am Grunde des Abhangs aufprallte.

Sie unterdrückte einen schmerzerfüllten Schrei, setzte sich auf und stellte den jammernden Jungen auf die Beine. Sie faßte nach ihrem Arm. Ihre Fingerspitzen fuhren blutverschmiert zurück. Sie drehte den Kopf. Eine lange, gerade Linie führte an ihrem Ärmel entlang und schnitt tief in ihren Muskel. Aus der Wunde sickerte Blut und tropfte ihren Arm herab. *Die Peitsche*, dachte sie. *Dieser Kerl hat seine Peitsche gegen mich eingesetzt.*

»J-jern.« Dinafar stolperte den Damm herunter. Serroi sah an ihr vorüber, wo die Familie des Jungen angelaufen kam. Dinafar ließ sich neben ihr auf die Knie fallen. »Er hat dich mit der Peitsche geschlagen!« Die Stimme des Mädchens bebte vor Empörung. »Mit der Peitsche!«

Mit dem Daumen verrieb sie das Blut an ihren Fingerspitzen. Dann wischte sie die Hand im Gras neben sich ab. »Sleykyn. Die sind nun einmal so.« Dinafar schnaufte finster drein und wollte gerade etwas sagen. »Pst, Dina. Später.«

Während die älteren Frauen um den wimmernden Jungen herumflatterten, kam der Vater stolpernd vor Serroi zum Stehen, keuchte und fuhr sich mehrfach mit einem blauweißen Taschentuch über das runde, rote Gesicht. Serroi ließ rasch ihren Blick über ihn schweifen. Ein Bauer, wahrscheinlich, nicht reich, aber wohlhabend genug, um seine Familie gutgenährt und gesund zu halten und darüber hinaus mehrere Knechte und Mägde einzustellen. Zwei seiner Kinder standen schweigend hinter ihm, ein Junge und ein Mädchen, die sich offensichtlich gut vertrugen, vielleicht sogar Zwillinge, und beide beobachteten Serroi und Dinafar mit kühler, abschätzender Intelligenz. Serroi schob ihren Ärmel zurecht, um die Hautstückchen zu bedecken, die durch den Schnitt sichtbar geworden waren. »Danke, Junge.« Der kräftige Mann winkte mit breiter Hand in Richtung der lärmenden Gruppe um den Kleinen. »Mein Jüngster. Ich bin dir zu Dank verpflichtet.«

Serroi zuckte mit den Schultern, reichte ihm die Hand, die in seiner riesigen Pfote verschwand und zog sie wieder fort. »Ein Mann muß nach seinen Prinzipien leben, Tarom.« Sie senkte ihre Stimme; ihre Verkleidung war gut, aber der Mann war

vermutlich kein Dummkopf, wie der Hauch von Wohlstand, der ihn umschwebte, besagte.
Er steckte das Taschentuch zurück und grinste sie freundlich an. »Mein Name ist Tesc Gradin, Tartineh aus der westlichen Cimpia-Ebene. Meine Frau Annic.« Er winkte in Richtung der älteren Frau. »Meine Töchter Nilis und Sanani. Diese Burschen ...« Er grinste zu den beiden, die untergehakt beieinanderstanden. »Teras und Tuli, Zwillinge. Das Kerlchen, das du eingesammelt hast, ist Dris. Ein verwöhntes Balg.« Er blickte liebevoll zu dem Jungen, der sich unter der Fürsorge von Mutter und Schwestern erholte. Dann betrachtete er Serroi mit freundlichen, klugen Augen. »Du und deine Schwester seid zu jung, als daß man euch euch selbst überläßt. Seid ihr von zu Hause weggelaufen?« In seiner Stimme schwang starke Mißbilligung mit. »Wollt ihr euren Leuten denn solche Sorgen machen?«
Serroi winkte lebhaft ab. Der Peitschenhieb trocknete und begann böse zu spannen. »Mein Name ist Jern, Tarom. Das ist meine Schwester Dina.« Sie blickte auf ihre Hände hinab und wußte, wie schlecht sie log. Tayyan hatte sie immer geneckt wegen ihrer zwanghaften Ehrlichkeit. Wenn sie daran gedacht hätte, hätte sie sich eine Geschichte zurechtgelegt. So vieles hätte sie tun können. Sie führte die Hand an ihren Augenfleck und ließ sie wieder sinken. Dinafar neben ihr wand sich ungeduldig.
Serroi ergriff ihre Hand und hoffte, das Mädchen würde nicht automatisch zurückweichen. »Nein, Tarom«, sprach sie leise. »Nicht ganz.« Sie warf einen raschen Blick auf sein besorgtes Gesicht und schaute dann wieder zu Boden. »Wissen Sie, unser Vater starb, als wir noch Babys waren.« Sie leckte über ihre Lippen, verabscheute die ganze Sache und wollte am liebsten so wenig wie möglich sagen. »Vor zwei Jahren hat unsere Mutter wieder geheiratet.« Sie sah wieder hoch und spürte die Anspannung in ihren steifen Muskeln.
Tesc nickte verständnisvoll. »Und nun wurde da eine neue Familie gegründet, der ihr sehr im Wege wart.« Die Augen des großen Mannes strahlten vor Zufriedenheit, als er ihre Wort

auf seine Art interpretierte. »Und dann seid ihr zwei weggelaufen.«
»Ja.« Serroi starrte ins Gras, ließ das Schweigen sich in die Länge ziehen und war gleichzeitig erschreckt und überrascht, wie real dies alles für den Landmann wurde, als er sich aus seinen eigenen Phantasien eine Geschichte über sie zurechtlegte, eine Geschichte, die für ihn um so glaubhafter erschien, als er sie selbst ersonnen hatte. *Ich habe etwas Neues gelernt*, dachte sie und war ein wenig traurig, weil sie es haßte, lügen zu müssen, insbesondere gegenüber diesem freundlichen Mann. Doch es erleichterte ihr Gewissen zu sehen, wie sehr er ihre Geschichte genoß.
»Beherzter Bursche«, sagte Tesc. »Wißt ihr denn, wohin ihr gehen wollt? Wenn nicht, seid ihr herzlich eingeladen, bei uns zu bleiben und mit uns zu meinem Tar zurückzugehen.« Er schaute Serroi streng an. »Du wirst dir dein Brot verdienen müssen. Aber ein wenig harte Arbeit hat einem Burschen oder einem Mädchen noch niemals geschadet.« Er blickte stirnrunzelnd die Kinder an, die sich hinter ihm versammelt hatten, mit den Zwillingen am Boden knieten und Serroi und Dinafar neugierig beobachteten.
Serroi sah zu Dina, die deren Blicke mit dem gleichen Interesse erwiderte. Sie stieß sie an, damit sie ihre Vorsicht nicht vergäße und antwortete dann dem Tarom. »Wir danken Ihnen, Tarom, aber unser Onkel, der Bruder unserer Mutter, wohnt in Oras. Ein Fischer mit einem ordentlichen Boot, der keine Kinder hat.«
»Nun, Bursche, ich wünsche euch Glück. Aber ihr werdet doch noch mit uns Abendbrot essen und euch uns auf der Reise morgen anschließen? Auf diese Weise wäre mir wohler zumute bei dem Gedanken an euch. Gute, warme Mahlzeiten und ungestörter Schlaf machen das Marschieren leichter.« Er nickte zu dem kleinen Shunka, das friedlich in der Nähe graste. Das Lasttier trug eine Bürde, die größer schien als es selbst. »Wir haben Zelte und reichlich zu essen dabei.«
Serroi nickte und unterdrückte ihren Widerwillen. »Nun habe ich Ihnen zu danken, Tarom.« Dinafars Hand schloß sich fest

um die ihre; sie lächelte dem Mädchen zu, schüttelte aber den Kopf, damit sie schwieg.
Annic schnalzte mißbilligend mit der Zunge, als Serroi sich von niemandem außer Dinafar anfassen lassen wollte. Dina wusch die Wunde, band ein sauberes Tuch darum, das Annic ihr bereitstellte und nähte dann das blutige Hemd zu, wobei sie so geschickt vorging, daß die Frau sich beruhigte. Als sie fertig war und Serroi versuchte, ihre immer noch zittrigen Beine in Bewegung zu setzen, kletterte die Gesellschaft den Hang zur Straße hinauf und ging gesellig in kleinen Gruppen weiter. Tesc hielt Serroi an seiner Seite, seine Worte flossen in einem leisen, sorglosen Strom dahin, als er von seinem Land und seiner Familie erzählte. Dinafar verhielt sich anfänglich scheu, begann dann aber, lebhaft mit den Zwillingen zu schwatzen; zu Serrois Erleichterung, stellte Dina, soweit sie das Gespräch mitbekam, den Jungen Fragen, so daß sie von ihrem Leben in Cimpia erzählten und wenig Zeit fanden, sich nach ihr zu erkundigen.
Mittlerweile brach der Abend herein. Serroi war erschöpft, und alles tat ihr weh. Auf den Monolog des Taroms gab sie nur noch willkürliche Erwiderungen. Ihr Arm spannte und fühlte sich heiß an. Sie hatte keinen Appetit, aber schrecklichen Durst. Dinafar ließ von ihrem Geplauder ab und kam schweigsam an ihre Seite und half ihr unauffällig den Damm hinab, als man die Straße verließ, um ein Lager für die Nacht aufzuschlagen.
Serroi zwang sich zu essen und zu trinken und stolperte dann mit Dinafar davon. Das Mädchen faßte mit rauher, kühler Hand an ihre Stirn. »Du glühst ja!« Sie sprang auf, rannte zum Feuer der Familie und kehrte mit einer Tasse Cha zurück. Sie kniete neben Serroi nieder und sagte: »Trink etwas davon, dann mußt du mir sagen, was ich machen soll.« Serroi nahm ein paar Schluck und schob dann die Tasse fort.
»Meie«, sagte Dinafar, »du sagtest doch, du hättest eine Medizin.«
Serroi blinzelte, zog dann den Hemdzipfel aus ihrer Hose und begann, mit den Fingern den Waffengürtel abzutasten, den sie unter dem weiten Hemd trug. Nach einer Weile ließ sie ihre

Hand sinken. Dinafar schüttelte sie. Sie keuchte, doch der Schmerz riß sie aus ihrem Fiebernebel. Sie hantierte an ihrem Gürtel und zog einen kleinen Bund Kräuter hervor. »Pyrnwurzel«, murmelte sie. Im flackernden Feuerschein und dem einsetzenden Licht der Mondensammlung sah sie die Kräuter durch und zog ein kleines Pergamentpäckchen heraus. Sie streute zwei Prisen des gräulichen Pulvers in den lauwarmen Cha, blieb dann eine Minute mit dem Becker in Händen sitzen, während das Pulver sich auflöste und einen widerlichen, durchdringenden Geruch verbreitete. Sie holte Luft, atmete aus und leerte dann den Becher in wenigen Zügen. »Bah, das schmeckt scheußlich.«

Dinafar blickte über ihre Schulter hinweg in Richtung der Familie. Sie saßen am Feuer und redeten und lachten. Einmal, als Dris aufstand und auf sie zuschlendern wollte, packte Tesc ihn am Hemd, versetzte ihm einen leichten Klaps und setzte ihn neben seine Mutter, ohne seine wütenden Proteste zu beachten. »Sie lassen uns ungestört, Jern. Wenn du dich mit dem Rücken zu ihnen hinsetzt, kannst du dein Hemd ausziehen, und ich kann dich besser verbinden.«

Serroi rieb sich die Schläfen. Sie begann sich besser zu fühlen, da die Droge bereits wirkte, doch die Augenlider wurden ihr schwer, weil sie so müde war. Sie setzte sich mit dem Rücken zum Feuer und ließ sich von Dinafar das blutige Hemd ausziehen. Als sie es endlich ausgezogen hatten, schwitzte sie stark, ihr Arm blutete wieder und ihre Unterlippe ebenfalls, auf die sie gebissen hatte, als Dinafar den Ärmel von dem verletzten Arm gerissen hatte. Dinafar fuhr sie an, in ihrem Vorrat nach der antiseptischen Salbe zu suchen, die sie dann über die Wunde verteilte, ehe sie den Arm wieder verband. Sie zog aus Serrois Rucksack ein sauberes Hemd und reichte es ihr; dann machte sie sich mit den Planen und Decken zu schaffen, während Serroi noch immer zitternd und elend dasaß und versuchte, sich von den Qualen zu erholen. Nach einer Weile machte sie sich vorsichtig daran, ihre Medikamente wieder in ihrem Gürtel zu verstauen.

Wind kam auf und Blitze zuckten durch die dahinziehenden

Wolken. Hier standen keine Bäume, das bedeutete, kein Schutz vor dem Unwetter. Tesc hatte sie in sein Zelt eingeladen, doch sie hatte so höflich wie möglich abgelehnt, und er hatte sie nicht weiter bedrängt. Sie blickte neidisch zu der dunklen Dreiecksform, als die ersten Tropfen fielen. Dann rappelte sie sich hoch und taumelte zu Dinafar hinüber.
Beide Planen und die Decken wurden ausgebreitet, die Rucksäcke ließen sie am Kopfende liegen, wo sie sie so aufstellen konnten, daß die obere Plane ihnen nicht beim Schlafen aufs Gesicht fiel. Serroi ließ sich vorsichtig ins Gras sinken und begann, an ihrem Stiefel zu zerren, doch sogleich schoben liebevolle Hände sie beiseite. Dinafar zog ihr die Stiefel aus und half ihr unter die Decken. Serroi ergriff ihre Hand. »Ich bin froh, daß du so dickköpfig warst und mitgekommen bist, Dina.«
Dinafar lächelte, zog die Plane über den Rucksack und stopfte sie sorgfältig fest. Dann hörte Serroi, wie Schritte sich auf die andere Seite der Plane zubewegten. Das Mädchen setzte sich, zog seine eigenen Stiefel aus und kroch dann ebenfalls unter die Plane. Dinafar rutschte herum, bis sie ihren Rock glattgestrichen und sich in ihre Decken gerollt hatte. »Gute Nacht, Meie«, flüsterte sie und blieb dann still liegen.
»Die Jungfrau segne dich, Dina.« Serroi lauschte einen Augenblick den Regentropfen, die auf die Plane prasselten. Die Pyrnwurzel erstickte den Schmerz in ihrem Arm und machte sie schläfrig. *Morgen,* dachte sie. *Morgen gegen Sonnenuntergang werden wir in Oras sein.*

DAS KIND: 9

»Warum?« flüsterte Serroi. Sie starrte an die leere Stelle, wo zuvor der Noris gestanden hatte. «Warum?« Sie rannte um das zu ihren Füßen ausgebreitete Festmahl, drehte sich immer wieder hilflos herum, breitete die Arme aus und flehte: »Noris, Ser Noris, laß mich doch hier nicht im Stich.« Ihre Stimme verklang, als sie begriff, daß ihr niemand zuhörte. Ihre Schultern sackten herab. Sie wischte sich den Schweiß vom Gesicht. Es war bedrückend heiß, obgleich es noch früh am Morgen war. Sie blickte auf die Speisen hinab, dann hinaus auf die Wüste, die sich in alle Richtungen erstreckte. Nirgendwo sonst Nahrung und Wasser. Sie riß den Kopf hoch. »Ich weiß nicht, was du willst, Ser Noris!« schrie sie. »Aber was es auch sein mag, ich werde es nicht tun.« Sie preßte die Lippen aufeinander, ließ den Blick schweifen und richtete ihn dann nach Westen. »Und ich werde auch nicht hier draußen sterben.«

Sie hockte sich neben das feine, weiße Tischtuch, das im Sand ausgebreitet war, begann zu essen und wählte nur die verderblichsten Speisen: eine zarte Eiercreme, Scheiben rohen Fischs in Wein und Kräutern mariniert, Salat und Wein. Den gegrillten Vinatbraten legte sie beiseite, ebenso Früchte, Käse und einen kleinen Berg Brötchen. Als sie fertig war, warf sie alles fort, was sie nicht brauchen konnte und knüpfte den Rest zu einem kompakten Bündel. Mit krausgezogener Nase blickte sie auf den in den Sand gedrückten Kristallkrug mit Wasser. »Wenn ich nur etwas anderes hätte, in das ich das Wasser umfüllen könnte . . . du wirst verdammt lästig zu tragen sein.« Sie blieb stehen und streifte den braunen Poncho über, den der Noris ihr zurückgelassen hatte, dann hob sie ihren Rock hoch und betrachtete ihre weichen Pantoffeln. »Die werden nicht lange halten.« Sie seufzte. »Egal. So. Nun such Wasser.« Sie schloß die Augen, begann sich langsam zu drehen und fühlte den Augenfleck pochen, als sie sich Wasser *wünschte*. Als die Ziehkraft einsetzte, wandte sie sich hin und her, bis sie sich der Richtung sicher war; dann schlug sie die Augen auf und stellte fest, daß sie in südwestlicher Richtung stand. Mit ihrem Zeh zog sie eine Linie in den Sand, die die Richtung markierte.

Einen Arm durch die verschlungenen Knoten des Tischtuchs geschoben, in der anderen Hand den Wasserkrug machte sie sich auf den Weg.

Die Sonne stieg höher. Schweiß strömte ihr Gesicht und ihren Körper hinab. Sie bebte unter den Hammerschlägen der Hitze. Die Erde versengte sie. Die Luft versengte sie, wenn sie den Atem einsog. Nach etwa einer Stunde begann sie sich benommen zu fühlen; ihr Gesicht glühte, doch sie schwitzte nicht mehr. An ihren Füßen hatten sich Blasen gebildet, die nun platzten. Sie tauchte ihren Ärmel in den Krug und rieb den feuchten Stoff über das Gesicht. Das half ein bißchen. Blinzelnd spähte sie geradeaus und entdeckte eine zerklüftete Linie im Sand, die wie eine dunkle Narbe aussah. Wenn überhaupt etwas, dann versprach dies Schatten.

Als sie am Rande des Schwemmlandes stand, blickte sie hinab und seufzte. Trockenes Schwemmland. Trocken wie alles andere hier. An der Stelle, wo sie stand, war die Wand abgebrochen und führte steil hinab zum Grund der Felsspalte, an deren Ende sich nur ein Haufen Schotter befand. Ein wenig weiter jedoch konnte sie Stellen sehen, wo Stücke ausgewaschen waren und Seen von Schatten bildeten, die ihren schmerzenden Augen unendlich wohl taten. Sie stieg den bröckelnden Hang hinab; inzwischen bildeten sich auch an ihren Fingern Blasen. Erschöpft kam sie unten an. Sie zitterte, und ihre Knie gaben nach. Sie stützte sich auf ihren Arm und ruhte einen Augenblick mit geschlossenen Augen aus, obgleich die Hitze der Erde durch ihren Ärmel drang; dann schleppte sie sich mühsam zum steinigen Grund des Schwemmgebiets und zu der nächsten Schattenstelle und brach in der willkommenen Dunkelheit zusammen; die Luft war nicht weniger heiß, doch der Schatten vermittelte das Trugbild von Kühle und erlöste ihre Augen vom grellen Angriff der Sonne.

Noch einmal tauchte sie das Ende ihres Ärmels in den Krug und kühlte ihr Gesicht, drückte das feuchte Tuch schließlich gegen ihre gesprungenen Lippen, bis alle Nässe darin verdunstet war, dann legte sie sich soweit sie konnte in die Nische zurück und wollte dort den Einbruch der Dunkelheit abwarten. In der drückenden Sonne weiterzugehen kostete sie zuviel Kraft. Und beim Warten fiel sie in einen schweren, von Alpträumen und Kummer erfüllten Schlaf.

Als sie erwachte, standen die Monde als eine verstreute Schar von Sicheln am Himmel. Nijilic Thedom ging gerade auf und deutete den Beginn eines neuen Monats an. *Der Neubeginn eines neuen Lebens. Falls ich überlebe.* Ihr Kopf schmerzte, als

sie sich aufsetzte, und sie war schrecklich durstig. Sie hielt den Krug hoch, betrachtete sorgenvoll die schwindende Wassermenge und wünschte, sie wüßte eine Möglichkeit, das Gefäß zu verschließen. Sie nahm einen tiefen Zug. Es kam ihr vor, als wäre das Wasser weniger vergeudet, wenn sie es in ihrem Körper trug anstatt in dem offenen Krug. Sie schob ihre Finger in das Bündel, zog eine Frucht heraus, verzehrte sie langsam, ließ den Saft ihre Kehle hinabrinnen und spuckte die Kerne auf die mondbeschienen Steine am zerklüfteten Grunde des Wasserbettes. Träge von der großen Menge Wasser lehnte sie sich zurück und döste, bis Thedom genau über ihr stand; dann trank sie den Rest des Wassers und ließ den Krug auf dem sandigen Boden der Aushöhlung in der Gesteinswand stehen. Sie rückte sich das Bündel so bequem es ging auf dem Rücken zurecht und machte sich dann an den Aufstieg.
Nach einem halbstündigen Kampf stand sie am Rande oberhalb des trockenen Flußbetts. Thedom schien tief über ihrem Kopf zu schweben, und die drei Gefährten krochen auf sie zu. Serroi brach auf dem Gestein mit pochendem Herzen und schwer gehendem Atem nieder. Sie stützte sich auf die Arme und sah zu, wie die Monde an den Sternblüten vorüberzogen; es standen mehr Sterne am Himmel, als sie sich jemals erinnern konnte, in der Tundra gesehen zu haben. *Die Sternbilder habe ich niemals gelernt*, dachte sie. *Aber ich muß sie auch nicht kennen.* Sie strich mit den Fingerspitzen über ihren Augenfleck, lächelte und seufzte dann, als sie auf ihre Pantoffeln hinabsah und zwischen den aufgerissenen Stellen die Zehen bewegte. »Lumpen.« Unter erneutem Seufzen rappelte sie sich hoch und starrte mit finsterem Blick auf die silberne Wüste unter den Monden. »Warum?«
Der Wind wußte keine Antwort, als er heulend Sandkörnchen um die Dünen peitschte, und auch der Himmel mit den dahinziehenden Mondsicheln schwieg. Auch in ihrem Kopf gab es keine Antwort. Aber er mußte einen Grund gehabt haben, sie auszusetzen; er hatte für alles, was er tat, seine Gründe. *Ich werde es herausfinden. Wenn seine Zeit gekommen ist, werde ich es herausfinden; er wird staunen.* Sie zuckte zusammen,

weil ihr steif gewordener Körper sich auflehnte und ihre versengten Füße stechende Schmerzen ihre Beine emporjagten, als sie sich auf den Weg in Richtung Südwesten machte, wie ihr Augenfleck es sie hieß.

DIE FRAU: 10

Der dunkle Fleck am Horizont wurde langsam größer und hatte sich bis Mittag in eine turmbewehrte Mauer mit einer unregelmäßigen Reihe von Dächern dahinter aufgelöst, die wie ein terassenförmig angelegter Berg zu den schlanken, kuppelgekrönten Türmen des Plaz anstiegen. Die Hochstraße wimmelte von Pilgern, die auch auf beiden Seiten die steinige Ebene bevölkerten. Das üppige Grün weiter hinten am Straßenrand war spärlichen Büscheln trockenen Grases gewichen. Diese schoben sich zwischen den Steinen der geröllbedeckten Ebene hervor, welche den ständigen Salzwinden der See ausgesetzt waren. Die Brise war um diese Jahreszeit so kühl, daß der Aufenthalt im Freien recht unangenehm war. Nun, da Oras in Sicht war, verließen viele Wanderer die Hochstraße und überließen sie der anwachsenden Zahl der Reiter.
Tesc und seine Familie gehörten zu jenen, die in die Ebene hinunterkletterten; ihr dickes, kleines Lasttier stakste über die Steine. Der Tarom holte sein blauweißes Taschentuch hervor und wischte sich heftig das Gesicht. Dann stopfte er es in seinen Ärmel und ließ den Blick über die Ebene schweifen. »Hier läßt sich nicht so gut gehen«, meinte er fröhlich. »Aber dafür haben wir mehr Platz.« Seine Frau und seine Tochter schüttelten angewidert die Röcke, als der feine Staub sich auf Füßen und Säumen sammelte.
Die Stadt schob sich höher und höher über den Horizont, während sich die Sonne ihm näherte. Serroi blieb einige Schritte hinter den anderen zurück, weil Tayyans Bild vor ihrem inneren Auge schwamm. So nahe war sie der heimlichen Rennbahn und der Stelle, wo die Traxim ihre Freundin, ihre Liebste, ihre Waffengefährtin und ihr zweites Ich gefressen

hatten, so schrecklich nahe. Sie versuchte, das düstere Bild zu verdrängen, aber jeder Schritt auf die Stadt zu, fiel ihr schwerer als der vorangegangene.

Sie erreichten die Stadt, als die Sonne einen Fächer karmesinroter und goldener Strahlen an den Westhimmel warf.

Tesc wischte sich mit durchtränktem, schmuddeligem Taschentuch übers Gesicht. »Bei Tiyrj werden wir von Freunden erwartet.« Er winkte in Richtung Osten, wo ein Großteil des Besucherstroms die Stadtmauer entlangging und dahinter verschwand. »Ihr könnt euch uns gerne anschließen. Ihr wißt, daß im Zelt genügend Platz ist.« Er sah sie ernst an, sein rundes Gesicht wirkte besorgt, und er kniff gedankenvoll die klugen Augen zusammen, als er Dinafar und Serroi anschaute. »Im Augenblick ist die Stadt ein schlimmer Ort für junge Leute.«

Serroi schüttelte den Kopf. »Wir müssen unseren Onkel suchen.«

Er starrte auf das Taschentuch hinab, das er in den Händen zerknüllte. »Du bist ein netter Bursche, Jern. Wenn euer Onkel euch nicht behalten kann, kommt mir nach. Versprecht ihr das?«

»Die Jungfrau segne Sie, gütiger Tarom.« Sie streckte ihm die zierliche Hand entgegen. »Ich werde es nicht vergessen und bin äußerst dankbar für das Angebot.« Sie schaute sich um. Dinafar stand direkt hinter ihr mit weit aufgerissenen, strahlenden grünbraunen Augen. Sie machte einen ungeschickten Knicks, dann reichte sie Tesc die Hand. »Die Jungfrau segne Sie«, murmelte sie.

Serroi und Dinafar sahen der Familie nach, wie sie weiterzog und die Jüngsten sich immer wieder umdrehten und winkten. Serroi lächelte. »Du hast Freunde gewonnen.« Sie betrachtete das Mädchen nachdenklich. »Dina...«

»Nein.« Dinafars Stimme klang entschlossen. Sie drehte sich um und schlug den Weg zum Damm ein. »Ich weiß, was du sagen möchtest. Du willst mich immer noch irgendwohin schicken, wo du mich sicher wähnst.« Sie schüttelte den Kopf. »Ich will nicht in Sicherheit sein, Meie.« Sie blieb stehen und biß sich auf die Lippe. »Jern. Ich will mehr als nur Sicherheit.

Was, könnte ich nicht einmal sagen. Irgend etwas. Hilf mir, es herauszufinden.«

»Wenn ich dich dabei nur nicht in den Tod führe.«

Mit braunem Staub bedeckt erklommen sie als zwei kleine, anonyme Gestalten die Hochstraße und schritten langsam auf die Haupttore von Oras zu, zwei von vielen in dem Strom der anderen staubbedeckten Gestalten, die sich in die Stadt schleppten. Nur einer der beiden schweren Torflügel stand offen. Der Strom verengte sich dort zu einem Rinnsal, und zwängte sich unter den reglosen Blicken von einem Halbdutzend Wachen hinein. Vor Serroi und Dinafar wurde eine zierliche Frau zur Seite gezerrt. Das Tuch, das sie trug, riß man ihr vom Kopf, und die Wachen benutzten es, um ihr das Gesicht abzuwischen, ohne ihre Proteste oder die heftigen Einsprüche ihrer Begleiter zu beachten. Währenddessen huschten Serroi und Dinafar schnell durch das Tor und traten hastig in eine Seitenstraße. Dinas Augen funkelten vor Freude darüber, daß es ihnen gelungen war, die Wachen zu übertölpeln. Serroi lehnte sich an eine Wand; das Herz schlug ihr bis zum Halse und ungeweinte Tränen brannten ihr in den Augen. Sie drückte sich die Hände vor die Augen und rang darum, die Flut der Gefühle, die in ihr losgebrochen war, wieder unter Kontrolle zu bekommen.

Dinafar wand sich einen Augenblick verlegen, dann ging sie zum Ende des schmalen Gäßchens und begann mit zwei Bengeln zu sprechen, die auf Steinen hockten und vorgaben, aufgesammelte Pflaumen zu verkaufen, in Wirklichkeit aber bettelten. Als Serroi die Geräusche vernahm, ließ sie die Hände sinken, beobachtete die lebhafte Gestalt des Mädchens, deren Hände in weit ausholenden Gesten umherflatterten. Sie lächelte über die Sicherheit, die Dinafar erworben hatte. *Jetzt versucht sie, sich um mich zu kümmern. Anmutige Blume, einem Misthaufen entwachsen. Biserica wird das Richtige für sie sein – wenn sie es jemals bis dorthin schafft.*

Dinafar hockte sich neben die Jungen, lauschte aufmerksam ihren immer wieder unterbrochenen Redeschwällen, in denen ihre schrillen Rufe an die gelegentlichen Passanten widerhall-

ten. Serroi schaute sich um. Die Gasse war eng und finster, eine Sackgasse zwischen hohen Mauern. Am anderen Ende konnte sie einen Haufen Abfälle und Bauschutt sehen. *Wahrscheinlich schlafen die Jungen dort.* Langsam ging sie zur Hauptstraße zurück, wartete eine Sekunde und tippte dann Dinafar auf die Schulter. »Wir sollten besser gehen.«
Das Mädchen schaute hoch, nickte und sprang auf die Beine. Wortlos ging sie neben Serroi her, als sie beide sich in die geräuschvolle, gaffende Menge schoben, die die Straßen füllte. Über ihnen wurde der Himmel schnell dunkler, und Wolken kamen auf. Serroi betrachtete das Mädchen immer wieder von der Seite und fragte sich, was Dinafar quälte; sie war gewöhnlich schweigsam und so finster wie in ihrem Fischerdorf. »Was ist los, Dina?«
»Wohin gehen wir? Weißt du, wo wir schlafen können?«
Serroi rieb sich die Nase. »Wenn du soweit bist, werde ich wohl etwas finden können. Wir gehen zu unserem lange verloren geglaubten Onkel, kleine Schwester.«
»Aber... was?« Dinafar starrte auf sie herab. Sie stolperte gegen einen Mann; der grinste und legte seinen Arm um sie, ging jedoch gutmütig weiter, als sie ihn von sich schob. »Ich dachte... hast du wirklich einen Onkel hier?«
Serroi schüttelte den Kopf. »Nein, Kleines. Keinen Blutsverwandten, aber einen Mann, der der Jungfrau dient, indem er uns dienstbar ist.« Sie blickte zum bewölkten Himmel hinauf. »Wir haben nicht mehr viel Zeit. Laß dir alles erzählen, wenn wir erst dort sind. Beeil dich nun.« Sie ging, so schnell sie konnte, wand sich durch die Menge, zog Dina hinter sich her und ignorierte gleichermaßen die Flüche wie die ausgelassenen Rufe glücklicher Menschen. Sie führte Dinafar schnell durch die Stadt, verließ die Hauptstraßc und bog durch immer schmaler werdende Gassen, bis sie ins Hafenviertel kamen, wo sich Lagerhäuser und finstere Tavernen an die Stadtmauer schmiegten.
Dicht unterhalb der Mauer befand sich ein schäbiges Gebäude, ein langsam zerfallender Bau inmitten von schlammigen, stinkenden Pfützen. Die Abflüsse hier in der Gegend waren weit-

gehend verstopft durch Abfall und Leichen, so daß die nächtlichen Regenfälle nicht abfließen konnten, das Wasser auf dem alten Pflaster stehen blieb und sich milchig weiß verfärbte mit Spuren von Ocker und Gelbgrün, als ob das Wasser selbst verfaulte. Am Rande der Pfützen bildete sich Schaum und trieb in trägen Haufen um andere Klumpen undefinierbarer Substanz. Ein paar Regentropfen fielen in die langsam fließende Flüssigkeit und wühlten einen intensiven, übelkeitserregenden, süßsäuerlichen Gestank auf. Dinafar raffte ihren Rock und ging auf Zehenspitzen mit einer Vorsicht, die Serroi erheiterte. »Wenn wir hineingehen, sag kein Wort«, empfahl sie.
»Das hast du schon einmal gesagt.« Dinafar hielt sich die Nase zu. »Müssen wir?« flüsterte sie.
»Ja.« Serroi ging vor ihr her und drückte die Schwingtür auf. Drinnen in dem kleinen, finsteren Raum wurden ihre Sinne von Gerüchen überwältigt. Dort herrschte rotes Licht, das mehr verdunkelte als erhellte. Serroi durchquerte das Vorzimmer, Dinafar dicht hinter sich, und trat in den Schankraum. Im Licht von zwei Öllampen sahen sie eine Anzahl von Männern in kleinen Gruppen an verstreuten Tischen sitzen, zwei lehnten an der langen Theke; hier herrschte ein angenehmerer Geruch, oder aber alles andere wurde durch die verschiedenen Alkoholika übertönt. Der kleine, drahtige Mann hinter dem Tresen hörte mittendrin auf, einen Krug Bier zu zapfen und starrte sie an, während das Murmeln der Gespräche ringsum im Raum verstummte.
Der Mann an der Bar machte das Bier fertig, stellte den Krug vor einen einäugigen Mann, kam zum Ende der Theke und blickte sie an, die Hände in die Hüften gestemmt. »Zischt ab, Junge. Hier ist kein Blumenladen.«
Serroi lächelte ihn an und flüsterte aus halb geöffneten Lippen: »Yael-mir spricht aus mir.« Und lauter sagte sie: »Onkel Coperic.« Die Männer am nächsten Tisch hoben die Köpfe und starrten sie an.
Der Barmann legte die Hände flach auf das fleckige Holz, sein Blick wurde weicher. »Seid ihr Jinnits Kinder?«
»Ja, Onkel.«

»Was macht ihr denn hier? Wo steckt eure Mama?«
»Zuhause. Hat vor zwei Jahren wieder geheiratet und ist schwanger.«
»Und der Stiefvater hat euch vor die Tür gesetzt?«
»Gewissermaßen.«
Er drehte sich um und brüllte in die Finsternis. »Haqtar! Komm mal rüber.« Ein Mann mit dumpfem Gesicht schwankte an die Bar. »Mach mal hier einen Augenblick weiter.« Er zupfte gereizt an den Bändern seiner Schürze, riß sie über den Kopf und warf sie dem Mann zu. »Das ist kein Aufenthaltsort für Kinder«, murmelte er mit finsterem Blick auf den häßlichen, grobschlächtigen Mann. »Und nichts anschreiben«, fuhr er ihn an. »Kassiere, ehe zu zapfst.«
»Ja, Berom.« Die Worte quollen aus dem dicklippigen Mund, und die schwerfällige Stimme paßte zu dem abgestumpften Gesicht. Seine kleinen Augen leuchteten auf, als sein Blick an Coperic vorbei zu Dinafar und Serroi wanderte.
»Aus dem Weg, Dummkopf.« Coperic packte den klobigen Arm und drehte ihn, bis der Mann zurückwich und vor Schmerz jammerte. »Das ist nichts für dich.« Er wandte sich an Serroi und Dinafar. »Bei den Titten der Jungfrau, Jinnit wird was von mir zu hören bekommen. Das ist doch kein Ort für Kinder. Kommt mit.« Er schob sie durch eine Tür hinter der Theke, quetschte sich dann an ihnen vorbei und ging voran die kleine, hölzerne Stiege hinauf, die bei jedem Schritt ächzte, sogar unter Serrois geringem Gewicht. Serroi ging hinter ihm her und mußte grinsen.
Coperic gehörte zum Netz der Informanten und stillschweigenden Anhänger, das im ganzen Land Biserica unterstützte – und er konnte noch mehr. Nicht einmal Yael-mri wußte, was alles. Ein kluger Mann. Schon die Treppe bewies das mit ihrem gut funktionierenden und unverkennbaren Alarmsystem. Keiner konnte sie erklimmen, ohne lautstark sein Kommen anzukündigen, und nur wenige würden vermuten, daß genau das der Sinn der quietschenden Dielen war.
Am Ende der Treppe dehnte sich ein langer, finsterer Gang in die Dunkelheit, dessen Bodenbretter nachgaben und unter ih-

ren Füßen stöhnten. Serroi hatte allmählich das Gefühl, Coperic wäre ein wenig zu gründlich bei seinen Vorsichtsmaßnahmen. Das ganze Haus schien unter ihren Füßen unsicher zu schwanken.
Coperic stieß eine unverschlossene Tür am Ende des Ganges auf und winkte sie hinein.
Überall lag Staub. Schmierige Teller standen auf einem gleichermaßen schmierigen Tisch. Der Staub selbst sah aus, als würde er alles beschmieren, was er berührte. Die Laken auf dem ungemachten Bett waren grau vom langen Gebrauch, und aus den schweißbefleckten Steppdecken quoll an verschiedenen Stellen die Füllung. Viele Gerüche hingen in der widerlichen Luft, davon am stärksten schaler Gestank nach Schweiß und Urin. Serroi rümpfte die Nase. »Meinst du nicht, das das hier zu weit geht?«
Als er nicht antwortete, trat sie ans Fenster und spähte durch ein Astloch der verkommenen Läden. Soweit sie das sah, stieß die Taverne auf die Stadtmauer; deren bemooste Steine befanden sich ganz in der Nähe des Fensters. Eine Sackgasse? Mit einem Stirnrunzeln drehte sie sich um und ließ den Blick über sein mildes, faltiges Gesicht schweifen. Der Mann, der diese Stiegen und dieses verwahrloste Zimmer arrangiert hatte, mußte einen Hinterausgang geplant haben, wie unmöglich das auch schien.
»Wer zum Teufel bist du?« Seine Stimme klang kalt. Er stand mit verschränkten Armen und durchdringendem Blick da.
»Nicht der, als der ich scheine.« Sie nahm die Mütze ab und fuhr sich mit den Fingern durchs Haar, bis die zerdrückten Locken in einer wilden Mähne emporstanden, zog dann die Handschuhe aus und zeigte ihm ihre olivgrüne Haut.
Coperic entspannte sich. »Bei den Titten der Jungfrau, Meie. Die gesamte Armee ist hinter dir her.« Er wies mit dem Daumen auf Dinafar. »Wer ist sie?«
»Meine Sache.« Sie schüttelte den Kopf. »Sie ist nicht gefährlich, sondern höchstens selber in Gefahr.«
»In Ordnung.« Er zuckte die Schultern. »Was wollt ihr hier?«
»Obdach. Und einen Vogel.« Sie rieb sich die Augen. »Nearga-

Nor rückt auf Mijloc vor. Irgendwie hängen die Söhne der Flamme mit drin. Und ein Komplott ist gegen den Domnor im Gange, ein ganz dummes, verrücktes... aber man muß Biserica Bescheid geben.«
»Keinen Vogel.« Er blickte Dinafar finster an. »Mädchen, würdest du einen Augenblick draußen warten?«
Dinafar stellte sich rasch neben Serroi und faßte sie am Ärmel. Serroi tätschelte ihre Hand. »Wir gehen beide hinaus. Ruf uns, wenn du soweit bist.« Sie nahm Dinafars Arm und drängte sie aus dem Zimmer. Im Gang wollte das Mädchen protestieren, aber Serroi gebot ihr mit einem Kopfschütteln zu schweigen. »Warte«, murmelte sie. »Er hat ein Recht auf seine Geheimnisse.« Sie ließ den Blick in den Flur hinabwandern, als sie daran dachte, daß sie die Mütze im Zimmer vergessen hatte und hoffte, daß keiner käme und sie entdecken würde.
»Kommt.« Coperic stand mit undefinierbarem Gesichtsausdruck im Türrahmen.
Als sie, gefolgt von Dinafar, wieder den Raum betrat, hörte sie, wie draußen beständig der Regen fiel. Drinnen war es noch dunkler geworden, doch es herrschte genügend Licht, daß sie ein schwarzes Loch in der Wand erkennen konnte. Sie legte ihren Rucksack ab und hielt ihn baumelnd an den Gurten. Sie sah, wie Dinafar hinter ihr es ebenso machte. Sie steckte die freie Hand aus, und das Mädchen ergriff sie.
»Dort durch.« Coperic trat zurück und wartete, bis sie in das staubige Loch krochen. Nach fünfundzwanzig Zentimetern wurde das Loch plötzlich breiter. Serroi hatte gerade noch Zeit, sich abzurollen und dann Dinafar zu fangen, als diese fiel.
Coperic kam nach und ließ die Wandtäfelung zuschnappen. Es knallte in der Dunkelheit, dann sprühten Funken, und eine Flamme loderte auf. Mit einem Zündspan zündete er die Lampe an und drückte dann die erste Flamme aus.
Sie befanden sich in einem kleinen, behaglichen Zimmer, das in die Mauer gehauen war, einem fast peinlich sauberen Zimmer. Darin standen ein gepolsterter Lehnstuhl, ein säuberlich gemachtes Bett, ein Regal mit Schriftrollen an der Wand und ein Tisch mit einem hochlehnigen Stuhl davor. Dem Eingang ge-

genüber befand sich eine weitere Tür, ein schmales, mit schweren Brettern verschlossenes Loch. Coperic setzte sich aufs Bett und zeigte auf den Polsterstuhl. Serroi legte ihren Rucksack ab und setzte sich. Dinafar ließ sich neben ihr auf den Boden fallen.
»Kein Vogel?«
»Genau.« Er wirkte nun gelöster, in seinem Gesicht stand eine abgespannte Klugheit, List funkelte aus seinen Augen, die sich plötzlich zu Schlitzen verengten, als er gähnte und noch einmal gähnte hinter verspätet vorgehaltener Hand. »Entschuldige, Meie, ich bin schon seit Ewigkeiten auf den Beinen. Nun zu dem Vogel. Ich habe vor zwei Tagen versucht, einen loszuschicken. Mit all den vielen Norim und Flammensöhnen, die in die Stadt strömen und dem Staub, den du mit deiner Waffenschwester aufgewirbelt hast, bin ich nervös geworden und dachte, Biserica sollte davon erfahren.« Er kratzte sich an der Falte, die von seiner langen Nase zum Mundwinkel hinab verlief. »Ein Haufen Traxim unterwegs, diese verdammten, stinkenden Dämonen mit ihrer Vogeltarnung, soll doch... Ich schickte einen Vogel ohne Briefkapsel los, um zu sehen, was geschehen würde. Er kam vielleicht vierhundert Meter weit. Dann fielen die Traxim über ihn her und schleppten ihn irgendwo zur Stadtmitte; ich konnte den Weg nicht ganz nachvollziehen, weil zuviele Dämonen hier herumflattern. Ich dachte schon daran, einen Kurier loszuschicken. Habe mich dann aber doch anders entschieden. Wo alle Welt nach Oras strömt, fiele jeder auf, der die Gegenrichtung einschlägt und würde von einer Menge unfreundlicher Augen verfolgt.« Er brachte ein Lächeln zustande. »Beim Blut der Jungfrau, Meie, was habt ihr eigentlich angestellt?«
»Etwas gesehen, was wir nicht sehen sollten.« Sie lehnte sich in den Sessel zurück und hielt eine Hand vor die Augen. »Coperic, hast du gehört, was aus Tayyan geworden ist... was gibt's, Dina?«
Dinafar schob sich auf die Knie empor und schlug ihre warmen Hände um die Serrois. »Ich wünschte...«, begann sie. Sie hob Serrois Hand und drückte sie gegen ihre Wange. »Es stimmte, was die Gardisten erzählt hatten, Meie. Erinnerst du dich, wie ich mit diesen Jungen gesprochen habe?«

»Ja.«
»Nun ja, nachdem wir eine Weile geredet hatten, fragte ich sie ein bißchen aus, was der ganze Wirbel am Tor sollte. Sie sagten, daß zwei Meien... versucht... versucht hätten, den Domnor zu töten. Die Gardisten hätten sie verfolgt. Eine wäre entkommen. Die andere... die andere hat sich ein Messer in die Kehle gestoßen, ehe man sie davon abhalten konnte.«
Serroi machte ihre Hand los, stand auf, blinzelte blicklos umher, trat zur anderen Wand neben dem derb gehauenen Ausgang, stützte ihre verschränkten Arme gegen die Wand und lehnte ihre Stirn dagegen. Sie bebte vor Zorn, daß sie keine Tränen hatte, keine Tränen für ihre Kampfgefährtin oder für sich. Sie hatte es die ganze Zeit über gewußt – gewußt! Aber sie hatte immer noch gehofft, widersinnigerweise gehofft, sie könnte ihren jämmerlichen Verrat ausgleichen, alles wieder gut machen. Aber Tayyan war tot. Es gab keine Möglichkeit, ihr zu sagen, ich werde alles, alles, alles wieder in Ordnung bringen. Eine Hand legte sich auf ihre Schulter. Eine bebende Stimme sagte: »Meie?«
Sie drehte sich wütend um, wollte um sich schlagen, doch Dinafars Gesicht war zu offen, zu verletzlich. Serroi öffnete den Mund, um ihr zu sagen, sie sollte sie nicht anfassen, sie in Ruhe lassen, sie könnte doch niemals Tayyans Platz einnehmen und wäre töricht, das überhaupt nur zu glauben. Sie schaute an Dinafar vorüber und sah das traurige, erschöpfte Gesicht von Coperic. Ihr Groll verflog und ließ nur eine Erschöpfung zurück, die der seinen gleichkam; sie seufzte, drückte ihren Rücken an die Wand und ließ sich hinabrutschen, bis sie am Boden saß. Sie schaute hoch. »Mir geht es schon wieder gut, Dina. Mach keinen Wirbel.«
Dina hockte sich neben sie und schwieg betreten.
Serroi schluckte. Sie war müde, so müde, daß es ihr schon schwer fiel, nur zu denken. Sie hob eine zittrige Hand, starrte sie einen Augenblick lang an und ließ sie dann in ihren Schoß zurücksinken. »Coperic, ich sollte dir lieber erzählen, was wirklich vorgefallen ist. Schaff diese Nachricht nach Biserica, sobald du nur kannst.« Noch einmal erzählte sie ihre Geschich-

te. Ihre Stimme klang dumpf und monoton; sie ließ nichts aus und beschönigte nichts. Das Rennen, wie sie sich herausgeschlichen hatten und reichlich angetrunken zurückkamen. Das geheime Treffen. Was sie und Tayyan gesehen und gehört hatten. Was danach geschah, die Flucht, das Boot, das Dorf, was sie dort erfuhr und die ereignisreiche Rückkehr nach Oras. Coperic lauschte angespannt, und trommelte dabei unablässig mit den Fingern auf seinem Knie. Als sie schließlich verstummte, beugte er sich vor, daß sein magerer Körper sich wie ein Bogen spannte.

»Du bist davongekommen, Meie. Weshalb bist du nur zurückgekehrt? Du hättest so schnell wie möglich nach Biserica gehen sollen.«

»Meine Worte«, platzte Dina heraus.

Serroi ließ den Kopf zurücksinken, bis die Kühle des Steins durch ihren Haarschopf drang. »Hört zu, ihr beiden. Im Augenblick bin ich auf mich alleine gestellt. Versucht nicht, mich von dem abzuhalten, was ich tun muß.« Sie schloß die Augen. »Tun muß!« wiederholte sie heftig, und seufzte dann wieder. »Dina, ich weiß, daß du es gut meinst, aber bitte, laß es bleiben. Ich mag dich gerne, aber du ... ich ... es tut mir leid, aber du mischst dich in eine Sache, die dich nichts angeht. Ich bin siebenundzwanzig Jahre alt geworden, ehe ich dich kennengelernt habe; nichts an mir ist dein Besitz, Kind, und vieles davon verstehst du nicht. Tut mir leid.« Sie schlug die Augen auf und blinzelte in den Lichtschein der Lampe. »Entschuldige. Menschen tun einem weh, wenn man sie zu nahe an sich herankommen läßt, und man tut ihnen weh. Manchmal schlimmer, als man ertragen kann, aber man hält es doch aus, weil man muß.« Sie setzte sich auf, machte eine Pause. »Ich rede konfus. Coperic, morgen früh gehe ich zum Tempel. Die Tochter kann mich einlassen, um ohne großen Wirbel den Domnor zu sprechen, wenn sie dazu bereit ist. Wenn alles gut geht, werde ich gegen Mittag zurücksein. Wenn nicht ... weiß die Tochter über dich Bescheid?

»Nein.« Er betrachtete prüfend ihr Gesicht und schüttelte leicht den Kopf. »Warum?«

Sie tauchte die Hand in ihren Geldbeutel, holte den Tajicho heraus und hielt ihn in ihrer Handfläche. Sie betrachtete ihn einen Augenblick und sah in dem klaren Kristall den Lichtschein funkeln; unvermittelt fuhr sie mit dem Daumen über die harte, strahlende Oberfläche und steckte dann den eiförmigen Kristall in ihren Stiefel, in eine Tasche unter dem Rand des Schafts. »Gegen die Blicke der Dämonen und die Verwünschungen der Noris bin ich ausreichend geschützt. Wenn ich bis mittag nicht zurück bin, vergeßt mich. Was nun?«
Er runzelte die Stirn. »Schwer zu sagen. Ich bin schon ziemlich lange hier oben; ich möchte Haqtar nicht neugierig machen, sollte also lieber wieder hinuntergehen und werde nörgeln, daß ich auf zwei Gören aufpassen muß und euch nach der Mondensammlung bestimmt wieder nach Hause schicken werde.« Er erhob sich. »Ihr könnt die Nacht hier verbringen. Hier oben sind mehrere Zimmer. Nicht sehr sauber, fürchte ich. Aber auch nicht so schlimm wie das da.« Er deutete auf das Loch in der Wand. »Ich werde saubere Laken holen. Habt ihr Hunger?«
»Ich bin zu kaputt. Und du, Dina?«
»Ja.« Das Mädchen rührte sich. »Ich habe einen Bärenhunger.«
»Also, alles klar. Ich werde dir etwas zu essen bringen.« Er tat einen Schritt auf die Tür zu, blieb dann aber stehen. »Morescad hat eine Sperrstunde über die Stadt verhängt, trotz der vielen Menschen für die Mondensammlung. Das Lokal schließt in einer Stunde. Komm.« Er reichte Serroi die Hand und zog sie hoch. »Geht's dir wieder einigermaßen?«
Sie nickte. »Ich bin nur müde.«
Er schaute sie einen Augenblick lang an. »Gut«, meinte er trocken. Er nahm die Lampe und verließ vor ihnen den Geheimraum; als Serroi aus dem Loch herauskroch, reichte er ihr die Jungenmütze, die sie mitten auf den Boden geworfen hatte. »Behalt das lieber bei dir.« Ohne die Antwort abzuwarten, schritt er davon, daß die Bohlen unter seinen Sandalen knackten.
Draußen blieb er an einem Wandschrank stehen, um neue Laken zu holen. Nachdem er jeder zwei in die Hand gedrückt

hatte, ging er über den düsteren Flur zu einer Tür in der Nähe der Treppe. Wie alles quietschte auch diese Tür, als er sie aufdrückte. Er entzündete die Lampe im Innern des Raumes und öffnete dann das Fenster einen Spalt breit. »Hier drinnen wirst du ziemlich sicher sein, Mädchen. Die Tür ist stärker, als sie aussieht. Sobald wir draußen sind, schiebst du den Riegel vor. Hörst du? Ich bin bald mit deinem Essen zurück.«
Dinafar nickte, drehte sich um und betrachtete unglücklich den kleinen, kahlen Raum. »Meie, kann ich denn nicht bei dir bleiben?«
Serroi blinzelte müde und murmelte: »Hier bist du gut untergebracht, Dina.« Gefolgt von Coperic verließ sie das Zimmer und hörte, wie hinter ihnen der Riegel mit übertriebener Heftigkeit vorgeschoben wurde.
»Leicht erzürnbar, die junge Dame.« Coperic ging an ihr vorbei und öffnete ein Zimmer auf der anderen Seite des Ganges.
Serroi trat ein und schaute sich um. Das Zimmer glich dem anderen völlig. »Sie wird eine gute Meie abgeben, wenn sie sich für diesen Weg entscheidet.«
»Sie ist ausgesprochen leidenschaftlich.«
Serroi kicherte leise. »Wir legen ja kein Keuschheitsgelübde ab, wie du nur allzu gut weißt, mein Freund. Wir schwören nur, kinderlos zu bleiben.«
Er strich flüchtig über ihre Wange, dann ging er an ihr vorbei und zündete eine Lampe in der Mitte des staubigen Tisches an. Er blickte auf den Stuhl hinab, runzelte die Stirn, trat dann ans Bett und zog die alte Bettwäsche ab. Er wischte über Stuhl und Tisch, trat dann wieder zu ihr und betrachtete ihr Gesicht. Er ließ die alten Laken fallen, trat sie fort, hob eine Hand und rieb mit dem Handrücken ganz zärtlich über ihre Wange. »Und jetzt, wo wir alleine sind, wie geht es dir wirklich, kleine Meie?«
»Ich halte durch.« Sie ließ Mütze und Rucksack zu Boden fallen, lächelte zaghaft und lehnte sich dann nach vorn, bis ihr Kopf in der Wölbung unter seinem Schlüsselbein ruhte. »Ich habe eine Aufgabe zu erfüllen«, murmelte sie. »Das hilft.«
Seine Finger spielten in den kleinen, dichten Locken. »Wie ist es mit heute nacht?«

Sie rückte von ihm ab und schaute zu ihm hoch. Klein wie er war, überragte er sie nicht sehr; ohne Vorbehalte wirkte er wie ein zärtlicher, herzlicher Mann, der sich absolut von dem zynischen Intriganten an der Theke unterschied. Sie versuchte zu lächeln. »Was hast du denn zu bieten?«

»Trost für uns beide. Geteilte Einsamkeit. Und mehr, wenn du willst.«

»Ach, Trost...« Ihre Knie gaben nach, und sie begann in harten, schmerzvollen Schluchzern, die ihren Körper durchschüttelten, zu weinen. Schluchzer, die sie nicht mehr in der Gewalt hatte. Endlich Tränen für die verlorene Gefährtin.

Er murmelte leise vor sich hin, geleitete sie zu dem Stuhl und drückte sie darauf nieder. Dann zog er frische Laken auf das Bett und schlug die zerfetzte Steppdecke ein. Als er fertig war, trat er wieder zu Serroi. »Steh auf.«

Keuchend und schluchzend schwankte sie vor ihm hin und her. Er zog ihr Weste und Jacke aus und legte sie über die Stuhllehne. Der Waffengürtel landete auf dem Tisch; er schob sie zum Bett, ließ sie sich setzen, streifte ihr die Stiefel ab, öffnete die Kordeln ihrer Hose, zog sie aus und warf sie zur Seite. Er setzte sich neben sie aufs Bett, beugte sich über sie, strich mit der Hand über ihre Schultern und massierte eine Weile ihre verspannten Muskeln, bis sie sich zu entspannen begann. Zärtlich berührte er ihre Brustwarze und lächelte, als sie schneller atmete. »Mehr als Trost?« murmelte er.

»Ja, mehr«, flüsterte sie und drückte seine Hand auf ihre Brust.

Er schwang seine Beine aufs Bett, fuhr dann aber plötzlich hoch. »Scheiße«, brummte er. »Ich hab' was vergessen, kleine Meie. Noch nicht, noch nicht.« Er stand vom Bett auf, zog sie auf die Beine und führte sie, die schwankte und nicht recht wollte, zur Tür. »Verriegele hinter mir und geh dann wieder ins Bett. Ich muß unten dicht machen und dem Mädchen etwas zu essen holen. Verriegele die Tür. Hörst du?«

Sie gähnte, drehte sich dann plötzlich zur Seite, drückte sich an ihn und verschränkte die Hände in seinem Nacken. »Ich brauche dich«, flüsterte sie. Sie zog seinen Kopf herunter und küßte ihn in einer Art Verzweiflung.

»Bei den Titten der Jungfrau!« keuchte er und machte ihre Hände los. »Schließ die Tür ab, Meie.«

Sie warf sich unruhig auf dem Bett herum, hörte Geräusche auf dem Flur, dann ein Klopfen. Sie setzte sich auf und begriff dann, daß an der Tür gegenüber geklopft wurde. Coperic brachte Dinafar zu essen. Sie stand auf, tappte zur Tür, lehnte sich dagegen und wartete. Als es an ihrem Ohr klopfte, fragte sie mit tieferer Stimme: »Wer ist da?«
»Der Onkel.« Coperics Stimme.
Als er eintrat, kehrte sie zum Bett zurück, setzte sich auf den Rand und rieb ihre Fußsohlen an der Steppdecke.
Er schloß die Tür und schob den Riegel vor. »Soweit ich weiß, ist Haqtar der einzige Spion vom Plaz unten; der Rest sind Diebe, ein oder zwei Zuhälter, ein Schmuggler...« Er ließ sich auf den Schaukelstuhl fallen und löste die Schnallen seiner Sandalen.
»Ein Freund von dir?« Sie inspizierte ihre Füße und schlüpfte dann ins Bett.
»Also, Kleines, ist das vielleicht eine nette Bemerkung?« Er zog seine Jacke aus und hängte sie über die ihre. »Haqtar ist ein Dummkopf und stellt weder für dich noch für sonst jemanden eine Gefahr dar. Trotzdem ist man besser vorsichtig.« Er zog sich zu Ende aus, trat neben das Bett und blickte gedankenvoll auf sie hinab. »Du solltest soviel wie möglich schlafen.«
»Hast du kalte Füße bekommen?« Sie grinste ihn an und streckte ihm die Hand entgegen. »Ich glaube nicht, daß ich heute nacht irgendwelche Alpträume ertragen könnte.«
Er hob die Decken an und schlüpfte neben ihr ins Bett. Sein Körper war leicht gebaut, aber stark, warm und von intensiver Lebendigkeit. Sie kuschelte sich an ihn und ließ sich von seiner Wärme durchdringen. Der heilsame Kontakt mit einem anderen Körper begann, die Wunden in ihrem Innern zu lindern. Seine Hände schmiegten sich um ihre Schultern. »Ist lange her«, murmelte er.
»Hmm?«

»Egal.« Er begann ihre Stirn zu streicheln und den leicht pulsierenden Augenfleck zu liebkosen.
»Nicht.« Sie wollte sich losmachen.
»Pst. Sei still.«
Sie drückte ihr Gesicht gegen die harten, flachen Muskeln seiner Brust und ließ noch einmal ihre Tränen rinnen, sanfte, heilsame Tränen diesmal, und weinte, bis die Berührung seiner Hände und die Reaktion ihres Körpers sie vergessen machten, warum sie weinte.

DAS KIND: 10

Drei Nächte lang schleppte Serroi sich durch die Einöde. Steinboden wich wogendem Sand, der ihrer Kraft noch größeren Tribut abforderte. Früh am Morgen verzehrte sie ihre letzten Lebensmittel und würgte das ausgetrocknete Fleisch und das faulende Obst hinab. Als sie zu schlafen versuchte, störten Alpträume ihre Ruhe, so daß sie fast ebenso erschöpft erwachte wie in dem Augenblick, da sie ihre Augen schloß.
Gegen Ende der vierten Nacht stolperte sie weiter mit geschwollener Zunge, ledertrockenem Mund und wackelndem Kopf. Als die Sonne sich über den Horizont schob, befand sie sich am oberen Rand eines Abhangs inmitten von nichts und ohne einen Unterschlupf in Sicht. Mit verschwommenem Blick und brennendem Kopf machte sie sich an den Abstieg, fiel, rollte hinunter und blieb benommen liegen.
Sie hatte den Eindruck, als setzte sie sich auf und läge gleichzeitig im Sand zusammengerollt, so als wäre ihre Persönlichkeit gespalten worden. Ein Vinat kam über den Sand getrippelt, beschnüffelte ihr im Sand liegendes Ich, blieb dann bei der Knienden stehen und blickte mit dunklen, leuchtenden Augen über den finster-hellen Sand. Der geriet in Bewegung und teilte sich. Sie kniete/lag in Massen blauer und scharlachroter Blüten. Alles war hell und friedlich. Vor ihr begann ein Feuer zu lodern. Aus dem Nichts tauchte ein Kristalltopf auf, setzte sich ins Feuer und die Flüssigkeit in seinem Innern begann zu

kochen. Eine fremde, grau verschleierte Frau trat aus dem Topf und zu ihrem Ich im Sand. Mit einem langen, funkelnden Messer, fast einem Schwert, teilte sie den zusammengekauerten Körper in kleine Teile und warf sie in den Kristalltopf, der größer und größer wurde, um sich den Knochen und Fleischstücken anzupassen. Sie kochten und kochten. Ihr kam es vor, als ob Tage, ja Jahre verstrichen. Die Knochen wurden saubergekocht und drehten sich in dem Kristalltopf immer weiter, bis das Feuer in sie eindrang, sich ins Mark fraß und rotgolden glühte. Dann fischte die graue Frau sie heraus, wobei sie ihre schlanke, weiße Hand in die brodelnde, dampfende Flüssigkeit tauchte, als wäre es nicht mehr als Quellwasser. Sie legte die Knochen wieder zur Gestalt eines Mädchens zusammen. In die Augenhöhlen fügte sie zwei Kiesel. Das Skelett glühte hell auf wie Umrandungen eines Feuers; die blauen Blumen neigten ihre hellen Köpfe zu den Knochen hinab, die scharlachroten Blüten strichen darüber. Fleisch wuchs wieder um die Knochen, die Steine verwandelten sich in Augen. Die graue Frau beugte sich über die im Sand Liegende und sah zu, wie das Fleisch um die Knochen wuchs; der Kopf unter dem Schleier flog hin und her. Das kniende Ich erbebte, als der dunkle, geheimnisvolle Blick über sie hinwegglitt. Die Frau in Grau streckte eine Hand aus. Ihre Finger wahren kühl und von Leben erfüllt; sie schloß sie um die Finger der Knienden, hob sie empor und flog mit ihr, dem Geistes-Ich, davon.
Die Geistes-Serroi schaute hinab und sah ein Loch in der Erde.
»Was ist das für ein Loch in der Erde?« fragte sie.
Die Frau in Grau antwortete nicht, sondern führte sie hinab und hinab und flog kreisend in das Loch hinein. Es wurde größer und größer bis sie über einem Fluß schwebten, der sich in zwei Läufe teilte, einen der südwärts, einen der nordwärts floß. Der nach Süden fließende Fluß strahlte hell wie Gold, der nach Norden ergoß sich finster und rauchverhangen. Die Frau in Grau deutete auf den dunklen Fluß hinab, und die Geistes-Serroi sah in dem Schlamm Knochen dahintreiben; die graue Frau deutete zu dem strahlenden Fluß und flog dann mit der Geistes-Serroi über dem schimmernden Wasser. Sie öffnete

ihre Hand, und die Geistes-Serroi schwebte langsam hinab, noch ganz still, ja, ruhig, obwohl sie der Erde entgegenstürzte. Sie glitt ins Wasser, und es flutete in sie hinein; sie spürte, wie die Lebenskraft ihr neue Energie verlieh; sie drehte sich in der Flut um und um. Dann tauchte die weiße Hand ins Wasser und zog sie wieder hoch.

Als der schimmernde Fluß über einen Fels in ein zweites Loch stürzte, standen da zwei Bäume, ein heller und ein dunkler, an denen jeweils Früchte, reife, runde, saftpralle Früchte hingen. Die Frau in Grau führte sie zu den Bäumen hinab. Diesmal ließ sie Serroi neben den dunklen Baum fallen. Als sie ihre Hand fortnahm, schwebte Serroi zu dem hellen hinüber. Sie griff nach einer glänzenden Frucht, doch die graue Frau schlug ihr auf die Hand und führte sie zurück zu dem dunklen Baum. Die Früchte waren purpurn und fleischig und trieften von karmesinrotem Saft. Serroi pflückte eine und aß sie, schrie dann auf, als Schmerz sie durchzuckte, ihr geistiger Körper sich drehte und wand und von den Schmerzen fast zerrissen wurde. Die Frau in Grau sah schweigend und ungerührt zu. Obgleich sie nichts gesagt hatte, begriff Serroi, daß der Schmerz eine Prüfung bedeutete. Sie mühte sich, ihn in die Gewalt zu bekommen, um ihn zu einem kleinen, finsteren Knoten zusammenzuschieben und aus sich herauszuschleudern, während sie gleichzeitig um die Integrität ihres Geisteskörpers rang. Am Ende des anstrengendsten Kampfes, den sie jemals erlebt hatte, anstrengender selbst als die Kämpfe mit ihrem Noris, verwarf sie den Schmerz. Die Frau in Grau riß eine weitere Frucht von dem dunklen Baum und reichte sie Serroi. Die zuckte zurück. Die graue Frau zwang ihr die Frucht auf. Schaudernd vor Angst biß Serroi in das scharlachrote Fleisch. Sie spürte nichts. Freude stieg in ihr auf; sie verschlang den Rest der Frucht, lachte dann und tanzte um den Baum.

Die Frau in Grau deutete mit dem Finger zu dem strahlenden Baum. Serroi lief zu der glänzenden Frucht und aß begierig. Feuer loderte in ihr auf, versengte sie, verzehrte sie; wieder rang sie um die Gewalt über das Feuer. Und wieder obsiegte

sie in diesem Ringen. Sie schleuderte das Feuer von sich, packte es und ließ es in der Luft über sich explodieren.
Sie flogen weiter und zu der Stelle zurück, wo ihr Ich im Sande lag, und der Vinat lustlos Wache bei dem Körper hielt. Das Fleisch hatte sich um die Knochen gefügt, die Augen lagen schwer unter den geschlossenen Augenlidern. Sie sah ausgezehrt und hungrig aus, ein in den Sand gebettetes Kind mit aufgesprungenen Lippen, blutigen Fetzen an den Füßen und zerrissenem, braunem Umhang halb über besudeltem, weißen Hemd. Die verschleierte Frau beugte sich hinab, berührte ihre Wange mit einem kühlen Finger, dann blickte sie zurück, ihre nicht sichtbaren Augen auf die Geistes-Serroi gerichtet, als sie zum ersten Mal mit tiefer, weicher Stimme sprach. »Behalte alles Lebendige lieb«, sagte sie, dann war sie verschwunden, verblaßt in der harten Luft der Wüstennacht.
Der Körper zog Geistes-Serroi an. Zerrend, stoßend und schiebend drängte sie sich in ihren Leib zurück.

Als sie erwachte, gingen die Monde auf. Sie versuchte sich hinzusetzen, fiel zurück, als ihre Arme unter ihr nachgaben, versuchte es wieder und kam zitternd hoch. Sie rieb sich die Augen und war leicht überrascht, keinen Vinat und keine blauen und karmesinroten Blumen zu sehen. *Ein Traum, nur ein Fiebertraum.* Sie schob sich auf die Knie empor, hielt einen Moment inne, rappelte sich auf die Füße und stand schwankend, als sie sich schwach den Sand abklopfte, der an ihren Kleidern haftete. Sie ließ es sein, richtete sich auf und drehte sich langsam, während sie Wasser *verlangte.* Als das Ziehen einsetzte, war es weit stärker als zuvor; durch ihre Erschöpfung und ihren Schmerz hindurch keimte ein Fünkchen Hoffnung. Irgendwoher flutete Kraft in sie; sie strömte in sie wie ein Feuerfluß. Sie spürte, wie ihre Knochen zu glühen begannen. Mit zitternden Fingern knotete sie das Tuch um ihren Hals und begann in die Richtung zu gehen, in welche der Augenfleck sie zog. Langsam erlosch das Feuer, doch während es brannte, erschien die Wüste ihr wunderschön mit ihren beständig wechselnden Konturen in Schwarz, Grau und Silber. Nijilic Thedom führte die lange, zerstreute Reihe der Monde an, die allmählich zur Hälfte über das Sternenfeld reichten, und ihr milchiges Licht schimmerte durch die Luft und tauchte jede Oberfläche in ihre Strahlen.

Je weiter die Nacht voranschritt, um so kleiner brannte das Feuer, und sie schwankte zwischen Bewußtsein und Ohnmacht, kam manchmal mit dem Gesicht im Sand wieder zu sich und hatte keine Ahnung, wie sie dorthin gekommen war. Der Sand unter ihren Füßen veränderte sich und wurde härter und war mit kleinen Steinen übersäht, die sich scharf in die Sohlen ihrer müden Füße bohrten. Sie stolperte halb von Sinnen weiter, machte Bögen um immer größere Findlinge, bis sie schließlich jeglichen Orientierungssinn verlor.

Plötzlich begann ihr Augenfleck wie rasend zu pochen. Sie lehnte sich gegen einen Findling, um sich auszuruhen und zu lauschen und hielt beim Warten den Atem an. Sie hörte ein dünnes Rinnsal, ein schwaches Blubbern. Sie drückte sich von dem Stein ab, ging ein halb Dutzend Schritte und fiel neben einem schimmernden, kleinen Teich am Fuße eines steilen Hanges. Sie tauchte eine zitternde Hand in die Pfütze und starrte auf das Wasser, das quecksilbrig darüberfloß. In dem dunklen und geheimnisvollen Teich sammelte sich das Sternenlicht und strahlte gebrochen zu ihr zurück. Wieder tauchte sie ihre Hand ein und konnte gar nicht ganz glauben, daß sie dem Leben zurückgegeben sein sollte.

Sie streckte sich flach auf den Boden und hielt ihr Gesicht in die kühle Flüssigkeit, trank und trank, bis sie nichts mehr aufnehmen konnte. Das Wasser war ein Genuß, in ihr und um sie herum. Und dann verkrampfte sich wie in ihrem Traum ihr Magen. Sie schnappte nach Luft, ging auf die Knie hoch, hielt die Hände vor den Leib geschlagen, stöhnte und warf sich herum, während die Schmerzen sie quälten. Doch nach wenigen Augenblicken erinnerte sie sich an die Lehren des Traumes und bekam ihren Körper in die Gewalt. Sie streckte sich keuchend in den Sand, bis die Sonne am östlichen Horizont die ersten Lichtstrahlen warf und sie mahnte, sich ein Obdach zu suchen. Sie rappelte sich auf die Beine und schaute sich um. An einem Felshang, der etwa doppelt so hoch war wie sie, lehnten ein paar Findlinge und bildeten einen Hohlraum, der groß genug schien, sie aufzunehmen. Sie zog ihren Umhang aus, tauchte ihn ins Wasser und setzte sich dann mit dem triefenden Poncho bekleidet in die Höhle.

Sie schlief den Morgen durch, schlief besser als seit Tagen und träumte ein wenig ohne die lebhafte Wahrnehmung des vorangegangenen Tages. Sie erwachte von einem schwirrenden Geräusch und von einem Kitzeln am Bein. Eine kleine, graugrüne Echse lief an dem Findling neben ihrem Knie entlang. Sie sah zu, wie sie in den Schatten huschte und wieder heraus und schließlich sich ihrem Kopf näherte. Sie überwand ihren Widerwillen, schnappte die Echse von dem Stein und tötete sie. Mit einem scharfkantigen, flachen Stein häutete sie das Tier, aß das Fleisch roh von den kleinen Knochen und wagte sich dann in die Sonne hinaus, um im Teich Gesicht und Hände zu waschen. Sie nahm nach dem bitteren Lehrgeld, das sie bezahlt hatte, nur ein paar Mundvoll Wasser, feuchtete ihren Umhang wieder an und ging zurück, um den Rest des Tages zu schlafen.

Sie blieb auch in der folgenden Nacht bei der winzigen Quelle, um weiter auszuruhen und wieder zu Kräften zu kommen. Sie verzehrte weitere Echsen und aß von den bitteren Kräutern, die in den Felsspalten wuchsen. Als die Sonne wieder unterging, trank sie, soviel sie konnte, tränkte alle ihre Kleider in dem Teich und schlang sie um sich. Sobald sie ihre Richtung gefunden hatte, kletterte sie die Findlinge hinauf, zog sich an dem steilen Hang empor und schlug den Weg zur nächsten Wasserstelle ein.

Der harte Boden war mit scharfen Felsstückchen übersät, die bis auf den Knochen schneiden konnten, wenn sie ungeschickt auftrat. So kam sie langsamer voran, und der Weg zehrte stärker an ihren Kräften; sie fühlte, wie ihre Knochen wieder zu glühen begannen, als ob sie die Hitze und Energie aus den Steinen aufnähmen, die sie bedrohten. Das Feuer hielt sie lange Zeit aufrecht und erlosch langsam, als sie Umwege um Erdspalten machen mußte, die zu breit zum Überspringen und zu steil – und zum Teil zu scharfkantig – zum Klettern waren.

Die Sonne ging auf, ehe sie eine zweite Wasserstelle gefunden hatte. Sie schlang die wenigen Kleider um ihren Kopf und ging weiter, bis sie eine Felsspalte mit erträglichen Wänden fand. Dort verbrachte sie den Tag mit Dösen und Warten. Nun, da sie wußte, daß Durst und Schmerzen ein Ende haben würden, da sie völlig überzeugt war, lebend aus dieser Wüste herauszukommen, war es gleichzeitig leichter und schwerer zu ertragen. Sie war ungeduldiger denn je, die letzten Kilometer Steine und Sand hinter sich zu bringen. Der Tag dauerte an und schien nicht enden zu wollen.

In dieser Nacht fiel ihr das Laufen schwer. Das Land stieg wieder an und über diese gnadenlose Oberfläche waren weit mehr Steine und Felsen verstreut. Mit Nijiloc Thedom und seinen Gefährten am Himmel war die Nacht hell genug, aber das Mondlicht war trügerisch und täuschte sie mit den scharfen umrissenen Schatten, die sich vom Sonnenschatten so sehr unterschieden, daß sie ihre ganze Tiefenwahrnehmung umwarfen.

Als die Sonne aufging, hatte sie die Quelle noch nicht erreicht. Das Ziehen in ihrem Augenfleck war so stark, daß sie weiterging. Ehe das Gestein so heiß wurde, daß es sie verbrannte, sah sie staubiges Grün und ein paar Vögel, die auf ledrigen Flügeln dahinschwebten.

Die Quelle ergoß sich aus dem Fels und strömte in südöstliche Richtung als kleiner, laut plätschernder Bach davon. Um ihn her stand gedrungenes Gesträuch, in Felslöchern und Büschen waren Vogelnester und ein paar kleine Nager.

Sie trank – diesmal vorsichtig – und schaute sich dann um. Ein Nagetier schob eine zitternde Nase unter einem Stein hervor, bekam Gesellschaft von einem zweiten, dann einem dritten, die sie alle aus strahlenden Knopfaugen ansahen. Wieder überwand sie sich und ging vorsichtig umher, um kleine Steine zu sammeln. Sie machte die Augen zu und schlug sie wieder auf. Die Nager waren immer noch da. »Die Jungfrau möge mir verzeihen, kleine Brüder«, flüsterte sie und warf dann einen Stein nach dem anderen. Zwei Nager fielen tot um, der dritte verschwand.

Sie rieb sich die Augen, seufzte dann, setzte sich hin und häutete die Tiere mit einem kleinen Stückchen messerscharfen Steins. Das Fleisch war roter und süßer als das der Echse. Als sie es verzehrt hatte, untersuchte sie die Nester, nahm drei von den Eiern, saugte den Inhalt aus und warf die Schalen fort. Sie trank noch einmal, spuckte den ersten Mundvoll aus, trank ausgiebig und verharrte dann einen Augenblick mit untergetauchtem Gesicht.

An dieser Wasserstelle blieb sie zwei Nächte und drei Tage lang, träumte und mühte sich, ihre Träume zu verstehen und war immer weniger bereit, das anzunehmen, was sie ihr scheinbar sagen wollten. Zum ersten Mal fühlte sie sich schrecklich einsam und wagte es nicht, sich mit den Tieren anzufreunden, die sie doch als Nahrung brauchen würde. Sie wollte und konnte nicht mit ihnen spielen, zu ihnen sprechen, wenn sie sie später töten und essen mußte.

Als der dritte Tag sich dem Ende zuneigte, trank sie aus der Quelle und machte sich auf den Weg den Bach entlang. Die Monde standen bereits tief in ihrer Bahn, als der Himmel so dunkel wurde, daß sie zu sehen waren. Der kleine Bach fing ihr Licht und sang und strahlte im milchig weißen Schein. Als sie so neben dem Bach entlangging, empfand sie eine Art Seelenverwandtschaft mit dem hüpfenden Wasser und einen größeren Frieden als jemals zuvor in ihrer Erinnerung. Sie spürte, welche Kraft in ihr gewachsen war; der Zug durch die Wüste hatte sie geläutert, geprüft, und sie hatte dadurch gewonnen. Sie ging in gleichmäßigem Tempo neben dem Bach her und summte vor sich hin. Die Flugträume und die merkwürdigen Dinge, die danach geschehen waren, verblaßten in ihrer Erinnerung. Sie fühlte sich körperlich stark und strotzend vor Gesundheit und wollte gerne mit den Mondschatten tanzen. Vier Monde gingen unter, zwei standen hoch, und bald waren es vier und fünf. Es war ein weitausholender, prächtiger Tanz. Die Mondschatten der verstreuten Sträucher tanzten in ihrer Vielfachausgabe wie ein dunkles, lautloses Lachen. Sie und ihre eigenen Füße tanzten in zuckenden Schatten. Dann warf sie die Arme zu Seite, wirbelte immer wieder herum, rief ihre Freude in die dahinziehende Brise, sprang planschend in den Bach und trat Fontänen schillernder Silberblasen in die Luft. Nach einer Weile ging sie wieder ruhig und zufrieden weiter.

Als nur noch drei Monde am Himmel standen und diese schon tief am westlichen Horizont, sickerte der Bach in eine Felsspalte. Serroi sank auf die Knie, zitterte angesichts dieses Widerhalls aus ihrem Traum. Sie reckte sich auf den Knien empor, neigte den Kopf zurück und warf die Arme hoch. Das Sternenfeld blühte und die Tänzer schaukelten wie Wiegen am Horizont. Dann beugte sie sich nach vorn, lauschte, wie das Wasser dröhnend hinabfiel und hörte das Echo dieses Dröhnens hohl in ihrem Innern. Tränen standen in ihren Augen. »Ich werde nicht weinen. Ich werde nicht aufgeben.« Sie beugte sich zum Wasser, spritzte sich das kühle Naß ins Gesicht und trank in tiefen Zügen. Mit größerer Energiedemonstration sprang sie auf die Füße und ging weiter. Als sie mehrere Schritte entfernt war, *verlangte* sie Wasser und drehte sich dann nach Westen, um dem Ziehen zu folgen.

Die Nacht dauerte an. Die Tänzer gingen unter und nahmen die Mondschatten mit sich. Serroi wurde sich ihrer Einsamkeit bewußt, ihres Kummers, ihrer Erschöpfung und nahm sie schließlich an; im Rest dieser Nacht entdeckte sie ein Maß von Ruhe, als sie ihre Kraft einzig und allein auf die Aufgabe konzentrierte, zu überleben. Ohne zu wissen, woher sie diesen Glauben nahm, war sie überzeugt, daß ihre Prüfung fast überstanden war. Sie hatte sich verändert, konnte ihr Leben selbst in die Hand nehmen und es nach ihren Wünschen gestalten.

Eine Stunde nach dem Untergang der Tänzer glühte der Himmel im Osten zinnoberrot auf. Als die Sonne höher stieg, ging ihr Schatten vor ihr her wie ein flacher, schwarzer Riese mit eigentümlichem Zucken, wenn sie ihre Füße bewegte. Sie erklomm eine kleine Anhöhe und begann, sich nach einem Unterschlupf umzusehen.

Das ausgedörrte Land dehnte sich nach allen Seiten und sank zum Westen hin allmählich ab – harte Erde, stumpf-braune Erde, kreuz und quer von tiefen Rissen durchzogen, und mit Steinen aller Größen übersät. Einer der größeren Findlinge schwankte vor und zurück und erhob sich dann unsicher auf vier knochige Beine.

DIE FRAU: 11

Coperic stellte das Tablett auf den Tisch, zog den Stuhl ans Bett, setzte sich und lächelte Serroi an. Sie blinzelte schläfrig, streckte sich, gähnte und lächelte dann tief zufrieden zu ihm hinauf. Sie zog eine Hand aus den zerwühlten Laken hervor und streckte sie ihm hin. Während sie so dasaßen, kühlte das Essen ab, doch sie genossen gemeinsam einen langen Augenblick der Gelöstheit nach langer Anspannung, genossen gemeinsam eher Zuneigung als Leidenschaft, eine Zuneigung, die sie beide bitter nötig hatten.

Coperic trieb sein Bedürfnis, diese Seite seines Wesens zu verbergen. Nur selten konnte er sich vorbehaltlos gehen lassen. Er war ein komplizierter Mensch, ein eigenartiger Mensch, über den Serroi sich viele Gedanken machen, ihn jedoch niemals völlig verstehen konnte. Sie lag warm, behaglich entspannt und betrachtete die verträumte Ruhe auf seinem Gesicht, die sich so eklatant unterschied von der sauertöpfischen, geizigen Maske, die er unten trug. Seine Ränke und Pläne, von denen ihn die meisten unter das Fallbeil des Henkers hätten bringen können, wenn sie entdeckt würden, waren für ihn ebenso notwendig, wie die Luft, die er atmete. Er war Schmuggler und Spion, Chef von Dieben und Vagabunden, Zyniker, Idealist, von unumstößlicher Treue gegenüber seinen Freunden und ein erbitterter Gegner, wenn jemand ihn angegriffen hatte.

Noch eine Minute, dann gaben beide das Stillschweigen auf. Serroi warf die Decken zurück und stand auf. Nachdem sie die verdrückten Jungensachen für einen weiteren Tag angezogen hatte, rieb sie ihre Füße ab und stieg in ihre Stiefel. Sie trat über Coperics Füße hinweg und an seinem freundlichen Grinsen vorbei an den Tisch, nahm das Tablett und trug es zum Bett.

»Sind viele Leute unten?«

»Die nächsten zwei Stunden ist noch geschlossen.« Er rieb sich die lange Nase. »Viele von meinen Kunden sind allergisch gegen das Morgenlicht.«

Serroi brauchte ein paar Minuten zum Essen, dann schaute sie hoch. »Sei vorsichtig, Pero. Hat Morescad etwas gegen dich in der Hand?«

Coperic schüttelte den Kopf. »Ich bin zu klein, als daß sein Augenmerk auf mich fiele; außerdem habe ich vor, die kommenden Monate den Kopf eingezogen zu halten. Wenig Chancen für den geizigen, alten Coperic.«

»Ich wünsche, ich könnte dir glauben.« Sie trank ihre Tasse aus. »Paß mir auf das Mädchen auf.« Sie hob das Tablett von ihren Knien und stellte es neben sich aufs Bett. »Sie wird ein Riesentheater veranstalten, wenn sie feststellt, daß ich fort bin, aber sie ist ein gutes Kind und bei weitem nicht dumm. Falls ich es nicht schaffe zurückzukommen ...« Sie blickte finster drein und faßte sich an die Stirn. »Habe ich denn noch genügend Farbe im Gesicht?«

Coperic beugte sich nach vorn und fuhr ihr mit den Fingerspitzen über die Wange. »Ja, kleine Meie; du wirst es mit einem Meißel herunterklopfen müssen, wenn du wieder die Alte sein willst.«

Sie lachte, wurde wieder ernst, ergriff seine Hand und drückte sie einen Augenblick an ihr Gesicht. »Ich habe kein gutes Gefühl für den heutigen Tag.«

Coperic machte sich vorsichtig los, lehnte sich auf dem Stuhl zurück und blickte sie stirnrunzelnd an. »Mußt du es denn versuchen?«

Sie nickte. »Aus vielerlei Gründen. Ich glaube vor allem, weil ich mit mir selbst in Frieden leben will, wenn die ganze Sache vorüber ist.« Ihre Finger griffen nach dem Waffengürtel, der zusammengerollt auf dem Tisch lag. »Das und den Rucksack lasse ich bei dir.«

Er kratzte sich an der Braue. »Du denkst in dieser Angelegenheit nicht klar, Serroi. Es wäre nicht allzu schwer, dem Domnor eine Nachricht zukommen zu lassen, die ihn vor dem Komplott warnt, und das ganze, ohne deine oder meine Deckung preiszugeben.«

Serroi schüttelte den Kopf. »Du hast recht, es wäre ziemlich einfach. Was würdest du davon halten, wenn man dir eine solche Nachricht zuspielte?«
»Bist du denn überzeugt, daß er *dir* glauben wird?«
Ein Mundwinkel zuckte hoch, dann schüttelte sie den Kopf. »Nein, Pero, aber ich glaube, die Chance, daß ich ihn überzeugen kann ist größer.« Sie beugte sich nach vorn. »Die Nearga-Nor scheinen hier eine Versammlung abzuhalten; ich habe auf der Hochstraße ein Dutzend von ihnen ankommen sehen. Warum? Wie viele von ihnen halten sich tatsächlich hier auf? Hern ist kein Narr, er wird sich selber fragen, was hier eigentlich vorgeht. Es liegt nicht an der Mondensammlung; die Norim haben, wenn es sich irgendwie vermeiden läßt, mit der Jungfrau nichts zu schaffen.« Sie stand auf. »Wenn ich nicht zurückkomme, sag Yael-mri, sie soll an meinen Noris denken, ich rieche ihn förmlich hinter all dem.« Sie stülpte sich die Mütze über und stopfte einzelne Strähnen darunter. »Kann ich einfach hinausgehen?«
Er trat zur Tür und öffnete sie. »Geh einfach. Kein Problem.«

Die Seitenstraßen lagen leer und ruhig in der klaren Morgendämmerung. Der Osten glühte mit Schichten von Rot und Gold, die sich in den schaumigen Pfützen spiegelten. Serroi machte einen Bogen um die Lachen und schlug den Weg zur Hauptstraße ein, wo Straßenverkäufer bereits Mondplätzchen in Fett ausbuken. Die Straße füllte sich mit den starken, heißen Düften von Öl und Schlagteig. Jongleure und Bettler, Handleser und Spieler, Diebe und Akrobaten, sogar ein paar unbedeutendere Norids hatten sich am Vortag der Mondensammlung unter die Pilger gemischt und scharten sich nun alle um die Kuchen- und Verkaufsstände oder bereiteten sich auf den späteren Zustrom neuer Pilger vor.
Geldernte. Serroi schlenderte lächelnd dahin. Für die Menschen von der Straße waren das keine Feiertage. Was sie mit Kunstfertigkeiten von Hand oder Kopf einnähmen, würden sie durch die weniger spektakulären Tage der Mondenzerstreuung bringen. Jongleure und Akrobaten aßen die kleinen Kuchen,

wischten sich die fettigen Hände an den Hosen ab und begannen, ihre Kunststücke zu üben. Die Bettler richteten sich mit ihren frisch schwärenden Wunden an ihren Straßenecken ein. Auch sie übten ihr bestes Stöhnen und demonstrierten sich gegenseitig ihre Behinderungen. Tänzer wärmten sich auf, streckten und drehten sich und lockerten ihre Körper. Straßenmusikanten bauten ihre Notenständer auf, bliesen versuchsweise in Flöten, stimmten andere Instrumente, während Sänger Fetzen aus populären Liedern oder Hymnen auf die Jungfrau intonierten. Glücksspieler übten miteinander ihre Kunstgriffe. Die wenigen früh aufgestandenen Pilger waren weitgehend ernst; doch selbst die lachenden, scherzenden Besucher waren auf dem Weg zum Tempel.

Serroi kam an ein, zwei Taschenspielern vorüber, die sich Opfer geschnappt hatten und zog ihre Nase kraus, als sie die Bauern über Muscheln, Karten oder Plättchen gebeugt sah in ihrem Bemühen, ihre Position zu verbessern. Sie spazierte durch das geräuschvolle, bunte Leben, das die Hauptstraße erfüllte, und ihre Laune besserte sich, bis ein Sleykyn auf die Straße trat und den Weg zum Zentrum einschlug. Seine Schlangenmaske glitzerte, sein Säbel schlug leise gegen den Rock aus metallbeschlagenen Velaterstreifen, der seine Leistengegend schützte. Seine Peitsche aus Velaterleder hing zusammengerollt in einem Lederbeutel an seiner Linken, daß nur der Griff zu sehen war. Er konnte diese Peitsche in weniger als einer Sekunde ziehen und damit zuschlagen, wie Serroi nur zu gut wußte. Sie faßte nach ihrer Schulter, wo der Schnitt immer noch juckte. Er trug schwere Lederhandschuhe mit Metallbeschlägen und schenkelhohe Stiefel, besetzt mit den Streifen von Velaterhaut, daß sie einem Menschen mit einem einzigen gutplazierten Tritt die Haut vom Leibe reißen konnten; es handelte sich um die Haut des großen, finsteren Räubers der Meerestiefen, dessen Schuppen rasiermesserscharfe Kanten hatten. Er stolzierte mit so demonstrativer Eleganz, daß keiner sich mit ihm anlegen wollte. Mehrere Minuten, nachdem er vorübergegangen war, blieb die Straße leer, dann erst füllte sie sich wieder mit Menschen, die ein wenig zu laut redeten und lachten.

Serroi bewegte sich unbemerkt auf den Tempel zu – ein kleiner, schmutziger Junge wie zahllose andere Kinder – still und überschwenglich, ehrfurchtsvoll und gleichgültig –, die man nach Oras zum Fest der Mondensammlung mitgebracht hatte. Inmitten des Pilgerstroms machte sie einen Bogen an der Plaz-Mauer entlang und sah den Tempel vor sich, der quer am Ende der breiten Allee stand. Sie hörte um sich her plötzliches Atemholen, ärgerliche Flüche und das Straucheln schnell laufender Beine; sie stolperte selbst, als sie die Versammlung neben dem Tempeltor sah. Schwarzgekleidete Anhänger der Flamme wiegten sich und sangen im Kreis um einen Sohn, der hoch über ihnen auf einem roh gezimmerten Podium stand; ihr Gesang kontrapunktierte seine herausgebrüllte Hetzrede gegen die Jungfrau, die er Hexe und Hure, Dämonin und Täuscherin schalt. Die Pilger bummelten wütend und unzufrieden – doch keiner wagte, sich diesem Affront gegen Brauch und Frömmigkeit entgegenzustellen. Unter der Wut schwangen Furcht und Unsicherheit mit, die Serroi mit schrecklicher Beredtheit sagten, wie mächtig die Söhne der Flamme und ihre Anhänger geworden waren.

Sie trat näher zu einer kleinen Familie, Mutter, Vater und drei Kinder und tat so, als gehörte sie dazu, als sie sich an den gaffenden Plaz-Wachen mit Armbinden, auf die die umkränzte Flamme sorgfältig aufgestickt war, vorbeischob, durch das Tor trat und den baumbeschatteten Weg zum Tempel selbst hinabschritt. Sie ließ vom Frieden innerhalb der Mauern ihre Verzweiflung und ihre Unruhe lindern, welche die Demonstration draußen bei ihr ausgelöst hatte.

Der Tempel, alt, aber immer noch unvollendet, war ein Wald von Säulen, von denen eine jede ein anderes und einzigartiges Bild der Jungfrau trug. Ungefähr jedes Jahr kam eine neue Säule dazu, wenn ein anderer Bildhauer und Spender oder eine Gruppe von Spendern eine neue Darstellung stifteten – aus Holz oder Stein, Keramik oder Mosaik, aus jedem Material außer kaltem Metall. Wohin Serroi auch blickte, sah sie Bilder der Jungfrau, streng oder sanftmütig, lachend oder schwebend oder herkömmlich barmherzig. Jeder Künstler hatte seine Vorstellung von der mächtigen Frauengestalt geschnitzt oder geformt. Irgendwo in diesem Wald von Säulen – es mußten nach der letzten Zählung tausend sein – konnte ein Pilger das Bild von ihr finden, das seiner eigenen inneren Vorstellung entsprach. Im Laufe ihrer Dienstzeit war Serroi bestimmt fünfzigmal hiergewesen; selbst jetzt, wo sie geistig so beansprucht war, reagierte sie auf die Schönheit und das Geheimnisvolle dieses Ortes. Da die Säulen nicht überdacht waren, sondern ein filigranes steinernes Gitterwerk, zeichnete die Morgensonne spitzenartige Schatten auf den Mosaikboden. Dicke Wände schirmten den Straßenlärm ab; sobald sie sich erst zwischen den Säulen bewegte, schien er für sie gar nicht mehr zu existieren.

Auch hier befanden sich viele Pilger, die ihre Gebetsketten sprachen oder in stiller Andacht vor der Jungfrau saßen. Ein paar wanderten zwischen den Säulen umher und suchten in den Hunderten von Abbildern dasjenige, das sie ansprach. Die Menge auf der Straße hatte den kleinen Jungen nicht beachtet; hier in Dunkelheit und Stille wurde Serroi noch weniger wahrgenommen. Sie schritt ruhig auf den Zentralhof zu, fühlte sich behindert durch das Böse, das sie mit sich trug, der Diskrepanz zwischen ihrer inneren Unruhe und der Heiligkeit des Ortes. Sie trat aus dem Schatten auf den Mosaikboden des Hofes. Der Springbrunnen in der Mitte ließ leise Musik für sie erklingen. Auf der gegenüberliegenden Seite der weiten, freien Fläche befanden sich die Tür und das Podium, wo die Tochter den Ritus der Mondensammlung vollziehen würde, bei dem auf ihren Gesang Tausende von Pilgern im Hof und dem gesamten Raum in dem Säulenwald antworten würden. An den Randsteinen der Fontäne zögerte sie einen Augenblick; sie müßte nur weitergehen, hinten nach rechts biegen und an der Mauer des Heiligtums entlang, bis sie zu einer kleinen, schlichten Tür käme – bis sie dort stand und an der Klingelschnur zog, war sie in ihrer Verkleidung sicher. Der kleine Klumpen des Tajicho schmiegte sich in ihrem Stiefel warm an ihre Haut und beruhigte sie, wie er sie auch vor feindlichen Verfolgern warnte. Sie schaute hoch und berührte die Hand einer der Jungfrauenfiguren in dem Springbrunnen; es kam ihr vor, als wärmten diese Finger für einen Augenblick die ihren. Dann schüttelte sie den Kopf und gestand sich wehmütig ihr Bedürfnis nach Bestätigung ein.

Sie schritt ruhig über den Hof. Die Stille wirkte drückend und gespannt. Sie ging an dem kleinen, rechteckigen Gebäude entlang, in dem die Tochter und ihre Altardiener untergebracht waren. An der kleinen Tür hob sie die Hand und faßte nach dem Glockenstrang. An seinem Ende war aus einem großen Stück Bernstein eine schlanke, graziöse Hand geschnitzt. Um die Glocke zu betätigen, mußte sie die Hand in ihre nehmen und ziehen. Die Bernsteinfinger fühlten sich warm und angenehm an. Ihr Herz pochte, ihr Atem kam stoßweise, sie zog und hörte den gedämpften Klang einer Glocke im Innern.

Die Tür wurde aufgerissen. Sie zuckte zurück, als sie in das Gesicht eines Plaz-Gardisten starrte, eines kräftigen, narbigen Mannes mit sorgfältig geplättetem Wappenhemd und sauberem Lederzeug. Er blickt finster auf sie herab. »Was willst du, Junge?«

Serroi schluckte, ihr Mund fühlte sich plötzlich trocken an. Sie räusperte sich und krächzte: »Eine Botschaft.« Ihre Zung zuckte über trockene Lippen. »Eine Botschaft für die Tochter«, sagte sie.

»Gib her, ich werde sie ihr zukommen lassen.« Er streckte seine linke Hand aus. In irgendeiner Rauferei der Vergangenheit hatte er den kleinen Finger und die obersten Glieder der restlichen vier verloren.

Serroi kämpfte gegen eine Furcht an, die ihr Übelkeit im Magen hervorrief und schüttelte den Kopf: »Mündliche Botschaft«, sagte sie belegt. »Sagen Sie der Tochter das Folgende: Die den Wind melkt und Drachenzähne sät, hat Nachricht für die Tochter.«

Der Gardist grunzte und beugte sich vor, um sie skeptisch aus leicht kurzsichtigen Augen zu mustern. »Bleib hier.« Er schlug ihr die Tür vor der Nase zu. Sie sank aufs Pflaster und versuchte, das Zittern ihrer Knie zu unterbinden. Mit bebender Hand wischte sie sich den Schweiß vom Gesicht.

Wir haben Mondensammlung, dachte sie. *Wenn Tayyan und ich nicht solche Schwierigkeiten über unseren Orden gebracht hätten, wäre die Wache hier eine Meie; aber mit dem Wirbel, den die Söhne gegen uns entfachten, ist es vielleicht doch nicht allein meine Schuld. Wahrscheinlich doch nichts Besorgniserregendes. Die Tochter muß bewacht werden. Zumindest trägt er keine Armbinde. Es muß doch noch ein paar Gardisten geben, die nicht in dieses Komplott verstrickt sind. Sie rieb sich die Nase. Egal. Ich bin ein Junge, ein Bote und nicht die Meie, nach der sie suchen.*

Die Tür wurde aufgerissen. Der Gardist nickte. »Komm herein, Junge«, knurrte er.

Sie folgte ihm ins Innere. Da war ein dunkles, kleines Vorzimmer, das stark nach Wachs und Politur roch, dann eine von Öllampen erleuchtete Halle, das Öl mußte parfümiert sein, denn sein süßer Duft erinnerte sie an den Frühling in den Bergen. Der Gardist stolperte vor ihr her. Sein Verhalten fing an, ihr Sorgen zu machen. Er schien sich keinen Deut darum zu scheren, wo er sich befand, schien taub für die Stille, die er mit jedem polternden Schritt störte.

»Hier herein, Junge.« Er zog einen Vorhang zurück, winkte sie durch einen Bogen und stapfte dann davon, als sie in den kahlen Raum trat, wo Frieden ihre Furcht überwand.

Das Zimmer war etwas länger als breit. Dunkelblaue Wandteppiche waren weiß gesprenkelt mit Pünktchen und Linienfiguren. Nach einer Weile erkannte sie das als Sternbilder; die Pünktchen waren die Sterne, die weißen Figuren die Phantasiebilder. Am anderen Ende des Raumes waren zwei Stühle einander gegenüber aufgestellt. Während sie noch zögerte, teilte sich der Wandbehang neben den Stühlen, und eine verschleierte Gestalt betrat den Raum. Die schlanke, graziöse Person trug ein langes, graues Gewand und darüber einen durchschimmernden, grauen Schleier, der so fein war, daß er in der ruhigen Luft zu schweben schien. Die Frau setzte sich und winkte Serroi.

Ihr Herz klopfte wieder, als sie den Raum durchquerte und neben dem freien Stuhl stehenblieb. Eine wohlgeformte Hand

kam unter dem Schleier hervor und lud sie mit fließender Geste ein, Platz zu nehmen und zu sprechen.
Serroi schob sich um den Stuhl und setzte sich; ihre Zehenspitzen baumelten eine Handbreit über dem Fußboden, sie fühlte sich unbehaglich und wurde ein wenig ärgerlich über die Behandlung. Die verschleierte Frau faltete die Hände im Schoß und wartete. Serroi biß sich auf die Lippen, dann hob sie den Kopf und starrte den Schleier herausfordernd an. »Sind Sie die Tochter?«
Der verborgene Kopf nickte eine graziöse Bestätigung.
Serroi wartete und schwieg.
»Die Augen der Jungfrau sind wie Bergseen, gleichzeitig grünbraun und voll der Weisheit jenseits alles menschlichen Begreifens.« Die Stimme der verschleierten Frau klang warm und fast so tief wie die eines Mannes.
Serroi entspannte sich; sie kannte die Stimme. Sie zog ihre Handschuhe aus und streckte ihre Hände vor.
»Die kleine Meie!« Der verschleierte Kopf der Tochter hatte sich vom Gesicht den Händen zugewandt. »Du sagst, du hättest eine Botschaft?«
Erleichterung durchströmte Serroi wie ein Hochgefühl; sie konnte ihre Bürde in die Hände dieser Frau legen und die schreckliche Verantwortung, die auf ihr lastete, abgeben. Sie beugte sich vor und berichtete eifrig. »Ich bitte Sie, Doman Anas. Glauben Sie mir, was ich Ihnen nun erzähle.«
»Sprich, Meie, ich werde dich anhören.« Der kühle Beiklang der Stimme mahnte Serroi, so überzeugend wie möglich zu sprechen. Die Worte sprudelten von ihren Lippen, als sie die Ereignisse schilderte, die ihrer Flucht aus Oras vorausgegangen waren, und sie kam zum Ende: »Bitte, Doman Anas. Glauben Sie mir und bringen Sie mich zum Domnor, damit ich ihn warnen kann.«
Die Tochter hob die Hände und klatschte zweimal. »Oh, ich glaube dir durchaus, kleine Meie.« Ein leises, dahinplätscherndes Lachen. »Das tue ich wirklich.« Sie stand auf.
Serroi hörte ein Klappern hinter sich. Sie schoß vom Stuhl empor und herum.

Durch den Bogen am anderen Ende des Audienzzimmers trat ein Sleykyn.
Sie wandte sich rasch um.
Ein zweiter Sleykyn stand direkt hinter der verschleierten Gestalt.
»Warum, Tochter?« Serrois Stimme klang gequält. »Warum?«
»Leiste keinen Widerstand, kleine Meie.« Die Stimme der Tochter hatte nun einen scharfen Beiklang. »Der Sleykyn muß dir sonst das Fleisch von den Knochen reißen. Und du hast nicht viel davon, nicht wahr?«
Der Wandbehang teilte sich erneut, und ein Norit trat heraus. Serrois Augen wurden größer, als sie den Minarka erkannte, den sie auf der Hochstraße gesehen hatte. Sein rostbraunes Haar hatte er aus dem Gesicht gekämmt und im Nacken mit einem schmalen schwarzen Band zusammengebunden, dessen Enden er nach vorne gezogen hatte, daß sie ihm auf die Brust flatterten. Seine Augen waren Kupferspiegel, kühl und abschätzend, denen nichts entging. Er ließ die Hand auf die Schulter der Frau sinken und betrachtete Serroi eindringlich. Nach einer Weile runzelte er die Stirn. »Sie wird durch etwas beschützt.«
Die Tochter hob eine schmale, weiße Hand und legte sie auf die seine. Ihr beiläufig besitzergreifendes Gehabe drehte Serroi den Magen um. »Sie ist nicht durchsucht worden. Hast du gehört, was sie gesagt hat?«
»Natürlich. Man muß sich fragen, wie viele bereits ihre kleine Erzählung gehört haben.« Sein Blick glitt wieder über Serroi. »Trotzdem machte das keinen großen Unterschied. Die Sache ist so gut wie gelaufen. Wenn die Angelegenheit erledigt ist, würde ich gerne ihre Besonderheiten noch etwas ergründen. Steck sie in das Plazverlies und vergiß sie solange.« Seine Hand schloß sich um ihre Schulter, als wollte er sie zerquetschen. Sie lehnte ihren verschleierten Kopf an ihn zurück und atmete so hart, daß ihr Atem den Schleier bewegte. »Dann kannst du mit ihr spielen, mein Sicamar.« Seine Worte enthielten eine Spur von Erheiterung, doch sein Gesicht blieb

reglos. Wieder drückte er die Schulter der Frau, und trat dann hinter die Wandteppiche zurück.
Serroi schluckte, schluckte erneut und hielt fast für unglaublich, was sie gerade gesehen hatte. Die Tochter – die der Jungfrau am nächsten stehen, am stärksten, weisesten und vernünftigsten sein sollte. »Warum?«
»Warum nicht?« Verachtung klang aus der Stimme der Tochter. Sie würde ihr Verhalten weder rechtfertigen noch sich die Mühe machen, es jemandem zu erläutern, der nicht die Macht besaß, sie zu bedrohen. Serroi begann zu schaudern. *Spielzeug eines Nors. Wieder. Bei der Jungfrau, schon wieder.* Die Tochter beobachtete in zornigem Schweigen mit schnell und heftig gehendem Atem, wie der Sleykyn Serrois Arm ergriff und sie abführte.
Nicht noch einmal. Nicht noch einmal. Nicht noch einmal. Keinen Verrat mehr. Nicht noch eine Tayyan. Keine Tiere mehr mit meiner Hilfe zu Tode quälen. Halte durch. Sag nichts. Verrate nicht Dinafar oder Coperic. Sag nichts. Keinen Laut. Wenn ich kann. Sollen sie mich doch töten. Nur nichts sagen. Immer und immer wieder dröhnten die Worte zum Klang ihrer Schritte durch ihren Kopf, während die Sleykynin sie durch den Bogen und den Weg vom Tempel zum Plaz zurückführten, jeder auf einer Seite und mit vorsichtigem Griff der behandschuhten Hände um ihre Arme, Hände, die ihr die Haut herunterreißen konnten, wenn sie zu fest zupackten. Ein paar zerlumpte Gören sahen sie und verschwanden schnell. Sie hoffte, Coperic würde erfahren, daß man sie festgenommen hatte und gewarnt werden. *Sei bereit, beim geringsten Anzeichen von Schwierigkeiten zu verschwinden. Höre es und laß es dir eine Warnung sein, mein Freund. Ich habe geschworen, meinen Mund zu halten, doch solche Eide wurden schon des öfteren gebrochen.*
Sie führten sie durch die kleine Tür in der Plazmauer, durch welche damals in der Nacht der Norid und sein Begleiter Einlaß gefunden hatten. Ein Sleykyn öffnete die Geheimtür, der andere schob sie hinein und folgte dicht hinter ihr. Er ergriff wieder ihren Arm, wieder ganz vorsichtig, und führte sie durch

den finsteren, modrigen Gang, dessen Schwärze bald vollkommen war, als sie den Eingang hinter sich ließen. Dann flackerte Licht vor ihnen auf. Sie wagte einen Blick über ihre Schulter und sah, daß der Sleykyn mit einer kleinen Fackel folgte.
Sie gingen an dem Raum des geheimen Treffens vorüber und wanden sich dann hinab durch ein Rattenloch in den Mauern, das schließlich in ein ausgedehntes Untergeschoß mit Fackelbeleuchtung und reichlicher Ausstattung an Foltergeräten, Streckbank und Daumenschrauben, Auspeitschpfosten und Brenneisen und all den anderen Hilfsmitteln führte, um die Wahrheit, die der Peiniger hören wollte, den widerspenstigen Körpern der Opfer zu entreißen.

DAS KIND: 11

Das Geschöpf stakste umher und wieherte unglücklich, sein Kopf baumelte schwer am Ende eines langen, mageren Halses. Es schwankte auf sie zu und zuckte zusammen, wenn es seine aufgerissenen Ballen auf die scharfen Steine setzte. Kichernd und ganz benommen vor Freude rannte Serroi den Hang hinab, blieb vor dem Tier stehen und schaute in sein leicht dümmliches Gesicht. »Jamat«, sagte sie. Es senkte seinen Kopf und stupste sie an die Schulter. Sie kraulte es zwischen den kleinen, runden Ohren und fuhr mit den Fingern unter dem abgetragenen, zusammengeflickten Halfter entlang, das es trug. Von dem Ring unter seinem Kinn hing ein Stück ausgefranstes Seil herab und baumelte gegen ihren Bauch.
Sie packte das Seil und wendete das Tier. Während sie neben ihm herging, dachte sie: *Es muß sich vor irgend etwas erschreckt haben, hat sich losgerissen, ist panikerfüllt davongerannt und hat sich verirrt.* Sie legte ihre Hand an seine Flanke und spürte, wie es zitterte und wie mühsam sein Atem ging. *Armes Ding, es ist schwach von Hunger und Durst.* Sie blickte zur Sonne hinauf und machte sich dann daran, das Jamat weiterzuführen. *Es bleibt uns nun nichts anderes übrig, wir müssen Wasser finden.*

Der halbe Morgen verstrich, ehe sie bei der Quelle angelangten. Sie mußte ihre Macht über Tiere einsetzen, wie sie es im Turm gelernt hatte, um das Jamat am Gehen zu halten. Immer wieder wollte es auf die Knie sinken und sich dem Tod überlassen; immer und immer wieder trieb sie es auf die Beine, auch wenn es traurig wieherte und ihr Schaumbläschen ins Gesicht prustete. Sie zitterte vor Erschöpfung, als das Jamat schließlich den Kopf hob, das Seil aus ihrer Hand riß und in schwankenden Trab fiel. *Es riecht Wasser.* Sie seufzte, strich sich das feuchte Haar aus dem Gesicht und trottete hinterher – und fand es, wie es selig Wasser aus einem blubbernden Teich in einem tiefen Loch soff. Rings umher standen reichlich Gestrüpp, trockenes Gras und sogar ein paar späte Blumen. Sie setzte sich auf den feuchten Boden neben dem Wasserloch und war dankbar für die Ruhe und den Hauch von Kühle. Nach einem Augenblick streckte auch sie sich aus und trank. Dann schob sie das Jamat zurück, damit es nicht zusammenbrach. Während es zufrieden im dornigen Gestrüpp weidete, tötete und häutete sie zwei Nager, die ihre Nasen emporgestreckt hatten, um zu sehen, was geschah. Sie aß hungrig und vergrub dann Haut, Innereien und Knochen.

Die Sonne brannte hernieder. Sie trat an die Quelle und rollte sich ins Wasser. Triefend und mit Kies an den Knien kroch sie in ein Gebüsch. Die Erde war bedeckt mit einer Schicht kurzen, trockenen Grases und halb vermoderter Blätter und bot ein weicheres Bett, als sie seit Tagen gehabt hatte.

Sie erwachte spät an diesem Nachmittag und fand das Jamat neben sich liegend. Es hatte seinen langen Hals soweit zurückgebogen, daß der Kopf nur auf dem Hüftknochen ruhte. Kichernd kroch sie aus ihrem Unterschlupf, stand auf und streckte sich. Ohne das schnarchende Tier zu stören, plünderte sie Eier aus Nestern und tötete eine fette Echse. Nach dem Essen trank sie ausgiebig, zog ihren Umhang aus und ließ sich in das Wasserloch gleiten. Mit Sand scheuerte sie sich von Kopf bis Fuß sauber, bis ihre Haut am ganzen Körper prickelte, dann nahm sie sich ihre zerschlissenen Kleider vor. Als sie fertig war, zog sie sich wieder an und kroch zurück in den Schatten.

Nach Sonnenuntergang wachte sie wieder auf und stieß mit den Zehen das Jamat wach. Es schaukelte behende auf die Füße, drehte den Kopf im Halbkreis und trug einen erstaunten Ausdruck auf dem dümmlichen Gesicht. Es reckte seinen langen Hals und schnüffelte an ihrem Haar und ihrem Gesicht. Sie zog seinen knochigen Kopf an ihre Brust herab und kraulte es hinter den runden, gelben Ohren, bis sie es leid war und den Kopf fortschob. Dann ging sie an dem faßartigen Rumpf entlang und betrachtete sorgfältig Beine und Rippen. Nirgendwo zitterte es noch. Nahrung, Wasser und Ruhe hatten es wieder zu Kräften gebracht.

Kichernd packte sie in das dicke, lockige Haar, das seinen Körper bedeckte und zog sich auf seinen Rücken hoch. Sie trat und wand sich, bis sie schließlich aufrecht oben saß. Das Jamat wieherte mißbilligend und ging sogleich in die Knie, vorne zuerst, so daß es sie fast über seinen Kopf geschleudert hätte, dann sackte es hinten herab und riß sie zurück. Sie blinzelte, setzte sich wieder zurecht und schnaubte unzufrieden. Mit ihren Gaben zur Beherrschung der Tiere lockte sie es wieder auf die Füße empor und klammerte sich verzweifelt in die Korkenziehermähne, um nicht heruntergeworfen zu werden. Sie trat ihre Hacken in seine Flanken und hielt sich fest, als es in einen langsamen Trott fiel, der ihr fast den Magen umdrehte. Während der ersten Stunde war das Reiten ein Kampf. Danach hatte sie sich dem Rhythmus angepaßt und entpannte sich ausreichend, um ihre Richtung zu überprüfen. *Wenn ich mich nicht über meinen Standort täusche, dürftest du aus einer Pehiirizucht stammen. Wahrscheinlich bist du aus einem Mouscar weggelaufen, einem, das nicht allzu weit entfernt liegt, einen Tag oder höchstens zwei.* Sie rieb sich die Nase, machte sie der Gedanke, nach so vielen Jahren alleine mit ihrem Noris wieder anderen Menschen zu begegnen, doch plötzlich nervös. *Sieben Jahre. Nun gut*... Sie schloß die Augen und *verlangte* nach menschlicher Gesellschaft, zog dann den Kopf des Jamats in die Richtung, in die der Augenfleck sie drängte. Ihre Stimmung stieg sprunghaft; das Gefühl warmen Lebens unter ihr milderte ihre Einsamkeit. Fürs erste war sie glücklich.

Als das Jamat dahintrabte, beobachtete sie die Landschaft, die im Tempo seiner Gangart vorüberflog, und kicherte gelegentlich, wenn sie sich vorstellte, wie endlos ihre Beine sich hätten bewegen müssen, um die gleiche Strecke zurückzulegen. Sie beugte sich nach vorn, bis ihre Wange auf der Schulter des Jamats ruhte. Über ihnen zogen die Monde ihre langsamen Bahnen, während sie warm und gemütlich döste, das Jamat unter ihr dahinschaukelte und die vielfachen Mondschatten über die kahle Erde tanzten. Etwas später grub sie ihre Finger tief in die Mähne und gestattete sich einzuschlafen.
Kurz vor der Morgendämmerung wieherte das Jamat mehrmals laut. Serroi schreckte hoch und fiel fast herunter. Sie rückte sich zurecht, rieb sich die Augen und schaute sich um. Sie hatte die Einöde hinter sich gebracht und befand sich nun in einer Gegend mit einzelnem Gesträuch und Flecken von dichtem, trockenem Gras. Das Jamat beschleunigte seinen Schritt. Sie hüpfte auf und nieder und gab sich alle Mühe, richtig sitzen zu bleiben. Nachdem sie sich auf die Zunge gebissen hatte, preßte sie die Zähne fest aufeinander und hielt sich einfach nur noch fest. Das Jamat gelangte auf die Spitze einer kleinen Anhöhe und galoppierte dann geradewegs den Hang zu einer Ansammlung langer, flacher Zelte hinab. Ehe sie etwas anderes tun konnte, als die einzelnen Bilder aufzunehmen, rieb das Jamat seine Nase an denen anderer seiner Art, die in einem eingespannten Pferch zusammengedrängt standen. Sie setzte sich gerade. Gespannt und ein wenig ängstlich versuchte sie, die Lage einzuschätzen.
Aus den Zelten kamen Pehiiri, blieben in einiger Entfernung stehen und starrten sie an. Fünf von ihnen mit finsteren Mienen lösten sich aus der Menge, kamen auf sie zu. Einer brüllte und drohte ihr mit der geballten Faust. Sie wich zurück, als der Mann ihr Bein packte und einen Befehl knurrte. Pehiiri gehörte nicht zu den Sprachen, die sie gelernt hatte. Sie schüttelte den Kopf und spreizte die Hände, um ihm zu zeigen, daß sie ihn nicht verstand.
Dieses Verhalten trieb ihm das Blut ins Gesicht. Er schrie vor Zorn und wollte sie von dem Jamatrücken zerren. Das Tier

brüllte, riß den mageren Hals herum und schnappte mit den langen, gelben Zähnen nach dem Arm des Mannes. Er sprang zurück. Serroi beobachtete hilflos, wie ein zweiter Mann eine Armbrust spannte und auf sie richtete; sie holte tief Luft und sah sich hektisch um, wohin sie springen könnte, als sein Finger sich um den Abzug spannte.

DIE FRAU: 12

Dinafar erwachte, und die Sonne schien ihr ins Gesicht. Die Strahlen drangen durch die lädierten Läden und warfen eigentümliche Formen auf Bett und Fußboden. Sie streckte sich, gähnte, stand auf und zog ihre wenigen Kleider an, die zwar zerknüllt, aber sauberer waren, als die, die sie auf dem Marsch nach Oras getragen hatte. Sie schob den Türriegel zurück und trat hinaus auf den Flur.

Coperic trat aus der anderen Tür, als hätte er dort gewartet, bis sie herauskam. »Dein Bruder ist schon ausgegangen«, sagte er muffig. Er zeigte auf das Tablett in seinen Händen. »Was zu essen?«

»Schon fort?« Sie wollte zur Treppe laufen.

Mit zwei Schritten stand er vor ihr, daß das Tablett sie direkt unterhalb ihrer kleinen Brüste zurückhielt. »Sei nicht dumm.« Ehe sie widersprechen konnte, nahm er sie so fest beim Arm, daß es ihr fast weh tat, und schob sie in ihr Zimmer zurück. Er drückte mit der Schulter die Tür zu, zog sie herum, legte seine Hand auf ihren Rücken und drückte sie sanft aufs Bett. Dann stellte er das Tablett auf dem Tisch ab und beobachtete sie, wie sie sich faßte und aufsprang. »Laß es sein«, sprach er ruhig.

»Sie können mich hier nicht festhalten.« Sie strich sich die Haare aus dem Gesicht und starrte ihn an.

»Nein?« Sein Daumen wies zur Tür. »Wenn es sein muß, stecke ich dich in das Geheimzimmer und halte dich so lange fest, wie du dich blöde benimmst.«

»Dummkopf!«

»Du hast gehört, was ich gesagt habe.«

Sie starrte ihn trotzig an und rieb ihren Arm. »Sie haben mir wehgetan.«
»Was hast du erwartet, wenn du die Meie in Gefahr bringst.«
»Das würde ich nie.« Sie schluckte und strich sich wieder übers Haar. »Das würde ich nie.«
»Du wolltest gerade hinter ihr herlaufen und dir die Kehle aus dem Leib schreien.«
»Nein.« Sie ließ die Hände klatschend auf die Schenkel fallen. »Das hatte ich nicht vor.«
»Könnte aber sein. Wenn sie dich hätte dabeihaben wollen, wärst du jetzt bei ihr. Wirst du dich jetzt beruhigen?«
Dinafar schaute sich in dem häßlichen, kleinen Zimmer um. »Jedenfalls habe ich nicht vor, den Tag hier zuzubringen.«
»Die Meie denkt, du kannst den Mund halten, wenn es nötig ist.« Er musterte sie kalt. »Ich habe so meine Bedenken.«
Sie wollte protestieren, sah den Blick in seinen Augen, hielt lieber den Mund und nickte.
Sein Mund verzog sich zu einem säuerlichen, schmalen Grinsen. »Na gut. Möchtest du etwas essen?«
Sie versuchte zu lächeln. »Hunger habe ich schon.«
Er schaute sie noch einen Augenblick lang an, dann nahm er das Tablett und ging hinaus. Sie trat an die Tür und lauschte auf das Ächzen der Treppe, als er hinunterging. Als sie hörte, wie unten die Tür zuschlug, trat sie schnell auf den Flur und in das Zimmer der Meie.
Der Rucksack und der Waffengürtel der Meie lagen auf dem Tisch. Das Bett war ungemacht, die Decken zerwühlt, als hätte die Meie eine ruhelose Nacht zugebracht. Dinafar schüttelte die Kissen auf und zog die Laken glatt, bis das Bett für ihren Geschmack ordentlich aussah. Sie wollte den Waffengürtel nehmen, blieb stehen, ließ ihre Finger auf dem Gürtel ruhen und fühlte sich im Stich gelassen und nutzlos. Das war alles, was sie nun für die Meie tun konnte – das, den Mund halten und einen Bogen um die Gardisten machen. Langsam und unglücklich ging sie aus dem Zimmer, als Coperic die Treppe heraufkam. Er sah sie, hob eine Augenbraue und folgte ihr in ihr Schlafzimmer.

»Ich habe ihr Bett gemacht.«
»Ich hatte dich nicht darum gebeten.« Er stellte das Tablett auf dem Tisch ab, fischte in seiner Schürzentasche und zog eine Handvoll Kupfermünzen heraus. »Wenn du spazierengehst, möchtest du dir vielleicht etwas kaufen.« Er ließ die Münzen mit kurzem, melodischem Scheppern neben den Chabecher fallen.
»Danke.« Er wandte sich zum Gehen, blieb dann aber stehen und lehnte sich gegen die Tür. Seine tiefliegenden Augen musterten sie ein letztes Mal, und es stand ein Zwinkern darin, das auch seine Mundwinkel zucken ließ. Sie setzte sich aufrecht hin, lächelte zögernd und wartete.
»Kannst du etwas für mich erledigen?«
Sie schüttelte sich das Haar aus den Augen, ihr Lächeln wurde zu einem Grinsen. »Klar.«
»Halt die Augen offen, wenn du umherschlenderst. Zähl die Norim und Leykynin, die dir über den Weg laufen. Hör zu, was die Söhne der Flamme sagen und worüber die Pilger reden. Stell keine Fragen. Halte dich nicht zu lange an einem Platz auf und lausche nicht zu auffällig. Erzwinge nichts. Schnapp nur auf, was du im Vorbeigehen mitbekommst. Kapiert?«
Sie runzelte nachdenklich die Stirn. »Etwas, das Sie besonders interessiert?«
Er grunzte. »Du hast ja gehört. Die Meie sagt, du wärst intelligent. Alles, was deine Aufmerksamkeit erregt. Wie ist dein Gedächtnis?«
»Ziemlich gut.«
Er kratzte sich an der Augenbraue. »Hast du ein paar Gebetsperlen?«
»Was? Nein, warum?«
»Lokalkolorit.« Er zog eine Reihe abgegriffener Holzperlen aus der Tasche. »Wenn jemand dich zu genau zu beobachten scheint, geh direkt zum Tempel und verbringe dort den Rest des Tages. Sieh zu, daß dir keiner hierher folgt, wenn du es verhindern kannst, aber mach dir keine zu großen Gedanken, wenn es doch so ist. Laß es mich nur wissen, dann werde ich mich um jeden kümmern, der ungebeten seine Nase hier her-

einsteckt.« Er schaute sie finster an. »Sei vorsichtig, hörst du? Die Meie zerreißt mich in der Luft, wenn dir etwas zustößt.« Er wollte gehen und blickte noch einmal über die Schulter zurück. »Und sprich mit niemandem, hörst du?« Dinafar nickte und verbarg ein Grinsen hinter der vorgehaltenen Hand. Er schnaubte und ging hinaus.

Dinafar ließ sich mit der Menge durch die Hauptstraße tragen, kaufte einen Mondkuchen, schlenderte weiter, knabberte an dem knusprigen, süßen Teig und beobachtete mit großen Augen das bunte und vielseitige Leben, das um sie herumwimmelte. Sie drängte sich durch die umherwandernden Pilgergruppen, um den Jongleuren und Straßensängern zuzuschauen, und lauschte dem, worüber die Leute redeten. Sie schaute in Läden und war fasziniert von der wunderbaren Vielfalt dessen, was es zu kaufen gab. Die Münzen brannten durch ihren Rock hindurch auf der Hand, obwohl sie sie in ihr Taschentuch eingeknotet hatte. Es reizte sie, das Geld auszugeben, doch es gab so vieles, so daß sie nicht wußte, was sie kaufen sollte. Alles, was sie sah, schien ihr begehrenswerter als das Vorangegangene, und es kam immer noch etwas Neues hinzu. Sie hatte soviel Spaß, daß ihr gelegentlich Schuldgefühle kamen. »*Wie kann es mir so gut gehen, wo die Meie sich vielleicht in Gefahr befindet?* Dann stockte ihr der Atem, als eine Schlangenbeschwörerin eine lange Schlange um ihren bemalten Körper wand, während ihr Partner auf der Flöte eine geheimnisvolle Melodie spielte.
Als der Morgen sich dem Ende zuneigte, verlor sie allmählich etwas von ihrer früheren Euphorie. Zwischen den Pilgern herrschte ein unterschwelliges Unbehagen, das sie mit zu lauten Gesprächen und Lachen überdeckten.
In den Gesprächsfetzen, die sie erhaschte, war niemals von dieser konturlosen Sorge die Rede, und sie war nicht einmal überzeugt, ob die Pilger sich dieses Gefühls bewußt waren, doch am deutlichsten trat es bei den singenden, Phrasen dreschenden Gruppen schwarzgekleideter Männer und Frauen hervor, die die silberne Flamme im Kreis zur Schau trugen. Sie

wußte wenig über die Anhänger der Flamme – sie hatten keine Bedeutung in dem Fischerdorf, wo sie aufgewachsen war –, doch sie wußte, wie spöttisch die Meie über sie sprach, und sie sah die Art und Weise, wie die Pilger ihnen auswichen, daß sie schließlich selbst einen Knoten im Magen fühlte.

Es wimmelte in Oras von Norim. Sie hatte bereits ein halbes Dutzend der ominösen, dunklen Gestalten gezählt. Die Straße starb jedesmal für mindestens fünf Minuten aus, wenn einer von ihnen vorübergegangen war. Als sie ihren sechzehnten Sleykyn zählte, rieb sie sich den Magen und fühlte, wie eine innere Kälte sich in ihr breitmachte.

Sie kaufte sich gerade eine Fleischpastete und ein sündhaft teures Eisgetränk, als sie Tesc mit seiner Familie auf sich zuschlendern sah. Sie bezahlte und huschte dann hastig in eine Nebenstraße. Coperic hatte sie gebeten, mit niemandem zu sprechen, und sie fühlte sich ohnehin nicht in der Laune, irgendwelche Fragen zu beantworten. Die Zwillinge konnten in einem einzigen Atemzug mehr Fragen stellen als ein anderer bei fünfzig. Sie seufzte und schlug einen Bogen zurück zur Hauptstraße.

Sie lutschte an dem Eis und kaute auf der heißen, saftigen Pastete und schlenderte weiter, bis sie zum Platz kam. Sie spazierte um den großen Steinblock und starrte zu den Türmen hinauf. Als sie zu dem kleinen Gäßchen aus der Erzählung der Meie kam, schaute sie voller Neugier hinab.

Drei Sleykynin lehnten an dem Stallgitter und beobachteten sie. Ein weiterer flegelte sich an dem Gebäude neben dem Eingang herum. Sie zwang sich, langsam und ruhig zu gehen und kehrte zur Hauptstraße zurück.

Sie schaute einmal zurück, konnte nichts sehen, ging weiter und tauchte in die Menschenmenge, die über die Hauptstraße wogte. Als sie stehenblieb, um den Darbietungen einer Artistengruppe zuzuschauen, spürte sie, wie hinter ihr Schweigen einkehrte. Sie drehte sich um und sah einen Sleykyn die Truppe beobachteten. Er sah sie nicht an, und genau das tat er zu augenfällig.

Dinafar ging mit schweißgebadeter Stirn und klopfendem Her-

zen weiter. Sie dachte daran, wie ruhig und gelassen die Meie stets nach einem Ausweg gesucht hatte, näherte sich langsam dem Tempel, zwängte sich zwischen den Pilgern hindurch und versuchte stets ein paar zwischen sich und dem Sleykyn zu halten. Obwohl er nicht auf sie achtete, befand er sich stets hinter ihr und immer in der gleichen Entfernung. Sie wußte nicht, was seine Aufmerksamkeit erregt hatte, vielleicht einfach nur die Tatsache, daß sie in dieses besondere Gäßchen hineingespäht hatte. Aber sie konnte dieser Frage nicht allzuviel Gedanken widmen; sie hatte andere Sorgen. Als sie das Tor zum Tempel erblickte, mußte sie sich zwingen, nicht panikerfüllt darauf zuzustürzen, doch die große Menge der Pilger genügte, ihre Hitze abzukühlen. Sie tat es unbewußt der Meie nach, indem sie sich einer größeren Pilgerschar anschloß und hineinschlüpfte.
Sie stellte sich hinter eine der Säulen, ließ die Gebetskette durch zitternde Finger laufen und beobachtete den Sleykyn, der am großen Tor vorüberging. Er konnte nicht hereinkommen, ohne seine Waffen abzulegen, also würde er nicht kommen. Sie seufzte erleichtert, dankte insgeheim Coperic und wischte sich die Schweißtropfen von Gesicht und Armen. Der Frieden des Tempels begann ihr rasendes Herz zu beruhigen, so daß sie umherschlenderte und die ständig wechselnden Jungfrauenbilder betrachtete.
Im Laufe des Nachmittags strömten immer mehr Pilger in den Tempel. Schon bald war Dinafar zwischen mehreren Familien eingekeilt, deren Mütter den Kindern zischend Ruhe geboten und deren Väter jenen eine Kopfnuß verpaßten, die nicht hören wollten. Eine Familie holte ihre Gebetsketten heraus und begann Lobgesänge anzustimmen. Eine andere Familie fiel ein. Der leise Gesang breitete sich rasch in dem Säulenwald aus. Zum ersten Mal empfand Dinafar zutiefst die Präsenz der Jungfrau. Sie vergaß ihre Furcht und ihre Sorge und bebte vor Ehrfurcht, die zu einem Hochgefühl des Geistes anschwoll, das sie über sich selbst hinaus erhob.
Der Gesang erstarb zu einem Murmeln, als die Tochter und ihre Gehilfinnen durch die Tür kamen und das Podium betra-

ten; eine grau verschleierte Gestalt, flankiert von zwei Mädchen in Silber, die geduldig warteten, während die Familien zwischen den Säulen sich erhoben und brennende Kerzen auf die Säulen stellten. Tausende von Kerzen. Der Tempel erglühte in flackerndem, goldenem Licht, während oben die Wolken zum letzten Unwetter der Mondensammlung aufzogen. Die Schatten tanzten, als Hände sich erhoben und herabsanken. Die Tochter stimmte den Gesang der Mondensammlung an, drehte sich langsam und hob das silberne Schwert der Jungfrau hoch empor, dessen schlanke Klinge den Kerzenschimmer einfing und zurückwarf...

Für Dinafar löste der Abend sich in eine Glorie auf, die sie erneut erhob und sie eins werden ließ mit der großen, singenden Menge. Als die Wolkendecke aufriß und die Mondensammlung über ihnen enthüllte, erschien es ihr, als neigte sich die Jungfrau selbst aus der Mondensammlung herab und strich ihr über die Wange, wie die Meie das getan hatte, und berührte ihre Wange mit einer Geste zärtlichen Segens und Willkommens.

Als Dinafar aus ihrer Benommenheit zu sich kam, sammelten die Familien ihre Habseligkeiten ein und brachen auf. Die ersten Blitze zuckten, und Windstöße bliesen die Kerzen aus. Die Konjunktion war vollständig, nun entfernten sich die Monde allmählich wieder voneinander. Plötzlich fror sie. Es war sehr spät, und Coperic machte sich vermutlich Sorgen um sie und die Meie ebenfalls – sofern sie zurückgekehrt war. Sie erhob sich steif auf die Füße und berührte dann die Hand der nächststehenden Jungfrauenfigur. »Beschütze sie«, murmelte sie.

Einige wenige Pilger richteten sich für eine Nachtwache ein, der Rest strömte aus dem Tempel und beeilte sich, dem Unwetter so gut wie möglich auszuweichen. Dinafar zögerte. Sie konnte auch hierbleiben. Sie streckte und wand sich, ihre Muskeln waren verspannt und ihr Magen leer. Sie konnte bleiben, bis sie völlig ausgehungert war. Sie seufzte und begann sich dann ihren Weg durch die hinausströmenden Pilger zu bahnen. Sie schlüpfte, ohne von den bereitstehenden Sleykynin bemerkt zu werden – es waren zwei, obwohl die Söhne der Flamme nun fort waren –, in der Deckung einer dicken Frau mit einer Schar kichernder Mädchen durch das Tor. Als der Regen niederprasselte, rannten sie davon und Dinafar mit ihnen, bis sie überzeugt war, dem Sleykyn entkommen zu sein. Als sie weit genug vom Tempel entfernt war, bog sie in eine Nebenstraße und schlug den Rückweg zur Taverne ein.

Die Gäßchen, durch die sie kam, lagen dunkel, ruhig und verlassen da. Der Regen stürzte in ganzen Wasserwänden hernieder. Sie spritzte durch Pfützen, daß ihr der nasse Rock um die Beine klatschte und war, soweit sie das sagen konnte, das einzige Lebewesen, das sich bei diesem Wetter im Freien aufhielt.

Die Laterne neben dem Eingang zur Taverne war erloschen. Sie drückte gegen die Holzbretter der Tür, hielt den Atem an und überlegte, ob sie ausgesperrt war. Die Tür klemmte und flog dann mit lautem Krachen auf. Sie schreckte zurück und schlüpfte schnell hinein. Coperic trat aus dem Schankraum, eine Lampe in der einen Hand, ein Schwert in der anderen. Sie sah die Lampe kaum merklich zittern, doch seine Miene blieb unverändert mürrisch. »Du hast dir ja ganz schön Zeit gelassen, Mädchen.«

»Ich war im Tempel.«

»Ich verstehe.« Er sah an ihr vorüber zur Tür. »Hast du Gesellschaft mitgebracht?«

»Ich glaube nicht. Ich habe mir alle Mühe gegeben.«

»Warte hier. Er reichte ihr die Lampe, ging an ihr vorbei und verschwand durch die Tür. Die Wärme der Flamme tat ihr wohl. Sie stand triefend in dem Vorraum und fühlte sich plötzlich sehr müde, der ganze Körper tat ihr weh, und ihr Kopf schmerzte. *Sie kann nicht hier sein, etwas muß geschehen sein, sie wäre hier, wenn sie zurück wäre. Die Sleykynin haben mich beobachtet, sie müssen sie gefaßt haben...*

Coperic kehrte zurück und wischte sich den Regen vom Gesicht. »Du bist sauber, keiner hat hinter dir hergeschnüffelt.« Er nahm ihr die Lampe ab. »Du bist völlig durchnäßt. Geh hoch und zieh dir die Sachen aus. Ich komme gleich, um zu hören, was geschehen ist.«

»Die Meie...«

»Nicht hier«, zischte er. Er packte sie bei den Schultern und schob sie in Richtung des Schankraums. »Los doch, Mädchen.«
Ein paar Augenblicke später klopfte er an ihre Tür. Dinafar ließ ihn ein, setzte sich aufs Bett und schlug ihren zitternden Körper in die sauberste der Decken. »Was...«
»Geduld, Mädchen.« Er goß ihr eine Tasse heißen Cha ein und brachte sie ihr – und sie sah, wie er sie umsorgte, wie eine Intiimutter ihren Lieblingsenkel. So etwas hatte sie bislang noch nie selbst erfahren, sondern immer nur beobachtet. Mit einem seltsamen Gefühl nippte sie an der heißen Flüssigkeit und versuchte, ihre Ungeduld zu zügeln.
Er drehte den Stuhl herum, setzte sich hin, die Arme auf der Lehne verschränkt, und beobachtete sie. »Am frühen Morgen haben ein paar Jungen beobachtet, wie die Meie von zwei Sleykynin zum Plaz geführt wurde.«
Sie ließ die Tasse fallen, Cha spritzte über ihre Beine. »Was sind...«
Er fiel ihr ins Wort. »Sei ruhig. Du kannst nichts tun. Und ich kann auch nur warten. Und die Neuigkeiten nach Biserica zu übermitteln, damit ihr Tod nicht sinnlos ist.«
Dina schlug die Hände vor den Mund.
Coperic rieb sich die Augen und lächelte dann müde. »Ich glaube nicht, daß du sie schon für tot halten solltest, Kind. Vielleicht überrascht die kleine Meie sie alle und kann aus der Falle entwischen.«
Dinafar nahm die Hände herab und strich abwesend über die feuchte Decke. Sie rieb und dachte daran, wie die Meie gesagt hatte, sie sei ausgebildet, bei ihrer geringen Körpergröße lieber ihren Verstand zu benutzen. Sie hob den Kopf und lächelte. »Sie haben recht.« Sie tastete in den Falten der Decke umher, fand die Tasse und hielt sie hoch. »Es ist mir schon wärmer als vorher, aber noch ein bißchen Cha wäre fein.«
Er füllte die Tasse und kehrte zu seinem Stuhl zurück. »So, mein Mädchen, nun berichte, wieso du soviel Zeit im Tempel zugebracht hast.«
»Ein Sleykyn war mir gefolgt...«
Eine Glocke erklang und unterbrach sie. Coperic war aufge-

sprungen und aus dem Zimmer, ehe sie fragen konnte was los war. Sie hielt die Decke um sich geschlungen, während sie aus dem Zimmer tappte. Auf dem Treppenabsatz blieb sie stehen und hörte gedämpftes und unkenntliches Stimmgeflüster von unten heraufdringen.

DAS KIND: 12

Eine massige Frau mit Armen wie Baumstämme kam auf die Männer zugestürmt. Sie schlug nach der Armbrust, die daraufhin zu Boden fiel. Der durch den Sturz ausgelöste Bolzen flog pfeifend ins Gebüsch. Sie ignorierte das unmutige Gebrummel und watschelte auf Serroi zu, blieb mit prüfendem Blick, in die Hüften gestemmten Händen und trotzig ausgespreizten Ellbogen vor ihr stehen. Die fünf Männer traten wortlos und mit finsteren Mienen auf der Stelle herum, drehten sich dann um und kehrten in ihre Zelte zurück.
Das Morgenlicht war grausam zu der alten Frau, erhellte es doch jedes Fleckchen und jeden Makel mit gnadenloser Deutlichkeit. Tausend kleine Fältchen zogen sich durch ihr Gesicht. Tiefere Falten strahlten von den großen, dunklen Augen aus, die durch eine ungleichmäßige Kajalumrandung noch riesiger und schwärzer wirkten. Zwei lose Hautfalten hingen von den Seiten ihrer schmalen Hakennase um ihren üppigen Mund herab und führten bis zu einer wabbeligen Speckrolle unter ihrem Kinn. Ihr Haar, dick und gelblich weiß, war zu Zöpfen geflochten, die unter einem Kopftuch verschwanden, das mit einem Münzband um ihren Kopf geschmiegt war. Lange, klappernde Ohrringe baumelten von ihren in die Länge gezogenen Ohrläppchen herab, mehr war von ihren Ohren nicht zu sehen als die Ohrringe aus feinem, kunstvoll gefertigtem Silberfiligran mit eingelegten Opalen. Schwere, nicht allzu saubere Silberringe hatten sich tief in ihre fleischigen Finger gegraben. Um jedes der dicken Handgelenke klimperten ein Halbdutzend Ketten mit aufgezogenen Münzen. Und Münzen hingen auch um ihren starken Hals an mehreren Ketten, die schräg über

ihren Busen fielen und sich bei jedem Atemzug geräuschvoll verschoben.

Kluge Augen – deren Farbe im Morgenlicht zwischen Braun und Grün schwankte – glitten von Serroi zu dem Jamat und zurück. Sie strahlten das Mädchen an, die leuchtenden Augen zwinkerten und das Gesicht war offen und feundlich, als die Frau sagte: »Mek-yi, meto.«

Viel von Serrois Mißtrauen schmolz unter dem starken Eindruck der Freundlichkeit, doch sie hielt sich noch ein wenig zurück und traute ihren Augen noch nicht ganz. Sie fragte sich, warum diese Frau auf ihre Ankunft so anders reagieren sollte als die Männer; ihre Erfahrung mit dem Noris hatte sie zu tief geprägt.

»Tarim'sk ashag, meto.« Die alte Frau keuchte vor Anstrengung, als sie sich hinabbeugte, mit der Hand zum Boden winkte und sich dann mit gerötetem Gesicht wieder aufrichtete. Sie trat einen großen Schritt näher und streckte Serroi die Hand entgegen.

Als ihre Finger sich berührten, schoß ein Energiestrom zwischen ihnen hin und her, der die alte Frau zurückschleuderte und Serrois Arm emporkroch, daß sie fast vom Jamat fiel. Sie wankte und packte in die Mähne auf der Schulter des Jamats. Zitternd schaute sie die Frau an. »Was ist geschehen? Was war das?« Sie schlang die Arme eng um ihre schmale Brust und fühlte die Knochen hart unter der Haut. *Ich weiß nicht, was ich tun soll,* dachte sie, *ich würde ihr gerne trauen, aber...* Sie schaute an der Frau vorbei zu den Leuten, die im Lager herumgingen und stehenblieben, um sie zu beobachten. Nichts an ihnen bedeutete freundliche Aufnahme.

Die alte Frau runzelte die Stirn. »Damkil sta?«

»Ich kann kein Pehiirit«, sagte Serroi langsam und deutlich. Sie zog die Stirn kraus und suchte ihr Gedächtnis nach den anderen Sprachen ab, die sie gerlernt hatte, obgleich für sie zu lesen und zu sprechen zwei verschiedene Dinge waren. »Gavarut vist'blec?« fragte sie und ihre Zunge stolperte über die Silben. Die alte Frau schüttelte den Kopf. Serroi fuhr mit der Zunge über die Lippen. »Um... mosmusweiwend?«

»N'alalay iy.« Wieder schüttelte sie den Kopf, daß die Ohrringe klapperten und ihre Zöpfe umherflogen.
»Mmm. Spaecen Mijloc?«
»Ah. Mijloc.« Die alte Frau nickte heftig, ihre Ohrringe wippten wild auf und ab.
Das ist ja schon hilfreich, dachte Serroi. Sie drehte sich und glitt von dem Jamat herab, tätschelte dann das Tier und deutete in die Richtung der Wüste. »Ich habe es nicht gestohlen«, sagte sie ganz langsam und rang wieder um Worte. »Ich habe es dort draußen gefunden.« Beim Sprechen kamen die Worte flüssiger. Sie entspannte sich ein wenig und griff nach dem ausgefransten Haltestrick. »Siehst du?« Sie nickte, als die alte Frau das Seil ergriff und mit dem breiten Daumen über die Fransen fuhr.
Mit einem achtlosen Schulterzucken ließ die alte Frau das Seil fallen. Sie hatte offensichtlich kein großes Interesse an dem Jamat, nur an Serroi. »Wüste. Du?« Sie sprach mit starkem Akzent, und Serroi mußte einen Augenblick über die Worte nachgrübeln, dann nickte sie lächelnd. Die Frau erwiderte ihr Lächeln. »Prüfung?«
»Prüfung?« Serroi blinzelte sie an, begriff nicht, was die Frau meinte, dachte an den Noris und erschauderte. »Ich weiß es nicht. Ich weiß nicht, was du mit Prüfung meinst.« Sie bewegte sich unruhig hin und her, ihre Augen schweiften über die Zelte und die unfreundlichen Leute, die dort herumgingen. »Was soll ich machen?«
Die alte Frau legte ihr eine breite, kräftige Hand auf die Schulter. Wieder sprang die Energie zwischen ihnen hin und her, doch Serroi hielt durch, bis nur noch ein ziemlich angenehmes Kribbeln übrig blieb. »Du bist durch das dunkle Tor geschritten und zurückgekehrt. Weißt du das nicht?«
»Ich hatte da einen Traum.« Sie schüttelte den Kopf. »Es war nur ein Traum.«
»Du wirst ihn mir bald erzählen. Sagen eure Leute euch denn nichts über die Traumprüfung? Ach! Beachte gar nicht, was ich rede, meto.« Sie lachte , wieder tanzten die Ketten und hüpften die Ohrringe. Sie begann zu husten und schlug sich auf die

Brust, um gleich noch mehr zu lachen. »Ich vergesse alle Höflichkeit, wenn ich etwas wissen will. Komm. Bist du hungrig, Kleines?« Sie führte Serroi zu einem abseits stehenden Zelt. Dahinter hockte ein Mädchen neben einem schwarzen Topf und rührte verdrießlich den Inhalt. Haß loderte in ihren schwarzen Augen auf, als sie Serroi hinter der alten Frau kommen sah. »T'mek!« zischte sie.

Die alte Frau trat zu ihr, riß sie hoch, schüttelte sie und fuhr sie an: »Davon, fena'kh!« Sie schob sie wieder hinab, deutete auf den Topf und einen Stapel Metallschüsseln neben dem Feuer. »Kulek chak m'lao.« Sie blickte Serroi über die Schulter hinweg. »Setz dich bitte, Kleines. Bald gibt es Essen, wenn diese kleine Viper sich besonnen hat, wie sie sich benehmen muß.«

Das Mädchen starrte auf Serroi und schüttelte sich ihre Mähne aus dem Gesicht. »Siy!« fauchte sie, »Gidahi hich yilan-sa!«

Die Hand der dicken Frau traf das Mädchen so wuchtig, daß es zu Boden fiel. Ohne ihr Jammern zu beachten, hob die Frau eine gesprungene Schüssel auf und schöpfte ein wenig von dem gekochten Fleisch und dem wilden Getreide hinein. Sie bückte sich und hob zwei flache, gräuliche Gegenstände von einem niedrigen Tisch neben dem Feuer auf. Mit einem letzten Blick auf das Mädchen trat sie zu Serroi und hielt ihr das Essen hin. »Iß, meto. Entschuldige wegen der Bira hier. Sie sagte, sie wollte lieber sterben, als dir zu essen zu geben.« Die alte Frau zuckte mit den Schultern und ging davon.

Serroi hielt die Eintopfschüssel in der einen, die beiden ledrigen Fladenbrote in der anderen Hand. Sie starrte auf die warmen Laibe. Bei all ihrem Hunger waren sie ihr ein wenig suspekt, doch dann dachte sie an die Echsen, die sie in der Wüste verzehrt hatte, und mußte lachen. Sie legte die Brote ab, stellte die Schüssel auf ihre Knie und sah sich nach einem Hilfsmittel zum Essen um. Die dicke Frau kam vom Feuer zurück, lächelte ihr zu, setzte sich gemütlich hin, riß ein Stück von dem Brot ab und schaufelte damit etwas von dem dicken Eintopf in ihren Mund. Serroi schnupperte an dem Fleisch, lächelte vor Wohlbehagen und tat es dann ihrer Gastgeberin nach. Trotz ihres Hungers und ihrer Freude über Geschmack und Wärme des

Eintopfs konnte sie bald nicht mehr essen. Sie stellte die Schüssel auf den Boden neben ihre Knie und beobachtete das Mädchen, während sie darauf wartete, daß die Frau ihre Mahlzeit beendete.

Auf der anderen Seite des Feuers kroch das Mädchen wieder zu dem Topf zurück. Mit der Hand am Löffel blickte sie aus den Augenwinkeln verdrießlich zu der alten Frau. »Cayalts, Janja?« Ihr Gesicht war immer noch häßlich verzerrt durch Neid und Eifersucht.

»Caiz.« Die Frau sah zu, wie das Mädchen sich selbst Eintopf schöpfte, und eine ganze Palette von Gefühlen stand in ihrem breiten Gesicht, während sie langsam auf dem Brot kaute. Nach ein paar Augenbicken schnaubte sie verächtlich und wandte sich an Serroi. »Idiotische Birra.« Sie kniff die Augen zusammen, als sie den Rest in Serrois Schüssel sah. »Genug?«

»Mehr als genug.« Serroi tätschelte sich auf den Magen. »Kein Platz mehr.«

Die Frau grinste und schlug sich dann mit der Hand auf den ausladenden Busen, daß die Münzketten klingelten und alle ihre Anhänger furchterregend klapperten. »Ich heiße Raiki-janja.«

»Ich heiße Serroi.«

»Ach, der Jungfrau sei Dank.« Raiki holte tief Luft und tippte sich mit breitem Zeigefinger auf die Stirn. »Die Jagd nach Worten läßt meinen Kopf brummen. Möchtest du Pehiirit lernen?«

Serroi zögerte, weil sie sich nicht sicher war, ob sie so lange bei diesen Menschen bleiben würde, daß die Mühe sich lohnte. Sie fühlte sich orientierungslos, da sie nun nach der Überwindung der Wüste kein Ziel mehr hatte. Ihr Blick wanderte langsam über das Lager, über die Männer die um die Feuer saßen, redeten, ausspien, an kleinen Chatassen nippten, über die Frauen, die an den Kochfeuern arbeiteten oder Jamatwolle zu Garn sponnen, und die Berbecherde, die langsam unter der Obacht der Mouscarjungen über die Weidegründe dahinzog. Sie seufzte. »Janja, ich bringe Ärger.« Sie nickte in Richtung des finster dreinblikkenden Mädchens, das über seine Schüssel gekauert saß. »Und nicht nur mit der da.«

»Ich bin Janja.« Der schwere Kopf fuhr stolz in die Höhe und die alten, glänzenden Augen blickten umher wie die eines Raubtiers beim Anblick einer Herde von Beutetieren. »Ich tue, was ich will. Du bist auch janja.«
»Ich?« Serroi schaute verblüfft drein und schüttelte den Kopf. »Nein.«
Raiki nickte. »Du fühlst die Macht, du und ich, wir sind Schwestern. Du machst mir eine Freude, wenn du bleibst, Janjameto.«
Wieder zögerte Serroi. Sie betrachtete das lächelnde Gesicht der alten Frau, fühlte wieder – fast wie ein Feuer, das sie umgab – die Wärme, die von der Janja ausging und Serroi liebkoste und willkommen hieß. Sie zitterte, versuchte zu lächeln und nickte. »Ich bleibe. Eine Weile.«
»Ah, der Jungfrau sei Dank.« Raiki deutete aufs Feuer. »Atsh. Feuer.« Sie schlug ihre Beine auseinander und deutete auf ihre hochspannigen, zerschundenen, nackten Füße. »Ayk. Fuß.« Sie schlug mit der Hand auf den Boden, kratzte daran und ließ eine Krume trockener Erde herabrieseln. »Lek't.«
Die Unterweisungen dauerten an, als Serroi Raiki durch das Lager folgte und neugierig zusah, wie die Frau ein kränkelndes Kind erst in Trance versetzte und dann heilte, ein Amulett für eine Frau schuf, deren letztes Kind tot geboren worden war und hinausging in die Wüste, um Kräuter und verschiedene Arten Käfer zu sammeln. Nach der Mittagsmahlzeit begannen die Rundgänge erneut, und die Pehiiritworte prasselten auf sie nieder, bis Serroi vor Erschöpfung ganz benommen war.
Raiki verstand dies schließlich, schnalzte bekümmert mit der Zunge und führte Serroi in ihr Zelt. Die Luft im Innern war warm und gesättigt mit dem Geruch der Frau. Diese nachlässige Haltung gegenüber Schmutz und Geruch widerte Serroi an, die die antiseptische Sauberkeit vom Turm des Noris gewohnt war. Als Raiki eine Schlafmatte hervorzog und ein paar Kissen in eine Ecke des Zeltes warf, mußte Serroi sich beherrschen, ihren Ekel zu verbergen. Sie setzte sich auf die Kissen, bis Raiki draußen war, dann zog sie die Lumpen von ihrem Kopf, fuhr sich mit den Fingern durchs Haar und strich über ihren Augen-

fleck. Schließlich konzentrierte sie sich auf die Kissen, lockte das Ungeziefer heraus und aus dem Teppich und trieb es vor sich her zur Zeltwand und in den Kies jenseits. Sie vernahm ein Kichern hinter sich, wirbelte herum und fühlte, wie ihr die Röte ins Gesicht stieg. Raiki stand im Zelt mit in die Hüften gestemmten Armen und einem Zwinkern in den blinkenden Augen. Serroi hob die Hände und ließ sie wieder sinken...
»Ich wollte dich nicht...«
»Mich kränken?« Raiki warf den Kopf zurück und stieß ein grölendes Lachen aus. Immer noch unter Kichern wischte sie sich die Augen und schüttelte den Kopf. »Kleines, du kränkst mich nicht. Diese kleinen Biester schlüpfen durch meine engsten Zaubersprüche.« Sie neigte den Kopf zur Seite und musterte Serroi mit beachtlichem Interesse, streckte die Hand aus und strich über ihr Gesicht. »Die Flecken wachsen allmählich zusammen. Du bist eine Mißgeburt der Windläufer.« Ihr breiter Mund verzog sich zu einem Grinsen. »Mach's bei mir auch, im Namen der Jungfrau!« Sie schwenkte ihre massigen Arme zur Seite hoch. »Verjag sie, Kind.«
Serroi kicherte, dann lachten sie beide, als kleine Tierchen über Raikis Arme und Beine flitzten und davonhuschten.

Raiki saß auf dem gesäuberten Kissen neben Serroi. Ruhig und nüchtern faßte sie nach Serrois Hand, und ihr Daumen strich vorsichtig über einen der verbliebenen rosigen Flecken. »Halte dich am besten vom Rest des Mouscats fern; sie haben kein Verständnis für Andersartigkeit, Meto.« Das Mijloc ging ihr nun geläufiger von den Lippen, je länger sie es sprach. »Und hüte dich vor Yehail. Sie wird versuchen, dir weh zu tun, wo sie nur kann.« Raiki seufzte. »Ich weiß nicht, was die Jungfrau mit ihr beabsichtigt. Wäre sie nicht die einzige mit Anzeichen von Begabung, würde ich sie vor morgen früh nach Hause schikken.« Sie schüttelte den Kopf und fuhr sich über die Stirn. »Und ich bin alt.« Leise und entmutigt murmelte sie: »Yehail ist eifersüchtig und hat mehr Abneigungen als diese Kissen Flöhe hatten. Schlimmer noch, sie ist habgierig und kurzsichtig, nicht von den Augen her, sondern bezüglich ihrer Betrachtungsweise der Dinge. Sie hat nicht den Charakter für eine gute Janja. Ich habe sie mir alle genau angesehen, nicht die Spur von Begabung, nicht einmal die Ungeborenen.« Sie holte tief Luft und prustete sie wieder aus. »Du, Meto. Dich möchte ich ausbilden.«

»Nein!« Als sie die Kränkung in Raikis Gesicht auf ihre schroffe Ablehnung hin sah, sprach Serroi weiter. »Ich habe gesehen... ich habe gefühlt... Nein, ich kann mit der Macht nicht umgehen, Raiki-Mutter, ich bin nicht fähig dazu.« Sie schloß die Augen, und das Antlitz des Noris stand drohend vor ihr. Sie mußte an das übelkeitserregende Triumphgefühl denken, als sie sich mit dem Noris über dessen Sieg über seine Herausforderer freute. Sie mußte daran denken, was die Suche nach der Macht aus ihm und allem rund herum gemacht hatte. Zitternd und weinend, müde und verängstigt kauerte sie auf den Kissen, bis Raiki sie in ihre warmen Arme nahm und vor und zurückwiegte, ihr zusprach und sie tröstete.

Am nächsten Morgen kam Serroi allmählich zu sich, fühlte sich behaglich und zufrieden, schlug die Augen auf und sah mit momentaner Verwirrung eine schräge, braune Wand neben sich ansteigen. Sie machte ihre Hand aus der zerknüllten Decke los, berührte sie und fühle das rauhe Garn und die widerstandsfähige, feste Webart. Sie blinzelte und lächelte, als die Erinnerung zurückkehrte, und vernahm von draußen laute Stimmen von einem Streit. Sie schlug die Decke zurück und gähnte, fuhr sich mit den Fingern durchs Haar, fragte sich, ob sie wohl ein Bad nehmen könnte, und zog die Nase kraus, weil immer noch der starke Jamatgeruch an ihr haftete.

Die Zeltklappe wurde zur Seite geschlagen und Raiki kam hereingestürmt. Als sie sah, wie Serroi sich aufsetze, milderte sich ihr finsterer Blick zu einem Lächeln. »Du hast fest geschlafen, Meto.«

Serroi gähnte und lächelte sie schläfrig an. »Ich war müde.«

»Ich habe etwas für dich besorgt.« Sie ließ ein paar alte Sandalen neben Serroi fallen und schüttelte ein langes Wollkleid aus, ein sackartiges Gewand aus ungefärbter Berbecwolle. Serroi betrachtete es voller Zweifel und war recht unglücklich bei dem Gedanken, den Schmutz eines anderen überzuziehen, obwohl es eigentlich ganz sauber aussah. Raiki schaute nachdenklich von dem Kleid zu Serroi und zurück. »Vielleicht ist es ein bißchen lang«, meinte sie nach einer Weile. »Probier es, damit wir sehen, um wieviel es kürzer gemacht werden muß.«

Die Tage des Sommers verstrichen langsam, und Serroi war Raikis Schatten. Sie weigerte sich nach wie vor, Raikis Zauberkünste zu erlernen, und wich ihnen mit einer Furcht aus, die tief in sie eingebrannt war. Sie wollte mit Zauberei nichts mehr zu tun haben. Was sie aus ihrem Leben machte, so war sie entschlossen, wollte sie allein mit der Kraft des Geistes und der Hand vollbringen. Das erschien ihr als eine bessere Lebensweise, obgleich sie Raikis Güte und die Tatsache, daß die Leute sie brauchten, nicht leugnen konnte. Sie unterdrückte energisch alle Erinnerungen an ihren Feuertraum in der Wüste und weigerte sich, noch einmal zu träumen.
Das Pehiiri-Mouscar umfaßte fünf Familien, mehr konnte das karge Land nicht ernähren. Und bei dem Land handelte es sich weniger um ein fest umschriebenes Gebiet als um eine Wanderstrecke und eine Reihe von Brunnen, die das Mouscar gegraben hatte und in Ordnung hielt. Sie zogen in jährlichem Turnus eine Schleife, im Winter südwärts die innere Biegung und im Sommer nordwärts den äußeren Bogen der Schleife. Als Serroi sich ihnen anschloß, befanden sie sich nahe am nördlichsten Brunnen.
Am jetzigen Brunnen lagerten sie noch einen Monat, dann packten sie die Zelte zusammen und zogen weiter. Serroi half Raiki, das Zelt abzubauen und ihre Habe auf den Rücken des Jamats zu schnüren, dann ging sie neben ihr her, als das Mouscar sich gemütlich zum letzten Brunnen in Bewegung setzte.
Die Tage waren heiß und staubig und zogen sich in die Länge. Sie konnten nicht schneller ziehen als die weidenden Berbeci. Serroi ging schweigend neben Raiki her, ein kleiner dunkler Schatten, der lauschte, während die Janja ihren Lehrling unter-

richtete. Yehail vergaß niemals Serrois Anwesenheit. Ihre Augen schweiften ständig umher und funkelten triumphierend, wenn sie glaubte, Raikis Aufmerksamkeit alleine in Anspruch zu nehmen, und blitzten haßerfüllt, wenn ihre Unaufmerksamkeit gegenüber der Lektion ihr Schelte eintrug.
Die Nächte waren heiß, kein Lüftchen regte sich. Es gab kein Wasser zum Baden, ja kaum genug für die rituellen Gläser Cha, die die Männer abends ums Feuer herum tranken. Das Essen war kärglich. Sie hatten keine Zeit, nach wildem Getreide, Wurzeln und Kräutern zu suchen, um die fetten Eintöpfe zu ergänzen. Die Familien schliefen in ihren Kleidern, zusammengekauert in Lumpenmassen, die Frauen innen, ihre Männer in einem Kreis schnarchender Leiber um sie herum. Raiki und Serroi schliefen für sich, doch die Nachtgeräusche umgaben sie, das Stöhnen und Ächzen, das Weinen hungriger Babys, das stakkatoartige Klatschen nach umherhüpfenden Sandflöhen. Im mit Seilen begrenzten Pferch schoben die Jamati sich unruhig umher, scharrten im Sand, wieherten traurig, verstimmt über ihre täglichen Lasten und ruhelos unter den Monden. Ein wenig weiter draußen heulten und schrien die Berbeci, wanderten ziellos umher und versuchten manchmal, den Nachthirten zu entschlüpfen. Wenn es einem gelang, pflegte der Junge, der am nächsten saß, zu fluchen, rief seinen Begleiter und trottete dann über die Ebene, um dem Flüchtling zwischen den tanzenden Mondschaften nachzujagen, die solche Ausflüge zu einem ständigen Stolpern und Fallen werden ließen.
Das Mouscar erreichte den Nordbrunnen gegen Ende des neunten Tages. Die Zelte wuchsen schnell, da die Frauen und Mädchen flink daran arbeiteten, die Zeltwände zu spannen, Stangen zu setzen und Heringe einzuschlagen. Die Männer waren ausgezogen, das Weideland zu begutachten und Gras und Laubwerk anzusehen, um eine Vorstellung zu bekommen, wie gut alles in der Ruhezeit nachgewachsen war. Serroi half Raiki ihr Zelt aufzuschlagen, die Decken und Kissen drinnen auszubreiten und ruhig das Ungeziefer zu vertreiben, das aus dem Jamatfell und dem Sand, in dem sie während des Trecks

geschlafen hatten, sich wieder gesammelt hatte. Yehail ging am Abend zu ihrer Familie zurück und überließ die beiden einer behaglichen Stille. Sie stapfte kochend vor Neid und Wut davon.

Serroi runzelte die Stirn über ihrem Cha und sah dem Mädchen nach, bis sie mit dem dunklen Haufen von Gestalten am Feuer ihrer Familie verschmolz. »Raiki, sie wird dir Ärger machen. Wegen mir. Sie versucht es nicht einmal zu begreifen.«

Raiki seufzte. »Hätte ich nur die geringste Alternative, würde ich sie endgültig nach Hause schicken. Ich habe es mit ihr versuchte, Meto. Ich kann einfach keine Zuneigung zu ihr entwickeln. Es geht nicht.« Sie nippte an ihrem Cha. »Sie wird mein Tod sein, zum Teufel mit ihr. Ich habe es gesehen, als ich durch das Tor schritt.« Ihre Augen, die über ihrer Grübelei mehr braun als grün schimmerten, wanderten über das Lager. »Und ihrer auch, Meto. Sie wird einer Menge von ihnen den Tod bringen. Eine finstere Hand greift nach ihr, die finstere Hand, die dich mir in dem Schoß geworfen hat, du weißt, wovon ich spreche. Aber sie ist die einzige mit Begabung, weit und breit die einzige.«

Serroi rutschte unruhig herum, fühlte sie doch den Druck des Wunsches der Janja. Sie blickte hoch und starrte den fünf Gestalten entgegen, die ihre Feuer verließen und auf sie zukamen.

Vier Männer blieben zurück, wollten zwar den Sprecher unterstützen, aber nicht selbst das Wort führen. Yod vo Rehsan trat vor und blickte finster die Janja an, ohne Serroi zu beachten. »Wir haben einen Außenseiter bei uns, Janja.«

Raiki blieb einen Augenblick reglos sitzen, dann stand sie langsam und unter großem Kraftaufwand auf und erwiderte seinen Blick, ohne eine Miene ihres faltigen Gesichts zu verziehen.

»Ich kann keinen Außenseiter sehen; Yod. Wohl aber ist hier ein Gast. Mein Gast.«

Yod warf Serroi, die mit um die Knie geschlungenen Armen am Feuer saß, einen raschen Blick zu. Seine dunklen, tiefliegenden Augen funkelten vor Abneigung. Er war ein rasch und heftig

erzürnbarer Mann, doch er hatte eine listige Zunge und war der Führer des Mouscars, sofern man bei diesem locker organisierten Verband von Familien überhaupt von einem Führer sprechen konnte. Die Gruppe lebte zu nahe am Rande des Existenzminimums, um große Statusunterschiede bei den männlichen Erwachsenen zuzulassen. Zusammenarbeit war für den Fortbestand der Gruppe unumgänglich. Yod war von einer aufreibenden Hartnäckigkeit, die jeden Widerspruch im Keim erstickte. Die anderen Männer befanden sich hier, weil er sie so lange bearbeitet hatte, bis sie es vorzogen, ihm seinen Willen zu lassen als weiter zu debattieren. Serrois Anwesenheit hatte sie zwar ein wenig gestört, doch sie hatten sie schließlich als den Liebling der Janja akzeptiert. Aber Yod war Yehails Vater. Als Raikis Blick über sie schweifte, zupften sie verlegen an Ärmelfransen oder scharrten mit den Fußspitzen im Sand.
»Gäste beginnen nach drei Tagen zu stinken. Wir haben keinen Platz für Fremde.« Selbst beim düsteren Schein der wolkenverhangenen Sterne konnte Serroi noch erkennen, wie sein Gesicht sich verfinsterte. »Ich spreche im Namen des Mouscars, wir wollen sie hier nicht haben.«
Raiki kicherte trocken. »Du sprichst in deinem Namen, Yod. Und in dem deiner Tochter.« Sie ließ ihren strengen Blick von einem Gesicht zum anderen wandern, daß es jedem Mann noch unbehaglicher wurde als zuvor. »Du läßt dich tatsächlich von einem schlangenzüngigen Mädchen herumkommandieren?« Sie schnaubte. »Yod, wenn du so weitermachst, treibst du auch eure Janja fort. Versteh doch, Mann. Ich werde nicht zulassen, daß du deine Nase in meinen Haushalt steckst. Du kannst also getrost an dein Feuer zurückkehren. Und bring deinem Mädchen bei, sich zu benehmen und sich um ihre Angelegenheiten zu kümmern.«
Einer der anderen Männer legte die Hand auf Yods Arm. »Laß es gut sein«, murmelte er.
Raiki sank auf ihre Fersen hinab und schenkte sich eine neue Tasse Cha ein, wobei sie den Männern den Rücken zukehrte. Sie lächelte Serroi zu, neigte die Kanne und bot an, ihr ebenfalls einzugießen.

Serroi hielt ihre Tasse hin und beobachtete aus den Augenwinkeln, wie die Männer zu ihren Feuerstellen zurückgingen. Sie streckte den Kopf in den aufsteigenden Dampf. »Ich hatte dir ja gesagt, daß es Ärger geben würde.«
Raiki schnaubte. »Beachte sie gar nicht, Meto. Sie brauchen mich zu sehr, um Ärger zu machen.«
»Würdest du wirklich wegen mir weggehen?«
»Ja, Meto.« Raiki kicherte und leerte dann ihre Tasse. »Ich würde nicht fortbleiben, das könnte ich nicht, weißt du. Aber es würde sie ein bißchen aufrütteln. Soweit wird es nicht kommen.« Sie seufzte. »Ich wünschte, du würdest dich von mir unterrichten lassen, aber du hast recht, wenn auch aus den falschen Gründen. Ich bezweifle, daß sie dich jemals anerkennen würden, solange Yehail dich verleumdet.«

Das Mouscar blieb drei Monate lang am Nordbrunnen, dann begann der Treck nach Süden; ein langer, angenehmer Treck von Wasserstelle zu Wasserstelle, in dessen Verlauf das Gras grüner und die Tage wärmer wurden – und Yehail immer neidischer und gefährlicher. Sie spionierte Serroi ständig nach, und wenn sie nicht damit beschäftigt war, stachelte sie sie an und versuchte sie zu Raufereien zu verleiten, bei denen sie sich an den Haaren zogen. Serroi schaffte es, ihren Ärger hinunterzuschlucken, weil sie Raiki nicht verletzen und deren Stellung bei ihren Leuten nicht gefährden wollte. Durch eine Kombination von Glück und genauer Beobachtung erwischte die Janja Yehail häufig, ehe sie zu weit gehen konnte und warf sie mit einem ihrer Schläge mit dem Handrücken zu Boden oder zwang sie mit einer scharfen Strafpredigt zu vorübergehender Unterwerfung.
Für Serroi war das eine unstete Zeit. Sie hielt sich dicht an Raiki als der einzigen Sicherheit, die ihr geblieben war. Sogar ihr Körper veränderte sich. Sie wuchs um mehrere Zentimeter, ihre Brüste sprossen, und eines Morgens erwachte sie mit Blut auf den Schenkeln. Die Hirtenjungen begannen, zum Zelt der Janja zu kommen, lachten und flegelten sich dort herum, bis einer den Mut fand, nach ihr zu rufen, dann tollten sie lachend

umher und scherzten ein paar Minuten, ehe sie wieder zu ihren Familiengruppen zurückliefen. Während das Mouscar langsam von Brunnen zu Brunnen in südlicher Richtung zog, wurde sie immer ruheloser und wurde sich nach und nach darüber klar, daß sie nicht länger das karge Leben der Pehiiri leben wollte. Sie sehnte sich nach den kleinen Luxusdingen, die sie im Turm des Noris kennengelernt hatte, auch wenn sie den Gedanken an ihn nicht ertragen konnte. Saubere Kleidung, tägliche Bäder, gutes schmackhaft zubereitetes Essen, Bücher und schöne Dinge um sie her. Und vor allem Ruhe und Ungestörtheit. Raiki war für sie Mutter, Schwester und Freundin: Die Wärme, die sich von Anfang an zwischen ihnen entwickelt hatte, war schnell gewachsen. Jedesmal wenn sie ans Weggehen dachte, kehrten die Alpträume zurück. Sie durchlebte Träume vom Noris, nach denen sie schweißgebadet und weinend in Raikis Armen erwachte.

Als die Wintermonate vorüber waren und der Frühling näherrückte, erreichte das Mouscar den Südbrunnen, die kunstvollste Wasserstelle, wo kleine, durch Steinmauern begrenzte Felder durch geschlossene Rohre vom Brunnen zu dem sorgfältig bebauten Land bewässert wurden. Sobald die Zelte standen, hatte Raiki reichlich mit Fruchtbarkeitsriten für das Land und Pflanzenzeremonien zu tun. Serroi war sich selbst überlassen. Sie wanderte vom Brunnen weg, saß und schaute den langsam abfallenden Hang hinab in das üppigere Tal.

Dort fand Raiki sie noch spät am Abend, als sie beobachtete, wie im Tal Lichter angingen, gelbgoldene Feuer, zu mehreren zusammengeschart wie ein bleiches Sternenfeld in der Finsternis.

»Du bist gar nicht zum Abendbrot gekommen.« Raiki setzte sich neben sie mit einer Reihe von Grunzern, während sie versuchte, es ihrem schwerfälligen Körper auf der rauhen Erde so gemütlich wie möglich zu machen.

»Ich hatte keinen Hunger.«

»Aha.« Raiki blieb lange schweigend sitzen, dann hob sie ihren kräftigen Arm, daß die Anhänger wie einsame Glöckchen klingelten und deutete auf die nächste Lichtergruppe. »Sel-ma-Carth.« Sie seufzte, und die Ketten um ihren Hals rasselten

leise. »In wenigen Tagen beginnt der Shessel-Markt. Die Männer werden hinuntergehen.« Ihre Hand sank in ihren Schoß.
Serroi ließ den Blick von den Monden zu den Lichtern der Stadt hinabschweifen. »Es ist Zeit.«
»Yehail?«
»In Wahrheit, meine Freundin Raiki, ist sie nur einer von vielen Gründen.« Serroi lehnte sich gegen die alte Frau, schob ihre Hand zwischen Arm und Körper und drückte Raikis Arm an sich.
»Was hast du vor?«
»Ich weiß es nicht. Wahrscheinlich mich zum Biserica durchschlagen. Ich bin schließlich alt genug.«
»Hüte dich vor diesen Flachländlern!« In der darauffolgenden Stille wirbelte der aufkommende Wind Sand empor und peitschte ihn im Gestrüpp umher. Über der tiefer liegenden Ebene zogen Wolken auf. Die Lichter erloschen allmählich. »Man kann ihnen nicht trauen, Meto. Sie betrügen einen, vergewaltigen einen, ermorden einen.« Eine fleischige Hand tätschelte Serrois Oberschenkel. Serroi fühlte, wie sie zitterte. Mit aufgeregtem Klappern der Ketten und Münzen wandte die alte Frau sich ab. Serroi hörte schweres Atmen und noch mehr Kettengeklingel. Sie drehte sich um und sah, wie Raiki drei ihrer Münzketten über den Kopf zog. Die alte Frau warf sie ihr zu. »Nimm die«, drängte sie. »Du wirst dort unten Geld brauchen.«
Serroi sprang auf die Beine und schob die Ketten fort. »Ich kann das nicht annehmen. Raiki, deine Mitgift!«
»Mitgift!« Raikis Mund dehnte sich zu einem breiten Lächeln. »Eher Beerdigungsgeld. Davon habe ich reichlich, Meto. Wem sollte ich den Rest hinterlassen? Yehail vielleicht?« Sie schnaubte. »Doch wohl nicht. Es gehört mir, ehrlich erworben, und ich kann es schenken, wem ich will.« Sie verstummte. Die Monde schwebten ruhig und silbern über ihnen dahin und tauchten einer nach dem anderen in die Wolkenschicht über dem Tal. »Ich schenke dort, wo mein Herz es gebietet, Meto.«

Serroi warf die Arme um ihre Freundin und drückte sich heftig an den warmen, weichen Leib. »Ich möchte ...« Sie begann zu weinen.
»Ich weiß, Meto-mi, ich weiß.« Raiki tätschelte eine Weile ihren Rücken, dann schob sie sie von sich und stellte sie gerade hin. »Ich weiß. Nun laß es gut sein. Komm mit, Meto. Ich möchte dir etwas zeigen.«
In ihrem Zelt öffnete Raiki eine Truhe und zog Hosen, Weste und einen weiten Kittel heraus, wie die Männer und Jungen sie trugen. Sie warf sie auf die Decke zu Serrois Füßen. »Du bist zierlich und noch flach genug, um als dein jüngerer Bruder durchzugehen. Auf diese Weise bist du bei den Flachländlern sicherer. Trau ihnen nicht, Meto. Sie stehlen dir die Haare vom Kopf, um sie dir wieder zu verkaufen.« Sie grunzte, als sie sich auf einen Berg Kissen sinken ließ. »Komm mich besuchen, wenn du kannst. Du weißt, wie unser Treck verläuft.« Sie blickte auf ihre Hände hinab. »Bleibst du noch, bis die Männer fort sind?«

Zwei Tage später schlüpfte Serroi von der Wasserstelle fort und folgte dem Pfad, den die Männer den langen Hang hinab nach Sel-ma-Carth zum Shessel-Markt genommen hatten. Nach Stunden des Grübelns stand ihr Ziel fest – das Goldene Tal, der Ort, an dem der Noris keinen Einlaß fand und der sich ihr geöffnet hatte.

DIE FRAU: 13

Serrois Ketten rasselten leise, als sie sich auf der in der Wand verankerten Holzbank zurechtsetzte. In einiger Entfernung konnte sie das Lauter- und Leiserwerden von Männerstimmen auf dem Gang vernehmen, doch die Worte konnte sie nicht verstehen. Sie rührte sich und die Ketten rasselten wieder, so daß sie zu den engen Handfesseln an ihren Armgelenken und den rostigen, um ihre Schenkel geschlungenen Ketten hinabsah. Sie schauderte, dann griff sie hinab und faßte nach dem

Klümpchen in ihrem Stiefel. Der Tajicho war wieder kalt. Der Norit hätte sich kaum weniger um sie kümmern können. Sie lehnte ihren Kopf gegen den feuchten Stein zurück und lauschte auf die Stimmen und die Stille. Soweit sie das fühlte, waren die anderen Verliese leer. *Hern,* dachte sie. *Warte, bis Lybor erst einmal ihren Willen hat. Nein. Nicht Lybor. Der Nearga-Nor. Ser Noris, Ser Noris, was ist der Sinn von alledem? Sie fühlte den Stein kalt und feucht durch die doppelte Stoffschicht von Weste und Jacke hindurch. Dieser Norit wußte nichts von mir. Warum? Werden auch sie nur von dir benutzt, Ser Noris? Schiebst du sie herum, ohne daß sie es wissen? In diesem Falle bin ich die Ratte im Gemäuer, die ihnen ihre Beute wegschnappen wird.* Sie zog die Lippe zwischen die Zähne. *Eine klitzekleine Chance, gesegnete Jungfrau, gib mir nur eine klitzekleine Chance.*

Sie stand auf und schlurfte zur Tür. Sie drückte ihren Körper gegen die Hartholzplanken, umklammerte fest die Gitterstangen und versuchte, den Gang hinunterzusehen; da er von der Zelle ein wenig schräg hinabführte, konnte sie erkennen, wie am Ende des Korridors dunkle Gestalten auf- und abgingen. Wortfetzen flogen zu ihr herauf, die immer unterbrochen wurden, wenn der Sprecher außer Sicht war »... diese verrückte Stute..., aufgeregt... Rennen... zwischen die Beine gekommen... dlebach... schlagen... Zehnereinheit... drei Zehnereinheiten auf... die Meie... spielt mit ihr... verdammter Nor... läßt uns nur die Knochen... kein Gramm Fleisch an ihr...« Schließlich setzten sich die beiden Männer an einen Tisch direkt hinter dem Gang, und ihre Stimmen waren nun deutlicher zu vernehmen. »Hier herumhängen, nachdem sie mit dem Dicken fertig sind?« Der Sprecher wies mit dem Daumen zur Decke.

»Sie haben uns Gold versprochen. Wer soll uns daran hindern, uns zu nehmen, was wir wollen?«

»Die Söhne, die werden uns hindern. Zu viele davon haben ihre Finger in dieser Sache. Trinken nicht, haben nichts mit Frauen, jagen die Huren mit kahlgeschorenem Schädel aus der Stadt... Hast du's schon mal mit einer kahlköpfigen Frau getrieben? Ich sage, her mit dem Gold, und ich bin unterwegs zur Südküste, wo es auch noch etwas gibt, wofür man sein Geld verschleudern mag.«

»Verdammt, laß das lieber nicht die alte Gelbratze hören!«

»Weißt du, worauf ich jetzt Lust hätte?« Der Sprecher beugte sich vor, und Serroi sah nun zum ersten Mal, daß er die Sleykynmaske trug. Er neigte die Flasche über seinen Krug und sah zu, wie die letzten Tropfen herausrannen.

»Ja, aber du wirst es nicht kriegen. Nicht mal die Weiber hier unten darf man anpacken, nicht einmal das.« Der zweite Sleykyn winkte vage in Serrois Richtung.

Der erste leerte den Becher und stand auf, schwankte nicht, sondern hielt sich mit sorgsam ausbalancierter Würde gerade. »Der Nor sagte, wir sollten hier bleiben.« Der Sitzende lehnte sich zurück und schlug heftig mit der Hand auf die Tischplatte. »Der geizige Scheißkerl hat uns nur zwei Flaschen hiergelassen. Bei den Titten der Jungfrau, ich hole uns noch etwas, er wird beschäftigt sein, und du hältst den Mund, also wird er nichts erfahren.« Er stakste davon und verschwand aus Serrois begrenztem Blickfeld, wobei er die Hacken härter auf den Stein schlug als gewöhnlich.

Der zweite Sleykyn saß zusammengesackt in seinem Stuhl und blicke traurig in den Becher in seiner Hand. Serroi beobachtete ihn noch einen Augenblick, dann ging sie zu ihrer Bank zurück. Sie griff in ihren Stiefel und zerrte die Dietriche heraus. Sie lehnte sich zurück gegen den Stein und begann an ihren Handfesseln zu arbeiten. Die derben Schlösser waren kein Problem. Sie hielt die Handschellen fest, als diese aufsprangen, und legte sie neben sich auf die Bank, dann befaßte sie sich mit den Ketten an ihren Fußknöcheln. Mit dem Dietrich in der Hand schlich sie zur Tür.

Der Sleykyn war immer noch allein, sein Kopf war auf die Arme hinabgesunken, der Becher lag auf der Seite und vor der Öffnung hatte sich eine kleine Weinpfütze gebildet. Seine Schultern hoben und senkten sich, und sie hörte ihn geräuschvoll schnarchen. Eilends machte sie sich an den Türschlössern zu schaffen. Da der eine Sleykyn irgendwohin gegangen und

der andere weit fort vom Wein und fest eingeschlafen war, hatte sie die beste Gelegenheit. Kein bißchen Zeit zu verlieren, kein bißchen. Das Türschloß war schlimmer, weil es größer und komplizierter war, doch sie bezwang es, so lautlos sie konnte, mit eingehaltenem Atem und einem Herzen, das bei jedem Kreischen des Metalls einen Moment aussetzte.
Nach einem letzten Blick auf den Sleykyn zog sie die schwere Tür nur eben so weit auf, daß sie auf den Gang schlüpfen konnte. Neben ihrer Zelle steckte eine Fackel im Halter, doch das war die einzige, und sie bestätigte ihre Annahme, daß die anderen Zellen leer waren. Auf Zehenspitzen rannte sie auf die andere Seite des Lichtscheins, ging dann in die Hocke, stützte sich nur auf Zehen und mit den Fingerspitzen auf dem schmutzigen Boden, als der Sleykyn vor sich hinlallte und den Kopf für einen verschwommenen Blick hob, um ihn sogleich wieder auf die Arme fallen zu lassen. Sobald er wieder zu schnarchen begann, stand sie ganz langsam ohne eine abrupte Bewegung auf. Wie ein Schatten schwebte sie die drei Stufen zum Kellerboden hinab und schob sich dann um den Sleykyn herum.
Sie hatte den Folterkeller zur Hälfte durchquert, als das flakkernde Licht der tief heruntergebrannten Fackeln und ein Poltern auf dem schmutzigen Boden sie verrieten. Mit zu sehr auf den Sleykyn gerichtetem Augenmerk stolperte sie über einen Hartholzstock neben mehreren rätselhaften Folterinstrumenten. Dieser fiel mit einem Geräusch, das dem Klingen von Alarmglocken ähnlich war, und polterte mit solchem Getöse über den Steinboden, daß Tote davon aufgewacht wären.
Der Sleykyn sprang hoch, wirbelte herum, riß die Peitsche aus dem Beutel, und die Spitze traf ihren Arm, ehe sie Zeit hatte, sich zu rühren. Sie duckte sich hinter eine Streckbank, huschte dahinter entlang und wich gerade noch einem zweiten Hieb aus. Am Ende der Streckbank blickte sie längs der Kurbel zurück und verlor fast ein Auge an die zuckende Peitsche. Die schlang sich um die Kurbel, so daß der Sleykyn sie erst losmachen mußte und Serroi damit Zeit gewann fortzuhuschen. Ihr Peiniger war noch immer benommen, müde und halb betrunken. Sein Timing war um den Bruchteil einer Sekunde zu

knapp. Sie lief zum anderen Ende der Streckbank, schaute sich rasch um und stürzte dann davon zu zwei mächtigen Auspeitschpfählen. Die Peitschenspitze streichelte ihren Fußknöchel. Sie machte sich los, und richtete sich in der Deckung der dicken Pfähle auf.

Der Sleykyn rannte schnell, stolpernd und mit verschwommenem Blick an der Streckbank entlang. Sie rückte zur Seite, um weiter die Pfähle zwischen sich und ihm zu halten und sah sich hektisch nach einer Art Waffe um, als sie Schneidegeräte in einem Rahmen an der Wand entdeckte. Geduckt und im Zickzack schoß sie durch den freien Raum, keuchte vor Schmerzen, als die Peitsche sie zweimal erwischte, und huschte hinter ein anderes Martergerät. Schälmesser hingen hoch über ihrem Kopf. Sie sprang an der Wand empor. Das Messer lag in ihrer Hand, als die Peitsche sich um ihre Hüfte ringelte, durch das dicke Material ihrer Hosen schnitt, ihre Haut aufriß und neues Blut zum Fließen brachte. Wimmernd vor Schmerz und das Messer weit von sich gestreckt krachte sie zu Boden, wobei ihr Körpergewicht sie von der Peitsche befreite. Ehe der Sleykyn die Peitsche zurückschnellen lassen konnte, stand sie schon wieder und rannte, ohne die Schmerzen zu beachten, tief gebückt in Schlangenlinien durch das rauchige Fackellicht.

Die Stiefel des Sleykyn polterten laut hinter ihr, als sie wieder hinter die Streckbank tauchte. Er trieb sie aus ihrer Deckung, jagte sie ein zweites Mal durch den Raum und stand kurz davor, sie zu fassen, denn der Rausch verlor seine Wirkung. Während sie floh, sich drehte und wendete und von einem Punkt zum nächsten rannte, prüfte sie die Ausgewogenheit des Messers. Sie stand am Rand völliger Erschöpfung, blutete aus Dutzenden von Schnittwunden und fand doch keine Möglichkeit, das Messer direkt gegen ihn einzusetzen. Sie mußte es werfen. Wenn sie verfehlte, müßte sie versuchen, mit bloßen Händen gegen ihn zu kämpfen, und daran mochte sie gar nicht denken. Sie rannte ein drittes Mal um die Streckbank herum und schoß auf die Doppelpfähle zu. Der Sleykyn befand sich so in ihrer Nähe, daß sie fast seinen heißen Atem in ihrem Nacken spüren konnte. Mit einem beschwörenden Gebet, das Messer richtig eingeschätzt zu haben, trat sie neben die Pfosten, suchte nach dem unfaßbaren Gefühl des Ganzen, zwang sich zur Ruhe und atmete langsamer. Sie sah, wie die Hand mit der Peitsche ausholte, den triumphierenden Glanz in den rotgeäderten Augen und die dicke Säule seines Halses, die aus dem aufgeknöpften Hemd emporragte. Mit einem gehauchten Flehen zur Jungfrau schleuderte sie das Messer, sah, wie es sich in der Luft in ein silbernes Rad verwandelte und schließlich genau in die Kehle einschlug.

Der Mann erfüllte den Keller mit einem widersinnigen, blubbernden Geräusch und stürzte aufs Gesicht. Blut lief aus seinem Mund, und die Augen flossen ihm über. Serroi umklammerte mit zitternden Knien den Pfahl. Ihr war übel und sie rang keuchend um Atem.

Langsam kam der Raum um sie her wieder zum Stehen. Sie zog sich hoch und war mit sich zufrieden, daß sie überlebt hatte. Sie trat mit einem Bein aus, dann mit dem anderen und prüfte ihre Knie. Sie schienen in der Lage, sie zu halten, daß sie sich von dem Pfahl wegschob und zu stehen versuchte. Sie tat einen Schritt nach dem anderen und lachte dann laut aus reiner Freude, noch zu leben.

Sie ging zu dem Sleykyn hinüber. Er war tot. Das Blut strömte nicht länger aus seinem Hals. Sie fuhr sich mit der Hand übers Gesicht, wischte sich die neuen Schweißperlen fort und kniete neben ihn. Sie keuchte vor Anstrengung, als sie ihn auf den Rücken drehte und sich an der Koppel seines Messerhalfters zu schaffen machte. Sie mußte eine Waffe haben. Voll heftiger Abscheu zog sie ihm den Gürtel ab und schloß die Koppel wieder. Er war zu groß für sie, doch sie konnte ihn wie einen Patronengurt tragen. Einer plötzlichen, starken Neugier nachgebend, zog sie die Klinge aus der Scheide und drehte sie langsam und vorsichtig um. Ein Sleykyn-Giftmesser. Die Klinge bestand aus Bein statt aus Metall und war bis zweieinhalb Zentimeter von der Spitze an verfärbt. Sie gab sich die größte Mühe, den Fleck nicht zu berühren. »Genug«, murmelte sie. Mit dem Messer in der Scheide und dem Gürtel um ihren schmalen Oberkörper beugte sie sich nach vorn und schloß vorsichtig die Augen des Sleykyns. »Die Jungfrau gebe dir die ewige Ruhe.« Sie stand auf und streckte sich. »Ich bin dieses Töten schrecklich leid.« Wieder rieb sie sich müde über die schmerzenden Augen. »Ich bin eine Närrin; laß mich zum Biserica zurück, und ich werde tun, was man mich schon ewig geheißen hat, nämlich mit einem Studium als Heilerin beginnen.«

Als sie sich dem Ausgang näherte, hörte sie den Gesang eines Betrunkenen den Korridor herunterhallen. Sie riß das Messer aus der Scheide, rannte auf Zehenspitzen zur Wand und preßte sich flach neben den Eingang. Als der zweite ihrer Bewacher arglos hindurchtrat mit einem Weinschlauch wie einem dicken Baby im Arm, schnitt sie eine tiefe Wunde in seinen Handrükken und lief davon.

Sie sah zu, wie er mit Schaum auf den Lippen und schreckverzerrtem Gesicht starb. Die Hand, in der sie immer noch das Beinmesser hielt, zitterte; sie blickte voller Ekel hinab auf die totenbleiche Klinge und hätte sie am liebsten von sich geschleudert; statt dessen steckte sie das Messer sorgsam in seine Scheide zurück und trat zu dem Toten. Nachdem sie seine starr blickenden Augen geschlossen hatte, befahl sie ihm mit einem Totensegen der ewigen Ruhe an, ergriff den Weinschlauch und ging hinaus in den Korridor. Als das Fieber von ihren eigenen, vergifteten Wunden sich in ihr ausdehnte, suchte sie die Wandtäfelung, durch welche sie in das Labyrinth der Gänge in den Mauern zurückführen würde.

In tiefster Dunkelheit irgendwo tief im Gewirr der Geheimgänge zog sie den Pfropfen aus dem Weinschlauch und trank einen Schluck. Sie fühlte, wie heiß die Wunden brannten, wann immer sie den Arm nahe an ihr Gesicht führte. *Die Peitschenspitze war irgendwie vergiftet*, dachte sie. *Ich habe Schmerzen, aber so schlimm sind die Wunden eigentlich nicht. Mir dürfte es nicht so schlecht gehen, nicht so bald.* Sie trank mehr Wein, hockte sich dann auf den Boden, lehnte sich an das kalte Gestein und überlegte, was sie tun sollte. *Ich kann hier nicht bleiben. Domnor Hern ... zumindest bin ich schon im Plaz.* Sie kicherte. *Ich sagte zu Coperic, die Tochter würde mich in den Plaz bringen. Allerdings nicht auf diese Weise. Dinafar. Was sie wohl denkt? Die Jungfrau möge sie beschützen – und verhindern, daß Coperic sie in Schwierigkeiten bringt.* Sie drückte ihren Handrücken an die Stirn. *Fieber. Ich frage mich, was zum Teufel sie an die Spitzen schmieren. Domnor, ich muß ihn finden!* Sie kam schwerfällig auf die Beine, nahm noch einen Zug aus dem Weinschlauch und schlenderte dann den Gang entlang, folgte den Kurven und Windungen und stolperte die verrückten Treppenfluchten hinab, bis sie keine Vorstellung mehr hatte, wo sie sich befand und auf welchem Stockwerk des Plaz sie zufällig landete.

Als sie so erschöpft war, daß sie nicht mehr weiter konnte, sank sie nieder, blieb, den Kopf an die Mauer gelehnt und die Beine quer über den Gang ausgestreckt, sitzen. Nach wenigen Augenblicken war sie fest eingeschlafen.

Sie erwachte, als kleine Füße über ihre Beine huschten und kleine, feuchte Nasen sie anstupsten. Es war zu finster, um etwas zu sehen; sie war benommen, ihr Gehirn brannte, sie vergaß, wo sie war und was sie tun mußte. Sie streckte die Hand aus und tastete mit bebenden Händen umher. Sie berührte eine zitternde Schnauze, strich mit den Fingern über große, zarte Ohren und dann über ein knubbeliges Rückgrat hinab zu einem unbeharrten Schwanz. »Ratten«, murmelte sie, kicherte und hielt dann den Atem an. Ratten kamen den Gang herabgehuscht und krochen über sie, bis ihre Beine begraben waren unter pelzigen, kleinen Körpern. Es kamen immer noch mehr. Sie konnte fühlen, wie sie ihre kleinen Nasen an sie drückten und mit nadelscharfen Krallen über sie hinweg krabbelten. Bei allem, was sie von Ratten wußte, hätte sie entsetzt sein müssen; sie war es nicht. Es kam ihr vor, als hätte sie sie im Schlaf gerufen – oder aber etwas anderes hatte sie zu ihr gelockt.

Hinter ihrem schmerzenden Kopf bebte der Stein vor Spannung, und die Luft um sie her war drückend. Die Ratten drängten sich dicht an sie und waren fast wie von Sinnen, leckten das auf ihren Wunden getrocknete Blut und drängten sich

immer dichter an sie, bis der ganze Gang von ihnen voll war. Sie zog den Weinschlauch hervor und hörte, wie die Ratten, die sie dabei umwarf, vor Furcht und Verwirrung pfiffen. Sie trank und trank immer weiter. Ihr Kopf pochte. Sie fuhr mit der Hand hoch und schrie auf, als sie ihren Augenfleck berührte, der sich von ihrer Stirn herauswölbte und heißer brannte als das Fieber in ihrem Blut. Irgend etwas hielt sie in seiner Macht; irgend etwas hielt sie, rief die Ratten zu ihr, ließ sie in Flammen stehen und brannte das Fieber aus ihr heraus. Sie blinzelte, konnte wieder sehen dank ihrer einsetzenden Nachtsicht, sah in den Tönen Grau, Grün und Schwarz. Sie sah den wogenden Teppich kleiner Leiber, die übereinanderkrochen, sich duckten, bebten, ihr ganzer Körper war voll von ihnen bis zur Taille, sie saßen hinter ihr und auf ihren Schultern. Warmes, lebendiges Ungeziefer. Um sie her und über ihr. Sie hätte vom Grauen zittern müssen, das wußte sie vage wie von einem Teil ihrer Selbst, der in einiger Entfernung stand und sie beobachtete. Sie glühte vor Fieber, glühte von dem Ding in ihr, welches das Fieber bekämpfte. Sie konnte sich nicht erinnern. Da war etwas, an das sie sich erinnern mußte, sie konnte sich nicht erinnern, und es war doch wichtig... sie schlief wieder ein.
Als sie erwachte, war sie völlig verkrampft und steif, doch ihr Körper fühlte sich kühler an; was immer an der Peitschenspitze gewesen war, nun war seine Wirkung weitgehend verflogen. Sie blinzelte. Ihr Augenfleck pochte und ihre Nachtsicht kehrte zurück. Der Rattenteppich um sie her quiekte und wogte und piepste ängstlich. Aus dem Dunkel kam eine Schabe angeschwirrt und setzte sich an den Stein neben ihrem Kopf. Mehr kamen, krochen über die Steine, über sie, Schaben kamen und kamen und kamen, flogen in Schwärmen um sie herum und krabbelten ihr über Kopf und Arme. Sie kicherte; Schaben kamen, ihre Ahnherrin zu rächen. Sie hörte auf zu kichern, als der Laut zu schrill wurde. »Eine Armee«, murmelte sie. Es fiel ihr schwer, den Mund richtig zum Sprechen zu bewegen. Die Peitsche hatte auch ihr Gesicht gestreift und am Mundwinkel eine Wunde aufgerissen. Ihre Wange war geschwollen, und das ganze Gesicht fühlte sich steif an.

Die Dunkelheit in dem Gang war zeitlos. Nur das Klopfen ihres Herzens ließ die Minuten für sie verrinnen. Sie war durstig und trank erneut aus dem Weinschlauch. Sie fühlte sich nun insgesamt kühler, obwohl der Wein ihre Kehle wärmte. An ihrem Bein war eine kleine, glühende Stelle, wo der Tajicho von Minute zu Minute heißer brannte. Allmählich erinnerte sie sich, was geschehen war und warum sie hier in der völligen Dunkelheit saß. Sie setzte sich auf, schüttelte Ratten und Schaben ab, rappelte sich auf die Füße. Sie schwankte und schlug die Hand gegen die Mauer, um nicht umzufallen. Es mußte Zeit für die Zeremonie des Norids sein. Zumindest kurz davor. Der Noris war zugange, wie ihr das Feuer des Tajicho verriet. Sie ballte die Finger zur Faust und schmetterte sie voller Zorn und Furcht gegen die Wand; das Fieber und das Gift der Sleykynpeitsche hatten sie außer Gefecht gesetzt, bis der Mondensammlungszauber des Norid seinem Höhepunkt entgegenging.
Sie verringerte ihre Nachtsicht und konzentrierte ihre ganze Kraft auf die Suche nach Domnor Hern. Sie drehte langsam den Kopf, als der Augenfleck pochte und die körperlosen Suchfinger sich immer weiter dehnten, umhertasteten und schließlich nach oben rechts zogen. Mit Schaben, die um ihren Kopf flatterten und sich an ihre zerlumpten Kleider klammerten und den Ratten, die wie schmutziger Schaum um ihre Stiefel schwappten, begann sie sich den Weg durch die Mauern hinauf zum Schlafgemach des Domnors zu bahnen.
Hoch und um die Ecke, enge Stiegen hinauf, wo die Flut der Ratten vor und hinter ihr sich verlängerte, immer höher hinauf und dann die Wendeltreppe im Mittelturm hoch. Immer rund herum und höher hinauf gegen den Wind, der zurückzustoßen versuchte und immer stärker wurde, bis sie sich ihm entgegenstemmte, wie man sich einen Sturm entgegenstellt, so kämpfte sie um jeden Schritt.
Bis sie vor einem Ausgang, der aussah wie all die anderen, an denen sie bereits vorübergekommen war, Halt machte. Sie blieb stehen und wußte zweifelsfrei, daß sich dort der Domnor befand. Sie spürte die gesamte Materie beben, bis sie fast Angst

hatte, das Gebäude könnte zusammenbrechen; die Tiere duckten sich um sie herum ohne einen Laut, mit einer unheilvollen, unnatürlichen Stille. Die Schaben schwirrten um ihren Kopf, setzten sich dann um den Ausgang herum, klebten am Gestein und saßen so dicht nebeneinander, daß man glauben konnte, ein braunes Schuppenhemd bedecke die Wand. Sie lehnte ihren Kopf an den Türbalken. Das Nachdenken fiel ihr schwer; sie mußte gegen den ständigen Druck, der aus dem Schlafzimmer strömte, ankämpfen.

Sie hob ihre schweren, unbeholfenen Arme und fummelte an dem Schieber, der das Guckloch fest verschloß, herum. Als sie die Arme wieder sinken ließ, spürte sie, wie ihr Augenfleck sich beruhigte. Sie blinzelte langsam und erschreckt, lehnte sich dann an das Loch und wagte kaum zu atmen.

Der Domnar saß mit dem Rücken zu ihr in einem hohen Lehnstuhl. Sein kurzer, untersetzter Leib war nackt ausgezogen und Arme und Beine an den Stuhl gefesselt. Seine dichte Mähne glatten Haars – schwarz mit einigen grauen Strähnen – war verwühlt und eine Strähne stand wie ein Echsenkamm in die Höhe. Sein Körper war reglos, doch kräftige, derbe Finger arbeiteten geduldig an den Stricken, schoben sie vorsichtig herum und zogen einen Knoten immer näher heran. Die Seile schnitten ihm schmerzhaft ins Fleisch. Jeder Augenblick mußte eine kleine Qual bedeuten, doch er ließ sich nichts davon anmerken. Mit eiserner Geduld mühte er sich weiter und erweckte dabei die ganze Zeit den Eindruck, als gelte seine ganze Aufmerksamkeit nur dem Norid. Serroi hielt voller Staunen den Atem an. Im Laufe ihrer Dienstzeit hatte sie den Mann selten zu Gesicht bekommen. Trotz ihrer Verachtung für Lybor hatte sie sich von der Abscheu der Viper gegenüber ihrem Ehemann beeinflussen lassen. Und doch hatte Tayyan sich anders geäußert. Serroi schloß die Augen, als die Schmerzen zurückfluteten. Tayyan sagte, er wäre der nackte Schrekken mit seinem Schwert, sagte, man würde nicht glauben, wie schnell er sich bewegen könnte, wenn er wollte, sagte, er könnte ein Macai besser reiten als ein Stenda. Wieder blinzelte sie und konnte das nun glauben, da sie ihn so kalt und hartnäkkig an den Stricken arbeiten sah, während der Norid durch den Raum stapfte und mit einer Arroganz Vorbereitungen traf, welche die beiden anderen in Serrois Blickfeld widerwillig schweigen ließ, sogar als er sich zum Boden beugte und begann, ein Pentagramm um sie zu ziehen. Er murmelte kaum hörbar einen komplizierten Singsang, während er den kreisartigen Stern mit dickem, öligem Stift auf den Parkettboden malte. Die Teppiche waren beiseite geschoben worden und lagen entlang der Wände. Als er mit dem Pentagramm um Lybor und Morescad fertig war, wandte er sich an den Domnor und zog ein zweites Pentagramm um ihn. Als das geschlossen war, stellte er eine dicke, schwarze Kerze an jede Spitze der Sternenstrahlen, trat zurück, runzelte die Stirn, seine schwarzen Augen schweiften ruhelos durch den Raum, als störte ihn etwas.

Serroi bewegte den Fuß und fühlte die Hitze des Tajicho an ihrem Bein. In seinen Augen stand ein wilder Blick; sein steifes schwarzes Haar war mit geflochtenem Golddraht aus dem Gesicht zurückgebunden, und der Draht prasselte nun von den Energien, die den Raum durchströmten. Während Serroi beobachtete, wie er nun weiße Kerzen an den Spitzen des Pentagramms um Morescad und Lybor aufstellte, dachte sie, *Er ist Norid, und kein bißchen Norit. Ich hatte recht. Einer der kleinen Nor, die aus Habgier und Ehrgeiz sich mehr zumuten, als ihre Kräfte gestatten. Vermutlich wird er vom Nearga-Nor unterstützt, sonst würde er das nicht wagen.* Wenn sie ihn ansah, schauderte ihr und Übelkeit machte sich in ihrem Magen breit. *Er hat gerade genügend Macht, an einem heißen Tag ein Streichholz zu entzünden, und jagt mir doch den größten Schrecken ein.* Die ganze Zeit, da sie sein Vorgehen beobachtete, hatte sie gezittert, und Schweiß war ihr dick und feucht den Körper hinabgeströmt. Das Haar klebte ihr in fettigen Strähnen am Kopf; ihre Augen trübten sich und wurden wieder klar, und ihr Herzschlag schien laut genug, den ganzen Plaz aufzuwecken. Es kostete sie eine Menge Willenskraft, mit dem Auge an dem Guckloch zu verharren, wo sie doch nur weglaufen wollte, nur fort von dem Nor...

Und dabei wußte sie die ganze Zeit über, daß der Norid im

Schlafgemach nichts war, ein Narr, ein ebensolcher Narr wie Lybor und Morescad.
Der Norid trat vor Lybor und Morescad. »Der Dämon wird sich innerhalb des Pentagramms um den Stuhl des Domnors materialisieren.« Er streckte die Hand in einen Beutel, der von seinem Gürtel herabbaumelte, zog einen knotigen, stumpf schwarz und rot gestreiften Stein hervor. »Ich habe die Seele des Dämonen in diese Sjeme geschlossen. Wer sie besitzt, beherrscht den Domnor, wenn der Dämon erst einmal seine Seele verschlungen hat und seinen Körper in der Gewalt hat.«
»Gib sie mir.« Lybor wollte aus dem Pentagramm treten.
»Brechen Sie nicht durch die Linie, Doamna«, rief der Norid hastig. Er streckte eine Hand aus, als schöbe er die Luft vor ihr zurück. »Sonst kann ich nicht für Ihre Sicherheit garantieren.« Schweiß strömte über seine Stirn, als er die Sjeme vorsichtig in ihre ausgebreiteten Hände warf.
Sie fing sie eilfertig und schmiegte sie mit blitzenden Augen und den harten Zügen der Habsucht im Gesicht an ihre Brust. Morescad kniff die Augen zusammen, lächelte dann nachsichtig und legte den Arm um ihre Schultern. Lybor erschauderte, lächelte erst steif, dann mit ihrem eingeübten Charme. »Wann fangen Sie an, Ser Nor?«
»Bald.« Er blickte zu dem großen Stundenglas auf der Sitzfläche eines Stuhls. Etwa ein Fingerbreit Sand verblieb noch in der oberen Hälfte. »Bald.«
Serroi drehte den Kopf von dem Spion fort, drückte sich mit geschlossenen Augen und zitterndem Körper gegen das Holz. Der Tajicho war ein Feuer, das sich in ihr Fleisch fraß, doch sie wagte nicht, ihn herauszuziehen; er beschützte sie. Bebend und ganz krank von zu vielen Erinnerungen holte sie tief Luft und führte ihr Auge wieder an das Guckloch.
Lybor und Morescad unterhielten sich leise in Tönen, die ein wenig Bitterkeit enthielten. Eine der großen Pranken Morescads ruhte auf Lybors Hand, daß seine Fingerspitzen da die Sjeme berührten.
Serroi zwang sich, den Norid zu beobachten, und stellte fest, daß ihre Furcht abnahm, als sie sich ihr und ihm in gewissem

Sinne stellte. Die Ratten drängten sich enger an sie. Mehrere Schaben landeten auf ihrem Gesicht und ihrer Schulter. Die Berührung rührte sie auf, verwunderte sie, doch sie schüttelte die Fragen ab und wandte ihre Aufmerksamkeit wieder dem Zimmer zu.

Die letzten Sandkörner rannen durch die Engstelle des Glases. Der Norid schritt um Lybor und Morescad herum und schnippte mit den Fingern nach den weißen Kerzen. Eine nach der anderen entzündete sich und begann gleichmäßig zu brennen, wobei sie dicken, grauen Rauch und einen widerlichen Geruch verströmten.

Ohne Lybors angeekelten Ausruf zu beachten, orderte er Feuer von den schwarzen Kerzen rund um den Domnor. Ihre Flammen loderten grell grün, verbreiteten Nebel mit dem Gestank von Fäulnis und Tod. Lybor rutschte umher und protestierte. »Muß das sein.«

»Schweig, Frau.« Die Stimme des Norid klang teilnahmslos, doch Lybor schloß den Mund und schmiegte sich enger an Morescad.

Der Norid trat vor den Domnor. Die Luft um ihn her waberte, als seine Hände ein kompliziertes Zeichen vollzogen und er einen unangenehmen, kehligen Gesang anstimmte. Im Innern des Pentagramms verdichtete sich die Luft und dicker, grüner Rauch wandelte sich langsam zu einer flatternden Gestalt mit vielen Armen und weit aufgerissenem Maul.

Serrois Haut begann zu jucken; ihr Augenfleck pochte vor Schmerz und Kraft. Sie ließ eine Hand zu der Sleykynscheide sinken und schloß die Finger fest um das Heft der Giftklinge.

Der Norid stöhnte und schwankte, Schweiß trat auf sein Gesicht. Innerhalb des Pentagramms verfestigte sich die Gestalt zu einem riesigen, warzigen Ding, das sich über den Domnor neigte.

Serroi schauderte, wurden doch zu viele Erinnerungen geweckt; es verschwamm ihr vor den Augen, ihr Mund war ausgetrocknet. *Die Jungfrau steh mir bei, ich kann nicht dort hinein, ich kann nicht. Tayyan, hilf mir. Ich kann nicht.*

DAS KIND: 13

Ein Jahr lang zog Serroi langsam über die Ebene nach Süden, sprach bald fließend die Sprache, bettelte manchmal, arbeitete andere Male in Ställen und bei Bauern und blieb einen Tag, eine Woche, manchmal sogar einen Monat an einem Ort, bis sie genügend Geld oder andere Mittel zusammenhatte, um sich wieder auf den Weg nach Süden zu machen, wobei sie stets dem Drängen ihres Augenflecks auf ihrer Suche nach dem Goldenen Tal folgte. Sie hielt sich fern von den Menschen, traute keinem, freundete sich mit niemandem an und wehrte alle Fragen bezüglich ihrer grünen Hautfarbe ab. Zeitweise war sie schrecklich einsam, und ihr fehlte jemand, mit dem sie sprechen konnte; manchmal hatte sie das Gefühl, in tausend Stücke zu zerspringen, manchmal wäre sie am liebsten zu Raiki-janja zurückgekehrt, doch niemals vergaß sie ihren dringenden Wunsch, das Tal zu finden. Sie schlief auf Stroh in den Ställen, wusch sich nur aus Eimern, fand keine Möglichkeit, ihre Kleider zu waschen, warf sie fort, wenn sie vor Schmutz nicht mehr tragbar waren, und kaufte sich neue, wenn sie konnte. Sie behielt nichts, was schwer zu tragen war, überquerte die Cimpia-Ebene als kleiner, schmutziger Junge, dessen phantastischer Umgang mit Tieren ihm immer eine Stelle verschaffte, wenn er das wollte. Zeitweise erschöpften sie die ständigen Zermürbungen kleiner Ärgernisse, daß sie schon fast wieder erwog aufzugeben. Sie sah sich keinen großen Gefahren gegenüber, nur Schmutz, harter Arbeit und der Einsamkeit, doch die rieben sie auf, bis sie ernsthaft daran dachte umzukehren. Ihr hartnäckiger Kern, mit dem sie den Noris bekämpft und die Wüste überlebt hatte, trieb sie weiter ihrem Ziel entgegen.

Gegen Ende ihres dreizehnten Lebensjahres arbeitete sie im Stall einer belebten Taverne an einem kleinen Handelsknotenpunkt am Rande der Ebene, als sie etwas wie einen Schlag in den Magen empfand, obgleich keiner in der Nähe war und niemand sie berührte. Sie machte die Augen zu und fühlte Wärme sie durchströmen. Der Stallknecht führte zwei schlak-

sige, hochgezüchtete Macain herein und schalt sie, bei der Arbeit zu träumen. »Mach sie gut sauber, Junge.« Er schnaubte. »Sie gehörten zwei hochnäsigen Meien. Der alte Poash ist da drinnen gerade dabei, ihnen die Füße zu küssen.« Höhnisch schob er die Tiere in zwei Ställe. »Reib sie blitzeblank, Bursche.« Er schlenderte hinaus und ließ sie allein, damit sie ihre Arbeit verrichtete.
Zwei Meien. Aufgeregt und kribbelig vor neu aufkeimender Hoffnung schaute sie ihm hinterher. *Gehen oder kommen sie?* Wenn die Meien nach Hause zurückkehrten, könnten sie sie vielleicht mitnehmen. Sie seufzte und begann die Macain zu waschen, säuberte ihre Halsfransen, schrubbte ihre Rücken, klaubte die winzigen Steinchen und andere störende Bröckchen zwischen ihren Zehen heraus und polierte sie, bis das weißgraue Horn stumpf glänzte. Die Macain wieherten und plapperten und stupsten sie mit den Nasen, bis sie sie hinter den Ohren und unterm Kinn kraulte. Schließlich fütterte sie ihnen einen besonderen Leckerbissen, fette, gelbe Ligakörner, und ließ sie zufrieden fressen.
Sie ging durch den ruhigen Stall, sah nach den anderen Tieren, blieb an der Tür stehen und schaute sich um. Eine Lampe leuchtete neben der Tür, die Ställe waren sauber gefegt. An Haken hingen säuberlich reingewischte Geräte. Sie nickte vor sich hin, streckte sich und gähnte. Die Arbeit war getan. Sie sollte sich in der Nähe aufhalten und die Wünsche später Gäste erfüllen, wenn der Stallknecht sich selbst zu der alten Schmugglerkneipe außerhalb der Mauern davonschlich. Dort vertrank er seinen Lohn, nachdem er ihr zähneknirschend davon ein paar Münzen für ihre Arbeit zugestand. Der Stallknecht besaß nicht den Grips, etwas anderes in ihr zu sehen als den Jungen, für den sie sich ausgab – und er wurde auch nicht aufmerksam durch ihre Hautfarbe, die bei Tageslicht unübersehbar war, auch wenn sie sich bemühte, sie mit Dreckstreifen zu tarnen. Er war zu froh, jemanden zu haben, der schweigsam und willig die Arbeit verrichtete, um ihr irgendwelche Fragen zu stellen.
Sie wanderte ein letztes Mal die lange Reihe der Boxen hinab

und blieb dann an der Stalltür mit dem Blick auf die betriebsame Taverne stehen. Sie zögerte, aber die Versuchung, die Meien zu sehen, war zu groß. Sie schlüpfte hinter einer Gruppe lachender Städter in die Taverne hinein und duckte sich in eine finstere Ecke, wo nur wenige sie bemerken konnten.
Die Meien saßen zusammen an einem Tisch auf der anderen Seite des Raumes mit den Rücken an der Wand, und ihre Schultern berührten sich fast. Sie wirkten gelöst, unterhielten sich ruhig, und die zwischen ihnen spürbare Zuneigung erweckte in Serroi eine Sehnsucht, bei der sich ihr der Magen umdrehte und ihre Augen verschwammen. Sie blinzelte, schlang ihre Arme eng um sich und versuchte, sich auf die weniger verwirrenden Aspekte der Kriegerinnen zu konzentrieren. Von ihrem Tisch aus hatten sie den Großteil des Raumes im Blick, die Treppe hinauf zu den Schlafzimmern im zweiten Stock und die zwei Türen, die zum Schankraum führten. Die eine Frau war breitschultrig und breithüftig mit einem runden Gesicht und einem Hauch von Sommersprossen auf der Stupsnase. Sie trug die Haare kurz wie einen schimmernden, nußbraunen Helm um die Wölbungen ihres Schädels. Sie war alles andere als hübsch, doch ihr Lächeln strahlte großen Charme aus und ihre blitzenden, dunklen Augen schienen alles, was sie sah, aufzunehmen und zu mögen. Die zweite Meie war schlank und golden. Goldene Haut, goldene Augen, die Haare einen Ton dunkler; sie trug es lang und in Zöpfen um den Kopf geschlungen. Beide Frauen trugen Lederhemden, Hosenröcke aus dem gleichen Leder, kniehohe Stiefel und einen Waffengürtel mit einem schmalen Schwert auf der einen und einem Jagdmesser auf der anderen Seite. Alles an ihnen war einfach und schmucklos, doch durch ihren Stolz wirkte alles sauber und glänzend.
Sie gaffte begierig die beiden Frauen an und fragte sich, ob sie jemals diese gelassene Selbstsicherheit erwerben könnte, diese bis ins Mark gehende Heiterkeit, die sie selbst über den Lärm und das Durcheinander des Schankraumes hinweg fühlen konnte. Serroi rutschte in ihrer Ecke herum und wußte, daß sie zu den Ställen zurück mußte. Die Meien unterstützten ihren

Beschluß, indem sie ihre Mahlzeit beendeten und zur zweiten Etage hinaufstiegen. Ein betrunkener Einheimischer rief ihnen eine Obszönität nach, wurde jedoch schnell von zwei Begleitern gewaltsam zum Schweigen gebracht. Die Meien ignorierten den Zwischenfall und gingen den Gang hinab zu ihrem Zimmer.

Serroi schlüpfte hinaus und kehrte zum Stall zurück. Sie hatte gerade noch Zeit, einen letzten Blick auf die Tiere zu werfen, ehe der Stallknecht betrunken und aggressiv hereingetaumelt kam. Er fauchte sie an und griff nach der Peitsche. Sie wich zurück und konnte seinem ungeschickten Angriff leicht entgehen. Er vergaß, warum er die Peitsche hielt, wankte zu einer leeren Box und schlief auf dem sauberen Stroh ein. Serroi wartete, bis er schnarchte, dann blies sie die Laterne aus und kroch zu ihren eigenen Decken, die auf dem süß duftenden Heu in der Tenne lagen.

Die Meien kamen bei Morgendämmerung, um ihre Reittiere abzuholen. Serroi war wach und angezogen, doch der Stallknecht schlief noch in der Box seinen Rausch aus. Sie sattelte die Macain für die Frauen und führte sie ins Freie, rannte wieder hinein und holte ihre Deckenrolle, dann lehnte sie sich an die Stallwand und schaute sich vorsichtig um, ehe sie es wagte, sich ihnen zu nähern. Sie sah, wie die Dienstmädchen vom Wirtshaus Wasser schleppten, doch keiner befand sich in Hörweite. Als die Frauen sich in den Sattel schwangen, rannte sie los. »Meien!« rief sie mit vor Aufregung belegter Stimme.

Die Meie mit den Sommersprossen ritt auf sie zu und lächelte zu ihr herab. »Was gibt's Junge?« Ihre Stimme war ein wohlklingender Alt, und aus ihren Augen strahlte immer noch ihre Freude an der Welt.

»Wenn ihr nach Biserica geht, nehmt mich mit.« Sie umklammerte ihre zusammengerollte Decke und wartete ängstlich auf die Antwort.

Die Meie mit den Sommersprossen schüttelte den Kopf. »Tut mir leid, Junge. Dort nehmen wir nur Mädchen, und die müssen auch mindestens zwölf sein. Wenn du eine Waffenausbildung willst, nimmt die Armee dich vielleicht auf, wenn du etwas größer bist.« Sie zog den Kopf des Macai herum und wandte sich zum Gehen.

Serroi packte sie am Knöchel. »Ich bin kein Junge, und viel älter, als ich aussehe, fast vierzehn. Bitte, Meie.«

Die goldene Meie rief etwas und ritt auf sie zu. Nachdem sie den Kopf ihres Macai herumgelenkt hatte, beugte sie sich herab und musterte Serroi genau. »Es wäre möglich«, sagte sie langsam. »Du bist eine Windläuferin, oder?«

»Eine Mißgeburt«, sagte Serroi bitter und rieb an ihrer Haut, damit man unter dem Staub das Grün sah. »Du hast richtig geraten, Meie. Ich stamme aus der Tundra.«

»Ich verstehe.« Die Meie mit den Sommersprossen lächelte zu ihr mit vor Erheiterung strahlendem Gesicht herab. »Gut, Kleines, steig hinter mir auf. Ich möchte deine Geschichte hören. Ich nehme an, daß sie wild genug ist, um uns beide tagelang zu unterhalten.« Sie kicherte, wobei aus ihrer Stimme Wärme, Anteilnahme und Interesse klangen, und streckte Serroi die Hand entgegen.

Der Stallknecht taumelte aus der Box und schaute die kleine Gruppe fassungslos an. »Belästigt Sie der Junge, Meien?« knurrte er. Er stolperte ein paar Schritte nach vorn. »Dafür werde ich ihm das Fell über die Ohren ziehen.« Seine Augen waren blutunterlaufen und starr von seinen Kopfschmerzen. Er war unrasiert und in seinen Kleidern hing der Weingestank von der vergangenen Nacht und der Staub vom Stroh.

Der Blick der beiden Meien traf sich: Die mit den Sommersprossen hob eine Augenbraue, die goldene nickte. Gemeinsam lenkten sie ihre Macain zwischen Serroi und den Stallknecht. Die goldene Meie fuhr ihn scharf an: »Geh in deinen Stall, Mann. Das hier geht dich nichts an.« Während sie sprach, ergriff die sommersprossige Meie Serrois emporgereckte Hand und hob sie hinter sich. Mit einem gemeinsamen Lachen ließen die beiden Meien ihre Macain aus dem Stallhof traben.

Serroi schaute zu dem gaffenden Stallknecht zurück und vergaß ihn sogleich. Sie schob den Arm durch den Gurt ihrer Deckenrolle und machte es sich auf dem Rücken bequem. Dann riß sie die Jungenmütze vom Kopf und genoß das freie Spiel des leichten Windes in ihren Locken. Sie hielt sich fest am hohen Rücken des Sattels und ließ ihrer überschäumenden Freude freien Lauf. In wenigen Tagen – Tagen! Keine langen Monate mehr, die es zu warten und zu arbeiten galt! – in wenigen Tagen würde sie im Goldenen Tal sein, endlich befreit von der Furcht, befreit vom Noris. Sie lachte vor Aufregung und Freude und hörte, wie die Meie zur Antwort gluckste, dann setzte sie sich für den Ritt zurecht. Sie war ein wenig müde, aber zutiefst glücklich.

DIE FRAU: 14

Die Ratten drängten sich an Serroi. Die Schaben verließen für kurze Flüge die Wände und schwirrten als rostrote Wolke um ihren Kopf. In dem Schlafgemach herrschte angespanntes Schweigen, die Luft war bewegungslos, als die angespannte Stimme des Norids lauter und leiser wurde und den Dämon zwang, innerhalb des Pentagramms Gestalt anzunehmen. Die deutlicher werdende Form wand sich und stöhnte zur Abwehr gegen den Ruf. Der Norid schwitzte, sein Gesicht war verzerrt und seine Stimme flach und heiser.

Serroi zog den Kopf zurück und schaute hinab auf die zuckende Masse der Ratten, die sich immer heftiger an ihre Beine drängten und an die Türbalken. Sie holte tief Luft und empfand zwischen dem Entsetzen einen Hauch von Erheiterung. Meine Armee, dachte sie. Sie konzentrierte sich auf die Tiere, wurde eins mit den Lebewesen, die um sie her schwärmten, und zog das Giftmesser des Sleykyn aus der Scheide. *Wer immer euch zu mir schickte, dachte, ich wüßte euch einzusetzen. Ich hoffe, ich mache es richtig, heilige Jungfrau, wenn ich es nur richtig mache.* Mit dem Messer in der linken Hand schob sie mit der anderen den Riegel zurück, bis der Ausgang durch nichts mehr versperrt wurde. Wieder zögerte sie, schluckte und schluckte und versuchte, die Furcht zu überwinden, die sie noch immer umklammert hielt. Sie sah Tayyans Augen vor sich, die sie

vorwurfsvoll anschauten. Sie stemmte ihre Handfläche gegen das Holz und sprang in den Raum, als die Geheimtür aufflog. Das Ungeziefer, das durch ihre Aufreizung kurz vor der Raserei stand, flutete an ihr vorüber, und die Ratten und Schaben huschten und schwirrten durch den Raum, ergossen sich über die zwei im Pentagramm und warfen die rauchenden, weißen Kerzen um. Sie griffen Lybor und Morescad an, die Ratten mit Zähnen und Krallen, die Schaben, indem sie in die Augen flogen. Lybor kreischte und versuchte, die Schaben von Gesicht und Haaren zu kratzen, war wie von Sinnen vor Furcht und Ekel und trat nach den Ratten, die gebogene, gelbe Zähne in ihr Fleisch schlugen. Sie ließ die Sjeme fallen, wand sich aus dem nutzlosen Schutz des Pentagramms und trat und schrie angesichts der Masse pelziger Leiber und brauner, schwirrender Flügel. Morescad fluchte und schlug nach den Schaben und Ratten, die von seinen Lederhosen und Stiefeln zwar abgehalten wurden, nichtsdestoweniger aber noch verletzbare Stellen fanden, um ihre Zähne in sein Fleisch zu bohren. Er stolperte herum, sein Schwert zuckte ebenso oft vergeblich durch die Luft, wie es sich in das Fleisch der Nagetiere fraß.
Während sich all das hinter ihrem Rücken abspielte, ging sie langsam und vorsichtig um die schwarze Gestalt des Norids herum. Er war so sehr in seine mühsame Beschwörung vertieft, daß er nichts von dem Aufruhr um ihn her bemerkte. Nun sah der Domnor sie. Seine kühlen, grauen Augen blitzten und wurden dann wieder ausdruckslos, als er weiter auf seinem Stuhl vor und zurückwippte, um ihn auf den Rand des Pentagramms zuzuschieben. Gefährlich über ihn geduckt schwebte der Dämon, der nun fast feste Gestalt angenommen hatte, und begann seinen Kopf mit regen und zornigen roten Augen zu drehen. Die anschwellenden Arme bewegten sich in jede Richtung ein paar Zentimeter, um die fester werdenden Muskeln zu erproben.
Serroi zitterte so sehr, daß sie kaum die Finger um das Heft des Messers geschlossen halten konnte, hob es dann aber an, starrte auf den schmalen, schwarzen Rücken, dessen angespannte Muskeln unter dem Tuch deutlich sichtbar waren. Mit einem

Keuchen und einem Aufschrei des Zorns und des Schmerzes hieb sie das Messer unterhalb der Rippen in den Rücken des Norids. Sie ließ es dort stecken, das Blut aus der Wunde hervorsprudeln, griff über die Linien des Pentagramms, brach in Schweiß aus und stöhnte, als ihre Haut brannte, doch sie schaffte es, den Domnor herauszuziehen, indem sie ihn mit dem Stuhl auf den Boden kippte. Sie kniete nieder und zerrte hektisch an den Stricken um seine Handgelenke.

Der Norid, in dem das Gift zu wirken begann, schrie vor Schmerzen und wand sich unheilvoll von seiner Beschwörungsformel ab. Jeder Muskel zuckte, als er einen Schritt nach dem anderen auf das Pentagramm zuging. Mit ausgestreckten Händen, starrem Blick und schäumendem Mund, aus dem zusammenhanglose, unverständliche Laute quollen, brach er zusammen. Tot stürzte er über die Linien des Pentagramms und prallte gegen den Dämon. Dessen karmesinrote Augen wanderten hinab, der große, mit langen Zähnen bewehrte Mund tat sich auf und brüllte herausfordernd, daß der Raum erbebte. Er schlang seine Arme um den Norid. Plötzlich verstärkte sich der Gestank, dann verschmolzen Norid und der schrumpfende Dämon. Ein letzter Schrei. Ein Murmeln. Und mit lautem Knall waren Dämon und Norid verschwunden.

Als die beiden nicht mehr zu sehen waren, ließ die Intensität des Schädlingsangriffs allmählich nach. Die Tiere begannen davonzuhuschen und in dem Gang zu verschwinden. Lybor bäumte sich auf, blutete aus Hunderten ausgezackter Wunden und brach schließlich endgültig zu Boden, als die Ratten über sie hinwegschwärmten. Morescad trat gegen den Haufen toter Nager und rannte mit tränenden Augen und wutverzerrtem Gesicht auf Serroi zu, das Schwert zum tödlichen Angriff gezückt.

Serroi schlängelte sich vom Domnor fort, rollte herum, sprang wieder hoch und trat gegen das Handgelenk des Generals, ehe er das Schwert auf sie niedersausen lassen konnte. In seinem Zorn und seiner Verachtung für die Fähigkeiten einer Frau war er leichtsinnig gewesen. Seine Finger öffneten sich unwillkürlich, als ihr Fuß die richtige Stelle traf, daß sein Schwert laut klappernd über den Fußboden neben den Domnor flog. Serroi stürzte rückwärts, rollte sich wieder zusammen und trat ihre Ferse gegen das Knie des Generals. Er taumelte mit rudernden Armen rückwärts. Während er noch um das Gleichgewicht kämpfte, war sie schon wieder auf den Beinen, schnappte das Schwert und hieb nach den Fesseln des Domnors.

Morescad blickte sie finster an, während er langsam im Bogen auf das Kopfende des Bettes zuschlich. Er hinkte ein wenig und atmete heiser in dem Bemühen, seinen Zorn in die Gewalt zu bekommen, der ihn schwächte und ablenkte.

»Beeil dich, Meie«, sagte der Domnor leise. »Er pirscht sich an mein Schwert heran.« Seine Arme spannten das Seil, Muskeln wölbten sich unter den Fettschichten. Als der General wieder ins Blickfeld sprang, bot der Domnor noch einmal alle Kräfte auf und sprengte den geschwächten Strick. Er rollte leicht und behende auf die Füße, streckte fordernd die Hand hin und schloß die Finger um den Knauf von Morescads Schwert. Er schüttelte die Fesseln ab, die noch schlaff um seine Beine hingen.

Serroi schaute sich um und sah die Sjeme mitten durch den Raum kullern. Sie hob sie auf und schleuderte sie gegen Morescad, als der sich auf den immer noch durch Seile behinderten Domnor stürzte. Der General duckte sich; die Sjeme flog an seinem Kopf vorbei und prallte hinter ihm auf den Boden, wobei sie eine stinkende, schwarze Flüssigkeit verströmte, die sich zu einer Wolke formte und bald ins Nichts auflöste.

Sobald die Sjeme ihre Hand verlassen hatte, schnappte Serroi eine tote Ratte und schleuderte sie nach Morescads Gesicht. Schleuderte noch eine und noch eine. Mit einem wütenden Aufschrei ließ er vom Domnor ab und stürzte sich ein zweites Mal auf sie. Serroi floh und warf sich zur Seite, um dem Schwert auszuweichen. Sie rollte sich ab, kam auf die Füße, warf sich wieder zur Seite und entkam nur um Haaresbreite, als Morescad sich allmählich wieder in die Gewalt bekam und gelassener angriff.

»Morescad.« Die Stimme des Domnors klang wie eisiger Stahl.

Der General drehte sich schnell um und sprang zur Seite, damit er die Meie und den Domnor gleichzeitig im Blick behielt.
Der Domnor war ein kleiner, untersetzter Mann. Er hatte eine breite Brust, deren Kraft hinter überflüssigem Fleisch verborgen war, das sich wie ein Kissen zu einem kleinen Bauch wölbte. Morescad war groß und schlank mit deutlich abgezeichneten Muskeln. Er wirkte majestätisch und gefährlich mit seinem stolzen Gesicht und dem edlen Körper – weit mehr wie ein Herrscher als der Domnor mit seinem runden, treuherzigen Gesicht, dem breiten, lächelnden Mund und den verträumten, geradezu wunderschönen Augen. Und wie er so nackt vor ihr stand mit dem Schwert neben sich, sah er noch weniger eindrucksvoll aus als gewöhnlich. Als Serroi sich von ihnen abwandte, begannen die beiden Männer einander zu belauern, bewegten geschmeidig ihre Waffen und suchten nach einer Schwachstelle in der Abwehr des anderen.
Serroi ging zu Lybor hinüber, wobei sie immer wieder zu den Männern schaute. Die Frau lag, die Knie fest an ihre Brust gepreßt, da. Unter ihrem Kopf trocknete ein Blutfleck, der auch ihr zerzaustes, goldblondes Haar besudelt hatte. Serroi kniete neben ihr nieder, hob ihren Kopf und ließ ihn zurückfallen, angewidert von dem roten, rohen Loch, das in ihre schlanke Kehle genagt war. *Die Ratten. Die letzte Flut, die über sie hinwegströmte.* Serroi erschauderte und sprang behende hoch. Sie sah sich nach einer Waffe um, fand den Präsentierdegen des Domnors, schob ihn in die Giftscheide des Sleykyns und mahnte sich, mit dem Gift an der Spitze vorsichtig umzugehen. Sie setzte sich auf das mit Vorhängen verkleidete Bett und beobachtete den Wettstreit zwischen Morescad und dem Domnor. Sie bewegten sich rasch durch den Raum, jeder Schlagaustausch knapp und zögernd. Ihre Achtung vor dem Domnor, die ständig gewachsen war, seit sie ihn um seine Befreiung hatte ringen sehen, während der Norid seine Vorbereitungen getroffen hatte, erreichte neue Höhen. Er ging gelassen vor und atmete immer noch leicht; jede Bewegung war graziös und ökonomisch; er lächelte ein wenig und aus seinen grüngrauen Augen strahlte Zuversicht. Morescad schwitzte und war weit

weniger geschmeidig in seinen Bewegungen; in seinen Augen stand eine Wildheit, die seine Angst verriet. Er überragte den untersetzten Mann ihm gegenüber um einige Zentimeter, er war schnell, geschickt und hervorragend durchtrainiert – aber er hatte Angst. Stahl prallte aufeinander, rutschte ab und prallte wieder auf, und der General sprang zurück. Hern rückte ihm nach, shurri-schnell auf kleinen, hochspannigen Füßen. Touché. Abgleitender Stahl. Ein plötzlicher Satz.
Morescad starrte auf das Schwert hinab, das seinen Körper durchbohrte, dann stürzte er nach vorn. Der Schwertknauf schlug auf den Boden und ließ ihn zur Seite kippen, daß er auf den Rücken fiel und mit einem lautlosen Wutschrei aus dem offenen Mund liegenblieb.
Hern trat rasch neben ihn, kniete sich hin, und entrang sein eigenes Schwert der Umklammerung des toten Generals. Er stand auf, grinste sie triumphierend an, erinnerte sich plötzlich seiner Nacktheit und lief purpurrot an. Eilends huschte er zum Bett und schnappte einen wollenen Morgenmantel. Er steckte seine Arme in die Ärmel und schlug schnell den Gürtel um die Taille. Er schob den Morgenmantel auf seinen Schultern zurecht, drehte sich wieder um und schien sich nun wohler zu fühlen. Er wies mit dem Daumen auf Lybor. »Was ist ihr widerfahren?«
»Ratten.«
»Was für ein Jammer. Vergeudung einer verdammt schönen Frau.« Er grinste Serroi durchtrieben an. »Wilder als ein brünftiger Sicamar.«
Serroi, die zu müde war, um auf seinen Scherz zu antworten, fragte sich, worauf er hinauswollte.
Er kletterte neben sie aufs Bett. »Ruh dich aus, kleine Meie. Eine Viper mag ja ganz schön sein, aber es lebt sich ruhiger in ihrer Abwesenheit.« Er ließ einen kühlen, abschätzigen Blick durch den Raum schweifen. »Ein ganz schönes Chaos.« Er grinste sie an. »Weißt du, wie du aussahst, als du Morescad die verdammten Ratten ins Gesicht geworfen hast?«
Serroi kicherte. Er drückte sie an sich, und sie lachten, bis ihnen die Tränen übers Gesicht liefen. Als sie endlich ernüchterten,

fielen sie zurück auf das Bett, um nebeneinander liegen zu bleiben und Luft zu schöpfen, bis sie wieder regelmäßig atmeten.
Der Domnor drehte den Kopf und blickte Serroi stirnrunzelnd an. »Was zum Teufel geht hier vor?« Er setzte sich auf und hüpfte ein wenig auf und nieder, als das Bett auf seine unvermittelt heftige Bewegung reagierte. »Das meine ich nicht.« Er deutete mit dem Finger auf die Leichen am Boden. »Das ist offensichtlich.«
Serroi schnitt eine Grimasse, griff nach der bestickten Decke und zog sich hoch. »Der Nearga-Nor. Sie haben sich irgendwie zusammengeschlossen, rücken auf Mijloc vor und benutzen die...«, sie deutete auf Lybor und Morescad, »die Söhne der Flamme und die Jungfrau mag wissen, wen noch. Sie haben bereits Sankoy in ihrer Gewalt.«
»Und was unternimmt Biserica in dieser Sache?«
»Ich weiß es nicht. Woher sollte ich? Sie sollten besser überlegen, was sie tun wollen. Die Wachen da draußen gehören zu dem Komplott, müssen es, sonst wären sie schon längst hereingestürmt, um die Ursache des Lärms zu erkunden.«
Hern grinste. »Sollte man schon annehmen, kleine Meie. Morescad kam zu einem ziemlich unpassenden Moment hereingeplatzt.« Er wirkte verlegen, wandte sich ab, rutschte vom Bett und tappte um das Fußende herum. Seine Stimme klang zu ihr herüber. »Während ich mich anziehe: Wie schlimm ist es nun eigentlich?«
Serroi wischte sich mit der Hand übers Gesicht und fuhr zusammen, als sie an den Peitschenschnitt kam. Die lange Anstrengung, als sie sich überwunden hatte, dem Norid und ihrer eigenen Furcht entgegenzutreten, die fiebergeplagten Stunden in der Finsternis, der letzte, anstrengende Kampf – das alles hatte sie ausgezehrt, daß sie nun ganz benommen war. Unklar gelangte die Frage des Domnors in ihr müdes Denken. Sie verkrampfte die Hände in ihrem Schoß, damit sie zu zittern aufhörten. »Ich weiß nicht allzu viel. Die Tochter ist bestochen. Das habe ich herausgefunden. Es befand sich ein N-norit...« Sie schluckte hastig. »Ein Norit bei ihr im Tempel. Sie

hat mich ihm ü-übergeben. Sleykynin brachten mich in den Plaz und steckten mich in eine Zelle im Verließ. Ich konnte mich herausschleichen und beide töten. Ich denke... die meisten Gardisten müssen darin verwickelt sein. Vor drei oder vier Tagen hat mich ein Tercel mit seinen Leuten aufgestöbert.« Hinter dem Bett erklang ein fragender Laut. »Oh, ja. Die sind auch tot.« Sie machte die Augen zu, schwankte vor und zurück, und in ihrem Kopf drehte sich alles vor Müdigkeit. Die Worte flossen achtlos, und noch einmal gab sie eine zusammengefaßte Erzählung von ihrer Flucht und ihrem mühseligen Rückweg nach Oras. Mit impulsiver Fahrigkeit kam sie immer wieder auf Tayyans Tod, ihre eigene Flucht und ihren Verrat an Liebe und Treuepflicht zu sprechen. Sie hatte sich noch genügend in der Gewalt, um Coperic nicht anders zu erwähnen als in der Rolle von Dinas Onkel. Als sie mit ihrer Geschichte fertig war, saß sie benommen und schweigend und spürte ganz allmählich, wie Wärme in ihre eisigen Hände kroch. Sie schlug die Augen auf und sah, wie Hern sich über sie beugte und seine Hände die ihren umschlossen hielten.

»Du bist ja völlig erschöpft, und das ist kein Wunder.« Er ließ ihre Hände los und ergriff ihre Schultern. »Ruh dich eine Weile aus.« Mit einem Nicken zu den Fenstern unterhalb vom Fußende des Bettes drückte er sie hinab und streichelte zärtlich ihre Wange. »Draußen stürmt es. Hier werden wir eine Weile ungestört sein. Dafür sorgen schon die Wachen, wenn auch aus völlig anderen Gründen.« Er strich mit kurzen, kräftigen Fingern sanft über ihren Augenfleck und lächelte zu ihr hinab. Seine grüngrauen Augen schimmerten belustigt.

Das Bett war weich. Ihr Körper erschlaffte, die letzte Kraft war dahin. Der Domnor rutschte vom Bett. Sie konnte hören, wie er durch den Raum tappte, immer noch barfuß, dann ein Augenblick der Stille, dann der Klang von Stiefelabsätzen, als er in seine Schuhe fuhr. »Nein«, flüsterte sie. »Keine Zeit.« Sie drückte sich vom Bett ab, wollte sich aufsetzen, schaffte es aber nicht. Ihr Kopf war schwer, sie hatte keine Kraft mehr in den Muskeln. »Nein.« Sie mobilisierte ihre Halsstarrigkeit, jenen zähen Kern ihres Wesens, der es ablehnte aufzugeben, erhob

sich erneut und kam diesmal zum Sitzen. Hern kam um das Fußende des Bettes und blickte tadelnd zu ihr herab. »Du hältst auch nichts davon, Befehle zu befolgen, wie?«
In ihren Stiefeln begann der Tajicho zu brennen, auf ihrer Stirn fing der Augenfleck zu stechen an. Ohne Hern zu beachten, ließ sie hastig einen Blick über den weiten, übel zugerichteten Raum schweifen; die Tür zum Geheimgang stand offen, die Öffnung selbst als schwarzes Rechteck im hellen Goldton der Holzvertäfelung. »Heilige Jungfrau, noch mehr...« Mit einiger Mühe zog sie ihr Bein an und blieb mit der Wade überm Knie des anderen Beins sitzen. Sie steckte die Finger in den Stiefelschaft, zog den kleinen Kristall heraus und betrachtete das Feuer, das in seinem Herzen glühte. »Er kommt hierher«, murmelte sie.
»Wer kommt?« Hern schnallte seinen Schwertgürtel um und verschwand dann um das Bett, ohne eine Antwort abzuwarten. Er kam zurück. »Hier.« Er warf ihr eine weiche Mütze und einen schweren Umhang zu. Er selbst war einfach bekleidet mit einem Kittelhemd und enganliegenden Hosen, die er in die wadenhohen Stiefel gestopft hatte. Er schnippte mit dem Finger in Richtung des Umhangs. »Du bist ziemlich winzig, aber ich bin ja selbst nicht groß. Wer kommt?« »Irgendein Nor. Wer oder welchen Ranges kann ich nicht sagen.« Sie stopfte den Tajicho in ihren Stiefel zurück. »Noch einer. Nichts wie weg hier.«
»Warte.« Er ließ seinen Umhang aufs Bett fallen und machte einen Rundgang durchs Zimmer, bei dem er kleine Geheimfächer in den Wänden öffnete, um Schmuckstücke und Goldmünzen herauszuholen und sie in einen großen Beutel zu werfen, den er über die Schulter nahm. Serroi ging schwankend zum Fußende des Bettes, hielt sich an einem Bettpfosten fest, atmete tief und fühlte, wie ihr Kopf klarer wurde, da die nahende Gefahr sie stimulierte und ihr half, die Lethargie abzuwerfen, die sich ihrer durch die Entspannung nach großer Anstrengung bemächtig hatte. Sie sah ihm noch einen Augenblick zu und sagte dann: »Sie müssen mich nicht begleiten.«
Er grinste über die Schulter weg. »Ich habe so das Gefühl,

kleine Meie, daß der Plaz im Augenblick keine gesunde Gegend für mich ist.« Er trat neben sie und ergriff ihren Arm. »Ich brauche ein Loch, wo ich mich verkriechen kann, wenn ich den morgigen Tag erleben will.« Mit leisem Zungenschnalzen fischte er den Hut vom Bett und stülpte ihn ihr über den Kopf. »Irgendwelche Vorstellungen, wo wir am besten auskommen sollten?« Er schlug den Umhang aus und legte ihn um ihre Schultern. »Du brauchst einen Beschützer, Kind. Draußen gießt es.« Er nahm ihren Arm und wollte auf die Öffnung in der Wand zusteuern.

Serroi schlug sich die Hand vor ein Gähnen. »Keinen Beschützer, ein Bett. Und Schlaf, einen ganzen Monat Schlaf. Der Onkel des Fischermädchens führt eine Taverne an der Stadtmauer. Wenn Sie mich bedrängen würden, müßte ich vermuten, daß er in eine Menge unbedeutender, krummer Dinge verwickelt ist, Schmuggel, Hehlerei... Sie wissen schon.« Sie zuckte mit den Schultern. »Dort kann man unterkommen.« Sie spürte plötzlich aufflammendes Feuer an ihrem Bein wie einen Schlag gegen den Kopf. Sie fuhr herum und blickte zur Tür.

Floarin rauschte herein, die Tochter und der Minarka-Norit hinter sich. »Nun, Hern«, sagte sie.

Der Blick des Domnors schweifte über die drei. Er lächelte bitter. »Sei gegrüßt, Floarin.«

»Du bist ein Narr, Hern. Immer gewesen.«

»Wahrscheinlich. Ich hätte wissen müssen, daß Lybor und Morescad keinen Grips hatten. Was nun?«

»Der Plaz ist in meiner Hand, Hern. Hier wirst du nicht mehr regieren. Ich würde mir auch nicht die Mühe machen, dich am Leben zu halten, doch die Garde hängt noch dem Vorurteil nach, keine Befehle von Frauen anzunehmen. Ruh dich aus, mein Lieber. Du wirst ein bequemes Leben haben, so wie ich bisher. Wehr dich nicht weiter, dieser Nor ist kein Dummkopf wie die da.« Sie trat zur Seite und lächelte zu dem Minarka hinauf.

Der Domnor löste die Bänder seines Umhangs und ließ ihn zu Boden fallen. Serroi packte seinen Arm, als seine Hand sich um seinen Schwertknauf schloß. »Nein, Hern, jetzt nicht. Lassen

Sie mich das machen.« Sie trat vor ihn, bückte sich und fischte den Tajicho aus ihrem Stiefel.
Der große, goldene Mann war umgeben von einer Aura von Macht. Mit dem Singsang einer vielsilbigen Sprache erzeugte er eine Schlinge in einer Serie von immer komplizierter werdenden Mustern. Serroi fühlte, wie die Luft um ihre Hand- und Fußknöchel sich verdichtete. Sie hielt den Atem an, hob die Hand bis in Höhe des Herzens und öffnete dann die Finger. Der Tajicho strahlte wie eine Miniatursonne. Lange, dicke Strahlen goldenen Lichts strömten von den Händen des Norits in weiten Schlingen um und um, und wurden dann von dem Kristall aufgesogen. Die Stränge dehnten und dehnten sich – breiteten sich in weiten Lichtbögen von den Händen des Norits aus, berührten die Wände und wurden wieder in den Tajicho gezogen. Die Luft summte von der sorgsam in Strahlen konzentrierten Energie.
Mit einem plötzlichen, blechernen Scheppern brachen die goldenen Strahlen, schnappten zurück und schlangen sich um den Norit, bis der hilflos inmitten eines Lichtkokons stand.
Serroi schob ihren Tajicho in den Stiefel, tippte auf den Arm des Domnors und duckte sich dann in den Geheimgang hinaus, wobei Floarins wütende Schreie hinter ihr herhallten. Sobald Hern durch die Öffnung gekrochen war, schlug sie die Vertäfelung zu und schob den Riegel vor. »Halten Sie sich dicht hinter mir«, zischte sie und brach auf in die Dunkelheit. Hinter sich konnte sie heiseres Kreischen und Poltern hören, als jemand gegen die Vertäfelung trommelte. Hern lachte. Sie überlegte einen Augenblick verwundert, was er wohl dachte und war dankbar, daß er sich so schnell und widerspruchslos ihren Anordnungen gefügt hatte.
Sie rannten immer im Kreis tiefer hinab, bis Serroi die Beine weh taten. Immer im Kreis und tiefer, dann durch ein Labyrinth von Gängen im Erdgeschoß. Die Finsternis hellte sich zum Grau auf. Die Luft war bewegt und blies ihr ins Gesicht. Flackernde Kerzen erleuchteten den letzten Teil des Rattenlochs. Sie blieb plötzlich stehen, als ihr Augenfleck zu pochen begann. Hern prallte auf sie auf, daß sie zu Boden fiel.

»Was...« Er packte sie bei den Schultern und zog sie hoch.
»Da vorne ist jemand«, flüsterte sie. »Ein Sleykyn, glaube ich.«
»Einer?« Sein Mund war nahe an ihrem Ohr, sie konnte seinen warmen Atem auf ihrer Haut spüren. Plötzlich war sie sich seiner sehr bewußt.
»Ja.« Sie zitterte auf eine Weise, die mit der lauernden Gefahr wenig zu tun hatte, und er verstand das sehr wohl. Er lachte, eine lautlose Erheiterung, die in raschen Luftstößen ihre Wange liebkoste. Er packte ihr Kinn, drehte ihren Kopf auf sich zu und küßte sie langsam und sinnlich, bis sie in seine Arme sackte. Dann ließ ihr hartnäckiger Pragmatismus sie wieder zu sich kommen. Sie entwand ihm ihren Kopf. »Verrückter Hund«, hauchte sie. »Von allen Zeiten zum...«
Er lachte wieder, immer noch lautlos, daß seine Brust ihre Brüste streifte. »Jetzt bin ich dran, kleine Meie. Warte hier, ich kümmere mich derweil um das Ding, das uns den Ausgang verstopft.« Er nahm den Umhang von seinen Schultern, warf ihn ihr über, und war fort, ehe sie sich befreien konnte.
Sie lehnte sich gegen die Wand, ihre Brustwarzen hatten sich zusammengezogen und waren schmerzhaft empfindlich. *Ich kann es nicht glauben,* dachte sie. *Heilige Jungfrau, was für eine idiotische Sache.* Sie rieb ihre Brüste, doch es wurde nicht besser. *Und ich habe ihn einen verrückten Hund genannt!*
»Meie.« Sie erschrak und starrte die Gestalt an, deren Umrisse vom schwachen Lichtschein, der um die Ecke fiel, umrissen wurde und beruhigte sich, als sie die gedrungene Silhouette erkannte. »Komm«, sagte er, und seine Stimme klang zu laut in ihren Ohren.
»Schon?«
»Unvorsichtig gewesen, war halb eingeschlafen. Kein Problem. Sleykynin sind verdammt schlechte Wachen. War einer von meinen Leuten. Ich hätte ihn auspeitschen lassen müssen.« Er berührte ihre Wange. »Wir haben es so gut wie geschafft. Das Bett wartet. Bereit?« Als sie nickte, hob er eine Hand und streichelte ihren Augenfleck mit einer Zärtlichkeit, die sie erschreckte. »Sonst noch jemand vor uns?«

Sie packte seine Hand und zog sie herab. »Du lenkst mich ab.«

»Mmmmh.«

»Hah! Das ist kein Kompliment!«

»Eine Frage des Standpunktes, Kleines.«

»Ich heiße Serroi.« Sie machte ihre Hand los, trat von ihm fort und schlug den Weg zum Ausgang ein. Hinter der Ecke lag der Sleykyn ausgestreckt auf dem Stein unter einer flakkernden Kerze. Sie machte einen Schritt über seine Beine hinweg und ging weiter, um so rasch wie möglich aus dem Geheimgang zu kommen. Der Regen fiel in Strömen. Serroi blieb in der Maueröffnung stehen und zog den Umhang dicht um sich. »Die Sammlung ist vollständig«, sagte sie ruhig.

Herns Hand fiel auf ihre Schulter. »Und nun die Zerstreuung.«

Serroi legte ihre Wange einen Augenblick auf seine Hand, dann trat sie hinaus, hob ihr Gesicht in den Regen und ließ von der beißenden Kälte ein Stück ihrer Müdigkeit fortwaschen. »Bleib dicht hinter mir«, sagte sie. »Ich mache einen weiten Umweg zu der Taverne. Ich will nicht Floarin auf Dinas Onkel hetzen.« *Und dir auch nicht allzu viel verraten.*

Sie durchquerte schnell den Garten und verdrängte entschieden alle Erinnerungen an das letzte Mal, da sie mit Tayyan hier gewesen war. Der Regen trug dazu das Seine bei, da er mit seinem kalten, nassen Rauschen alles andere auslöschte.

Außerhalb der Mauern fiel der Regen schräger, weil der Wind ihn herumpeitschte, als sie durch die Pfützen stolperten und das schaumige Wasser in ihre Stiefelschäfte schwappte. Serroi lief durch ein Gewirr von Seitenstraßen und Gäßchen und wählte absichtlich eine komplizierte Strecke, daß sie sich selbst fast verirrte, ehe sie den finsteren, verfallenden Bau fand.

Die Taverne war beinahe überflutet, das Wasser schlug einen Viertelmeter an den Mauern hinauf. Sie patschte über die Straße, erklomm die Stiegen und zog an der Glockenschnur. Der Domnor stand direkt hinter ihr. Sie roch den feuchten Wollstoff seines Umhangs, konnte seinen kräftigen Körper fühlen, obgleich er sie nicht berührte. Der Wind heulte, der

Regen prasselte nieder. Sie biß sich auf die Lippen, ihre Hand flach gegen die Tür gedrückt, zögerte, dann drehte sie sich um, schob eine Hand in seinen Nacken und zog seinen Kopf zu sich herab, bis sein Ohr nahe an ihre Lippen war. »Er denkt, ich wäre ein Junge«, sagte sie. »Laß mich reden.«
»In Ordnung.« Sie fühlte sein Kichern mehr, als daß sie es hörte. Er beugte seinen Kopf noch weiter und küßte sie leicht. Sie wich zurück. »Idiot!«
Die Tür schwang auf. Hern legte seine Hände auf ihre Schultern, drehte sie um und schob sie nach drinnen. Er folgte ihr direkt mit der Hand am Schwertknauf.
Coperic wartete im roten Schummerlicht der einzigen Laterne. Er schaute sie mürrisch an, im Arm hatte er eine Armbrust. »Wo hast du gesteckt, Junge?« Er blickte finster die Gestalt neben ihr an. »Wer ist das?«
»Ein Mann, der ein Zimmer braucht und dafür bezahlen kann.«
»Wieviel bezahlen?« Coperic beugte sich vor, beäugte den Domnor und versuchte, seine Züge zu erkennen. »Das ist kein Gasthaus hier.«
»Er braucht auch kein Gasthaus, Onkel. Drei Zehnereinheiten pro Nacht?«
»Kann er nicht selber reden?« Coperic zuckte mit den Schultern. »Egal, das genügt.«
»Ich bin bis auf die Haut durchnäßt und friere, Onkel. Laß uns hochgehen.«
Coperic trat zurück, winkte sie vorbei und folgte ihnen die krächzende Treppe hinauf. Serroi stieß die Tür zu ihrem Zimmer auf. Auf dem Tisch brannte eine einzelne Kerze; sie war nur noch zwei Zentimeter hoch und die Flamme flackerte unsicher. Sie lächelte liebevoll. *Dina. Versucht immer noch, sich um mich zu kümmern.*
Der Domnor schaute sich um. »Die Bezeichnung Loch ist richtig.«
»Wenn's Ihnen nicht gefällt, gehen Sie«, fauchte Coperic.
Mit einem Achselzucken durchquerte der Domnor den Raum, schwenkte den Stuhl herum und setzte sich. Er ließ seinen

Umhang fallen, streifte den Riemen des Beutels von der Schulter, griff in den Beutel hinein und zog drei Zehner heraus. Er warf sie einen nach dem anderen aufs Bett.

Coperic ignorierte ihn. »Muß mit dir reden, Junge. Draußen.«

Serroi nickte. Draußen im Flur ging sie voran zu Coperics Dreckloch. Er folgte ihr hinein, staubte einen Stuhl ab und sah zu, wie sie die Tür schloß. »Warum hast du ihn hierher gebracht? Was ist passiert?«

»Weißt du, wer er ist?« Sie ließ sich auf den Stuhl fallen, schlug die Beine übereinander und lächelte zu ihm empor.

»Und ob ich das weiß. Was zum Teufel hast du dir dabei gedacht, ihn mitzubringen?«

»Er weiß nur, daß du Dinas Onkel bist, ein Wirt von schlechtem Ruf.« Sie griff sich in die Haare und zupfte an ihren triefenden Kleidern. »Bei der Jungfrau, ich bin todmüde. Pero, die Ereignisse überschlagen sich für mich. Floarin regiert den Plaz, nach allem, was ich weiß, sogar die ganze Stadt. Der Nearga-Nor beherrscht die Tochter.«

Coperic warf die Armbrust auf das ungemachte Bett. »Ich verstehe. Du bist nun arbeitslos. Was hast du vor?«

»Ich will fort aus Oras. Hier kann ich nichts mehr tun.« Ihr Mund verzerrte sich zu einem müden Lächeln. »Paß auf dich auf, Pero. Bleib nicht aus Dickköpfigkeit hier oder weil du gerne verrückte Risiken eingehst. Die kommenden Jahre werden schlimm werden.« Sie lachte über die krumme Grimasse, die er zog, dann sagte sie mit erzwungener Energie: »Beschaff mir ein Boot und Vorräte. Ich möchte mit Dina vor Sonnenaufgang die Stadt verlassen haben.«

»Schon alles bereit.« Sein schmaler Mund verzog sich zu einem Lächeln, als er in Richtung der Mauer winkte. »Ihr könnt da raus an einer Strickleiter. Das Boot sieht nicht besonders aus, läuft aber ausgezeichnet.« Er machte eine Kopfbewegung zum Flur. »Was ist mit ihm?«

»Keine Sorge, Pero, ich wollte ihn dir nicht aufs Auge drücken. Wenn er will, nehme ich ihn mit nach Süden. Nach Süden zum Biserica. Bei der Jungfrau, wie gut das klingt – nach Hause gehen! Ich bin das Herumjagen so leid.« Sie wandte sich zur

Tür. »Je eher wir wegkommen, desto besser. Floarin hatte gerade zwanzig Wutanfälle, als ich sie zuletzt gesehen habe.« Sie blieb im Türrahmen stehen und zupfte an ihren zerfetzten, nassen Hosen. »Ich wollte mich umziehen. Aber das ist wohl sinnlos, denn wahrscheinlich werden wir doch wieder eingeregnet.« Sie hob eine Augenbraue. »Wäre es möglich, daß du mir einen heißen Cha machst?« Coperic kicherte. »Trommle deine Mannschaft zusammen; ich werde für ein warmes Essen sorgen, und unserem erlauchten Gast einen verdammt guten Preis abknöpfen.«
Sie lachten beide und traten den Rückweg über den Flur an.

DAS KIND: 14

Serroi streichelte mit der Handfläche über die ledrige Schale und empfand eine stille Freude, als das Fohlen sich unter ihrer Hand bewegte. Auf der anderen Seite des Stalls drehte die Stute den Hals und war voller Unruhe, weil ihr Fohlen nun bald schlüpfen sollte. Seit Tagen hatte sie an den Riemen gezerrt. Serroi war hier, um aufzupassen, daß sie sich in ihrer Aufregung nicht selbst verletzte. Die Stute trat mit dem unverletzten Vorderbein gegen die Trennwand, schüttelte das geschiente, und begann, in gefährlichen Bogen zu schaukeln, die sie fast von den Hinterläufen rissen, daß die Stützschiene ächzte, als sie durch ihre Gewichtsverlagerung stärker belastet wurde. Serroi sprang auf die Beine und rannte zu ihr, um sie mit Zusprache und ihrem Augenfleck zu beruhigen. Sie flüsterte leisen Unsinn, kraulte die lockere Haut unter dem Kinn der Stute, bis sie sich ein wenig beruhigte, tätschelte sie und kraulte eine Weile weiter, ehe sie zu dem Ei zurückkehrte.
Als sie den lederartigen Sack berührte, hüpfte er unter ihrer Hand. Hinter ihr begann die Stute auszutreten und zu stöhnen, weil sie zu ihrem Ei wollte. Hastig grub Serroi es aus seinem Nest von Decken und Stroh und schwankte damit durch den Stall. Sie legte es in das Stroh unter der Nase der Stute, kniete daneben und hielt es fest, als ein kleiner, gelber Zahn durch die

zähe Haut stieß. Das Ei riß auf und das winzige Fohlen taumelte heraus, trat unbeholfen mit allen vieren in die Luft, und der kleine, geschwungene Eizahn saß wie ein winziges Horn mitten auf seiner weichen Nase. Einen Augenblick später stand es auf den wackeligen Beinen, fiel hin und rappelte sich erneut hoch. Es wimmerte hoch, und wieherte, wobei es den Kopf blind herumwarf und nach der Mutter suchte, die direkt vor ihm stand.
Die Stute wieherte verzweifelt und streckte ihren Hals zu dem eben geschlüpften Jungen hinab. Serroi schlang ihre Arme um den samtigen, zitternden Leib des Fohlens und hob es hoch, bis Mutter und Sohn sich mit den Nasen berühren konnten. Als ihr Rücken lahm wurde, stellte sie das Fohlen wieder auf die Beine und drängte es zum Leib der Mutter, bis es die Zitze fand und gierig zu trinken begann. Sie klopfte sich ab und setzte sich zutiefst zufrieden ins Stroh zurück, um Mutter und Fohlen zu beobachten.
Im Laufe des Nachmittags begann sie sich zu fragen, ob ihre Lehrerin daran denken würde, ihr etwas zu essen zu schicken; sie wurde allmählich sehr hungrig. Das Fohlen lag neben ihr zusammengerollt, sein Kopf ruhte auf ihrem Schenkel. Sie fuhr mit den Fingern seinen Hals entlang, wo die Haut weicher war als frisches Frühlingsgras und kicherte über das dumme Grinsen auf dem jungen Gesicht. »Du bist ganz schön froh, aus dem Ei heraus zu sein, was, du Komiker?«
Sie hörte, wie leise Schritte sich dem Stall näherten und sah hoch, um eine große, magere Blondine draußen stehenbleiben zu sehen. Sie hatte aufgeschürfte Knie, einen Riß im Ärmel ihrer Bluse und ein kleines Pflaster auf der Nase – aber auch einen Korb am Arm. Sie grinste, hing die Laterne, die sie trug, an einen Haken und kam in den Stall geschlendert. Sie bückte sich mit unbeholfener Grazie, stellte den Korb neben Serroi und richtete sich wieder auf. »Du bist die Neue?«
Serroi nickte.
Ihre harten, blauen Augen wurden weicher, als sie sich neben das Fohlen kniete und eine lange, schmale Hand ausstreckte, damit es daran schnupperte. Ganz langsam schob sie die Hand

so nahe, daß sie die bebende Nase berühren konnte, streichelte sie schließlich, bis das kleine Macai vor Vergnügen eine Reihe von quietschenden, zitternden Wieherlauten ausstieß. Mit funkelnden, blauen Augen setzte sich das Mädchen mit überkreuzten Beinen Serroi gegenüber ins Stroh. »Ich heiße Tayyan. Bin auch noch nicht lange hier. Woher kommst du?«